교수,
후궁으로
깨어나다

교수, 후궁으로 깨어나다

二

코양희 장편소설

블라썸

차례

9장

엄청난 이야기를 들어버렸다

분명 고생은 좀 한 것 같은데. 왜 성과가 없을까.

흑합 장군과 무사히 만나 궐 안에도 잘 돌아왔지만, 수확이 없다 보니 어깨가 내려가 올라오질 않는다. 축 처진 기분 탓이다.

결국 시무룩한 기분을 바꾸지 못한 상태로, 나는 터덜터덜 내 처소로 돌아갔다. 맛있는 걸 좀 먹으면 기분이 나아질까?

그런데 웬걸. 처소 앞으로 와 보니 측근 궁녀인 원웅과 부성이 죽을상을 하고 있었다.

"왜 그래?"

답은 스스로 알아차렸다. 와, 황제 왔나 봐. 부실하기 짝이 없는 내 초라한 처소를 황제의 호위들이 둘러싸고 있잖아. 분명 황제가 온 거다.

"소주, 폐하께서—"

"알아."

나는 부성이 설명하려 하는 걸 손을 들어서 막았다. 조용히 해. 네가 설명하면 황제가 저 안에서 들어. 여긴 방음이 안 된다고.

'후우. 미치겠네. 왜 이렇게 일이 꼬이지?'

하지만 상대가 내 방에 있으니 도망칠 곳도 없었다. 여기서 오래 망설여봤자 수상하기만 하겠지. 이미 황제는 내가 왔다는 걸 알고 있을 테니.

나는 숨을 크게 들이쉬고서 방문을 열고 들어갔다.

그러나 황제는 내가 들어오는 소리를 분명 들었을 거면서, 사람이 들어왔는데도 모른 척 탁자 앞에서 술만 마셨다. 나쁜 놈. 방 주인이 왔는데 저렇게 무시하다니!

"크흠."

그래서 나 좀 보라고 일부러 헛기침을 해보지만, 황제는 여전히 고개도 돌리지 않았다.

"크흠흠."

다시 헛기침을 하자, 황제는 그제야 내게 말을 걸었다.

"재밌게 놀다 왔느냐?"

그나마 쳐다도 안 보고서.

다시 한번 말하지만, 이 황제야. 여기는 내 방이에요.

"언제 오셨습니까? 미리 언질을 해주셨으면—"

"잘 속이고 다녀왔을 텐데."

"그럼요."

라고 대답하면 안 되지.

"여기서 기다렸을 텐데요."

말하고 나니 에이, 치사해라. 자기가 온다는데 내가 왜 여기서 기다려야 하는데? ……하긴. 저놈은 황제지. 기다려야지. 그래도 역시 치사하네. 아니, 우리가 전에 싸운 건 생각이 안 나나? 왜 다짜고짜 찾아왔대?

"재밌게 놀다 왔느냐."

하지만 내가 속으로 씩씩대건 말건 황제는 아까와 같은 질문을 한 번 더 반복할 뿐이었다. 모르지. 어쩌면 저놈도 속으로는 만만치 않게 씩씩거리고 있을지도.

"제가 어디 다녀왔는 줄 알고 그런 질문을 하십니까?"

"어디든 내가 있는 곳은 아니었지."

남의 방에 와서 구는 저 차가운 태도가 괜히 거슬린다. 황제만 아니었으면 주둥이를 찰싹 때리고서 이쪽 좀 보고 말하라 할 텐데. 억울해. 아니, 요 며칠 계속 싸워댔는데 갑자기 올 줄 알았겠냐고. 가는 날이 장날이라더니, 정말 이게 뭐야. 얼마나 억울했던지 순간 내 입에서 끙하는 소리가 나갔다.

"할 말이 있거든 해라. 혼자 앓지 말고."

황제도 그 소리를 들었는지 내게 다시 차갑게 말했고, 이때다 싶어서 나는 얼른 하소연했다.

"오래 기다려서 지루하신 건 알겠는데요. 전 폐하가 언제 올지도 모르는데, 방 안에서 무작정 기다려야 합니까? 이런 거 가지고 막 화내고 그러시면 안 됩니다."

내 말이 그럴듯하게 여겨졌나. 황제가 이제야 고개를 돌렸다. 그와 눈을 똑바로 마주하고서 나는 솔직하게 항의했다.

"전 뭐 폐하 한 사람만 보고 항상 대기라도 해야 합니까? 아니잖아요."

"아닌 게 아닌데."

"!"

"그러라고 있는 게 후궁 아닌가."

저…… 재수 없는…… 저걸 말이라고 한 건가? 내가 들은 게 말인지 엿인지 모르겠다. 황당해서 쳐다보자 황제는 술을 한 모금 더 마시더니, 잔을 내려놓고 일어나 내 쪽으로 저벅저벅 다가왔다. 나는 씩씩거리면서 그를 쏘아보았다. 뭐!

"!"

그러나 다가온 그가 한 건, 두 팔을 벌려 나를 가볍게 포옹하는 것이었다. 이 와중에? 황당해서 뭐라 하려 했으나, 황제는 바로 손을 거두고 몸을 뒤로 뺐디.

"억울해서. 그냥은 못 가겠더라."

입을 빠끔거리는 사이. 황제는 자기 행동을 친히 해석해주고는 그대로 나가버렸다.

잠시 문이 열렸다 닫히는 동안, 궁녀들이 걱정스럽게 이쪽을 바라보는 모습이 보였다. 나는 입만 벌리고서 황제의 뒷모습을 째려보았다.

"소주, 괜찮으세요?"

황제가 완전히 멀어지자마자 원웅과 부성은 얼른 방 안으로 들어오며 물었다. 부실한 방음 탓에 안에서 낸 소리를 다 들었는지, 둘 다 걱정스러운 표정들이었다.

"안 괜찮아. 기분 나빠."

나는 단호하게 대답하고서 침상에 털썩 앉아 황제가 술을 먹다 간 흔적들을 가리켰다.

"저거 잔이랑 주전자랑 다 치워버려."

사실 평소의 나는 지금보다는 좀 더 너그럽다. 황제가 내 방에서 날 무시하고 간 게 기분이 상하지만, 그놈은 원래 그렇다고 넘어갈 수도 있다.

하지만 지금은 너그러운 천년비가 되기에는 기분이 몹시 저조했다. 그럴 수밖에. 정보호를 만나느라 그 고생을 했는데, 기껏 정보호를 만나 놓고서 아무런 수확이 없었으니! 그뿐인가? 정보호에게 가진 재산만 죄다 넘기고 왔다. 젠장. 가진 돈 싹 다 가지고 나갔는데! 나는 이제 땡전 한 푼 없는 후궁이 되었는데! 이 와중에 황제는 내 방에서 적반하장으로 굴고 있으니 화가 날 수밖에 없었다.

"저…… 소주."

하지만 부성은 주전자와 접시를 가지고 바로 밖으로 나간 반면, 원웅은 내 옆으로 다가와 조심스럽게 알려주었다.

"폐하께서 여기서 세 시진이나 기다리셨어요."

그 말에는 나도 좀 놀랐다.

"세 시진? 진짜?"

"네."

"……."

그래서 내가 왔는데도 무시하고 있던 건가.

아니, 그래도 내 방에서 날 무시한 건 화나지만, 음. 세 시진 기다렸으면 나라도 화가 날 것 같기도 하고……

다음 날까지 곰곰이 생각해도 마음은 오락가락했다. 어떻게 생각하면 세 시진이나 기다렸으니, 섭섭할 만도 하지…… 싶고. 어떻게 생각하면 아니, 약속도 안 잡고 멋대로 와 놓고서는 왜 자기가 삐졌나 싶고. 하지만 확실한 건 그가 자꾸 신경이 쓰인단 것이었다.

'신경이 쓰이면 해결을 해야지.'

결국, 점심 식사를 마친 후. 직접 황제를 만나러 가보기로 했다. 한 번 더 싸우든 화해를 하든 그래도 만나는 봐야 할 거 같아서.

"심궁에 직접 가시려고요?"

내가 황제를 보러 가겠다고 하자 원웅과 부성은 질색했지만, 말리지는 않았다. 이전에도 간 적이 있긴 하니까.

"응. 말이나 좀 더 해보자 싶어서."

두 사람은 떨떠름해하면서도 내가 평소보다 좀 더 단정하게 차려입도록 도와주었다. 물론 여기서 단정은 후궁 기준 단정이다. 두 사람이 내게 준 옷은 생김새는 나풀나풀하지만 색은 검은색과 흰색뿐이어서, 마치 학의 날개처럼 보였다.

"이렇게 입으면 문사 느낌이 날 거예요."

글쎄. 문사 흉내 내는 돈 많은 집 불량한 자제 느낌 같은데. 어쨌건 나

보다는 두 사람이 옷에 대해 더 잘 알겠지 싶어서, 나는 학 차림을 하고서 황제를 찾아갔다.

'두 번째 오는 건데도 다들 엄청나게 쳐다보네.'

관리들은 내가 나름 문사처럼 차려입고 왔는데도 귀신 보듯 힐끗거렸지만, 이번에도 황제가 어디 있는지 위치는 잘 알려주었다. 하지만 황제는 심궁에 있지 않다고 했다. 이번에는 심궁과 동쪽 구역 사이 어딘가에 있다고. 젠장, '어딘가'는 또 뭐야? 어쨌든 그들의 말에 따라 나는 다시 동쪽 구역 쪽으로 걸어갔다. 그런 식으로 몇 번 더 헤맨 끝에야 마침내 황제를 찾아냈다.

하지만 기껏 찾아낸 황제는 혼자가 아니었다.

"……."

다른 후궁과 함께 있었다. 심지어 사이도 좋아 보였다. 딱 붙어서 호숫가를 산책하는 모습이 아주 족자에 나오는 한 쌍의 그림 같구만. 마음에 안 드는 그림.

그 모습을 보고 있자니 원웅이 "소주……" 하고 힘없이 중얼거린다. 내가 저 모습을 보고 충격받을 거라 생각한 모양이었다.

"괜찮아."

진짜로. 단지 저렇게 사이좋게 딱 붙어 있는데, 내가 끼어들어도 될지 감이 안 잡혀서 그렇지. 저쪽에 끼어들면 내가 눈치 없는 사람이 되려나?

그때. 황제와 나란히 산책하던 후궁이 내 쪽을 먼저 발견했다. 그리고 눈이 마주쳤다 여겨지는 순간. 그 후궁이 빙그레 웃으면서 황제의 팔을 꼭 잡더니 그의 어깨에 머리를 기댔다.

……나한테 고백하더니. 다른 여자와 팔짱 끼고 산책까지 다니네. 후궁은 자기 한 사람만 바라보라고 있다던 말. 홧김에 내뱉은 말인 줄 알았는데, 그냥 진심이었나 보다. 뭐, 말이야 맞지. 따지자면 후궁이 황제 한

사람만 보라고 있는 건 맞아. 맞는데. 그래도 기분이 나쁜걸.

"소주?"

원웅이 다시 한번 아주 작은 목소리로 나를 불렀다.

"괜찮아."

나는 아까와 같은 대답을 하고서 휙 몸을 돌렸다.

"신경 안 써."

내가 척척척척 앞으로 걸어가자, 어느 정도 황제와 거리가 생겼을 즈음. 원웅은 울적한 목소리로 물었다.

"신경을 안 쓰신다면서 왜 자리를 피하세요, 소주?"

"대화할 마음이 사라져서. 사과할 마음도 사라졌고."

"소주……."

밀실 회의실에서 나온 황제는 심각한 얼굴로 회의 중 오간 이야기를 되짚었다.

'수오부군왕과 손을 잡은 무림 세력. 거기가 어디인지 알 수 있는 단서가 숨겨져 있다고…….'

그게 어디일까. 물론 어디이든 반드시 해결해야 했다. 수오부군왕과 손을 잡았던 무림 세력이 군왕이 암살당하자마자 바로 마음을 바꾸어서 야욕을 꺾을 리는 없으니, 그들은 분명 다음 목표를 찾을 터. 어쩌면 이미 다른 목표가 있을지도 몰랐다. 반드시 그 세력을 찾아서 꺾어두어야 혼란을 미연에 방지할 수 있었다.

"저…… 폐하."

그런데 막 황제의 복장으로 갈아입으려는 황제를, 그림자인 초한이 조심스럽게 불렀다.

"왜 그러지?"

황제가 묻자 초한은 빠르게 설명했다.

"천 귀인에 관해 보고드릴 게 있습니다, 폐하."

초한은 황제의 그림자 중 가장 은신술이 뛰어난 여자로, 가끔 황제의 명령으로 천 귀인을 밀행했다. 오늘도 천 귀인의 행방을 쫓게 되었는데, 그러다 보니 보고할 거리가 생긴 것이다.

"무엇이냐."

"천 귀인이 폐하를 찾아 나섰다가 '가짜 폐하'를 보았습니다."

"연금을?"

"예."

황제는 눈살을 찌푸렸다.

"둘이서?"

"아닙니다. 가짜 폐하가 연비마마와 함께 있는 걸 보고 기분이 상해서 돌아갔습니다."

황제의 이마에 더욱 깊은 주름이 드리워지자, 초한은 그 눈치를 살피며 조심스럽게 물었다.

"어찌할까요?"

그러나 돌아온 대답은 차가웠다.

"짐과 무슨 상관이냐."

초한은 떨떠름해서 눈을 동그랗게 떴다.

상관없다고? 진짜? 그러나 진짜인 듯 황제는 옷을 다 갈아입자마자 차갑게 돌아섰다. 이래라저래라 지시도 없었다.

당황해 선 초한에게, 승언이 눈짓을 건네고서 얼른 황제의 뒤를 따라 나갔다.

"……."

"……."

그런데 웬걸. 초한을 곤란하게 할 정도로 차갑게 돌아선 황제가 심궁으로 가는 대신 전혀 엉뚱한 방향으로 나아가는 게 아닌가.

승언은 말없이 뒤를 따라가다가 감히 황제의 뜻을 짐작하기 어려워 작은 목소리로 그에게 물었다.

"폐하. 어디 가시는지요?"

"청적에 간다."

돌아온 말에 승언은 입을 벌리고 황제의 뒤통수를 쳐다보았다.

청적은 왜? 승언은 얼마 지나지 않아 그 대답을 직접 눈으로 보면서 알 수 있었다. 다시 변복한 황제가 청적에 가자마자 평소 천 귀인과 나란히 앉아서 노는 바위에 걸터앉았던 것이다.

그러고는 하염없이 앉아 있기만 하는데…….

'천 귀인을 기다리시는 건가.'

누가 봐도 '자신과 상관없다'던 천 귀인을 기다리는 눈치였다.

'청적에 갈까.'

터덜터덜 처소로 돌아온 후. 나는 평상에 앉아서 잠시 고민했다. 청적에 갈지 산책을 할지 틀어박혀 잠이나 잘지 수련을 할지. 그렇게 이각 정도를 고민한 결과 나는 결국 청적 대신 비밀 장소에 가기로 결심했다. 가서 수련이나 해야지. 이럴 때일수록 집중할 거리가 필요하니까.

물론 황제가 다른 후궁과 팔짱을 끼고 다닌다고 해서 내가 크게 신경을 쓰고 그런 건 아니다. 나랑 무슨 상관이야? 하지만 자꾸 생각이 나긴 하니까, 역시 다른 데 집중할 거리가 필요해.

그래도 이건 결과적으로 아주 좋은 선택이었다. 일단 수련에 몰입하고 나자, 정보호에게 돈을 뜯긴 일, 황제가 내게 후궁 관련해 막말을 퍼부은

일, 황제가 막말을 퍼붓고서 다른 후궁과 즐겁게 산책하던 일 등을 모두 잊고서 완전히 수련에 몰두할 수 있었다.

"소주…… 폐하를 잊으려 하시는 거예요?"

"폐하께 받은 상처 때문에 그러세요?"

하지만 그렇게 아침 일찍 나가서 훈련하다가 밤늦게 돌아오기를 며칠을 반복하자, 측근 궁녀인 원웅과 부성은 날 볼 때마다 슬픈 표정을 지었다. 그들은 황제가 다른 후궁과 어울리는 걸 목격한 내가 커다란 충격을 받아서 이런 행동을 한다 오해한 듯했다.

처음엔 황당했지만, 굳이 풀 오해도 아닌 듯해서 나는 두 사람이 계속 오해하게 그냥 방치했다. 하지만 8일째 되는 날에는 나도 수련에서 벗어나 현실에 부딪혀야 했다.

"소주. 사자친왕 전하 선물로 뭘 준비할까요?"

아침 식사를 다 마친 뒤 원웅이 한 질문 때문에. 오늘도 수련하러 갈 생각에 얼른 의자에서 일어나다가 나는 깜짝 놀라 되물었다.

"선물? 웬 선물?"

"곧 친왕 전하의 생신이잖아요."

"그런데 나도 선물을 사야 해?"

"그럼요. 친왕 전하는 폐하께서 유일하게 아끼는 이복형제시라, 매년 궁중에서 연회도 열어주시는걸요. 그래서 보통 다들 공개적으로 선물을 드려요."

원웅은 내가 곤란해하는 걸 눈치채고는 떨떠름하게 덧붙였다.

"꼭 드려야 한단 법도는 없지만, 안 드리면 눈에 띌 거예요."

원웅이 설명을 마치자마자 부성이 옆에서 물었다.

"왜 그러세요, 소주? 곤란한 표정이세요."

내 표정에서 노골적으로 곤란한 티가 났나 보다.

하지만 그럴 수밖에. 나는…….

"돈이 없는데."

"예?"

부성은 내가 장난치는 줄 알았던지 웃으면서 손을 저었다.

"그럴 리가요. 소주께서는 돈을 착실하게 모아두셨잖아요?"

"진짜야."

정보호한테 정보를 사러 갔다 사자친왕 그놈 때문에 다 날렸거든. 젠장, 그런데 사자친왕한테 선물을 사 줘야 한다고? 하지만 이 일은 몰래 외출했을 때 벌어진 일이라 남들에게 하소연할 수도 없었다.

내가 끙끙거리자 원웅과 부성은 그제야 장난이 아니란 걸 깨달았는지 '어쩌지?' 하는 시선을 주고받았다. 하지만 없는 돈을 뚝딱 나오게 할 수는 없는 법. 안 그래도 좁은 내 침실 안이 어색함으로 꽉꽉 채워졌다.

그러기를 얼마나 지났을까. 내내 입술을 벙긋거리던 원웅이 주저하면서 가까스로 의견을 내밀었다.

"저…… 소주. 연비마마께 도움을 청하면 어떨까요?"

"연비?"

연비라면 분명 오월궁의 주인이지. 돈이 많긴 할 거다. 하지만—

"나랑 안 친한데, 갑자기 도움을 청하면 이상하지 않아?"

내가 떨떠름하게 묻자 원웅이 내 눈치를 살피며 물었다.

"그래도 동복 언니신데, 도와주시지 않을까요? 며칠 전 일도 있고……."

며칠 전? 아니, 그보다 뭐?

"동복 언니라고? 연비가? 천, 아니, 내 친언니라고?"

동생이 죽었다 깨어났는데 괜찮냐는 말 한마디 없는 동복 언니. 언니가 아닐 때도 안 친한 사람 같았는데. 언니란 걸 알고 생각해보니 더 안 친하게 느껴진다.

아니, 넌 지금까지 천소여한테 동복 언니가 있는 줄도 몰랐어! 그렇잖아? 웬만큼 사이가 나쁘지 않고서야 동생이 죽을 고비를 넘기면 사람이라도 한 명 보내 '괜찮냐' 물어볼 텐데. 그러지 않은 사이라면……

"역시 돈 안 빌려줄 거 같은데."

딱 들어봐도 사이가 엄청나게 나쁘네.

"음. 그럴 것 같긴 해요, 소주."

원웅아 원웅아. 돈 빌리자는 제안을 한 건 너잖아. 내 말에 바로 수긍하지 마! 연비에게 돈을 빌리는 외에 다른 방법이 있을까?

이후로도 나와 원웅, 부성은 머리를 맞대고서 좋은 방도를 찾으려 노력했다. 하지만 궁 안에서 친구라고 할 사람이 얼마 없다 보니 대안이 쉬이 떠오르지 않았다. 게다가 사자친왕에게 바칠 선물은 비싸야 할 텐데. 돈을 빌리는 것도 문제인데, 큰돈을 갑자기 어디서 빌린단 말인가.

"요즘 소주는 염 귀인과 친하게 지내잖아요. 염 귀인께 부탁드려보면 어떨까요?"

생각하다 못해 나중에는 부성이 염 귀인 이름까지 입에 올렸지만, 나는 생각할 것도 없이 거절했다.

"무슨 소리야. 내가 왜 걔랑 친해? 나 걔랑 안 친해."

물론 염 귀인이 생각보다 괜찮은 애 같긴 해. 하지만 그렇다고 해서 우리가 갑자기 친구가 되는 건 아니니까.

내가 얼른 부정하자 원웅과 부성은 다시 머리를 굴렸다. 그러나 이 빈약한 대인관계 탓에 그들은 결국 돌고 돌아 같은 제안을 반복했다.

"그래도 연비마마께 여쭤보는 게 낫지 않을까요?"

다른 선택지를 찾지 못한 관계로 어쩔 도리가 없었다. 결국 울며 겨자 먹기로 연비를 찾아가는 수밖에.

어쨌든 연비를 찾아가기로 결정하자마자 나는 거울을 보며 몇 가지 준비를 했다. 옷차림은 최대한 단정하고 검소하게. 입가에는 아련하고 애정 어린 미소를 띠고. 말투는 조심스럽고 부드럽게.

이런 연습과 옷차림이 효과가 있었나. 동영궁을 나와 오월궁으로 가 연비를 찾자 다행히 나를 바로 들여보내주긴 했다. 사이 나쁜 자매니까 얼굴조차 안 보려 할지도 모른다 생각했는데. 그 정도는 아니었던 걸까? 어쨌든 나는 생각보다는 손쉽게 청색으로 된 멋진 연비의 방 앞에 도달할 수 있었고, 심호흡을 한 뒤에는 방 안으로도 들어갈 수 있었다.

그렇게 해서 들어간 방 안은 바깥에서 볼 때만큼 화려하진 않았다. 외관은 내 처소보다 몇십 배는 좋아 보이는데. 내부는 오히려 내 방과 비슷했다. 더 넓긴 하지만 일단 대충 보아서는 그렇다.

하지만 침실인데도 방이 세 칸으로 되어 있고, 침상은 가장 끝 칸에 화장대라거나 책상 등은 두 번째 칸에, 그리고 탁상은 가장 첫 번째 칸에 있었다.

연비는 그중 두 번째 칸 화장대 앞에 앉아 있는 듯했는데, 하늘거리는 휘장이 두 번째 칸과 첫 번째 칸 사이를 가리고 있어서 누군가 거기에 있단 것 외에는 알 수가 없었다.

거기까지 보고 나서 나는 잠시 고민했다. 음. 이제 어쩐다. 여기 계속서서 연비가 아는 척하기를 기다려야 하나? 아니면 나 왔다고 먼저 말을 걸어야 하나? 일단 문은 닫았고. 나 들어오는 소리도 들었을 것 같은데.

"소여니?"

다행히 연비 쪽이 먼저 내게 말을 걸었다. 죽었다 깨어난 동생에게 아는 척도 안 한 분치고는 퍽 다정한 목소리로.

"응, 언니. 나야."

그 목소리에 맞춰서, 일단 나도 사이좋은 자매인 척 대답을 해보았다. '천년비'는 형제가 없어서…… 이렇게 대답하는 게 맞진 모르겠지만.

음. 그런데 내가 대답을 하자마자 안쪽에서 갑자기 조용해지네. 천소여는 평소에는 이런 식으로 언니와 대화하지 않았나? 친언니가 아니라 직급 높은 후궁을 대하듯 대답해야 했나? 우물거리고 있자니 하얀 손이 나타나 장막을 스르륵 걷었다.

모습을 드러낸 연비를 보자마자 나는 깜짝 놀랐다. 두 가지 이유 때문에. 하나는 연비가 천소여와는 비교하기 힘들 정도로 무척이나 아름답다는 것. 다른 하나는 며칠 전 황제와 팔짱을 끼고 산책하던 후궁. 그 후궁이 바로 연비라는 것 때문에.

'뭐야. 연비랑 천소여, 전혀 안 닮았잖아? 한 명은 외탁을 하고 한 명은 친탁했나?'

천소여가 미인이 아니란 건 아니다. 하지만 천소여는 너무 우울한 인상인 반면, 연비는 그런 기색이 전혀 없는 밝고 화사한 인상이었다.

"어…… 안녕. 오랜만이야."

잠시 멍하니 그녀를 보다가 나는 일단 거듭 인사를 건넸다. 할 말이 없어서 던진 것이다. 참 이상하지. 생각해보면 별거 아닌데. 황제 옆에서 날 보며 씩 웃던 사람이 연비이고 언니라는 게 충격으로 여겨졌다.

그러나 연비는 나를 보고서도 전혀 놀란 기색이 아니었다. 연비는 기억을 안 잃었으니 당연하겠지만. 오히려 그녀는 내 '오랜만이야!' 하는 인사를 타박하기까지 했다.

"며칠 전에도 보았잖니."

"아, 그건 그렇지."

"그런데 왜 오랜만이라고 그러니?"

"난 기억을 잃었잖아."

"그런 얘기를 얼핏 듣긴 했지. 하지만 상태가 심각하지 않다던데. 아직도 기억을 못 찾은 거니?"

나한테 진짜로 관심 없구나, 이분. 사이가 좋고 나쁘고를 떠나서 아예 관심이 없어. 원래 형제자매는 이런가?

"어. 아직 못 찾았어. 언니가 언니란 것도 안 지 얼마 안 됐어."

그래도 일단 솔직하게 대답하자, 연비가 "그래?" 하고 고개를 기웃했다. 하지만 그것도 잠시. 그녀는 온화하게 웃으면서 의자를 가리켰다.

"앉아."

이렇게 보면 사이가 아주 나빠 보이진 않고?

그렇지만 며칠 전에 황제 옆에 딱 붙은 채 날 보면서 웃던 걸 생각하면 좀 찝찝한 구석이 있긴 한데.

그런데 내가 딱 의자에 엉덩이를 붙이고 앉는 순간. 내내 다정하게 웃고 있던 연비의 표정이 갑자기 확 차가워졌다.

가면을 쓰고 있다가 확 치워버린 것처럼 순식간에 바뀐 표정은, 사람을 얼떨떨하게 만들기에 충분했다. 뭔가 싶어 쳐다보자 연비가 한쪽 입꼬리를 올리며 꾸짖었다.

"황제 마음을 잘 잡고 있구나, 기억을 잃더니 한결 똑똑하게 굴게 되었구나, 기특하구나, 생각했는데. 며칠 전에 보니 내가 장난질하자마자 바로 표정 관리가 안 되더라?"

"어?"

"기억이 돌아오면서 다시 멍청해지고 있는 거니, 기억을 잃으면서 더 멍청해진 거니?"

나는 '언제 돈 얘기를 꺼낼까' 두근두근 기다리다가, 뜬금없이 혼이 나는 바람에 눈을 커다랗게 뜨고 그녀를 쳐다보았다. 이 상황에 갑자기 혼나는 것도 이상한데. 내용도 이상했다.

뭐라고? 황제 옆에서 날 보면서 웃은 그게…… 장난을 친 거였다고?

나는 연비의 흐름을 따라갈 수가 없어서 얼떨떨하게 쳐다보았다.

"그게 무슨 소리야?"

그러다 대놓고 직접 묻자, 연비는 손을 뻗어 내 뺨을 부드럽게 두드리며 우아하게 웃었다.

"기억을 잃었다니 네가 여기에 온 첫날 내가 해준 이야기를 다시 해주마, 동생아."

"응."

"황제는 사람이 아니야. 물건이다. 먹이지."

"!"

"그는 죽과 같다. 따뜻하고 맛나게 두려면 계속 불길을 주고 저어주어야 하지. 조금이라도 불길이 약해지면 안 돼. 하지만 명심하렴. 네가 휘저어야지, 거기에 데이면 안 된단다. 알았니?"

"어…… 솔직히 말해도 돼?"

"황제를 사랑한단 말을 하고 싶다면 말하지 말거라."

"그건 아닌데."

"그러면 말하렴."

"뭔 말인지 하나도 못 알아듣겠어."

내가 멍하게 중얼거리자 연비는 고개를 기웃하며 물었다.

"황제 때문에 온 게 아니니?"

"아니, 돈 꾸러 왔어."

돈을 빌려달라는 게 웃긴가?

"재밌구나."

웃긴가 보다. 나를 빤히 쳐다보던 연비가 갑자기 웃음을 터트리는 걸 보니. 어디가 웃긴 거지? 의아해서 쳐다보자, 연비는 한쪽 입꼬리를 올린 채 다시 한번 중얼거렸다.

"재밌어."

……칭찬인가? 떨떠름하긴 하지만 그래도 슬며시 기대가 되었다. 긍정적으로 보아주는 것 같으니 돈을 빌려준단 거겠지?

그러나 기대를 하자마자 연비는 웃음을 뚝 그쳤다.

"폐하께 빌려보렴."

게다가 저런 말까지.

"자신 없니?"

도발도 해주시고.

"가능하면 내가 여기 왔겠어?"

솔직하게 되묻자, 연비는 고개를 약간 기울였다.

"왜 안 되지? 폐하께선 널 가장 총애하시는데?"

"싸웠어."

그리고 총애는 무슨. 그놈은 나더러 대놓고 그랬다고. 후궁은 후궁이고, 자기는 고백해도 되지만 나는 안 되고 등등.

하지만 연비는 싸웠다는 내 말에도 남 일답게 시원스레 권했다.

"그럼 이참에 화해해보렴."

돈 꾸면서 화해하는 사람이 어딨어! 싸우고 나서 뜬금없이 찾아가 "돈 빌려주십시오, 폐하." 하면 내가 뭐가 돼?

돈 꾸는 후궁이 되겠지.

……뭐, 그래도 무림인들의 공적보단 낫긴 하네.

하지만 그러고 싶진 않았다.

내가 사립문 울타리를 열고 들어가자, 각자 자기 일을 하느라 바쁘던 원웅과 부성은 얼른 내 쪽으로 다가오면서 질문을 퍼부었다.

"뭐라 하세요?"

"빌려주신대요?"

두 사람 모두 내 궁핍한 주머니 사정이 나아질까 걱정하고 있던 모양이었다. 나는 솔직하게 대답했다.

"폐하한테 꿔래."

내 대답을 듣자마자 원웅이 반사적으로 솔직하게 중얼거렸다.

"아유 짜. 너무하신다."

나는 고개를 끄덕여서 원웅의 말에 동의했다.

"그뿐만 아냐. 말하는 게 잘 벼려진 칼날 같더라. 원래 그래?"

다정할 땐 다정한데 무서울 땐 또 무섭게 말하고. 사람 표정이 눈 깜짝할 사이에 휙휙 변하고. 아랫사람들이 비위 맞추기 되게 어려운 성격 같던데. 원웅은 내 말이 무슨 말인지 알겠다는 듯 키득키득 웃었다.

"원래 그러셨어요. 입궁하기 전부터."

반면 부성은 조금 좋은 쪽으로 말을 돌렸다.

"위엄 있고 영민하시고."

부성이는 연비를 되게 좋게 평가하네? 이건 또 의외인걸. 하긴. 이게 무슨 상관이야. 누굴 좋게 보건 그건 부성이 마음이지.

나는 더 말을 나누는 대신 발을 질질 끌면서 마당에 놓인 평상에 책상다리를 하고 앉았다. 그래. 지금은 연비가 문제가 아니야. 그 사람은 돈 안 빌려준다잖아. 그걸로 끝이지. 나한테는 돈이 문제라고.

나는 무릎 위에 팔을 괴고서 멍하니 연비가 한 말을 떠올려보았다. 황제에게 가서 꿔라는. 하지만 다시 생각해보아도 그건 아니야.

한참을 그러고 있자니 하늘 위 동동 떠가는 구름마저 돈으로 보여서 저절로 한탄이 나왔다. 내가 왜 이딴 걸 고민해야 하는 걸까?

"아. 녹봉. 나 녹봉 언제 나와?"

"친왕 전하 생신 이후에요."

"가불은……."

"될 리가요."

나는 팔을 내리고 몸을 통째로 옆으로 뉘었다. 이대로 누워 있으면 얼굴에 자국이 나겠지만 지금 자국이 문제냐…….

얼마나 그러고 있었을까. 갑자기 확 기분이 상했다.

젠장. 내가 빈털터리가 된 게 누구 때문인데, 그 누구를 위해 선물을 고민해야 한다니. 세상에 이렇게 부조리한 일이 있을까?

뭐 많겠지. 어쨌든 마음 같아서는 사자친왕 탓이라 구구절절 따진 다음 그에게 내가 뭘 주든 주는 대로 받으라 따지고 싶을 정도…… 아!

"어디 가세요, 소주?"

내가 평상 위에서 허우적거리다가 벌떡 일어나자 원웅이 얼른 물었다.

"사자친왕한테!"

"예?"

놀란 원웅에게 대충 설명해주고서 나는 얼른 사립문 울타리를 들추고 밖으로 뛰어갔다.

그래. 내가 왜 이 생각을 못 했지? 사자친왕은 내 사정을 알잖아? 그러니 내가 빈털터리란 걸 알면 선물을 소박하게 해도 된다 할지 몰라. 양심이 있으면 그러라고 하겠지. 명색이 왕인데, 별달리 가지고 싶은 물건도 없을 거고. 아니, 어쩌면 진심으로 소박한 선물을 좋아할지도 모른다. 이를테면…… 들풀 같은 거?

"그럴 리가요."

하지만 사자친왕은 내가 사정을 설명하고서, 들풀을 꺾어다가 예쁘게 포장해서 주면 안 되냐고 묻자 대번에 정색했다.

"들풀 싫으세요?"

27

"들풀은 들에 피었을 때 예쁘지, 생일 선물로 받으면 안 예쁩니다."

"들풀이 슬퍼할 거야."

내가 헛소리를 중얼거려보았지만, 사자친왕은 가볍게 무시하고서 빙그레 웃더니 갑자기 자기 부채를 들어 올려서 약 올리듯 팔락거렸다.

"요즘 부챗살이 좀 부실한 듯도 하고."

"부채 사 달란 말인가요?"

분노를 누르며 묻자, 사자친왕은 방긋 웃었다.

"그럴 리가요. 이건 돈 한 푼 없는 후궁이 살 수 있는 가격이 아닌데."

한 대 때려도 되나? 코에서 김이 날 것 같다. 씩씩거리느라 어깨가 자꾸 들썩이려는 걸 애써 참으면서 나는 항의하듯 물었다.

"그럼 뭘 가지고 싶으신데요?"

그러자 사자친왕은 픽 웃더니, 부채를 넣으면서 아까의 놀려대던 말투를 그만두고 평소처럼 말했다.

"사정은 알았습니다."

"하지만 봐줄 순 없다?"

"아닙니다. 봐드려야지요. 우리 사이에 우정도 있는데."

이놈아! 우리 사이에 언제 우정이 있었는데? 절대로 동의할 수 없는 말이지만 나는 무조건 고개를 끄덕였다.

염 귀인도 그렇고 사자친왕도 그렇고, 궁궐에 와서 내 동의 없는 친구들이 왜 이렇게 늘어나는지 모르겠네.

구시렁거리고 있자니, 사자친왕이 빙그레 웃고서 다시 입을 열었다.

"이렇게 하지요, 천 귀인."

"어떻게요?"

"정보호에게 '진짜로' 뭘 물었는지 내게 알려주십시오."

"!"

그가 한 뜻밖의 제안에 나는 입을 벌렸다. 뭐라고? 하지만 사자친왕은 그냥 한 말이 아닌 듯했다.

"그러면 천 귀인이 무엇을 주든 감동하는 시늉을 하겠습니다. 들풀? 아까 말한 그 들풀을 오는 길에 대충 꺾어와 내밀어도 좋아하겠습니다. 약조하지요. 어떻습니까? 천 귀인은 돈을 안 쓰고, 나는 원하는 걸 얻고."

사자친왕은 내가 인상을 찡그리고 쳐다보자 놀라울 정도로 화사하게 웃었다. 진심으로 자기 의견이 좋다고 여기는 표정이었다.

웃는 얼굴에 침 뱉어본 사람? 그런 속담이 왜 나왔는지 모르겠다. 난 뱉을 수 있거든. 하나도 어렵지 않다.

하지만 지금 나는 무공을 잃은 후궁 처지이고 상대는 왕이니 원래 성격대로 할 수는 없겠지. 그래도 얼굴이 구겨지는 건 막을 수가 없다.

내가 바닥을 내려다보며 눈살을 찌푸리고 있자 사자친왕이 아무것도 모르는 척 물었다.

"내 제안이 별로입니까?"

별로냐고? 당연하지! 애초에 내가 빈털터리가 된 게 네놈 탓이잖아!

너 같으면 네 돈 훔쳐 간 놈이 가문의 비밀과 떡 한 덩이를 교환하자면 기분 좋겠냐?

"소주, 친왕 전하께서 뭐라고 하세요? 괜찮다고 하세요?"

사자친왕과 헤어져 처소로 돌아가는 길. 충분히 거리가 벌어졌다 싶자 원웅이 얼른 내게 물었다. "괜찮다고 하세요?"라고 묻지만 '안 괜찮다고 하시죠?'에 가까운 표정으로.

"어. 싫대."

따지자면 거절은 아니고, 조건부 허락이긴 한데. 난 그 조건을 받아들일 마음이 없으니까. 뭐 거절이나 다름없겠지.

"그럴 것 같았어요."

한 길음마다 흰숨을 한 번씩 내쉬었지만, 처소에 돌아갈 때까지 해답은 나오지 않았다.

아아. 정말 어쩌지. 정보호에게 하려던 질문을 사자친왕에게 알려주긴 싫고. 아무 선물도 준비를 안 했다가 시선이 집중되는 것도 싫은데. 딱 적당한 수준에서 구색을 갖추어 중간 즈음만 하면 좋은데, 이 수준이 어딘지 짐작도 안 가고…….

"작년에 혜비마마께서 노래를 선물하셨잖아요."

처소에 들어와서도 내가 계속 고민하자, 부성이 음식을 가져다주면서 한숨을 내쉬었다.

"소주도 노래나 춤을 잘하시면 좋을 텐데요."

의견을 내려고 한 말이 아니라 그냥 같이 한탄해주는 말 같았다.

하지만 나는 손가락으로 탁자를 딱딱 튕기다가, 부성의 말에 아주 번뜩이는 해결책을 떠올렸다.

"노래?"

"네? 네."

"그래도 돼?"

내가 갑자기 벌떡 일어나 묻자 부성은 떨떠름해하면서도 순순히 대답했다.

"그럼요."

"춤도 되고?"

"네."

부성은 대답하면서도 계속 나를 이상하게 쳐다보았다. 내가 왜 이러는지 통 짐작이 가지 않는 듯했다.

"좋아! 그럼 난 그걸로 해야겠어!"

그러다 내가 대놓고 계획을 말하자, 부성은 깜짝 놀라서 들고 있던 접시를 떨어트릴 뻔했다.

"네? 노래요? 춤이요? 하지만 소주는……."

부성은 어물어물 뒷말을 생략했지만, 뒤에 뭘 말하고 싶은지는 명확했다. 소주는 춤도 못 추고 노래도 못 부르잖아요. 이 말 하고 싶은 거지?

진짜 천 귀인은 그랬나 보지. 하지만 난 아니다.

나는…… 춤을 잘 추거든!

결정을 내리자마자 나는 오랜만에 청적으로 뛰어갔다. 그곳에서 춤 연습을 할 생각이었다. 혹시 떡돌이를 만나면 내 춤이 어떤지 미리 봐달라 해도 좋고.

"떡돌아!"

다행히 청적에는 떡돌이가 먼저 와서, 늘 있는 그 바위 위에 붙박이처럼 앉아 하염없이 어딘가를 보고 있었다.

그러다 내가 부르는 소리를 들었는지, 떡돌이는 벌떡 일어나더니 제자리에서 발만 움직였다. 뭐야. 왜 제자리걸음을 해?

"떡돌아!"

뭐 괜찮아. 뒤로 안 가면 됐다. 내가 앞으로 가니까. 몇 걸음 만에 나는 그의 코앞으로 다가가 히죽 웃었다. 고민을 끝낸 덕에 기분이 후련해서인가. 입이 자꾸 크게 벌어졌다.

그런데 왜 저러지? 나는 웃는데. 떡돌이는 입술을 깨물고 나를 원망스레 보기만 했다. 그러다가 뱉는 말이 이랬다.

"너무하는군."

사람 얼굴을 보자마자 질책이라니. 너무 뜬금없잖아.

나는 놀라서 물었다.

"뭐가?"

"……."

그러나 떡돌이는 대답하지 않았다.

"왜? 뭐가 너무한데?"

재차 물어보았지만 그는 "있다. 그런 게." 하고서 얼버무렸다.

"뭐래."

툴툴대보지만 역시 설명하지 않기에, 나도 그냥 넘어가기로 했다. 중요한 거라면 말했겠지 싶어서. 어쨌든 지금 중요한 건 따로 있잖아?

"있지, 내가 뭐 보여줄 테니까 눈 크게 뜨고 잘 봤다가 소감 말해봐."

"뭘."

"봐봐. 아, 검 좀 빌려줘."

"검? 이건 실용적인 검이 아닌데."

"괜찮아."

떡돌이는 의아해하면서도 허리춤에 찬 장식용 검을 내밀었다.

나는 그를 밀어서 도로 바위에 앉히고서 몇 발자국 뒤로 가서 검을 수평으로 들었다.

"봐봐."

떡돌이는 내가 이렇게까지 하는데도 무슨 상황인지 전혀 짐작이 가지 않는 얼굴이었다. 하지만 나는 설명하는 대신 검무를 추기 시작했다. 검을 아래로 빠르게 내렸다가 다시 위로 올리고, 미끄러지듯 옆으로 꺾으면서 머리도 하늘을 향하게……

이건 예전에 개원이 만들어 준 검무였다. 그의 말에 따르면 기존에 유행하던 천…… 무슨 검무를 변형한 거라는데, 어디로 불지 모를 바람 같은 게 꼭 내 무공 같더라면서 알려주었지.

어쨌든 그 검무를 맛보기 정도로만 춘 다음, 나는 검을 내리고서 '짠!' 하는 자세를 취하며 그에게 물었다.

"어때?"

"……."

그러나 떡돌은 알 수 없는 표정으로 나를 보고만 있었다.

"어떠냐니까?"

하도 말이 없기에 결국 직접 다가가 검을 돌려주면서 재차 묻자, 그제 야 그는 가라앉은 목소리로 물었다.

"나한테…… 이걸 보여주고 싶었어?"

"아니. 사자친왕 전하 생신 선물로 출 건데, 어떤지 의견 좀 구하려고."

"!"

"어땠어?"

잘 췄지? 잘 췄으니까 이렇게 놀란 표정이지. 그치?

"엉망인데."

그러나 돌아온 대답은 내 예상과 전혀 반대였다.

"진짜? 그럴 리가."

내가 이 검무를 추면 개원은 하늘에서 우수수 떨어져 내리는 우박 같 다면서 엄지를 치켜세웠는데.

"눈 똑바로 뜨고 잘 봤어? 승언이 본 거 아냐?"

도저히 그의 부정적인 평가를 받아들일 수가 없어서 다시 묻자, 나무 뒤에서 승언이 항의하듯 이파리를 흔들었다.

"이거. 이거 이거 이거."

나는 떡돌이에게 손으로 허공을 여기저기 찌르는 시늉을 하면서 다시 물었다.

"진짜 제대로 본 거 맞아?"

그러나 떡돌은 이번에도 확실하게 대답했다.

"엉망이야. 그런 걸 친왕 생일에서 추다니. 말도 안 돼. 하지 마."

"……."

내가 인상을 찡그리자 떡돌이는 내 눈치를 살피며 물었다.

"……화났나?"

자기 입으로 엉망이라 해놓고서. 내가 그 말에 기분이 상했을까 봐 걱정되는 눈치였다. 그러면서도 박한 평가는 취소하지 않는다.

"아니. 화 안 났어."

어쨌든 화난 건 아니었기에 나는 덤덤히 고개를 저었다.

"화난 얼굴인데."

떡돌이는 내 말을 안 믿는 듯하지만.

"진짜로 화 안 났어."

정말이다. 난 화나지 않았다.

"화날 게 뭐가 있어. 네가 뭐라 하든, 난 내가 잘 추는 거 아는데."

"!"

"애초에 답은 정해져 있었다. 하지만 넌 오답을 말했지."

"!"

"너 안목이 형편없구나?"

"!"

"소주. 폐하께서 오늘 시침 상대로 이번에도 소주를 고르셨습니다."

잘 준비를 마치고서 신이 나서 누웠는데, 경사태감이 찾아와서 하등 쓸모없는 이 말을 전했다. 게다가 말을 전하면서 함박웃음을 짓고 있는 게, 아주 기쁜 소식이라도 전하러 온 것 같은 얼굴이었다.

하지만 나는 저절로 코웃음이 나왔다. 기가 막혀서. 정말 웃겨. 황제가 되려면 뻔뻔한 마음도 갖춰야 하나 봐? 최근 내내 싸워놓고서는 시침을 들라니. 절대로 그럴 수는 없지.

그렇지만 대놓고 황명을 거절할 수는 없으니 꾀병을 부리자. 나는 이불을 움켜잡고서 이마 위에 손을 얹었다.

"머리가 좀 아픈데."

그러고서 힘없이 침상 위에 쓰러지자 경사태감은 묘한 눈길로 나를 바라보았다. '너 안 아프잖아'라고 말하는 눈길. 하지만 내가 계속 아프다고 하자, 결국 경사태감은 알겠다 웅얼거리고서 밖으로 나갔다.

경사태감이 나가자 원웅이 겁먹은 얼굴로 물었다.

"소주, 이래도 될까요?"

원웅은 내 의도를 대번에 파악한 모양이었다. 하긴. 저녁때만 해도 밥을 세 공기나 먹으면서 수다를 떨었으니.

"솔직하게 가기 싫다 거절할 수는 없잖아."

"그렇긴 하지만……."

"아프다는데 뭐 어쩌겠어."

"그렇지요. 그런데 소주 안색은 누가 봐도 건강한 안색이어서요."

"그 정도야?"

"네."

원웅이 작은 손거울을 가져다주기에 얼굴을 비춰보니, 음. 요즘 훈련을 많이 해서인가. 확실히 건강해 보이긴 하네. 혈색도 좋고 뺨도 좀 동그래졌고. 게다가 입술도 핏기가 잘 돌아서 붉은빛이 난다. 그래서 경사태감이 날 그렇게 처다봤구나.

"그래도 어쩌겠어. 이미 아프다고 돌려보냈는걸."

"폐하께서 진노하실까 염려됩니다……."

"한 번 정도는 봐줄 거야."

사람이라면 그러겠지. 근거는 없지만 확실한 척 원웅을 위로하고서 나는 다시 침상 위에 엎어졌다. 그러나 얼마 가지 않아 다시 일어나야 했다.

"소주."

경사태감이 돌아오는 바람에.

"폐하께서 어의를 불러 진맥해주시겠으니 데려오시랍니다."

"!"

결국 또 이불말이 상태가 되어서 황제의 침방에 가게 되었다. 태감이 날 침상 위에 내려준 뒤. 문 닫히는 소리가 나자마자 나는 온몸을 꿈틀거려서 이불 위로 머리를 내밀었다. 그러고서 매섭게, 하지만 너무 불경하진 않도록 황제를 쨰려보려 했는데…….

"아무리 고운 얼굴로 해도 보기 추한 행동이 있구나."

황제는 옆으로 돌아누운 채 날 구경하고 있다가 내 얼굴을 보자마자 웃으면서 이딴 소리나 했다. 사실 눈이 안 보여서 웃는지 아닌진 모르겠지만, 아마 웃고 있었을 거다. 목소리가 웃는 목소리니까.

"잠자리에서까지 얼굴 가리는 분이 할 말씀이 아니십니다."

나는 퉁명스럽게 항의하고서 휙 고개를 돌렸다.

"역시 꾀병이었지?"

황제의 질문에 얼른 몸에서 힘을 도로 빼야 했지만.

"속 보인다."

황제는 픽 웃고서 손쉽게 나를 돌려 눕혔다. 어쩔 수 없이 그와 마주 보게 되자 황제의 목덜미가 눈에 들어왔다. 길고 쭉 뻗은 목덜미. 목만 보면 잘생겼는데. 얼굴은 왜 가리고 있는 걸까. 물론 황제가 목이 잘생기건 말건 나와는 상관이 없지만. 아니, 그래도 잘생겼으면 좋지.

"어때. 불러줄까?"

"뭘 말입니까."

"어의 말이다."

"!"

두 눈에 반항심을 잔뜩 담아 쳐다보자, 황제는 처진 눈썹을 쭉 위로 올려주고는 혀를 찼다.

"눈꼬리랑 눈썹 끝이 따로 노는군."

"아픈 사람에게 시침을 시키시고. 참 취향도 별나십니다."

"안 아프지 않느냐."

"그래도요."

"따지자면 네가 진짜 시침을 하는 것도 아니고."

"!"

불경하건 말건 조금 더 눈에 힘을 줘서 째려보자, 황제는 내 눈덜미를 엄지로 둥글게 문지르며 또 놀렸다.

"우리 계란이는 왜 매일 화가 나 있을까."

"그걸 모르십니까?"

"모르겠는데. 방 안에서 몇 시진이나 기다린 사람은 네가 아니라 짐 아니었느냐?"

"그 전후를 생각해보세요, 전후를!"

"전후?"

내가 조목조목 칼처럼 따지자, 황제는 잠시 고민하는 척 정면을 향해 돌아눕더니 다시 휙 옆으로 돌아서면서 웃었다.

"혹시 짐이 연비와 산책한 일로 화가 났느냐?"

"!"

뭐야. 내가 그 광경 목격한 걸 어떻게 안 거야? 아니, 그럼 내가 보고 있는 걸 알면서도 그렇게 찰싹 달라붙어 있던 거야? 어디에 화를 내야 하는 거야? 아니, 화를 낼 게 아니지. 그가 연비와 팔을 찰싹 붙이건 입술을 찰싹 붙이건 내가 무슨 상관이라고?

"화 안 났는데요? 제가 화가 난 건 폐하께서 그 전에 제게 했던 말들 때문입니다."

"전후로 화가 났다면서."

"제가요?"

"그래. 네가."

"아닌데요?"

"반의반 각도 지나기 전에 한 말인데. 그새 잊었느냐?"

"잊은 게 아니라 그런 말을 한 적이 없습니다."

딱 잘라 거짓말하자 황제는 어이없다는 듯 실소하더니, 손을 올려 내 입술을 위아래로 딱 잡고 흔들었다.

"음. 음. 으으."

그 상태로 내가 항의하자 황제는 그게 또 재밌는지 웃다가 입술을 놓아주었다. 참으로 기가 막힌 행태였다. 나는 황제와 연달아 싸운 일로 아직 화가 나 있는데, 이 황제는 왜 혼자 풀려서 이리 재밌어하는지.

결국 아예 말을 섞지 않으려 단단히 마음을 먹고서 눈을 딱 감아버렸다. 잠든 사람에게 말을 걸진 않겠지.

"내 아내가 다른 사내에게 춤을 선물하는 건 말도 안 된다. 다른 거로 골라라."

그러나 황제가 이다음에 한 말은 무시하기 어려워서 저절로 눈이 번쩍 떠졌다.

나는 당황해서 그를 쳐다보았다. 세상에. 떡돌이 이 새끼…… 그 내시 자식, 내가 검무를 준비 중이란 걸 그새 황제에게 일렀어?

나는 입을 뻐끔거리다가 황제에게 물었다.

"그거, 누구한테 들으셨습니까?"

"누구에게 들었다."

이가 아득아득 갈린다. 떡돌이 자식. 없는 게 거시기뿐인 줄 알았는데 아니었구나. 신의도 양심도 없었어! 이럴 수가 있나. 뒤통수가 다 얼얼하다. 하지만 떡돌이에게 화내는 건 나중에 하자. 중요한 건 다른 거니까.

"작년에는 다른 후궁이 노래를 불렀단 걸 들었습니다. 그전에 춤을 춘 후궁이 있었단 것도 들었고요."

그런데 어디서 약을 팔아?

"올해부터 바꾸면 되지."

하지만 약장수가 너무 권력이 셌다. 하긴. 그러면 되긴 하겠네. 내가 할 말을 잃고 입을 뻐끔거리자, 황제는 팔로 머리를 괴면서 물었다.

"왜 굳이 그런 선물을 하려는 거지? 그냥 평범하게 물건 하나 사 주는 게 낫지 않느냐?"

"그렇죠. 근데 전 돈이 없습니다. 그러니 최대한 돈 안 드는 선물을 해야 해요."

"!"

내 머리카락을 만지작거리던 황제의 손길이 잠시 삐끗했다. 내 말에 좀 놀란 듯했다.

나 역시 만만치 않게 놀라서 입을 다물었다. 젠장. 황제가 법 뜯어고친단 말을 너무 쉽게 하는 바람에 놀라서 실언했어. 황제 앞에서 돈이 없니 어쩌니 하는 얘긴 안 하고 싶었는데. 그러나 이미 내 궁핍한 사정을 들어 버린 황제는 황당하단 투로 물었다.

"녹봉이…… 적으냐?"

"예."

"치소에도 별 물건이 없고. 걸치고 다니는 것도 별 물건이 없는데. 어디 쓴다고? 네 가문……이 네 녹봉을 뺏어갈 만큼 어렵지도 않을 텐데?"

"어디든 쓰게 됩니다."

딱 잘라 말하자 황제는 몇 번이나 '허 허' 소리를 내더니 잠시 생각하다 제안했다.

"그럼 이렇게 하지."

황제가 내게 제안한 건 사기였다.

"내가 적당한 선물을 주겠다. 네 선물이라 말하고 사자에게 주거라."

아니, 이게 무슨 말이야? 내가 황당해서 쳐다보자. 자기도 이런 제안을 한 게 민망하긴 한지 황제가 헛기침했다.

"짐이 입을 다물면 아무도 모를 거다."

그건 당연한 거지! 아니, 그게 아니라.

"폐하 동생에게 줄 선물을, 폐하가 직접 주신다고요?"

나는 다시 한번 더 확인했다. 사실…… 그래도 상관이 없긴 했다. 저 제안을 한 게 황제가 아니었다면 나는 고개를 끄덕였을지도 모른다. 내 돈 한 푼 들이지 않고 생색을 낼 수 있다니, 참으로 편리하지 않은가.

"대신 앞으로 검무는 짐 앞에서만 추도록 하라."

그러나 황제가 덧붙인 말이 내 입술을 저절로 움직였다.

"싫어요."

황제는 내 머리카락을 만지작거리던 걸 뚝 멈추었다.

"싫다고?"

"네."

황제의 입술이 일자로 변했다. 그가 내 대답을 마음에 들어 하지 않는 단 게 노골적일 정도로 뚜렷했다.

그래도 나는 대답을 바꾸지 않았다.

"어째서 싫단 거지?"

"전 남들 앞에서 춤추는 게 좋습니다."

내가 단호하게 말하자 황제의 입술이 조금 벌어졌다.

"뭐라?"

고작 그딴 이유 때문에 짐의 말을 거절해? 뭐 이런 식으로 생각하는 듯했다. 하긴. 그렇게 생각할 만도 하다. 사실 이건 거짓말이니까. 나는 남들 앞에서 춤추는 걸 좋아하지 않는다. 나는 그냥…… 그냥 황제와 저런 약속을 하고 싶지 않을 뿐이지. 그는 황제이니 내게 이래라저래라 할 수 있지. 어쩔 수 없어. 하지만 별개로 그가 이래라저래라 하는 게 마음에 들지 않는걸.

그가 검무를 추지 말라 명령한다면, 나는 결국 출 수 없을 거다. 그렇지만 그 명령이 좋은지 싫은지 그가 내게 묻는다면, 나는 솔직하게 내 의견을 말할 거다. 억지로 명령을 따르긴 했지만, 그런 명령 듣는 건 싫다고. 내 앞날을 두고서 황제가 멋대로 약조시키는 건 싫다고. 특히 그 명령이 내게서 무언가를 제한하는 거라면 더욱.

"네가 그렇게 춤을 좋아하는지 몰랐는데."

"좋아합니다. 전 혼자 있을 땐 늘 춤을 춰요."

"사람들 앞에서 추는 게 좋다더니."

이 황제가 진짜 계속 말꼬리 잡고!

"혼자 춰도 좋고 사람들 앞에서 춰도 좋죠. 어쨌든 폐하 앞에서만 추진 않을 겁니다."

"황명이라도?"

"몰래 출 거예요."

나는 똑 부러지게 말하고서 휙 고개를 돌렸다. 하지만 뒤에서 황제가 불길할 정도로 아무런 말도 하지 않기에, 결국 슬쩍 뒤를 돌아보고 말았다. 돌아보지미자 눈이 마주쳐서 도로 시선을 피했지만.

분명 화를 내거나 차갑게 빈정거릴 거라 생각했는데. 그 후로 황제는 아무런 말도 하지 않았다. 다음 날, 내가 처소로 돌아갈 때까지. 그리고 사자친왕의 생일이 될 때까지 나를 두 번 다시 부르지 않았다

결국, 아무런 준비를 하지 못한 채 사자친왕의 생일날이 되었고, 나는 무난하게 꾸미고서 연회 장소로 걸어갔다.

수많은 태감과 궁녀들이 황제가 가장 아끼는 아우의 생일을 축하하기 위해 화화정에 있는 넓은 터를 연회 장소로 꾸민단 이야기는 이미 다른 궁녀들에게 들어서 알고 있었다. 하지만 비관련자들의 출입을 막아서 어떻게 꾸미는지는 전혀 보지 못했는데. 연회장에 와서 보니 생각 이상으로 놀라웠다.

"와. 참 예뻐요."

내가 어떤 선물을 준비했는지 알려주지 않아서 내내 걱정하던 원웅이 눈을 휘둥그렇게 뜨고 감탄할 정도로.

화화정은 후궁들의 처소가 있는 동쪽 구역 전체를 둘러싼 커다란 정원으로, 안쪽에는 주위가 온통 꽃으로 둘러싸인 넓은 공간이 있다. 특히 휘장처럼 내려온 꽃 덤불 아래로 바깥쪽과 이어진 호수며 그 호수 가장자리에 있는 커다란 정자는 이 공간 내에서도 가장 아름다워서, 별다른 치장을 하지 않아도 계절이 늘 이곳을 아름답게 만든다. 그런 곳을 작정하고 꾸미자, 연회 장소는 정말 신선들이 모여서 노는 곳만큼 화려했다.

이 때문일까? 사자친왕의 생일을 축하하기 위해 모인 사람들 모두 얼굴이 활짝 피어서 온갖 이야기를 즐겁게 나누었다. 나한테 이상한 차를 건

넀다가 근신 명령을 받은 안비 역시 근신이 풀렸는지 간만에 얼굴을 비추었고, 다른 후궁과 황후는 물론 연얼군주까지도 자리했다. 그 외에 내가 얼굴 모르는 황족들도 몇몇 왔고. 그렇게 따뜻한 봄바람과 함께 연회가 시작되었다.

처음에는 전문 악공들과 악사들이 노래를 부르고 악기를 연주했다. 이후에는 전문 무희들이 춤을 추고, 사람들은 술을 마시거나 음식을 먹으면서 즐겁게 춤과 노래를 구경했다.

그러기를 한참 후. 대체 선물은 언제 보내는 건가 초조하게 기다리고 있자니, 사자친왕의 태감 하나가 능청스럽게 바람을 잡았다.

"선물을 가져오신 분들께서는 이쪽으로 선물을 놓아주시면 됩니다. 우리 전하께서 빨리 선물을 받고 싶으시답니다!"

태감의 말에 사람들은 웃음을 터트렸고, 그걸 시작으로 하나둘 자기들이 준비한 선물을 사자친왕 쪽으로 보내기 시작했다. 신분이 높은 순서대로 보내는 건 아니고, 그냥 뒤죽박죽 아무 순서로 보내는 듯했으나, 보통은 자기 밑의 태감을 시켜 사자친왕의 태감 쪽으로 선물을 보냈다. 사이가 좋은 황족 몇 명만이 직접 선물을 가져가 건넬 뿐. 나는 이 모든 광경을 지켜보다가 사람들이 전부 다 선물을 보냈을 즈음. 결국 더 미루지못하고 천천히 자리에서 일어났다.

황제는 내가 왔는데도 술 한잔 안 건네고 아는 척도 하지 않고 있었는데, 내가 사자친왕의 곁으로 걸어가자 그제야 술을 마시는 척하면서 나를 쳐다보았다. 얼굴을 면사로 가렸지만, 시선이 느껴졌다. 가장 상석 탁자에 태후와 황후, 황제, 사자친왕이 나란히 앉아 있었기에, 태후와 황후역시 자연스럽게 서로 대화를 나누던 걸 멈추고 내 쪽을 쳐다보았고.

젠장. 그런데 상석에 앉은 네 사람이야 그렇다 치고. 왜 다른 사람들까지 다 조용해진 거야? 내가 직접 와서? 나도 다른 후궁들처럼 그냥 태감을 시커서 선물을 건넬 걸 그랬나? 하지만 내 선물은 태감을 통해서 보내면 너무 성의 없어 보인단 말이야.

"천 귀인."

그런데 이게 무슨 일이야? 내가 자기 바로 앞으로 다가오자, 내 텅 빈 주머니 사정을 잘 아는 사자친왕이 이 상황이 재밌는지 눈이 휘어져라 웃으면서 돌연 자리에서 일어나는 게 아닌가. 자식아, 일어나지 마! 더 눈에 띄잖아!

"무슨 선물을 주려고 여기까지 몸소. 참으로 고맙습니다."

기대도 높이지 마! 젠장. 하지만 사자친왕이 덩달아 일어나면서 저런 말을 하는 바람에, 갑자기 악공들까지 뭐 특별한 선물을 전달하는구나 싶은지 곡 연주를 멈추었다. 입에서 저절로 욕이 나오네. 아까까지는 가벼운 분위기였는데, 왜 내 순서가 되니까 분위기가 바뀐 거야?

하지만 어쩔 수 없지. 지금 돌아가면 더 이상해. 옆에서 따끔따끔 쏟아지는 황제의 시선을 무시하고서 나는 입을 열었다.

"전하께서는 이미 많은 것을 가지고 계십니다. 제가 가진 것보다 배로요. 그런 분께 뭘 드려야 좋은 선물일지, 계속 고민하였습니다."

사자친왕의 입가에 미묘한 미소가 떠올랐다. '너 돈 없는 거 나는 다 아는데. 말은 잘하는구나' 뭐 대충 이런 미소였다. 그걸 아는 놈이 사람들 기대를 쑥쑥 키워놨냐? 나쁜 놈.

"그래서 전하께 약조를 선물하기로 하였습니다."

어쨌든 지금은 사자친왕을 향해 솔직하게 화를 낼 때가 아니지. 나는 당장 선물을 준비하지 못한 상황을 포장하기 위해 최대한 그럴듯한 미소를 지었다.

"언젠가 전하께서 제 도움이 필요하실 때. 꼭 전하를 돕겠습니다. 이 약조가 제 선물입니다."

내 선물은 세 치 혓바닥이다! 내가 자신만만한 미소를 띠고서 친왕을 쳐다보자, 주위에서 웅성거리는 소리가 들려왔다. 무슨 선물을 하나 싶었는데, 선물이랍시고 미래에 대한 약속을 툭 던지자 '이걸 선물이라 쳐야 하나?' 생각하는 눈치들이었다.

"천 귀인이 말은 잘하는군요."

"말만 잘하는 거지요."

"그럼요. 나는 누가 내 선물이랍시고 저딴 말을 하면 당장 쫓아내 버릴 겁니다."

"그럼 말을 잘하는 게 아니지 않나요?"

"폐하의 약속이라면 선물이라 할 만하겠지만, 권력 한 톨 없는 천 귀인이 저런 약조라니."

대부분은 비웃음이네. 네, 실컷 웃으세요. 나도 돈 있었으면 이런 식으로 안 나왔어. 황제가 황명으로 춤추지 말라 안 했다면 그냥 춤추고 때웠다고. 젠장. 생각하니 억울하네. 내가 춤을 췄더라면 지금 날 비웃는 사람들 모두 깜짝 놀라서 '천 귀인의 춤은 학 같다!'고 박수를 쳤을 텐데!

속으로 한탄하면서도 나는 사자친왕에게서 시선을 떼지 않았다. 화를 내든 어이없어하든 놀리든, 그가 무슨 반응이라도 보여야 자연스럽게 들어갈 수 있으니.

"마음에 드는군."

어? 그러나 의외로 사자친왕은 활짝 웃었다. 놀리는 미소는 분명 아니었다. 웬일이지? 무슨 꿍꿍이야?

"정말 마음에 들어."

진심으로 하는 이야기일까? '천년비'인 나는 몹시 강하지. 그러니 '부탁 한번 들어준다' 같은 말을 하면 좋아할 사람이 있긴 할 거야.

하지만 '천 귀인'은…… 강하지 않잖아. 가문이 좋긴 하지만 같은 가문 출신에 품계가 더 높은 연비도 있고. 그런데도 사자친왕은 왜 저렇게 좋아하는 걸까?

"꼭 약속 지켜야 합니다."

어쨌든 그가 면박을 안 주니 다행이다. 나는 고개를 끄덕이고서 순순히 뒤로 물러나 아까 앉아 있던 내 자리로 돌아왔다.

하지만 괜찮다고 말해준 건 사자친왕 본인뿐이었다.

"천 귀인은 말을 참 잘하는군요."

"그러게 말입니다. 남들이 많은 돈을 들여 세심하게 준비한 선물을 세 치 혀로 대신해버리고."

"혼자 눈에 띄고 싶었던 걸까요?"

"왜요. 난 천 귀인의 선물이 꽤 좋다고 생각합니다. 하지만 이미 모든 걸 가진 전하께서 귀인에게 도움받을 일이 있긴 할까요?"

사람들이 소곤거리는 소리가 여기저기에서 들려온다. 굳이 낮추려 들지 않는 목소리들.

흑합 장군은 술을 마시며 착잡한 시선으로 천 귀인을 바라보았다.

그쪽에도 사람들이 수군거리는 소리가 들려올 텐데, 천 귀인은 아무 소리도 안 들리는 척 태연히 물을 홀짝이고 있었다. 하지만 속마음까지 편치는 않겠지.

흑합 장군은 천 귀인이 사람들이 수군거릴 사람이 아니라 확신했다. 그녀는 단순히 눈에 띄고 싶어서 이런 일을 벌일 사람도, 세 치 혀로 선물을 무마해버리는 사람도 아니란 걸. 흑합이 보는 천 귀인은 의리가 있고 사람 간의 신의에 진심인 사람이었다.

결국, 그는 연회가 끝난 후. 천 귀인이 돌아가려 할 때쯤 그녀에게 다가가 진심으로 말했다.

연회가 끝난 뒤. 남을 사람은 남고 돌아갈 사람은 돌아갈 분위기가 되었길래 나도 슬그머니 자리에서 일어나려던 참이었다. 난데없이 흑합 장군이 걸어오더니 내게 굳은 목소리로 이렇게 말했다.

"전 그 선물이 아주 좋아 보였습니다."

너무 교묘한 시기인 데다, 지금까지 내게 그 선물 이야기를 꺼낸 사람은 모두 놀리려는 의도였다. 이 때문에 나는 흑합 장군 역시 날 놀리러 온 거라 생각했다. 사람 그렇게 안 봤는데 말이야. 안 그래도 주위에서 하도 내 선물을 비웃는 바람에 열이 조금 올랐는데. 불난 데 기름 붓냐.

"진심으로 한 말입니다. 전 천 귀인의 선물이 아주 가치 있다 생각합니다. 그러니 남들이 뭐라 하든 신경 쓰지 않았으면 합니다."

그러나 돌아서려는 나를 흑합은 굳이 한 번 더 붙잡고서 말했다. 농담하는 눈치는 아니었다. 하지만 표정을 잘 숨기는 사람은 기만도 진실처럼 할 수 있지. 개원이처럼.

"그럼…… 흑합 장군 생일에도 같은 선물을 줄게요."

그래서 슬쩍 떠보듯 말해보았다. 가짜로 한 말이라면 조금이라도 표정에 변화가 있을 거라 생각해서.

"저야 고마운 일이지요."

그러나 흑합 장군은 이번에도 온화하게 웃으면서 대답할 뿐, 내 말에 황당해하는 눈치는 없었다.

"그럼 이만."

흑합 장군이 묵례로 인사하고 사라지자, 그를 보느라 잠시 조용해졌던 사람들이 다시 나에 대해 수군거리기 시작했다. 이름 모를 종친들부터 시작해 후궁 몇몇, 심지어 태감과 궁녀들까지도.

"소주, 어땠나요? 괜찮으세요?"

연회 장소를 벗어나자, 근방에서 기다리던 원웅이 얼른 달려와 물었다.

엄청나게 긴장한 표정을 보니 먼저 자리를 뜬 사람들이 나에 대해 한 차례 수군거리며 지나간 모양이었다.

"응. 괜찮아."

당당하게 대답해주는데도 표정이 안 풀리는 걸 보니 확실하네.

"진짜 괜찮아. 전하는 마음에 들어 하셨거든."

더불어 흑합 장군도.

"그러면 된 거지."

남쪽 구역과 심궁 사이에는 '봄이 다가오는 길'이란 뜻에서 '춘로'라고 부르는 길이 있다. 그쪽을 거닐다 보면 연희에 자주 사용되는 희완각이 나오는데, 오늘은 아무도 연희를 보지 않기에 그 안에 사람이 없었다.

'떡돌이 짜증 나.'

나는 아무도 없단 걸 확인한 뒤 그 안에 들어가 난각 사이로 다리를 내놓고 앉아 바닥을 주먹으로 두드렸다. 원래는 청적으로 가려고 했는데, 일부러 가던 도중 방향을 바꾸어 여기로 온 거다. 사자친왕 생일 문제가 다 지나가자 새삼 떡돌이에게 화가 나서.

황제는…… 원래부터 성격이 좀스러웠으니 그러려니 한다지만. 떡돌이는 나와 우정을 주고받는 사이 아니었나? 우리 사이에 오고 간 쑥떡과 팥떡은 어떻게 된 거야? 내가 춤을 준비한단 걸 바로 황제에게 미주알고주알 일러바치고. 너무하다 너무해.

'선을 좀 그어야겠어.'

혼자 분노를 삭이다가, 결국 나는 마음을 바꿨다. 이건 혼자서 씩씩거릴 문제가 아니야. 떡돌이 그놈한테 대놓고 말해야지.

마음을 먹자마자 희완각에서 내려와 청적으로 달려갔다. 혹시 없으면 어쩌지, 생각했지만 떡돌이는 마침 거기 바위에 홀로 앉아 무언가를 곰곰이 생각하고 있었다.

그러다가 내가 다가가자 웃으면서 내게 손을 내밀었지만, 나는 손바닥을 쫙 펼쳐서 그놈의 손바닥을 찰싹 소리가 나게 쳐서 거절했다.

"천 귀인?"

떡돌이는 놀랐는지 눈을 평소보다 커다랗게 뜨고 나와 자기 손바닥을 번갈아 보았다. 나무 뒤에서 승언이가 들썩이는 소리가 났지만, 나는 차갑고 냉정한 눈으로 떡돌이를 빤히 쳐다보기만 했다.

떡돌이는 빨개진 손바닥을 접어서 무릎 위에 얌전히 놓더니, 잠시 더 생각하다가 내게 물었다.

"손에 좀 힘이 들어간 것 같은데. 나한테 화가 났나?"

"그래. 실망했어. 내가 선물로 춤을 준비했다는 걸 폐하한테 그대로 일러버리다니!"

"그건―"

"난 네가 의리가 없단 걸 알게 됐어. 네게 없는 게 거시기 말고도 또 있단 걸 알게 됐다고!"

떡돌이는 손을 살짝 휘젓다가, 갑자기 눈을 더욱더 커다랗게 뜨더니 나를 멍하게 보았다.

"나한테…… 뭐가 없어?"

"지금 그게 중요한 게 아니야!"

"아니, 나한텐 중요해!"

"지금 우리 사이의 의리보다 네 거시기가 중요하단 거야?!"

떡돌이는 멍하니 나를 보다가 몹시 심각한 표정으로 중얼거렸다.

"대답하기가 좀 곤란한 질문인데……."

"넌 네 거시기보다도 날 소중하게 여기지 않는구나."

"천 귀인. 잠시만. 왜 굳이 그 두 개 사이에서 비교를……? 다른 거로 비교하면 안 되나?"

"원래 비교는 대답할 수 없는 사이에서 하는 거야."

"!"

"알았어. 그럼 해명할 기회를 줄게. 걔야 나야?"

"!"

나는…… 떡돌이라면 떼버려서 있지도 않을 거시기보단 당연히 내가 좋다고 대답할 줄 알았다. 만약 떡돌이가 나에게 같은 질문을 했더라도 나는 떡돌이가 더 좋다고 대답했을 거고. 왜냐. 없는 물건보단 떡돌이가 당연히 훨씬 나으니까. 그리고 떡돌이가 내가 더 소중하다, 자기는 춤 얘기가 비밀인 줄 몰랐다, 폐하한테 그냥 이런저런 말을 하다가 나온 화제다, 일이 이렇게 되어서 미안하다 등등 그럴듯하게 둘러대면 사과를 받아주려 했지. 그러나 떡돌이는 대답 시간이 너무 길었다.

"너야."

그가 결국 원하는 대답을 하긴 했지만, 누가 보아도 마지못해 하는 말이었고.

"이제 너도 얘기해줘. 무슨 소리지? 나한테 그……게 없다니?"

결국 나는 실망감을 이기지 못하고 벌떡 일어나 선언했다.

"난 의리 없는 사람이 싫어. 이젠 너와 선을 긋겠어."

떡돌이는 내 차갑고 냉정한 대답에 눈을 커다랗게 뜨며 항의했다.

"네가 더 소중하다 대답했잖아?"

"마지못해 한 대답이지만 대답은 했으니 우정을 파기하진 않을게. 하지만 이제부터 넌…… 세 번째로 밀려났다."

"세 번째?"

떡돌이는 기막히단 얼굴로 입을 벌리더니 또 항의했다.

"왜 두 칸이나 뒤로 밀린 거지?"

"무슨 소리야. 넌 첨부터 두 번째였으니 한 칸만 뒤로 밀린 건데."

"처음부터 두 번째라고? 그럼 첫 번째는 누구인데?"

"누구긴 누구야. 당연히—"

나지. 하지만 떡돌이가 저렇게 긴장해서 대답을 기다리고 있으니 알려주기가 싫네.

"황제인가?"

오답을 짚으니 더더욱 알려주기가 싫다. 나는 코웃음을 치고서 일부러 소맷자락을 펄럭 소리가 나게 흔들었다.

"알려주지 않겠어. 어쨌든 넌 세 번째고, 이제 난 다른 사람과 더 친하게 지낼 거야."

"……그 다른 사람은 누군데?"

"흑합 장군."

"!"

"흑합 장군은 얼굴도 성품도 의리도 목련 같아. 얼굴도 성품도 의리도 강아지풀 같은 너와는 다르지."

"강아지풀!"

"아니, 넌 강아지풀도 못 돼. 넌 개풀이야."

"개풀!"

떡돌이가 심장을 움켜잡고서 입술을 떠는 걸 보니, 무림인들이 두려워하던 나의 비인간적이고 냉정한 마음이 쾌재를 부르는 게 느껴진다. 나는 거만하게 코웃음을 치고서 그를 남겨둔 채 다시 한번 소매를 펄럭이고 그 자리를 벗어났다.

저렇게 소매를 펄럭대며 걸어가면 나중엔 조금 날 수도 있겠구만.

"괜찮으십니까, 폐하?"

승언은 천년비가 부자연스럽게 소맷자락을 펄럭거리면서 가버리자, 혀

51

를 끌끌 차다가 뒤늦게 나무 뒤에서 나와 황제에게 다가갔다.

"아아, 그래."

승언이 묻자 황제는 짧게 대답하고서 심장 부근에 올렸던 손을 내렸다. 천 귀인이 개풀이라 부르든 강아지풀이라 부르든 전혀 신경 쓰지 않는단 것처럼. 고작 후궁 하나가 어떤 이상한 소리를 해도 꿈쩍도 하지 않는 차가운 황제인 것처럼. 후궁의 헛소리 따윈 재롱으로 넘어갈 수 있는 얼음 같은 황제인 것처럼.

'폐하…….'

하지만 아래로 내려가는 황제의 손끝은 파르르 떨리고 있어서, 승언은 자기가 더 송구스럽고 민망해졌다. 차라리 황제가 대놓고 충격받은 얼굴이면 나을 텐데. 충격받지 않은 척 저러고 있으니 괜스레 덩달아 부끄러웠다. 그래도 충신답게, 그는 기지를 발휘해 아무것도 못 본 척 다른 방향으로 고개를 돌리며 딱딱하게 중얼거렸다.

"천 귀인의 오만방자함이 날이 갈수록 더해가니, 폐하께 누를 끼칠까 염려됩니다."

"천 귀인의 예의를 따지려면 짐이 누구인지를 먼저 알려주어야지. 천 귀인은 짐이 누구인지 모르는데 어찌 오만방자하다 할 수 있겠느냐."

그러나 황제가 딱 잘라 천 귀인을 편들자, 승언을 바로 입을 다물었다.

사실 황제가 너무 충격을 받은 눈치 같아서 슬쩍 한 말일 뿐, 승언 역시 진심으로 뱉은 말은 아니었다. 그 역시 천 귀인의 오해를 똑똑히 알고 있으니까. 심지어 그 오해는 황제가 일부러 조장하고 방치하는 오해가 아니던가. 그런 걸 두고서 천 귀인만을 탓하는 건 억울한 일이었다.

하지만 황제가 자신의 뜻을 오해할까 걱정이 된 승언은 얼른 다른 방향으로 화제를 돌렸다.

"아, 폐하. 오늘은 황후 폐하와 의무적으로 시침해야 하는 날인 건 기억하시는지요?"

"……."

"황후께서 태감에게 '직접 오실 건지, 연금을 보내실 건지 폐하께 여쭈어라' 전하셨답니다. 어실로 가시면 오 공공께서 이 말을 물으실 겁니다."

연금의 이야기가 나오자 황제의 입가에 희미하게 미소가 떠올랐다.

"한 번이라도 내가 연금을 보낸 적이 있긴 한가. 황후는 매번 사람을 떠보는군."

이후 어실로 간 황제는 측근 태감에게도 같은 말을 한 후, 뒤이어 다른 태감에게 흑합 장군을 불러오라 지시했다.

"예, 폐하."

태감은 황제의 지시를 듣자 순순히 대답하고서 밖으로 나갔다. 근처에 선 사람들 역시 황제의 지시에 멀뚱히 서 있기만 했다.

아무도 황제가 흑합 장군을 부른 걸 이상하게 여기지 않았다. 흑합 장군은 충신 가문 사람이었고, 황제 역시 그를 아꼈다. 종종 불러서 술을 마시기도 하고 담소를 나누기도 하고, 나랏일을 의논하기도 했으니, 당연한 반응이었다.

'갑자기 왜 흑합 장군을……?'

병풍 뒤에 몸을 숨긴 승언에게는 너무나 이상하게 들렸지만. 승언은 황제의 명령을 듣자마자 눈을 커다랗게 떴다. 평소라면 그도 놀라지 않았을 것이다. 하지만 얼마 지나지 않은 아까 일 때문인가. 괜히 송구스러운 의심이 들었다.

'천 귀인이 아까 흑합 장군과 더 친하게 지낼 거라 하셔서 저러시나?'

승언은 자신이 한 생각에 자신이 놀라서 고개를 저었다.

'설마. 그럴 리가 없다.'

그래. 아무리 마음에 드는 총비라 한들, 폐하께서 고작 후궁 하나 때문에 흑합 장군에게 박하게 대하시진 않겠지. 승언은 불길한 생각을 애써 옆으로 치워두었다. 그의 황제는 질투심에 눈이 멀어 충신을 배척하는 그런 망군이 아니리라 생각하며.

"부르셨사옵니까, 폐하."

"흑합. 지금 당장 궐을 떠나 멀리 가야겠다."

아니었다. 망군이었다.

'폐하!'

병풍 뒤 승언의 눈이 바둑알만큼 커다래졌다.

"갑자기 궐을 떠나라 하오시면……?"

흑합 장군은 황제가 난데없이 떠나라 명령하자 당황한 듯했다.

하긴. 누구라도 황당해할 황명이었지만.

뭐라 둘러대시려구요. 승언은 속으로 구시렁거렸다. 그러나 황제에게 는 제법 그럴듯한 변명거리가 있었다.

"수오부군왕과 손을 잡았었던 무림인들이 누구인가 알아내야겠으니 23천도로 가보라."

수도는 중천에 있고, 수도로부터의 거리에 멀어질수록 '천도' 앞에 붙은 숫자가 커졌다. 즉 23천도면 수도로부터 상당히 먼 거리였다.

"명령이시라면 당연히 따를 것입니다, 폐하. 하나 왜 23천도를 짚으시 는 건지 이유를 여쭙고 싶습니다."

이에 흑합 장군이 뜻밖이란 내색을 숨기며 물었으나, 황제는 단호하게 재차 지시했다.

"그곳에 불안한 무리들이 모여 수시로 크고 작은 소동이 벌어진다 들 었다. 속히 가서 네가 살펴보고 오라."

"하나—"

"지금 당장."

만복일에 아이를 가지면 아이가 영리하고 건강하단 말이 있다. 이 때문에 대대로 황제들은 이날만큼은 꼭 시침해야 했다. 특히 한 달에 두 번 있는 만복일 중 한 번은 반드시 황후와 시침해야만 하는 게 규칙이었다.

오늘이 바로 그날이라, 황제는 밤이 되자 몸소 황후궁으로 찾아갔다.

그러나 늘 그렇듯 이번에도 두 사람은 함께 침상을 나누어 쓰는 대신 술상과 잔만 나누었다. 하지만 한두 번 있던 일이 아닌지라 시중을 드는 궁녀도 태감도 다들 이 일을 이상하게 여기지 않았다. 게다가 동침하진 않지만, 두 사람 사이를 오고 가는 대화는 조용하고 상냥한 데다 서로를 존중하는 티가 났다. 애정을 나누지 않을 뿐.

얼마나 그러고 있었을까.

"왜 폐하께서는 다른 후궁들에겐 대역을 보내시면서, 신첩에게만 늘 친히 오십니까?"

덤덤한 대화가 오가던 중 황후가 궁금하단 얼굴로 뼈 있는 말을 던졌다. 황제는 술잔을 기울이다 잠시 손을 멈칫했다.

하지만 그것도 아주 잠시. 그는 당연하단 듯 웃으면서 대답했다.

"그래도 황후는 황후인데, 예를 다해야 하지 않겠소."

"그러십니까."

황후는 부드럽게 웃으면서 자신도 술을 한 모금 마셨지만, 표정은 술이 아니라 고민을 마시는 표정이었다.

"괜찮소?"

그 표정을 본 황제가 걱정이 되어 묻자, 황후는 얼른 미소 짓더니 아무것도 아니라 둘러댔다. 아무것도 아닌 얼굴이 아니었으나 황제는 더 캐묻진 않았다. 누구라도 하고 싶지 않은 말은 있을 테니까.

그때였다.

"요즘은 천 귀인을 가까이하시더군요. 천 귀인이 만나는 건 폐하의 대역입니까, 폐하입니까?"

내내 침묵하던 황후가 돌연 천 귀인에 관한 이야기를 꺼냈다. 갑자기 천 귀인 이야기가 나온 게 의외이긴 했으나, 아주 놀랄 일도 아니었다. 황후는 내명부의 수장으로서 모든 후궁을 돌보아야 했기에, 이런저런 일로 황제에게 후궁들 이야기를 자주 하는 편이었다. 누가 문제를 일으킨다거나 누가 누구와 친하게 지낸다거나 누가 공격적이라거나 누가 어디에 재능을 보인다는 등 이야기 주제도 다양했다.

"생활하는 데 불편한 점은 없소?"

오히려 평소와 다른 건 황제의 대답이었다. 황제는 웃는 얼굴로 대답을 피하고는 황후에게 따뜻한 목소리로 일렀다.

"그런 점이 생기거든 바로 말하시오."

"한마디도 못 해봤어! 말이 돼?"

이럴 수가 있을까. 이제부터 흑합 장군과 친하게 지내려 했는데. 흑합 장군의 처소로 가보니, 부하가 말하길 그는 이미 궁궐에 없다고 했다.

"너무 우울해하지 마세요, 소주. 잠시 수사차 다녀오는 거라잖아요. 오래 있다 오진 않으신대요."

측근 궁녀인 원웅은 나를 위로해주었지만, 전혀 위로가 되지 않았다.

젠장! 그럴 수밖에. 당장 흑합 장군과 친하게 지내야 떡돌이가 질투를 할 테니 말이다. 흑합 장군과 깨소금을 볶으면서 놀아야 떡돌이가 엉엉 울면서 나와의 우정이 얼마나 소중한지 깨달을 텐데! 흑합 장군과 어울

리지도 못하고 시간이 어영부영 지나가면, 떡돌이가 뭐라 하겠어? 질투
는커녕 그냥 웃고 말 거다.

하지만 먼 길을 떠났던 장군을 내가 불러올 수도 없는지라, 어쩔 수 없
이 이후로 며칠간 나는 홀로 수련에만 몰두했다. 가끔 떡돌이는 뭘 하면
서 지내나 궁금해졌지만, 일부러 청적 쪽으론 시선도 오래 두지 않았다.

그러기를 나흘가량. 흑합 장군은 여전히 오지 않았는데, 뜻밖의 사람
이 처소로 몸소 나를 찾아왔다.

"천 귀인. 나랑 같이 월담 한번 해보겠습니까?"

사자친왕이.

"갑자기 찾아와서 월담이라니요?"

황당해서 되묻자, 사자친왕은 농을 한 거라며 손을 젓더니 궁녀들을
모두 물리고서 일의 자초지종을 설명해주었다.

"정보호 그자가, 일전에 천 귀인에게서 돈만 받고 제대로 된 정보를 안
주었지 않습니까."

"그랬지요."

내 앞에 있는 누구 때문에.

"그건 자기 명성을 망가트리는 일이라고, 이번엔 제대로 된 정보를 주
겠다더군요. 하지만 그자는 천 귀인의 이름도 위치도 모르니 내게 귀인
을 데려와달라 부탁했습니다."

웬일이야. 나는 놀라서 눈을 커다랗게 떴다. 그럴 수밖에. 나는 그 돈
은 날려 먹은 거라고 생각했는데!

"어떻습니까? 나갈 겁니까? 물론 정말 월담을 하잔 건 아닙니다. 내 시
비 중 하나로 분장해서 나가면 될 겁니다."

의외이긴 하지만 나로서는 전혀 손해 볼 게 없는 제안이었다.

"좋아요."

결국 나는 바로 시자친왕의 제안을 받아들여서, 다음 날 아침 그의 도움을 받아 친왕부의 시비로 변장한 다음 또다시 궐을 빠져나갔다.

게다가 이번엔 딱 정보호만 약속 장소에서 만난 다음 바로 돌아올 예정이라, 전처럼 내가 나간 사이 황제가 찾아와 밤늦게 내 방에서 기다릴 일도 없었다.

그러나 막상 그렇게 해서 정보호를 만나고 나니 이번엔 또 다른 문제가 생겼다.

"자, 무슨 정보를 알고 싶지? 말해보시오, 낭자."

사자친왕이 내 옆에 딱 달라붙어서 자리를 비킬 생각을 하지 않는 문제였다.

"그쪽은 왜 안 비켜줘요?"

질문을 하려 해도 사자친왕이 없어야 제대로 하지. 내가 황당해서 사자친왕에게 묻자, 사자친왕은 한 점 부끄럼도 없이 웃으며 대답했다.

"낭자가 뭘 물어볼 건지 나도 궁금해서. 같이 들으려고 그럽니다."

"……."

심지어 사자친왕은 내가 황당해 쳐다보자 오히려 자기가 더 놀란 척 물었다.

"그렇게 비밀스러운 질문입니까? 남 있는 데서는 묻지도 못할 만큼?"

결국, 나는 정보호에게 직접 요구했다.

"저 사람 좀 잠시 비키라 해주시오."

사자친왕은 정보호를 좋아하는 듯하니, 그가 요구하면 비켜주겠지. 그러나 정보호 이 자식은 웬일로 예쁜 짓 좀 하나 싶더니. 내 요구를 듣자마자 당당하게 거절했다.

"내가 굳이 그렇게까지 해야 하오? 난 낭자가 원하는 정보 하나만 주면 끝인데?"

"그럼 환불을 해주든가 자식아."

하지만 환불을 해주긴 싫은가 보다.

정보호는 큼큼 헛기침을 하더니 슬쩍 내 시선을 피했다. 그러다 내가 가자미눈을 하고 매섭게 노려보자, 마지막 남은 양심을 쥐톨만큼 떼선 내밀었다.

"알겠소. 추가 금액을 내시오. 그러면 친왕 전하께 자리를 물러달라 부탁하지."

그 양심마저도 아주 잘게 갈아서 내미는구나. 젠장! 하지만 지금은 내가 밀리는 상황이니 일단 넘어가자. 어쨌든 정보호가 돈을 떼먹겠단 건 아니고, 먼저 정보를 주겠다면서 자리를 마련해달라 하기도 했으니.

"추가 금액 얼마? 난 지금 빈털터리라 돈이 더 없는데."

"돈 없는 건 딱 봐도 알겠고."

뭐라는 거야 이 자식이? 내가 도끼눈을 뜨고 쳐다보자, 정보호는 큼큼 큼 헛기침을 몇 번 하더니 기어 들어가는 목소리로 부탁했다.

"착한 낭자 한 명 소개시켜주시오."

"뭐? 호구를 소개시켜달라고? 등쳐먹으려고?"

"무, 무슨 소리오! 누굴 사기꾼으로 아시오?"

"그럼 착한 사람을 왜 소개해달란 건데?"

정보호는 입을 뻐끔거리더니 자기 목덜미를 손으로 받치며 소리쳤다.

"여자 소개시켜달라는 소릴 누가 그렇게 해석하오! 평생 사기꾼만 만나고 살았소?"

자주 만나는 편이었지. 뭐 그건 그렇다 치고.

"그럼 왜 소개해달란 건데?"

"……"

"아 말을 해 말을."

기듭 제촉하자 정보호는 얼굴이 벌게져서 나를 노려보더니 험악한 목소리로 항의하듯 말했다.

"난 무림인이지 않소!"

"그렇지."

근데 그게 왜.

"심지어 모르는 게 없다고, 황제의 속곳 개수조차 안다고 소문이 난 정보원이고."

뭐야? 황제 속곳 개수를 안다고? 정말이야?

"몇 개인데?"

내가 당황해서 묻자, 사자친왕이 쿡 하고 내 팔을 찔렀다. 그를 쳐다보자, 나를 아주 변태 보듯 보고 있었다. '내 동생 속곳 개수는 알아서 뭐 하게?' 하는 얼굴로.

그런 거 아니라고 손을 저어보지만, 그의 표정은 풀리지 않았다.

그사이. 정보호는 혼자서 계속 말을 이어갔다.

"이 때문인가 무림 여인들은 나를 다 꺼림칙하게 생각한다오. 그래서 무림 외에서 찾아야 하는데, 평생 무림인들하고만 어울려서 무림인이 아닌 여인들과는 어떻게 만나고 연애하는지 통 모르겠거든."

"그래서. 나더러 소개시켜달라?"

"낭자는 무림인이 아니라 들었소만."

"그건 그런데. 내가 소개시켜준 사람이 그쪽을 싫다 하면 어쩌게?"

"그건 내 문제이니 어쩔 수 없고. 낭자는 소개만 시켜주시오."

자기가 말하고도 민망한지 정보호가 재차 물었다.

"어떻소?"

나는 생각할 것도 없이 바로 수긍했다.

"그래."

내 즉답에 정보호는 눈을 반짝이면서 좋아했다. 반면 사자친왕은 고개를 기웃거리더니 뒷짐을 지고서 내게 물었다.

"낭자가 정 대인에게 소개시켜줄 여인을 아나?"

그는 내가 후궁인 걸 아니 내 주위 여자들은 전부 후궁 아니면 궁녀들이란 걸 알 터. 당연히 내가 그에게 소개시켜줄 만한 여자가 없다 생각해서 저러는 거겠지. 하지만 나는 다 생각이 있고 계획도 있었다. 그렇지만 사자친왕에게 설명해 줄 일은 아닌지라, 나는 바로 정보호에게 요청했다.

"바로 소개시켜줄 테니 일단 친왕 전하부터 치워주시오."

그 말을 듣자 정보호는 깜짝 놀라 물었다.

"지금 바로? 지금 바로 소개시켜줄 거요?"

나는 고개를 끄덕였다.

그러자 사자친왕은 떨떠름하게 서 있다가 "아아." 하고 알겠다는 듯 나를 보며 웃었다. 내가 친정 가문 사람 중에서 누군가를 소개시켜줄 거라 여기는 눈치였다. 그것도 아니지만 굳이 정정하는 대신, 나는 정보호에게 사자친왕을 가리키며 얼른 저자 좀 보내달라 부탁했다.

"전하. 이렇게 되었으니 자리를 좀……."

예상했던 대로 사자친왕은 정보호가 부탁하자, 얼굴 가득 호기심을 담았으면서도 결국 자리를 비켜주었다. 내가 비켜달라 할 땐 안 비켜주더니. 나쁜 놈. 짐작은 했지만 서운하네. 어쨌든 우리 둘만 남게 되자 정보호는 활짝 웃으면서 나를 재촉했다.

"그래, 소개시켜주겠단 착한 여인이 누구오?"

"그 전에 약속부터 하시오."

"약속?"

"소개시켜주면 무조건 순순히 정보를 주겠단 약속."

내가 손가락을 내밀자 정보호는 가슴을 쭉 펴면서 큰소리쳤다.

"염려 미시오! 나 정보호, 다른 건 몰라도 신뢰 하나만큼은 누구보다 중시한다오!"

알아 자식아. 그 신뢰도를 앞세워서 네놈이 내 이름을 팔아먹고 다녔는데 모를 리가 있겠냐. 어쨌든 잘난 척을 한 정보호는 눈을 빛내면서 날 재촉했다.

"자, 누구? 어느 낭자를 소개시켜줄 거요? 이동? 이동할까? 어디 다른 곳으로 가야 하오? 나 옷 좀 갈아입을까?"

나는 고개를 저었다.

"그럴 필요 없소."

내 말에 정보호는 눈을 동그랗게 뜨더니 주위를 살폈다.

"내게 소개해줄 착한 낭자가 이미 근처에 있소? 어디? 저기? 저기?"

그의 눈동자가 다리 위를 지나는 여인, 저 멀리서 과일을 파는 여인 등을 짧게 짧게 지나갔다. 그러나 내가 이번에도 고개를 젓자 정보호는 영영문을 모르겠단 얼굴이 되었다.

"그럼 누굴 소개시켜주겠단 거요?"

나는 씩 웃고서 엄지를 치켜들었다. 정보호의 시선이 내 손끝에 모였다. 내가 그 엄지를 천천히 움직이자 그의 눈동자 역시 내 손끝을 따라 움직였다. 그러다 그 엄지가 날 가리키는 순간. 정보호의 눈동자도 내게 멎었다.

"……"

얼마나 그러고 있었을까. 잠시 그 상태로 정지해 있던 그는 갑자기 눈을 커다랗게 뜨며 몸을 떨었다.

"낭자, 설마!"

"그래. 나다."

"이런 사기꾼! 낭자가 접시로 내려친 이 머리, 이 머리가 아직도 욱신욱

신한데 자기가 착하다고?"

"나도 마음은 착해. 겉으로 티가 안 나서 그렇지."

"겉으로 티가 안 나면 무슨 소용이오!"

"자자, 그만. 난 약속대로 착한 여자 소개시켜줬어. 이젠 내가 질문할 차례지?"

정보호는 입술을 부들부들 떨 정도로 억울해하면서도 순순히 고개는 끄덕였다. 나는 히죽 웃고서 물었다.

"천년비가 사하비단에 들어갔단 이야기를 들었는데. 정말이오?"

"낭자 무림인이오? 왜 그런 데 관심을 가지오?"

내게는 중요한 질문인데.

정보호는 황당하단 투로 되묻더니 손을 저었다.

"고작 그런 질문을 하려고 날 부른 거라면 돈 좀 아깝겠소. 내가 아니어도 정보 좀 빠삭하다 싶은 무림인이라면 다들 대답해줄 수 있는 얘기였는데. 맞소. 무림악적 천년비가 사하비단에 들어갔소."

"뭐? 정말이오? 하지만…… 천년비는 죽었지 않소. 개새, 아니, 개원이 천년비를 죽였다 들었는데."

이건 헛소문이 아니다. 그럼. 내가 장본인이자 증인인걸. 그러나 정보호는 어깨를 으쓱하며 내 말을 정정해주었다.

"죽은 줄 알았지. 다들 죽었다 했고. 그런데 천년비 본인이 나타나 잘만 돌아다니던걸?"

"!"

어떻게? 이게 가능한가? 너무 놀란 티를 내지 않으려 하는데. 이게 잘 안 된다. 하긴. 죽고 난 뒤에 나도 내 몸에 한 번 들어갔다 나오긴 했지만. 그래도 대체 이게 어떻게 가능하지?

"돌아다니기까지 하오?"

"예진엔 생각 없이 막사는 것 같더니. 요즘은 뭔 생각을 하는지, 시하비단 무리와 어울려 다니며 흑도인들을 자극하더군."

내가 천 귀인 몸에 들어와 움직이듯 내 몸에도 누군가의 영혼이 들어와 움직이고 있는 건가? 물론 잠시 내 원래 몸으로 돌아갔을 때 그런 기미가 있긴 했지. 변태 타천천이 몇 시간 전에 내 몸과 얘기를 나누었던 것처럼 굴었으니. 그래도 이렇게 딱 객관적으로 듣고 나니 더 당혹스럽다.

이게 무슨 기분이지? 거북이랑 토끼가 경주하다가 돌연 토북이로 합체하는 걸 본 기분? 사실 뭐. 난 지금 이 몸으로 쭉 살아도 상관은 없다. 이전보다 약해졌지만 생활은 편하고, 날 죽이겠다고 사방팔방에서 튀어나오는 적들도 없고. 내 목표는 날 배신한 개원이에게 복수하는 것이지, 몸을 되찾아 다시 쫓기는 삶을 사는 것도 아니고.

하지만 이건 어디까지 '내' 입장이지, '진짜 천 귀인'의 입장은 아니잖아? 만약 천 귀인의 혼이 다른 어딘가에 있어서 몸을 돌려받길 원한다면 당연히 돌려주어야 한다. 그렇다고 몸을 돌려준 다음 내가 죽을 수는 없으니, 진짜 천소여가 제 몸을 찾아가면 난 가짜 천년비에게 가서 내 몸을 돌려받아야겠지만.

하여튼 그런 상황이니…… 일단 사하비단의 수장 타천천을 다시 만나보긴 해야겠네. 그놈은 이 상황에 대해 무언가 더 알고 있을 테니까. 그놈에게 왜 이렇게 영혼과 몸이 바뀐 건지, 천 귀인의 영혼은 어디 있는지, 지금 '천년비' 몸에 들어온 영혼은 누구인지 알아내야겠어.

어쨌든 이걸로 정보호에게 볼일은 끝. 나는 속으로 정리를 마치고서 그에게 작별 인사를 건넸다.

"알려줘서 고맙소. 안녕."

비록 '천년비가 살아나서 사하비단에 들어갔다'는 정보가 내 생각처럼 희귀한 정보는 아닌 것 같지만. 그래도 도움은 됐으니 뭐. 그런데 손을 혼들고서 가려는 나를 정보호가 "잠시. 잠시만!" 하고 붙들었다.

"왜 그러시오?"

내가 몇 걸음 걷다가 돌아서자, 정보호는 허둥지둥 내 앞으로 다가와 물었다.

"나한테 스스로를 소개해줬으면 책임을 져야 하지 않소? 같이 식사라도 안 할 거요?"

"아. 말 안 했구나. 나 혼인했어."

이 말을 하자마자 도로 허둥지둥 뒤로 갔지만. 잠시 뒤. 그는 입술까지 파르르 떨더니 몹시 억울하단 목소리로 외쳤다.

"이런 사기꾼! 낭자는 진짜 사기꾼이오!"

"착한 여자 소개해달라고 했지 미혼 소개해달란 소린 안 했잖아."

내가 어깨를 으쓱하며 망언을 뱉자 정보호는 바람 부는 날의 버들가지처럼 분노했다. 즉, 엄청 하찮아 보였단 뜻이다. 그래도 괜찮다. 난 정보호 이 자식한테 맺힌 게 많아서 이래도 안 미안한걸.

나는 어깨를 으쓱하며 웃은 다음 돌아섰다.

"어쨌든 안녕."

하지만 정보호는 이번에도 또 날 붙잡고 씩씩거렸다.

"내가, 낭자가, 사기꾼이라고, 다 소문낼 거요!"

"내가 누군진 알아?"

"내가 누군데? 정보호 아니오! 내가 모르는 건 이 세상에 없소!"

"그럼 내가 누군지부터 찾아봐."

"!"

"그다음 정해. 사기꾼이라 소문을 낼지 말지."

웃으면서 그의 뺨을 가볍게 톡 두드리자, 정보호는 자기가 당했단 생각에 열이 받는지 얼굴까지 벌게졌다.

그는 그 상태로 몇 번 어깨를 들썩이다가 선언했다.

"꼭 찾아낼 거요."

아무리 정보호라도 황궁에 틀어 박힌 후궁을 어찌 찾아내겠어……라고 생각했는데. 황제 속곳 개수를 알 정도면 금방 찾아내는 거 아냐, 그놈? 약속할 때는 하찮게만 들렸던 정보호의 다짐이 새삼 찝찝하게 여겨진다. 하지만 그 찝찝함은 황궁으로 돌아가는 길, 사자친왕이 재밌는 이야기를 해주겠다면서 한 말을 듣자마자 싹 날아갔다.

"나흘 전인가 닷새 전인가. 폐하께서 황후마마와 시침한 후로 아직 아무 후궁도 찾지 않으셨지요?"

황제가 황후랑 동침했다고?

내가 쳐다보자 사자친왕이 방긋 웃더니 되물었다.

"아닙니까?"

나한테 물어봐야 모르지. 내가 황제의 일거수일투족을 어찌 알아? 아니, 나는 황제가 황후와 동침했단 이야기도 몰랐다.

내가 뚱하게 고개를 돌리자 사자친왕은 아까보다 더욱 짓궂게 웃더니 턱을 괴고서 놀리듯 물었다.

"폐하의 속곳 개수는 궁금해하더니, 이런 건 안 궁금한가 봅니다?"

"안 궁금해요. 어느 쪽도 다."

"정말입니까?"

사자친왕의 눈이 가늘어졌지만, 나는 더 말을 섞는 대신 창밖만 쳐다보았다. 정말이었다. 그냥…… 황제에게 마음을 주는 건 정말 할 짓이 못되겠구나, 이런 생각만 들 뿐. 궁금하진 않다. 뭐. 황제가 황후를 계란말이 시켜놓고 놀려먹진 않겠지만.

아마 황후에겐 솜털처럼 다정하게 대하겠지. 자길 사랑하지 말란 이야기도 안 할 거고. 황후가 해야 할 일은 가만히 그를 기다리는 것뿐이란 말도 안 할 거고.

이런저런 이유로 마음이 어지럽다. 이럴 땐 좀 긴장감이 필요해.

이틀 정도 설렁설렁 수련하다가, 결국 나는 의욕도 돋울 겸 현재 내 무공 실력도 점검할 겸 간만에 수련 성과를 보기로 했다.

수련 성과를 본다고 해서 지나가던 병사를 아무나 붙잡고 비무를 요청할 건 아니다. 그냥 은신술을 펼쳐서 궁 안을 몰래몰래 돌아다녀 보는 정도만 할 생각이다. 원래 가지고 있던 내공에 비하면 지금의 내공은 '새 발의 피' 정도밖에 안 되지만, 사실 예전에도 나는 내공의 양이 아니라 운용으로 강한 편이었으니 뭐. 이 정도로도 은신술은 펼칠 수 있다.

'좋아. 가보자.'

마음을 먹자마자 나는 끝없이 뻗은 회랑 위 어두침침한 기둥 안쪽으로 훌쩍 올라가 그림자와 어둠 사이로 몸을 숨겼다.

'아주 불편할 정도는 아니네.'

다행히 이 정도만으로도 은신술을 펼치는 데 무리는 없었다. 개원이 정도로 대단한 고수를 만나는 게 아니라면 웬만한 이들은 날 눈치채지도 못할 거야. 그래 봐야 무공의 가장 밑바탕이 되는 기초 체력이 떨어져서 장거리는 이동할 수 없겠지만.

그런데 몸 상태를 점검하면서 혼자 얼마나 이동했을까. 여기가 어디인지 구분이 가지 않는 곳에 도착하자, 낯익은 얼굴이 보였다. 아. 낯익다고 하기는 좀 애매하구나. 얼굴이 보이는 건 아니니까.

'저 사람은 혼자 있을 때도 얼굴을 가리고 있네.'

내가 찾아낸 이는 황제였다. 얼굴을 면사로 가린 채 회랑 난간에 기대어 앉은 황제. 그런데…….

'무슨 일이 있나?'

표정은 보이지 않지만, 오늘따라 어깨가 내려가 보여. 며칠 전에 황후랑 동침까지 해놓고선 왜? 하지만 평소 보이지 않는 모습인지라 신경이 쓰인다. 평소에는 허리며 가슴이 죄다 빳빳한 인간이잖아.

"……."

결국, 고민 끝에 나는 먼발치에서 그를 발견한 척 다가가보기로 했다. 그러나 다른 쪽 기둥으로 이동하기 전. 먼저 다가오는 이가 있었다.

"폐하."

황제가 자주 데리고 다니는 태감 중 하나였다. 이름은 모르겠지만.

'혹시 모르니 제자리에 있자.'

나는 태감이 오는 걸 보자마자, 이동하려던 걸 멈추고 호흡을 낮춘 다음 다시 기둥에 몸을 기댔다.

"폐하께서 찾으십니다, 폐하."

그러나 태감이 한 말을 듣자마자, 애써 호흡을 고른 게 의미 없을 정도로 짧은 탄식이 튀어나왔다.

'무슨 소리야? 황제가 황제를 찾다니?'

그 순간.

"누구냐."

황제가 확 고개를 돌렸다. 정확히 내가 숨은 방향으로.

순간 두 가지 길이 오른쪽과 왼쪽에 동시에 떠올랐다. 오른쪽. 도망친다. 왼쪽. '나예요' 하고 나간다.

'젠장. 어쩌지?'

이중 내가 선택한 건 '나예요' 하고 나가는 쪽이었다. 물론 바로 나간 건 아니고. 모습을 감춘 채 이동할 수 있는 최대한의 거리로 멀어진 다음 거기서 밖으로 나갔다.

"나예요."

이 정도 거리에서 나가면 내가 태감이 한 말을 못 들었을 거라 생각하겠지. 어쩔 수 없었다. 지금 내 무공 수준으로는 은신술을 펼치면서 장거리 이동은 할 수 없다고. 무공은 쥐뿔도 모르던 명문가 출신 후궁이 갑자기 은신술 펼치면서 달아나다 잡혀봐. 이상한 정도가 아냐. 수상할걸?

내가 슬그머니 나가자 황제가 "천 귀인?" 하고 중얼거렸다. 목소리 끝이 삐죽 올라간 게, 네가 왜 여기 있냐는 투였다.

"왜 거기 숨어 있던 거지?"

다음에는 대놓고 묻기에 나는 얼른 발뺌했다.

"숨어 있던 게 아닌데요."

"누가 봐도 숨어 있던 건데."

"아니에요. 폐하 뒷모습을 보고 있던 거예요."

"보통은 그걸 숨어서 훔쳐봤다고 하지."

"아니라니까요? 조금 망설이고 있었을 뿐이에요."

"망설이다니?"

"폐하가 제게 잘못을 했잖아요. 지금 말을 걸면 제가 꼭 용서하는 것처럼 보일까 봐 고민하고 있었죠. 전 폐하를 아직 용서하지 않았거든요."

나는 말을 하고서 황제의 표정을 살폈다. 표정이라고 해봐야 면사로 가려서 잘 안 보이지만, 하여튼. 그러다가 슬쩍 덧붙였다

"물론 폐하께서 제게 약조하신 '그것'을 주신다면 화를 풀 수도 있어요."

방금 덧붙인 말은 물론 거짓이다. 황제는 나한테 뭘 주겠다고 약조한 거 없다. 일부러 덧붙인 거였다. 아까 태감이 황제에게 '폐하, 폐하가 찾으십니다'였나? 하여튼 그렇게 말한 게 신경 쓰여서.

나는 일부러 골이 난 표정을 짓고서 황제의 반응을 기다렸다. 만약 황

제가 어기서 우리 사이에 정말 약조한 게 있는 것처럼 군다면…….

"넌 참. 조금만 방심하면 짐에게 사기를 치려 하는구나."

안 속네? 안 속는다.

황제는 오히려 나지막하게 웃었다. 평소보다 좀 더 포근하게.

"응? 우리, 계란이."

그러고서는 자기가 멋대로 지은 내 별명을 부르면서 손을 올리더니, 커다란 손으로 내 뺨을 가볍게 쥐었다 내렸다. ……황제가. 혹시 둘인가, 의심했는데. 아닌가? 태감이 한 말은 그냥 암호 같은 거였나?

"큼. 크흠흠. 흠흠흠흠."

그런데 고개를 기웃거리고 있자니 뒤에서 태감이 과할 정도로 크게 헛기침을 했다. 내시인 자기 앞에서 애정 행각을 해대는 것이 몹시 언짢은 듯했다.

나는 떡돌이가 생각나서 얼른 눈치껏 뒤로 물러났다. 황제도 태감의 아픈 속을 알아차렸는지 더 내게 손을 대지 않고 뒷짐을 지며 물었다.

"짐은 일이 있어 가봐야 하는데. 우리 계란이는 이제 화가 풀렸을까?"

"참 염치없으시네요. 폐하가 뭘 했다고 제가 그새 화를 풀겠어요?"

"……."

천 귀인이 뚱하게 가버린 후. '황제'는 심궁 어실로 걸어가다 웃음기 섞인 목소리로 중얼거렸다.

"듣던 대로 천 귀인은 특이한 성격이로구나."

"그렇지요."

태감도 수긍했다.

"폐하께서 푹 빠지실 만합니다. 대대로 고관대작을 배출해온 명문가 적녀가 말하는 거며 행동하는 건 꼭 맹…… 흠. 그런 태가 없으시니까요."

'황제'는 고개를 끄덕였다.

"하지만 앞으론 그분 얼굴에 손을 올린다거나, 그런 행동은 자제해주셨으면 합니다."

그러나 바로 뒤에서 들려온 말에 '황제'의 발길은 잠시 주춤했다. 면사 아래로 그의 입술이 쓸쓸한 미소를 그렸다.

"그래서 뒤에서 그리 계속 헛기침을 해댔군. 손 떼라고."

"폐하께서 귀히 여기는 분입니다. 행동에 주의해주십시오."

"……."

"'폐하'."

"원웅아. 부성이가 너한테 와서 '원웅이가 찾아, 원웅.' 하고 말하면 어떤 생각이 들어?"

내가 질문하자 원웅이 수건을 개다 말고서 부성을 보았다. 부성은 얼른 손을 내저었다.

"소주께서 그냥 하시는 말이야. 내가 한 말 아니야."

원웅은 다시 나를 보며 고개를 갸우뚱했다.

"쟤가 미쳤나…… 싶을 거 같아요, 소주."

"그렇지?"

"네. 그런데 그건 왜요?"

"흠."

"누가 소주한테 그런 비슷한 말을 하던가요?"

나한테 하진 않았지. 황제한테 태감이 해서 그렇지.

……역시 이상해. 나한테 계란이라 부르는 거나, 내가 없던 말 지어내던 걸 눈치채는 걸 보면 분명 내가 알던 황제가 맞는데 말이지.

"왜요, 소주?"

팔짱을 끼고 심각한 표정을 하자, 부성이 침대보를 정리하며 물었다.

"아, 그게 있잖아."

나는 내가 본 걸 이야기하려다가 도로 입을 닫았다.

"그냥 책에서 봤어."

수상쩍긴 하지만 이런 건 신중해야 해. 내가 헛소리를 들었든, 진짜 이상한 말을 들었든. 그렇잖아? 황제가 두 명이어도 큰일 날 일이고, 황제가 두 명이 아닌데 두 명이라 하는 것도 큰일 날 일이니까.

"소주는 책 안 보시잖아요……."

그런데 원웅이 떨떠름하게 중얼거리는 그때.

문밖에서 누군가 "소주, 소주." 하고 나를 불러댔다. 귀자 목소리인데?

"왜?"

대답하자, 귀자가 문을 열더니 황급히 알려주었다.

"소주, 폐하께서 곧 여기로 오신답니다!"

오면 오는 거지 곧 오는 건 무슨 소리래? 무슨 소리인지 모르겠다. 하지만 원웅은 잽싸게 알아듣고는 나를 재촉했다.

"얼른 일어나세요, 소주! 폐하께서 깜짝 놀랄 만큼 꾸미자구요!"

"아니, 폐하가 오시는데 내가 꾸미기까지 해야 돼?"

"네! 지금 잠옷 차림이시니까요!"

원웅과 부성이 나를 떠미는 바람에, 나는 얼결에 화장대 앞에 앉았다.

원웅과 부성은 작은 방 안을 이리저리 분주하게 움직였다. 부성은 온갖 크기의 빗을 가져와 내 귀밑머리를 최대한 부풀리려 애썼고, 원웅은 하늘색 옷과 연두색 옷을 가져와 내 얼굴 아래에 대어보더니 절망하며 다른 옷을 가지러 뛰어갔다.

절망은 왜 하는데, 절망은!

"폐하께서 오셨습니다!"

하지만 그렇게 바쁘게 준비를 했는데도 황제가 먼저 도착해버렸다. 아직 화장을 반 밖에 안 했는데. 한쪽 눈썹을 짙게 그린 다음 눈 아래에 깨끗하고 보송하게 분을 칠해주던 원웅은 황제가 도착했단 소리에 놀라서 심지어 화장 도구까지 죄다 떨어트리고 말았다.

"어, 어쩌지요 소주?"

원웅은 울상을 짓고서 손을 허둥거리면서 내게 물었다.

어떡하긴 뭘 어떡해.

"폐하께서 오셨습니다! 천 귀인! 폐하께서 오셨습니다!"

밖에서 나오라고 잡죄어대잖아. 나가야지…….

"천 귀인, 뭘 하다가 이렇게 늦게……"

문을 열고 나가자, 황제가 잔소리를 하려다 말고 웃음을 터트렸다.

"아니, 천 귀인 왜 얼굴이 반쪽이냐."

그가 너무 호탕하게 웃어대는 바람에 황제가 데려온 궁인들도 괜히 따라서 웃음을 머금었다.

그래, 마음껏 웃으세요 마음껏. 나오기 전에 거울을 보니 내가 봐도 웃긴 상태였긴 하니까. 아예 화장을 안 하면 웃길 게 없는데, 반만 하고 반은 안 하니까 좀 그랬어. 차라리 위아래 반이면 나은데 하필 또 좌우 반이어서.

하지만 이대로 나만 웃음거리가 되는 건 억울해서. 나는 황제가 방 안으로 들어오자마자 작은 목소리로 항의했다.

"다 폐하 탓입니다."

"네 얼굴이 반쪽인 게 왜 짐의 탓이지? 짐은 네 얼굴을 반만 남겨달라 한 적이 없는데."

"폐하가 올 거란 예고 없이 왔으면 내 궁녀들이 흥분해서 이러지 않았을 테니까요. 아니면 좀 넉넉하게 오시든가. 예고하자마자 바로 오시면 어떡한대요?"

"너무 몰아가는군. 난 그저 우리 계란이와 어제는 제대로 애기도 못 하고 헤어진 게 신경 쓰여 온 것뿐인데."

황제가 어제 일을 꺼내는 바람에 나는 툴툴거리던 걸 멈추었다.

맞아, 어제. 어제 아주 묘한 말을 들었지. 아침 내내 그 생각을 하고 있었는데 갑자기 화장하고 뭐 하고 하면서 까먹었어. 하지만 황제 덕에 다시 생각나서, 나는 의자에 앉으면서 황제를 유심히 쳐다보았다.

'어제 일'이라고 말하는 걸 보니 내가 어제 만난 사람이 황제가 맞긴 맞는가? 그럼 역시 태감이 '폐하가 폐하를 찾으신다'고 한 말은 내가 뭘 잘못 들은 건가?

"계란아."

"왜요."

"지금 얼굴론 무슨 표정을 지어도 우습게 보인다."

"지금 제가 이렇게 진지하게 고민하고 있는데 그게 우스워 보이세요?"

"조금."

황제는 자꾸 내 반쪽짜리 화장을 가지고 놀려대려 했지만, 나는 그의 조롱을 깔끔하게 흘려 넘기고서 심각한 얼굴로 팔짱을 꼈다.

황제는 내 표정을 보자 면사 아래로 드러난 입술을 씰룩였다. 하지만 곧 표정 관리를 하고는 태연한 척 물었다.

"그래, 우리 계란이가 진지하게 한단 고민이 무엇일까?"

꼭 자기가 대인이라도 된 것처럼 말이다.

"폐하한테 묻고 싶은 게 있는데, 어떻게 물어볼지 고민 중이었습니다."

하지만 대답을 듣자마자 황제는 소인배가 되어서는 바로 말을 바꿨다.

"짐에게 묻지 말라. 짐은 비밀을 간직한 사내이고 싶다."

"제가 뭘 물어보실 줄 알고 그러세요?"

어제 일에 관해서 슬쩍 물어보려다가 황당해서 되물었지만, 황제는 여전히 당당하게 말을 돌렸다.

"모르지. 하지만 고민 끝에 물어보는 거라면 감이 오지 않느냐? 쉬이 대답할 내용이 아니라는 거."

결국 이도 저도 못하게 막히자, 나는 괜히 부성이 최종적으로 골라준 노란 치맛자락을 만지작거리면서 물었다.

"그런데 폐하는 무슨 일로 오신 거래요?"

황제는 대답 대신 손으로 내 얼굴을 가리켰다.

내 얼굴? 내 얼굴이 왜? 나는 손을 올려서 내 얼굴을 더듬거렸다. 멀쩡한 얼굴이다. 황제의 의도가 짐작이 가지 않을 정도로.

어리둥절해 있자니 그가 웃으면서 물었다.

"남은 반쪽은 내가 그려주어도 되느냐?"

"예?"

이게 무슨 소리야?

"이걸로 눈썹을 그리면 되는 건가."

황제가 눈썹을 검고 짙게 만들 붓을 만지작거리는 동안, 나는 의자에 어색한 자세로 앉아 이게 무슨 일일지 머리만 팽팽 굴렀다. 황제와 내내 이야기를 나눈 내가 이 정도이니, 옆에서 화장 도구에 대해 설명해주는 원웅은 어떤 심정일까? 원웅은 아예 손을 달달 떨고 있었다.

"예. 붓 끝을 이쪽에 살짝 묻힌 다음 옆에 놓인 흰 천에 몇 번 눌러서 내용물을 덜어내고…… 그리시면 됩니다."

원웅은 설명을 마치자마자 황제의 눈치를 살폈다. 면사 때문에 표정이 제대로 보이지도 않을 텐데도. 그걸 보자 황제가 대단하긴 대단한 위치란 자각이 이제야 좀 든다.

하긴. 나도 무림인이던 시절에는 황제 얼굴 보는 건 감히 상상도 못 했지. 뭐랄까. 은신술로 몰래 들어와서 보려면 볼 수도 있겠지만 군이 볼 필요도 없을 뿐더러, 황제는 그…… 좀 별세계 사람 같은 느낌이니까. 다른 세계 사람. 구름 뜯어서 아래에 뿌려놓고 그 위에서 지내는 사람. 실제로 보니 구름은커녕 좀스럽기 그지없지만.

"알았다. 입술은?"

"입술은 여기 이 천에 붉은 물을 먼저 들인 다음……."

원웅이 입술을 붉게 물들이는 방법과 볼에 분 바르는 방법까지 설명한 뒤 물러나자, 황제는 내 쪽을 똑바로 보고 앉았다. 뭘 기대하는 건지 얼굴에 희미하게 미소가 떠 있었다. 재밌어 죽겠단 미소가.

"그냥 얼굴에 붓질 몇 번 하는 건데, 뭘 기대하시는 거예요?"

나는 하나도 안 재미있는데 혼자 즐거워하는 게 괜히 심통이 나서 묻자, 황제는 어깨를 으쓱하더니 한 손으로 내 턱을 잡았다. 구시렁거리다가 얼굴이 위로 조금 올라가자 나도 모르게 말이 뚝 멈추었다.

황제의 손이 뜨끈뜨끈해서 그렇다. 아주 크고. 게다가 누군가 내 턱을 잡고 유심히 바라보는 상황은 몹시 드물어서…….

"하려면 빨리하세요."

괜히 민망해서 재촉하자, 황제는 서두르지 말라면서 커다란 손으로 얇은 붓을 쥐더니 검은 먹을 붓 끝에 조심스럽게 묻혔다. 붓은 그의 손 안에서 부서질 것처럼 보였으나 그런 일은 일어나지 않았다.

그런데 화장 도구란 건 참 얇고 부실하구나. 원웅과 부성이 해줄 때는 의식하지 못했는데, 황제가 쥐고 있으니 새삼 얇은 게 티가 나네. 저런 붓으로 기몽 장군이 늘 거울 앞에서 화장한단 거지…… 아니면 기몽 장군 하인들이 해주나?

"자. 이쪽."

황제의 손을 보느라 저절로 고개가 옆으로 돌아갔나 보다. 황제가 내 턱을 조금 돌려서 내가 자신을 똑바로 바라보게 방향을 조정해주었다.

그러자 자연스럽게 황제의 가슴이 눈에 들어왔다. 그리고 그 위쪽으로 긴 목이, 목울대가, 반듯한 턱이, 혈색 좋은 입술이…….

"계란아."

"왜, 왜요?"

"왜 자꾸 침을 삼키느냐?"

"아닌데요!"

"침 넘어가는 소리가 계속 들리는데."

"진짜 아닌데요!"

"그럼 이 꿀꺽꿀꺽 소리는 누구 소리지?"

황제가 눈썹용 붓에 묻힌 검은 먹을 흰 천에 조금씩 조금씩 눌러 덜어내면서 놀려댔다. 나는 내가 황제의 입술을 보면서 침을 삼켰던가 생각해보았다. 하지만…… 잘 모르겠다. 그냥 입술 색이 예쁘네, 이 정도로만 생각했는데. 침을 삼켰던가? 아니야. 난 안 삼켰어. 하지만 황제도 안 삼켰지. 내가 그의 목과 입술을 계속 보았으니 확실해.

그렇다면 범인은 하나다!

"승언이에요."

오늘은 승언이가 방 안에 안 들어와 있는지 쾅쾅 항의하는 소리가 안 난다. 교대했나? 대신 황제가 픽 웃었다.

"넌 나중에 황귀비나 이쯤 되거든, 승언이한테 좋은 선물 하나 해주어야 한다. 알지?"

알겠다고 중얼거리려는데 말하려다 보니 이상한 단어가 하나 있네?

"황귀비면 황후 다음 아니에요? 저 황귀비 시켜주시려고요?"

놀라서 묻자, 황제는 대답 대신 붓을 내 얼굴 가까이 가져오더니 화장이 되지 않은 쪽 눈썹에 대고 조심스럽게 눌렀다.

말랑한 붓이 얼굴에 닿자, 이번에는 괜히 얼굴이 간지러워졌다. 궁녀들이 해줄 땐 아무렇지 않았는데.

"……균형 맞추기가 힘들군."

황제가 중얼거리고서 얼굴을 좀 더 내 가까이하는 바람에, 나중에는 숨조차 쉴 수 없게 되었다. 그가 너무 가까워서 내가 숨을 쉬면…….

"왜 숨을 안 쉬느냐?"

"폐하 면사가 날아갈까 봐요."

그 순간. 내 대답이 뭐 어쨌다고, 내 눈썹 위에 조심조심 붓질을 하던 황제가 갑자기 붓을 찍 이상하게 긋더니 앞으로 고꾸라졌다. 왜 그래? 의아해서 내려다보자, 그는 내 무릎에 기댄 채 등을 떨며 끅끅거렸다.

왜 이러는진 모르겠지만 등짝을 내려치기 좋은 자세란 건 알겠다. 그래도 감히 황제를 찰싹찰싹 칠 수는 없어서 빤히 등만 보고 있자니, 황제가 고개를 숙인 채 놀려댔다.

"얼마나 콧김을 강하게 내뿜으려고?"

"아닌데요!"

"면사가 날아갈까 걱정될 정도면……."

그러고서 고개를 든 황제는 내 얼굴을 보자마자 다시 앞으로 쓰러졌다. 뭐야. 이번엔 또 왜? 왜?

"왜요?"

이젠 완전히 숨도 제대로 못 쉬고 헐떡이기에 당황해서 묻자, 그가 부들부들 떨리는 손가락으로 거울을 가리켰다. 의아해서 거울을 보니…….

황제 이 자식이? 왜 내 눈썹이 잘 나가다 급경사로 꺾였어? 눈썹을 완전히 팔자로 만들어놨잖아!

10장

떡돌이와 계란이

거울에도 공부하기 싫었는데, 봄이 되니 더욱 공부하기 싫어진다. 두꺼운 양의억 뭔가 하는 책을 팔랑팔랑 넘기고 있자니 저절로 고개가 까딱까딱 넘어갔다.

봄에는 낮잠이지. 잘까? 충동이 든다. 하지만 다른 후궁들만큼은 공부해 둬야 하긴 해. 아니면 무식한 취급을 받을 테니까. 가장 머리 좋을 필요는 없어도 중간은 가야 하는데……

"그렇게 공부하기 싫으세요, 소주?"

"응."

"많이 졸리면 한 바퀴 산책하고 오세요."

"벌써 그렇게 다섯 번이나 산책하고 왔잖아."

오늘 내로 이거 열 장 정도는 읽고 싶은데. 세 장 넘기기가 힘드네. 그런데 팔을 괴고서 무겁게 느껴지는 책 한 장을 넘기고 있자니, 어디서 본 듯 만 듯한 궁녀 하나가 사립문으로 다가왔다. 누구더라? 자주 본 건 아니지만 얼핏 본 얼굴인데?

"천 귀인, 연비마마께서 보내서서 왔습니다."

아아. 궁녀가 인사하는 걸 들으니 생각났다. 천소여 언니네 궁녀지. 그때 돈을 꾸러 찾아갔다가 잠깐 봤어.

"그래. 언니는 잘 지내시고?"

일단 의문이 풀리자 나는 괜히 연비와 친한 척 인사를 건넸다.

"그럼요."

'왜 친한 척?' 하고 생각할 수도 있겠지만 궁녀는 웃으면서 대답했다. 그러고는 두 손을 공손히 모으고서 권했다.

"혹시 괜찮으시다면 천 귀인, 연비마마께서 자매끼리 좋은 시간을 보내고 싶으시니 놀러 오라 하셨습니다."

연비가? 왜? 반사적으로 '싫은데' 표정이 나갈 뻔했으나 나는 가까스로 입술 양쪽 끝에 힘을 주어 참았다. 왜. 부를 수도 있지. 친자매라잖아. 별로 사이좋아 보이지 않던 자매지만.

"바쁘신지요?"

내가 바로 대답을 하지 않자 연비의 궁녀가 내 팔 아래에 깔린 서적을 보았다. 딱 봐도 '설마 그거 읽는다고 우리 연비마마 부름을 무시할 건 아니지?' 하는 표정이었다. 솔직하게 말하자면 싫다 하고 싶지만······.

"알았어."

어쩔 수 없이 승낙했다.

친언니고 뭐고를 떠나서, 연비는 나보다 훨씬 품계 높은 후궁이니까. 여기는 품계가 무림인들 내공 양만큼 중요한 궁궐이고.

연비는 품계 높은 후궁이지만 같이 자란 언니이기도 하기에, 원웅과 부성은 너무 치장하는 것보다는 본가에서 지낼 때처럼 편안한 차림으로 가는 게 낫겠다며 과하지 않은 연두색 의상을 주었다. 장신구도 딱 하나만 달았다.

"연비마마는 동복 언니기도 하시지만, 네 명뿐인 빈 중 한 분이시잖아요. 친하게 지내서 나쁠 게 없어요."

나는 원웅의 잔소리와 함께 연비가 지내는 오월궁으로 걸어가면서, 입

모양을 이리저리 움직여 웃는 연습을 했다.

맞는 말이야. 자매인데 사이 나쁘게 지낼 필요는 없지. 좀 무서운 언니 같았지만.

남궁세가의 사이 좋은 자매 고수가 떠오른다. 늘 둘이 붙어 다니는 건 물론, 2인 1조로 무공을 펼칠 때 개개인의 실력보다 훨씬 강해지는 고수들이었지. 음. 좀 부럽긴 했어. 합공 능력 때문이 아니라 그 두 사람의 사이가. 그 둘은 서로에겐 늘 한편이 되어줄 거잖아. 영원한 아군.

'나도 연비랑 그런 사이가 될 수 있을까?'

하지만 난 개원이 빼놓곤 친하게 지낸 사람이 없어서…… 어떻게 해야 사이좋은 자매가 될지 모르겠다.

"너희는 자매가 있어? 자매끼리는 어떻게 해야 사이가 좋아져?"

"싸우지 않으면 보통 사이좋지 않나요?"

"그냥 자연스럽게 가까워질 것 같은데요?"

그런데 막상 오월궁에 있는 연비의 처소에 도착해보니 다른 손님이 하나 더 있었다. 눈도 크고 코도 크고 입도 큰데 얼굴만 작은 여자가. 전에 황후 문안 갔을 때 본 얼굴인데. 누구더라? 후궁인 건 확실한데.

당황해서 보고 있자니, 연비가 내가 앉을 자리를 알려주며 놀렸다.

"이쪽으로 앉거라. 영빈 얼굴에 구멍 나겠다."

연비가 가리킨 자리는 자신의 왼쪽 옆자리였다. 영빈이란 여자가 앉은 자리는 연비의 오른쪽 자리고. 그러다 보니 자리는 삼각형 구도가 되었다. 나는 연비가 말한 자리에 앉으면서 얼른 둘러댔다.

"미안해. 자매끼리 모이는 자리라길래 우리 둘만 있을 줄 알았어."

그런데 내가 뭐 말을 잘못했나? 잘못한 말 없는 거 같은데? 말을 하자마자 영빈이 깊은 야산에 나타난다는 호랑이 같은 표정이 되었다.

아…… 혹시 '자매'라는 게 진짜 자매가 아니어도 후궁들 간에 서로를 부르는 말인가? 무림인들은 친해지면 의형제니 의자매니 많이 맺지. 의형제자매가 되지 않더라도 형 아우 언니 동생 불러대는 일도 많고. 후궁들도 그런가? 그런 의미에서 '자매'라 했는데, 내가 영빈을 '자매'에서 제외해버려서 기분이 상했나?

눈치를 보고 있자니 연비가 영빈의 눈앞에 손가락을 툭 튕겼다.

그 행동에 영빈이 날 향해 보내던 부리부리한 시선을 떼자 연비가 덤덤하게 설명했다.

"소여는 아직 기억이 온전치 않아서 저러니 기분 상해하지 마련."

그 말에 영빈은 알겠다면서 표정을 폈다. 반대로 나는 아직도 어리둥절했다. 나도 설명 좀 해줘. 내가 뭔 말을 했다고 영빈은 저리 기분 상해하고 연비는 그런 영빈을 달래주는 건데?

다행히 연비는 이어서 내게도 영빈이 기분 나빠한 이유를 알려주었다.

"우여는 자매 중 막내란다."

"진짜?"

"그래. 진짜."

그러고 보니까 저 두 사람, 좀 닮은 것 같기도 하고. 어, 닮았네. 닮았어. 자매라 생각하고서 보니까 연비랑 영빈은 많이 닮았다. 세상에. 천소여만 안 닮았잖아? 이게 어찌 된 일이야?

나는 둘이서만 쏙 닮은 자매 얼굴을 차례로 보다가 분위기를 풀기 위해 웃으면서 농담했다.

"하하, 누가 보면 둘이 동복 자매고 나만 이복자매라 하겠다."

……뭐야 뭐야. 내가 또 뭐 실수했어? 내 말이 끝나자마자 왜 영빈 얼굴이 또 무서워지는 거야? 이젠 거의 밤도깨비 수준이었다. 눈에서 불이 나올 것 같아.

당황해서 연비를 보자, 연비는 찻주전자에 살짝 손을 대 뜨거운지 확인하며 말했다.

"우여가 이복자매야."

"뭐? 정말? 그럼 우리 아버지가 우여네 어머니랑 재가한 거야?"

"재가한 게 아니라 첩을 들인 거지."

물이 적당히 식었는지 연비는 찻주전자를 들더니 내 앞에 놓인 찻잔에 직접 따라주며 희미하게 웃었다.

"우여는 서출이란다."

아…… 서출. 천소여 아버지, 아랫도리가 가벼운 분이었구나. 그보다 이거 참. 어쩌지. '쟤가 왜 우리 자매 만남에 끼어?'에 이어 진짜 이복자매 앞에서 이복자매 운운해버렸으니.

나는 찻잔을 호호 부는 시늉을 하면서 영빈 눈치를 힐긋 살폈다. 하지만 이미 기분이 상했는지, 영빈은 입술을 꾹 다물고 자신 앞에 놓인 빈 잔만 보고 있었다. 연비가 따뜻한 물을 따라주자 그걸 마시긴 했지만 표정은 풀리지 않았다. 이거 참 분위기 이상해지네.

"소여, 우여. 궁궐 안에도 친구가 있고 동료가 있지만, 마지막까지 한편이 되어줄 수 있는 건 핏줄이란다."

그 와중에 연비는 자기 할 말만 하고.

"이젠 소여도 황제의 총애를 받게 되었으니, 우리 세 자매가 힘을 합해서 가문을 이끌어야 해. 알았니?"

영빈은 바로 웃으면서 "그럼요, 언니."라고 대답했고 나도 일단 따라서 "그럼!" 하고 대답은 했다. 연비는 그걸로도 모자라 나와 영빈이 손을 잡게 하고서 잘 지내라 당부까지 했지만……. 과연 잘 지낼 수 있을까? 영빈이 내 쪽 볼 때마다 표정이 안 좋은데.

차를 마시고 돌아가는 길. 영빈이 내 쪽으로는 고개도 돌리려 하지 않기에, 나는 슬그머니 먼저 말을 걸어 보았다.

"저기, 우어야. 내가 아깐 일부러 자매가 아니라 한 게 아니야. 너도 알다시피 내가 기억이 아직 안 돌아와서 그래. 기분 상해 하지 마."

모르고 한 말이지만 그래도 내 말실수이고. 영빈으로선 기분 상할 수도 있는 말이었으니까.

다행히 영빈은 내가 먼저 굽히고 들어가자 내 쪽을 보며 상냥하게 웃어주었다.

"전혀 기분 상하지 않았으니 염려 마, 언니."

그 표정은 무척 온순해 보여서 나는 안심해서 따라 웃었다.

연비는 무서운데 쟤는 착하구나. 다행이야. 하지만 영빈은 곧 신중하게 주위를 두리번거리더니 돌연 목소리를 낮추어 당부했다.

"그래도 앞으론 나한테 반말하지 않는 게 좋겠어, 언니."

"어?"

"마음 같아서는 언니가 날 편하게 대하는 게 나야 좋지. 하지만 내명부에도 규율과 질서가 있잖아. 남들 이목도 있는데, 언니가 훨씬 품계 높은 내게 함부로 반말해대는 건 보기 좋지 않을 거야."

"……."

어어…… 역시 얘 나 싫어하는 거 같은데? 말 한마디 한마디에 가시를 촘촘히 박았잖아? 아닌가? 내가 못 알아듣는 건가? 잠시 어리둥절해 있자니, 영빈은 '난 나쁜 의도 없어'라는 걸 보여주려는 듯 갑자기 내 팔짱을 꼈다. 음. 이런 걸 보면 날 싫어하는 거 같진 않은데. 내가 너무 의도를 곡해해 들었나?

"기분 나빠하지 않을 거지, 언니?"

"응, 아니, 그럼요."

일단 내가 떨떠름하게 대답하자, 영빈은 빙그레 웃더니 멀지 않은 곳에 있는 화려한 전각을 가리켰다.

"저기가 내 처소야. 난 이제 가야 해. 언니는 훨씬 더 걸어가야 하지?"

"응. 아니, 네."

"조심해서 들어가."

방긋 웃은 영빈은 내 팔을 놓고서 자신이 가리킨 전각으로 가리켰다.

영빈은 연비의 오월궁에서 같이 지내는구나. 집 좋네.

그녀가 걸어가는 뒷모습을 잠시 바라보다가 나는 고개를 기웃하며 돌아섰다.

"언니. 잠시만."

하지만 영빈이 다시 다가와 붙잡는 바람에 또 돌아서야 했다.

"왜요?"

내가 묻자, 영빈은 목소리를 낮추더니 듣기 좋게 소곤소곤 설명했다.

"인품으로 보나 인망으로 보나 재주로 보나, 우리 세 자매 중에서 가장 높게 올라갈 수 있는 게 대여 언니란 건 언니도 알지?"

"아 그래요?"

"인정하기 싫은가 보구나? 하지만 그래."

"기억 잃고 두 번 만난 사람 인품 인망 재주를 내가 어떻게 알고 인정하고 뭐고 하겠어요."

"언니는 여전히 사소한 데 집착하네. 그게 중요한 게 아니잖아."

내 손을 꼭 잡은 영빈은 '안 그래?' 하고 묻는 것처럼 웃더니 길고 길었던 서두를 치우고 본론을 말했다.

"그러니까 우리 둘이 대여 언니가 높게 올라가도록 밀어주어야 해. 디딤돌이 되어야지."

"디딤돌?"

"언니는 요즘 폐하께 총애받잖아. 맞지?"

"글쎄요."

총애받는 건 모르겠고 웃음을 받고 있긴 하지. 비웃음. 내가 뚱하게 대답하자, 영빈은 자신이 잡은 내 손등을 톡톡 가볍게 두드리며 당부했다.

"언니가 눈치껏 폐하와 대여 언니가 만날 자리를 만들어 봐."

"내가 왜 그래야 하는지 모르겠는데요."

"자매끼리 이기적으로 굴 셈이야?"

"난 죽었다 깨어나 시일이 지나도록 자매가 있는 줄도 몰랐거든요."

"나랑 대여 언니가 병문안 가지 않았다고 이래?"

고개를 끄덕이자, 영빈은 폭 한숨을 내쉬더니 내 손을 놓았다.

"그건 미안해. 하지만 언니가 그랬잖아. 우리가 동영궁에 오가면 언니가 안비 눈치를 보게 되니 오지 말라고."

천소여가 그랬다고? 진짜인가? 하지만 지금으로선 천소여가 정말 그런 말을 했는지 아닌지 확인할 방도가 없었다.

그래서 대답하지 않고 있자, 영빈이 나무라듯 따졌다.

"아직 귀인인 언니가 이렇게 화려한 장식을 하고 좋은 옷을 입으면서도 다른 후궁들에게 눈총받지 않은 게 누구 힘이라고 생각해? 대여 언니 덕이야. 지금껏 대여 언니를 등에 업고 위세를 부렸으면 이제라도 갚을 생각 좀 해."

내가 미움을 하도 많이 먹고 살아서, 다른 건 몰라도 누가 나 싫어하는지 아닌지는 빠삭하게 구분한다. 그리고 내 지금까지의 경험은 명백하게 알려주었다.

영빈은 널 싫어해. 웃으면서 팔짱을 꼈지만 속으로 팔을 부러뜨리고 싶었을걸?

"저기, 부성아. 혹시 내가 천우여? 그 동생이랑 사이 나빴어?"

그래서 처소로 돌아오자마자 친정에서 내려온 부성을 불러놓고 대놓고 물어보았다. 영빈이 나 싫어하느냐고.

부성은 눈을 휘둥그렇게 떴다.

"왜요? 우여 아가씨가 소주께 섭섭하게 대하세요?"

"응. 많이."

처음에는 내가 먼저 말실수를 했으니까 영빈이 기분 나쁠 만하다고 생각했지. 하지만 지금 와서 생각해보니 원래 사이가 나빴을 거 같다. 그렇잖아? 사이 좋은 언니가 기억을 잃고 말실수를 하면 처음에는 그걸 정정해주지, 둘만 있길 기다렸다가 위세가 어쩌구 그런 말을 했겠어? 같은 실수를 연거푸 반복하면 그때는 이전에 사이가 좋았더라도 좀 짜증이 날테지만.

연비 봐봐. 무섭긴 하지만 연비는 내가 기억을 잃고 말실수하는 부분에 대해선 화를 내거나 꾸짖지 않는걸. 오히려 자기가 입궁 당시 내게 해주었단 조언을 반복해서 해주었지. 이해 안 가는 조언이긴 했지만.

"사이 나빴지?"

역시 이게 답이야. 하지만 의외로 부성은 "아니요."라고 대답했다. 생각할 것도 없다는 듯 빠르게.

"사이가 안 나빴다고?"

"네. 우여 아가씨는 원체 순하서서 누구랑 척지고 그런 거 못 하세요."

"순하다고?"

하긴. 연비한텐 순하게 굴었지. 그래도 부성이 저렇게까지 말하는 걸 보니 영빈이 항상 툴툴대는 사람은 아닌 모양이다.

뭐. 그럴 수 있다. 정파의 영웅이었던 개원이는 연인인 내 뒤통수를 때렸고, 정명 공대하다는 무림의 거물은 제자 열 명을 끌고 와서는 일대일 정면 대결을 펼치자는 개소리를 해댔으니. 정명 공대 맞나? 하여튼 남들에게 정의로운 사람이 내게도 정의로울 거란 기대는 안 하는 게 좋지. 사람에 대한 평가는 평균치로 내려지지만 일대일 대인 관계는 절대치인걸.

'어쨌든 날 싫어하는 긴 확실하니 앞으론 피하자.'

연비는 자매끼리 사이좋게 지내라고 했지만 그건 그른 것 같고.

"천씨 가문 세 자매가 다 모였다고?"

천 귀인의 행적에 관해 보고받은 황제는, 보고 내용 중 탐탁지 않은 내용이 있자 쓸쓸하게 웃었다. 그는 천씨 가문을 경계하고 있었기에 이 보고가 마음에 들지 않았다.

"천씨 가문이 야심만만하긴 하지만 황가를 휘두를 정도로 세력이 강성하진 않으니 안심하십시오, 폐하."

황제의 측근 태감인 오원요가 애써 좋은 쪽으로 말해주었지만 황제의 표정은 펴지지 않았다.

"안다. 하지만 평생 술이나 먹고 살던 양가의 촌부도 제 누이나 딸이 총애받는 후궁이 되면 권력을 잡고 나라를 좀먹지 않느냐."

"어찌 그런 망군들과 폐하를 비교하십니까. 폐하는 사감에 취해 국무를 허투루 보실 분이 아니신데요."

"내 누이는 얼마나 영민한 분이었지 잊었느냐. 내가 본 사람 중 가장 지혜롭고 영리한 분이었다. 아니, 누이까지 안 가더라도 나를 보아라. 내가 고귈 그자를 얼마나 따랐지?"

"폐하……."

황제는 한숨을 내쉬었다.

"게다가 천 귀인은 비상할 정도로 매력적이지. 난 그런 여인은 처음 보았다. 그래서 두려워. 눈 깜짝할 순간 판단력을 잃고 불구덩이란 걸 알면서도 다가가고 있을까 봐."

촉촉한 눈시울로 황제를 보던 오원요는 반사적으로 눈살을 조금 찌푸렸다. 천 귀인이 비상하리만큼 매력적이던가? 그의 눈엔 매력은 모르겠고, 그냥 좀 맹해 보였다. 게다가 입은 얼마나 거침없는지. 그런데 그 모습이 매력적으로 보이신단 건…….

'이미 판단력이 반은 사라지신 거 같은데.'

오원요의 표정을 본 황제는 씁쓸하게 웃었다.

"그리 이상하게 보지 말라. 짐도 천 귀인 성격이 괴상한 건 안다."

오원요는 측근 태감인 자신이 표정 관리를 제대로 하지 못한 걸 자책하며 얼른 허리를 숙였다.

"송구하옵니다, 폐하."

"아니. 누가 보아도 천 귀인은 괴짜지."

황제의 입꼬리가 희미하게 올라갔다.

"그렇게 괴짜인데도 짐이 천 귀인에게 자꾸 물러지는 건 너무 절색이라 그런 건지도 모르겠구나."

오원요는 더욱 당황했다.

절색? 절색? 천 귀인이 절색? 그는 절색이란 단어의 뜻을 떠올려 보았다. 굉장한 미인. 엄청난 미인. 대단한 미인.

'폐하…….'

오원요의 눈가가 그렁그렁해졌다. 세상에. 우리 폐하 눈썰미 나쁜 거 좀 보게.

미에 대한 기준은 사람마다 다르다지만 그래도 정도라는 게 있다. 예를 들어, 백 사람에게 절색이 누구냐 물으면 아흔아홉 명 정도는 연비를 꼽을 것이다.

천 귀인도 물론 미인이었다. 하지만 후궁들 사이에서는 좀 묻히는 편이었다. 솔직히 오원요는 천 귀인이 후궁들 틈에 끼어 있으면 잘 찾아내지도 못했다.

그런데 절색이라고? 차라리 흰 절편 같다면 동의했을 것이다.

'폐하. 소신이 보기에 폐하는 이미 사감에 좀 취하셨습니다.'

'이 꽃 이름이 자목련이던가?'

청적에 갔더니 예전에 개원이가 이름을 알려준 꽃이 피어 있었다.

자목련. 꽃 주제에 어두침침한 녀석. 하지만 개원이는 이 꽃이 좋다고 했다. 왜 좋으냐고 물었더니 날 닮아서 좋다고 했지. 당시엔 그냥 웃고 넘겼는데. 지금 생각해보니 욕이었던 걸까.

"좋아하는 꽃인가?"

바람이 불 때마다 흔들거리는 자목련을 멍하니 바라보다가, 바람이 불어온 방향에서 들려온 소리에 나는 고개를 돌렸다. 떡돌이가 다가오고 있었다.

오랜만에 만나서 좀 반가웠지만, 의리도 없고 입도 가벼운 떡돌이와 좀 거리를 두기로 한 참이기에 나는 일부러 팩 고개를 돌렸다. 사람은 너무 쉽게 보이면 안 된다. 떡돌이에게도 알려주어야 했다. 그가 가볍게 굴 때마다 우리 사이의 우정이 팍팍 깎이고 있단 걸.

"이거. 꽃떡."

"흥. 내가 꽃떡 하나 받고서 널 용서해줄 것 같아?"

"도로 가져갈까?"

"그건 아냐. 일단 거기 놔둬 봐."

"거기가 어딘데?"

허리를 쫙 펴고서 위엄 있게 손을 뒤로 내밀자, 뒤에서 픽 웃는 소리가 난다. 그래도 순순히 떡을 주기에 받아서 입으로 얼른 가져…….

"손이잖아!"

하지만 그가 내게 건넨 건 손이었다. 떡이 아니라.

손을 먹을 뻔했다가 깜짝 놀라서 패대기치자, 떡돌이는 자기 손이 벌레나는 둥 구시렁거리면서 옆에 자연스럽게 앉았다.

"내가 지금 너랑 장난칠 기분으로 보여?"

그 태연한 모습에 약이 올라 식식거리자, 떡돌이는 이번에는 제대로 꽃떡을 건네주었다. 하지만 이미 너무 화가 났기에 나는 그가 쥐어준 꽃떡을 위엄 있게 팽개쳐버렸다.

그런데…… 너무 세게 팽개쳤나? 떡이 바닥에 꽂히면서 풀이 약간 위로 튀자, 떡돌이 얼굴이 굳었다.

그의 옆모습을 보자 너무 미안해져서 나는 얼른 떡을 도로 주워 후후 턴 다음 입에 넣었다. 그러고서 우물우물 씹으면서 그를 향해 웃었다. 이러면 됐지?

"젠장! 천 귀인!"

안 됐나 보다. 오히려 떡돌이는 기겁해서는 내 입에 자기 손가락을 넣으려 들었다.

"먹지 마! 뱉어라!"

"괘안아."

윽. 입에 떡이 들어가 있는데 떡돌이가 손가락까지 넣으니까 발음이 새잖아! 나는 떡돌이 손을 퉤 뱉고서 떡은 그대로 꿀꺽 삼켜버렸다. 대단한 무림 고수인 내가 새는 발음을 해대다니! 절대로 안 될 일이지. 하지만 떡돌이는 내가 떡을 삼키고서 '히' 웃자 괴로워하는 표정으로 외쳤다.

"땅에 떨어진 걸 주워 먹지 마라!"

"기분이 좀 풀렸어?"

"풀렸냐고? 놀랐다! 그걸 왜 먹지?"

"뭐 어때. 난 땅에 떨어지고 하루 지난 것도 잘 먹어. 진흙이나 오물 같은 데 떨어진 게 아니면 상관없어."

쫓기다 보면 제대로 끼니를 못 챙길 때도 있지. 굶는 것보단 땅에 떨어진 음식이라도 먹는 게 백배 낫다. 하지만 떡돌이는 내 말에 당황한 목소리로 물었다.

"네가…… 땅에 떨어지고 하루 지난 음식 먹을 일이 뭐가 있는데?"

아. 없나? 하긴. 천소여는 귀한 집 자제니까 없겠구나. 이런. 말실수했네. 말 돌려야지.

"꽃떡에서 특이한 맛이 나. 꽃이랑 풀이랑 흙 섞인 맛. 신기해."

"꽃밭에 떨어진 걸 주워 먹으니 그런 맛이 나지!"

그런가. 떡돌이는 이마에 자기 손을 올리더니 연극배우처럼 한탄했다.

"넌 집안에서 그런 대접을 받아? 넌 적출이고, 내가 알기로 네 모친인 공오부인도 종리씨 가문 적출이어서 권력이 막대하다 알고 있는데?"

이번엔 내가 당황할 차례인가.

나는 너무 무식한 티를 내지 않기 위해 애쓰며 고개를 저었다.

"네가 뭐라고 하는지 아주 조금 못 알아듣겠어. 네 말이 너무 빨라서 그런가 봐."

그보다 떡돌이 얘는 천소여 집안 사정에 왜 이리 빠삭해? 떡돌이는 한숨을 내쉬었다. 그가 혹시 내 정체를 의심할까 봐 나는 얼른 둘러댔다.

"나 귀하게 잘 컸어. 땅에 떨어진 거 막 주워 먹고 그렇게 안 컸어!"

하지만 한 번 말을 바꿔서인가. 떡돌이는 믿지 않는 눈치였다. 그의 머릿속에는 이미 집안에서 천대받으며 떨어진 밥이랑 반찬을 주워 먹는 천소여 모습이 생생하게 그려지는 모양이었다.

'아닐 건데. 아마도.'

하여튼 고작 떨어진 음식 좀 주워 먹었다고 이리 난리라니. 소수를 제외한 대다수의 내시들은 집안이 가난해서 먹고살기 위해 거세를 하고 내관이 된다던데. 떡돌이는 곱게 큰 그 소수인가 보다.

"손 좀 봐도 돼?"

나는 슬그머니 떡돌이의 손을 가져다가 그의 손바닥과 손등을 살폈다.

손을 여기저기 꾹꾹 눌러보니 과연. 군은살이 있긴 하지만 손등은 아주 말랑말랑했다. 손바닥은 거칠지만 손등이 참 곱고. 맞아, 곱게 컸네.

"!"

하지만 내가 너무 손을 오래 만졌나. 보라고 줄 땐 언제고 떡돌이는 갑자기 자기 손을 휙 뺏어가버렸다. 너무하네. 내가 쎄려보자 떡돌이는 헛기침을 하더니 돌연 발치에 피어난 이름 모를 꽃을 보며 말을 돌렸다.

"우리 사이가 이 꽃처럼 오래……."

그게 기분 나빠서 그가 보고 있던 꽃을 뚝 꺾어버리자, 떡돌이는 말을 멈추더니 눈을 동그랗게 뜨고서 바락 외쳤다.

"왜 꺾어!"

"아. 달라는 줄 알고."

거짓말로 둘러대자 떡돌이는 한숨을 내쉬었다.

"난 이 꽃이 시들 때 우리 우정도 시들면 어쩌지, 하고 말하려 했다."

아, 그랬구나.

"어쩌니이. 생각보다 빨리 시들어서."

"태연하게 말하지 마. 과하게 말 늘이지도 마."

떡돌이는 이런 거 잘 믿는구나. 왜 꽃잎 개수가 홀수면 사랑이 떠나가고 짝수면 사랑이 이루어지고 꽃잎 다 떨어지면 사랑도 다 떨어지고 뭐 이런 미신 말이다. 엄청 삐지네.

나는 슬쩍 떡돌이 눈치를 보았다. 하지만 이번엔 정말 제대로 화가 났는지 떡돌이는 입가가 단단히 굳어서 풀릴 생각을 않았다. 결국, 제대로 달래주기 위해 나는 떡돌이 귀에 방금 꺾은 꽃을 꽂아주고서 오글오글하게 속삭여주었다.

"이 꽃은 시들어서 죽지 않아. 활짝 피었을 때 내가 꺾어버렸잖아. 영원히 이 상태인 거야. 우리 우정도."

개소리지만 넘어가줬으면 좋겠는데. 슬쩍 그의 눈치를 살폈다.

다행히 효과가 있나? 떡돌이는 내가 꽃을 꽂아준 자기 귓가를 만지작거리다가 희미하게 웃었다.

"……하니, 너희는 각기 요리를 하나씩 맡아 태후마마께 바치거라. 반드시 직접 해야 한다. 기한은 열흘. 그 안에 완벽하게 준비를 갖추도록."

몹시 당황스러운 일이 벌어졌다. 발단은 태후가 열흘간 궁중의 홍복을 빌기 위해 천온사에 가서 제를 올리고 온 일이었다. 어째서인진 모르겠지만 문제는 거기서 터졌다.

황후가 문안 온 후궁들에게 뜬금없이 일방적으로 통보한 것이다. 태후마마가 우리를 위해 열흘간 제를 드리고 왔으니, 우리도 그 답례로 각기 요리를 하나씩 만들어서 선물 드리자고. 당황스러운 일이었다.

솔직히 그렇잖아. 태후마마 입장에서 후궁들이 어설프게 만든 요리가 좋겠어, 어선방의 능력 좋은 숙수들이 만든 맛난 요리가 좋겠어? 후자다 후자. 누가 생각해도 후자라고! 후궁들이 정성을 담아 직접 만든 요리는 그거다. 하등 쓸모없지만 버리지도 못할 생일 선물. 그런데 답례로 요리를 바치자니. 태후마마가 과연 좋아할까?

어쨌든 하라면 할 수밖에 없는 처지인지라, 나는 머릿속으로 열심히 머리를 굴리면서 열흘간 풀만 먹고 온 사람이 먹을 만한 음식을 고민했다.

하지만 그건 정말 쓸모없는 일이었다.

"촉비, 태후마마께서 좋아하는 음식들이다. 누가 어떤 요리를 할지 네가 후궁들에게 정해주어라."

황후가 요리 목록을 촉비에게 내밀며 명령을 내렸으니까.

아니, 누가 무슨 요리를 잘하고 못할지 촉비가 어떻게 안다고 저런 지시를 내리지? 어쨌든 덕분에 촉비가 '넌 무슨 요리를 해라. 넌 무슨 요리를 하고.'라며 정해줄 동안, 나는 심장이 조마조마해서 제발 쉬운 요리가 주어지길 기다렸다.

너무 어려운 요리를 주진 않겠지? 그래, 괜찮을 거야. 난 촉비랑은 싸운 적이 없잖아. 알력 다툼을 한 적도 없고. 쉬운 요리는 안 주더라도 어려운 요리를 주지도 않을 거야.

"천 귀인은 온매화를 만들도록 해라."

나는 온매화가 무엇인지 몰랐지만, 촉비와 싸운 적이 없기에 그게 어려운 요리는 아닐 거라 생각했다. 온매화를 만들란 말을 할 때 촉비 표정이 워낙 인자하기도 했고.

"온매화라니. 촉비마마가 천 귀인을 싫어하나 보네요."

하지만 문안을 마치고 돌아가는 길. 염 귀인이 해준 말 덕에 온매화가 어려운 요리란 걸 알게 되었다.

"왜요?"

염 귀인은 내가 당황해서 묻자, 바보 보듯 쳐다보았다.

"온매화는 웬만한 솜씨로는 절대로 만들 수 없는 음식이잖아요."

"네?"

"간을 맞추는 게 무척 까다롭대요. 잘못하면 너무 짜거나, 싱겁거나 매위진다고."

와. 그런 걸 나한테 만들라 했다고? 그 온화한 얼굴을 하고서?

"아이고오!"

"천 귀인, 요리 못하나 보네요."

"미래의 나는 온매화를 잘할 자신이 있어요. 하지만 지금의 나는 온매화를 만들 자신이 없어요."

"그러니까 요리 못한단 거잖아요."

"촉비는 나랑 원수진 일이 있는 것도 아닌데. 왜 나한테 어려운 요리를 맡겼을까요……."

내가 한숨을 내쉬자 염 귀인은 어깨를 으쓱했다.

"천 귀인은 선두에 서 있으니까요."

"무슨 선두요?"

"궁궐에 들어온 사람은 남자건 여자건 모두 언제 끝날지 모르는 경주를 해야 하잖아요. 하지만 언제 끝날진 몰라도 선착순이라는 건 확실히 알죠. 그러니 앞에 있는 천 귀인이 공격당하는 거예요."

"내가 왜 선두예요? 선두는 폐하 아니에요?"

"폐하도 경주를 하지만 우리랑 같은 경기장에 있진 않죠."

"그럼 선두는 황후마마 아녜요?"

"총애로 따지면 천 귀인이 선두예요. 누구한테 물어도 그럴걸요?"

"말도 안 돼!"

만날 때마다 계란이라면서 이불말이나 시키는데 그게 최고 총애를 받는단 증거라니! 황후한텐 살갑게 대하면서 나한테 놀려대기만 한다고!

내가 턱에 힘을 주자 염 귀인은 한 번 더 어깨를 으쓱했다.

"뭐. 천 귀인이 아니어도 누군가는 온매화를 만들어야 했을 거예요."

"대충 만들면 되지 않을까? 후궁이 몇이야? 많잖아. 태후마마가 우리가 한 음식을 다 먹진 않을 거야. 어차피 특별히 맛있는 거 한두 개 빼놓곤 맛만 살짝씩 보실 텐데. 그냥 '음!' 하고 넘어갈 수준이면 되지 않을까?"

처소에 돌아오자마자 나는 부성과 원웅을 불러 놓고 이 일을 설명한 다음 내 비상한 의견을 털어놓았다. 내가 생각하기에도 아주 논리적이고 그럴듯한 의견이었다.

하지만 원웅과 부성은 '무슨 헛소리실까?' 하는 표정으로 동시에 고개를 저었다. 심지어 귀자마저도.

"왜? 내 말이 틀렸어?"

원웅은 친정에서부터 천소여를 따라온 궁녀답게 비교적 솔직하게 내 의견에 반박했다.

"황제 폐하 총애도 중요하지만 내명부에서 어깨를 펴려면 태후마마 총애도 필요해요, 소주."

부성도 얼른 거기에 말을 보탰다.

"맞아요. 품계가 올라가기 위해선 태후마마 지지도 필요해요. 황제 폐하가 품계를 올리려 해도 태후마마가 반대하시면 쉽지 않대요."

귀자도 내 눈치를 보더니 슬그머니 한마디를 더했다.

"모자가 원수지간이 아닌 이상, 내명부 일은 황제 폐하도 태후마마께 한 수 접습니다. 대부분요."

뭐야…… 그럼 어떡해?

"난 온매화를 먹어본 적도 없고 본 적도 없고 들어본 적도 없어. 만드는 방법은 당연히 모르고. 그런데 잘 만들기까지 해야 하다니, 어떻게 하란 거야?"

결국, 고민 끝에 나는 청적에서 떡돌이를 만났을 때 시정을 털어놓고 온매화란 걸 먹어본 적이 있는지 물어보았다.

"너는 ……니까 옆에서 조금 먹었을 수도 있을 거 같아서."

떡돌이는 중간에 생략된 부분이 뭐냐면서 미심쩍어했지만, 내가 '폐하의 총애를 받는 사람'이라고 둘러대자 눈을 가느스름하게 뜨면서도 일단 넘어가주었다.

하지만 결과적으로 떡돌이에게 상담한 건 무척 잘한 선택이었다.

"꼭 잘 만들어야 하나? 어차피 태후마마는 한 젓가락 정도밖에 안 드실 텐데. 후궁 수가 몇이야. 안 그래?"

첫째. 떡돌이는 나와 흡사한 말을 해서 내 기분을 좋게 해주었고.

둘째. 떡돌이는…….

"어선방 최고 숙수라면 온매화 만드는 방법을 알 거다. 내 지인의 지인이 그자와 개인적으로 친분이 있으니 알려주라 부탁해주지."

생각 이상으로 더욱 대단한 방법을 알려주었으니까!

"지인의 지인이 어선방 최고 숙수랑 안다고?"

어떻게 그게 가능하지?

'아! 가능하겠다!'

떡돌이는 황제의 내관이니까. 지인도 신분 높은 내관일 거고, 그 지인의 지인도 신분 높은 내관일 테니 알 수 있겠구나. 우와! 간만에 떡돌이가 참 야무지고 똘똘해 보인다.

내가 몇 번이나 입을 열고 감탄하다 엄지를 치켜세우자, 떡돌이는 흐뭇하게 웃으면서 더욱 큰소리쳤다.

"내일 미시에 어선방으로 가봐. 그 시간에 제일 한가하다 했으니."

"갔는데 무슨 일이 있어서 바쁘다고 하면 어째?"

"내가 부탁해두지. 내 지인의 지인과 아주 친하다니 그 정도 부탁은 들어줄 거다."

"고마워!"

내가 활짝 웃으면서 그의 허벅지를 찰싹찰싹 두드리자, 떡돌이는 어선방에 가게 되면 내가 불편할지 모르니 자기도 내일 그쪽으로 오겠다는 둥 중얼거리고서 황급히 일어섰다.

"어디 가?"

"볼일이 생각나서."

다음 날 시간에 맞추어 나는 어선방으로 찾아갔다.

부성과 원웅은 "그 약속 사기 아니에요?"라고 걱정스러워했지만, 어선방 앞에 가자 정말로 태감 하나가 나와 있다가 내가 안쪽에 들어가도록 안내해주었다. 심지어 어선방 안에서도 최고 숙수만 사용한다는 조리실로! 게다가 이 시간은 한가하단 떡돌이 말이 정말인지, 안내해주는 태감 외엔 사람이 아무도 없었다.

"처음 뵙습니다, 천 귀인. 소신이 천손 숙수입니다."

태감이 나를 조리실에 데려다주고 나가자, 미리 그곳에서 재료까지 다 가져다놓고 대기하던 최고 숙수가 다가와 내게 인사했다.

떡돌이 지인의 지인이 무어라 설명을 한 건지 태도가 무척이나 공손했다. 그러면서도 표정은 무덤덤한 것이, 정말로 숙수들의 정점에 선 요리의 고수다운 위인이었다.

'떡돌이도 용할 때가 있네!'

어쨌든 나도 그의 공손한 태도에 맞추어 위엄 있는 후궁인 척 인사에 화답해주었다.

"고맙소. 이, 그런데 친구 한 명이 더 올 텐데. 그래도 되오?"

그러다가 혹시나 싶어 떡돌이 이야기도 그에게 물어보았는데, 천손 숙수는 이 부분도 흔쾌히 대답해주었다.

"예, 그 이야기도 들었습니다."

좋아, 떡돌이 지인의 지인 완벽해! 완벽하게 준비해놨어!

호랑이도 제 말 하면 온다고, 마침 딱 떡돌이 얘기를 하자마자 문이 달칵 열리면서 떡돌이가 들어왔다. 나는 웃으면서 그쪽을 가리켰다.

"저기 오네. 떡……."

하지만 '떡'까지 말하고 나니, 이건 아니다 싶어서 말을 멈추었다. 떡돌이는 이름이 아니라 별명이잖아. 이런 곳에서 부르기엔 격식에 맞지 않아. 이 사람은 황제의 요리만 다룬다는 최고 숙수라고! 천손 숙수! 그런 사람 앞에서 '떡돌이 떡돌이' 하는 건 안 될 일이지. 떡돌이도 체면이 있는데, 대단한 어선방 최고 숙수 앞에서 떡돌이라 불리고 싶지는 않을 거야. 내 안의 배려심이 폭발했다.

나는 얼른 말을 바꿔서, 내가 아는 이름 중 제일 멋들어진 이름으로 떡돌이를 불러주었다.

"태천아!"

하지만 내가 이미 '떡' 자를 앞에 말해서인가? 내가 가리키는 방향으로 고개를 돌린 천손 숙수는 아까의 무덤덤한 표정은 어디 가고, 눈알이 톡 튀어나올 정도로 커다래져서는 나를 확 돌아보았다. 경악한 얼굴. 그 표정을 보자 아차 싶었다.

어휴, 바보! 이미 '떡'까지 말한 다음 태천이라 부르면 어떡해! 떡돌이 이름이 떡태천이 되어버리잖아! 이름이 더 이상해졌어! 이를 어째. 하지만 갑자기 성을 정정하는 건 너무 이상한 일이었다.

주저하다가, 나는 아직도 놀란 표정인 천손 숙수에게 떡돌이를 가리키며 아까 한 말을 조금 수습했다.

"떡 씨 아니고 덕 씨라네."

하지만 눈치 없는 떡돌이는 눈살을 구기면서 내게 다가와 물었다.

"덕태천은 또 누구야?"

"너."

"남의 이름 좀 자꾸 마음대로 바꿔대지 마라."

어휴 얘 눈치 없는 거 좀 봐. 내가 다 너 위해서 한 건데! 나는 힐긋 천손 숙수를 보았다. 내가 이름 가지고 거짓말한 줄 알고 기분 나빠하면 어쩌지? ……기분 나쁜가 봐. 자기가 사기를 당했다고 생각하나?

천손 숙수는 이제는 눈만 아니라 입까지 커다랗게 벌리고서 입을 뻐끔대는 중이었다. 저러다 턱관절 빠지는 거 아닌가 걱정이 좀 됐는데. 다행히 떡돌이가 그를 향해 턱을 다물란 손짓을 해주자 얼른 정색하고서 눈을 내리깔았다.

분위기가 묘해지는 것 같아서, 나는 얼른 천손 숙수에게 요리를 알려달라고 졸랐다.

"자! 태천이도 왔고 이제 시작하면 될 것 같소!"

천손 숙수를 보았을 때 내 첫인상은 그가 숙수들의 정점에 선 자답게 아주 뭐랄까. 고수의 풍모가 있단 거였다. 왜, 자신의 실력에 당당한 이들이 풍기는 그런 분위기 말이다. 황제의 요리를 책임지는 이만이 풍길 수 있는 위풍당당! 후궁인 내게 예의와 정중함을 갖추어 대하면서도 자신의 품격을 잃지 않는 걸 보면 알 수 있지.

하지만 시간이 지나고 보니…… 아니었다. 당당한 태도는 잠깐이고. 천손 숙수는 막상 요리 수업을 시작하자 내 눈을 제대로 쳐다보지도 못하고 바닥을 향해 말했다.

"온매화 만드는 법을 알려드리겠습니다, 천 귀인."

턱 들고서 '나 여기 있소' 하고 알려주고 싶네.

"우선 채소 다듬는 법부터 알려드리겠습니다."

한숨이 나온다. 염 귀인은 지금 황궁에서 내가 황제의 총애를 가장 많이 받고 있다고 했지. 사실은 그렇지 않지만, 어쨌든 다른 사람들은 다 그렇게 본다 했어.

천손 숙수도 아마 그래서 이렇게 바닥만 보는 모양이다. 내가 황제의 총애를 받는 후궁인 게 뒤늦게 생각나서. 상대하기 불편한 거겠지. 그래도 모른 척해주려 했건만.

"여기를 이렇게 잡고 이쪽으로 비스듬하게……"

천손 숙수가 채소 다듬는 법을 알려주겠다면서 칼과 채소를 보는 게 아니라 자꾸 자기 발만 쳐다보자, 이래선 안 된단 생각이 들었다. 이러다간 온매화에 넣을 채소 다듬는 방법이 아니라 손가락 써는 방법만 배울 게 분명했다. 그럼 안 되지. 손가락 써는 방법도 유용하긴 하겠지만, 이미 그건 아니까.

결국, 나는 배려심을 발휘해서 얼른 떡돌이를 끌어다가 그의 옆에 세워주고서 온화하게 말했다.

"채소는 덕춘이가 썰 거요. 얘한테 알려주면 되오."

이러면 됐지? 덜 부담스럽지?

"내 이름 또 바뀌었다."

떡돌이가 불만스럽게 중얼거렸지만, 나는 떡돌이에게 그러지 말라 눈치를 주고서 천손 숙수에게 재차 권했다.

"덕춘이한테 알려주시오."

그런데…… 어째서지? 천손 숙수는 오히려 더욱 울 것 같은 얼굴이었다. 의아해서 보고 있자니 천손 숙수가 갑자기 바닥을 향해 외쳤다.

"전 천 귀인께 알려드리고 싶습니다! 요리는 천 귀인께서 하실 테니까요. 덕 대인께 알려드리는 건 소용이 없다 사려되옵니다."

"그런가?"

"예!"

음…… 생각해보니 맞는 말 같네. 왜 저 말까지 바닥 보고 하는지는 모르겠지만.

"알았소."

어쨌든 일리가 있는 말이라 내가 수긍하자, 천손 숙수는 눈에 띄게 안도했다.

"그럼 덕춘이는 가서 설거지해."

내가 떡돌이에게 한쪽에 쌓인 접시를 가리키며 지시하자마자 "안 됩니다!" 하고 외치며 아예 대놓고 울고 말았지만.

이 사람 최고 숙수 맞아? 요리를 눈물로 만드나, 왜 자꾸 흐느껴? 떡돌이는 설거지 하면 안 되나? 왜? 어선방에서 조리할 거라고 허락받지 않아서 그런가? 아니, 아니야. 허락받았잖아? 분명히 친구 한 명을 더 데려갈 거라 했고, 천손 숙수도 이미 그걸 알고 있는 것처럼 굴었어.

천손 숙수가 왜 갑자기 울먹이는 건지 나로선 아무리 머리를 굴려도 모르겠다.

"왜 울어요?"

결국, 황당해서 대놓고 묻고 말았다. 그러나 천손 숙수는 수달이 세수하듯 두 손으로 자기 얼굴을 비빌 뿐. "왜 울어요?"라는 내 질문에 대답할 생각은 없어 보였다. 정확히는 정신이 없어 보였다.

그러다 손을 내렸을 때 떡돌이가 설거짓거리 앞으로 가 있자, 천손 숙수는 황급히 그쪽으로 달려가더니 자기가 하겠다면서 아예 떡돌이 옆에 쪼그려 앉았다.

말만 그런 게 아니었다. 실제로 그는 수세미를 가져다가 엄청난 속도로 설거지를 하기 시작했다.

"나 요리 안 가르쳐줄 건가? 나 여기 계속 서 있어?"

내가 황당해서 물어도, 천손 숙수는 이것까지만 다 하고 가르쳐주겠단 이상한 말만 할 뿐 설거지통에서 손을 떼지 않았다.

시간이 얼마나 지났을까. 천손 숙수는 그릇이 하나도 남지 않고 반짝반짝해지자 그제야 손을 떼고서 간신히 일어섰다.

"이제 나 가르쳐줄 건가?"

기다림에 지친 내가 힘없이 묻자, 천손 숙수는 떡돌이 쪽을 힐긋 쳐다보면서 그렇다고 웅얼거렸다.

열심히 요리를 배우고 연습하다 보니 일주일은 빠르게 흘러갔고, 드디어 후궁들이 만든 요리를 태후마마께 바치는 날이 되었다.

사실 그간 요리 연습을 하면서 나는 좀 미심쩍게 생각했다. '그런데 후궁들이 요리를 했는지 숙수가 요리를 했는지 태후마마가 어떻게 구분하시지?'라고. 하지만 이 부분은 당일이 되니 알 수 있었다. 내 처소에 딸린 작은 부엌에서 막 요리를 시작하려는데, 황후의 태감이 찾아와서는 이렇게 말한 것이다.

"요리가 완성되자마자 바로 이동해야 하니, 천 귀인께서 요리하실 동안 제가 이 옆에 서 있겠습니다."

웃으면서 챙겨주는 척 말하지만 결국 직접 요리를 하는지 안 하는지를 전부 감시하겠단 뜻이었다. 나한테만 태감을 보냈을 리 없으니 아마 모든 후궁들이 다 이런 태감을 맞이했겠지.

'왜 이렇게 번거롭게 할까. 궁궐 사람들은 이상해.'

물론 궁궐 사람들만 이상한 건 아니다. 무림 사람들도 이상한 구석이 많지. 예를 들어 초식을 쓸 때 굳이 자기 초식명을 외치면서 쓰는 거. 난 이게 정말 이해가 안 됐지만 의외로 그런 사람들은 많은 편이었다. 개원이에게 물어보니 그게 예의라던가? 뭐 그런 말을 했는데. 하여튼 나는 쫓기는 처지에 예의를 따질 필요가 없었으므로, 가끔 이 점을 역으로 이용해 정파 놈들을 공격하곤 했다. 간단하다. 남궁 세가 무인과 싸울 때, 내 무공을 펼치기 전에 일부러 남궁 세가 비급 이름을 외치는 거다. 그러면 남궁 세가 무인은 '뭣? 네가 어떻게 우리 가문의 무공을!' 하고 외치면서 주춤하는데, 그사이에 나는 쓱, 볼일을 보는 거지.

"천 귀인, 다 끝나신 건가요?"

지켜보는 것도 지루한가 봐. 황후의 태감이 옆에서 자꾸 재촉하네. 그만 좀 보채. 덜 익은 음식을 태후마마가 드시게 되면 그쪽이 책임질 거야? 아니잖아. 그래도 뭐. 거의 다 되긴 했지.

"어. 다 끝났네."

마지막 재료인 죽순을 투척하면…… 됐다! 나는 빙긋 웃고서 태감에게 내가 만든 역작을 가리켰다.

"이제 가져가면 돼. 그런데 이걸 통째로 담아가나? 아니면 덜어서?"

부성과 원웅이 내가 만든 요리를 커다랗고 오목한 접시에 먼저 덜어주었고, 이동하는 도중 먼지가 요리에 들어가지 않도록 그 위에 하얀 면 천을 두 겹 덮어주었다.

"이러면 음식이 천에 닿지도 않으니까요."

이후엔 귀자가 그 접시를 쟁반에 담아서 팔을 위로 비스듬하게 뻗는 모양새로 특이하게 들었고, 나는 부성과 원웅을 데리고서 태후마마가 계신다는 곳으로 걸어갔다.

태후마마가 머무는 금룡궁은 황후와 후궁들이 지내는 동쪽 구역에서 조금 벗어난 곳에 위치하는데, 금룡궁이란 이름 그대로 금색 용이 하늘을 쳐다보는 듯한 모양새였다. 내가 도착했을 땐 그 용의 품 안 앞뜰에 이미 많은 후궁들이 모여 있었고, 그 후궁들이 가져온 온갖 음식이 상석에 놓인 긴 탁자에 나열되어 있었다.

태후마마는 보이지 않았는데, 얼마간의 시간이 지나 황후와 후궁들이 모두 도착해 칼처럼 나열해 서자 태후마마는 그제서야 방 안에서 나왔다. 태후마마가 나와 탁자 앞에 서자 후궁들은 동시에 무릎을 굽혀 인사를 했고, 나도 얼른 따라 했다. 태후마마는 일어나라 손짓하고는 번쩍번쩍한 그릇에 담긴 음식들을 둘러보며 묘하게 웃었다.

"뭐 이런 걸 다 준비했나 모르겠군. 손도 많이 갈 텐데."

'동감이에요!'라고 외치고 싶네. 하지만 황후는 앞으로 한 걸음 나아가더니, 태후마마의 옆으로 다가가 부드럽게 미소하며 말했다.

"태후마마께서 황실을 위해 열흘이나 제를 올려주셨으니까요. 모두가 한마음으로 준비한 것들이니, 맛이라도 보아주세요."

태후마마는 어쩔 수 없다는 듯 웃더니, 개중 가장 가까이 놓인 음식을 가리켰다.

"그러면 저것부터 먹어볼까. 붉은 양념이 눈에 확 들어오는군."

손짓을 하자 근처에 대기하고 있던 궁녀 두 명이 얼른 달려갔다. 그러더니 빈 그릇 두 개를 가져다 음식을 덜어내는데, 태후마마에게 가져가기 전에 한 명이 먼저 음식을 한 입 먹었다. 그러고는 고개를 끄덕이자, 다른 한 명이 다른 그릇을 태후에게 가져갔다.

태후가 그 음식을 먹는 동안 앞뜰 안에는 아무 소리도 들려오지 않았다. 그래서일까. 태후마마는 붉은 무언가를 한 입 먹으려다가 도로 그릇에 내려놓더니, 한숨을 섞어 다그쳤다.

"날 체하게 할 셈들이냐. 왜들 내 입만 쳐다보는 건지 모르겠군. 여긴 격식을 차린 자리가 아니니, 다들 본 후는 그만 쳐다보고 편하게 이야기 나누며 즐겁게 있도록 하거라."

그러고서 태후마마가 손짓을 하자, 후궁들은 적당히 눈치를 살피다가 옆에 있는 사람과 소곤소곤 이야기를 시작했다. 태후마마가 그래도 못마땅한 표정이자 후궁들의 목소리는 좀 더 높아졌다. 와. 수다 떠는 것도 명령으로 가능하다니! 놀라운데?

어쨌든 태후마마가 편하게 있으란 명령까지 내려준 덕에 처음에만 경직된 분위기였지, 이후에는 다들 연회 때처럼 서로 웃고 떠들면서 놀았다. 물론 그러면서도 태후마마가 어떤 음식을 먹을 때마다 빠르게 눈으로 살피는 건 멈추지 않았지만.

"저건 황후마마가 하신 음식 아닌가요?"

"그러네요."

"맛있으신가 봐요! 계속 드시네요. 아까 규빈이 한 요리는 한 입 드셨다가 뱉으셨잖아요."

"황후마마는 못 하는 게 없네요. 요리할 일도 거의 없으실 텐데."

나는 누가 음식 먹는 걸 구경하는 취미는 없기에 태후마마 쪽을 쳐다보진 않았지만, 촉비와 혜비가 내 근처에서 자꾸 상황을 실시간으로 얘기해주는 통에 태후마마가 누구 음식을 먹고 어떤 반응을 보였는지 바로바로 알 수 있었다.

'지겹네……'

그런데 손으로 입을 가리고서 하품을 하고 있을 때였다.

"촉비. 태후마마께서 그대가 만든 완유슈를 드시려나 봅니다."

저만치 나무 뒤쪽으로 낯익은 얼굴이 빼꼼 이쪽을 쳐다보고 있는 게 보였다.

'떡돌이?'

쟤가 왜 저기 있어?

한 입씩 먹을 뿐이라지만 많은 후궁이 한 음식을 죄다 먹는 건 태후에게도 곤욕이었다. 특히 태후는 소식가였기에 이렇게 많은 음식을 필수적으로 한 입씩 먹으려니 조금 짜증이 날 정도였다.

그래도 황후와 후궁들의 성의를 생각해서 억지로 먹다 보니, 입은 음식을 먹으면서도 눈길은 자꾸 여기저기로 흘러갔다. 사실 태후가 자기가 먹는 걸 쳐다보지 말라고 한 것도 이러려고 그런 것이었다.

그러다가 태후의 눈길은 요즘 그녀의 아들이 가장 총애하는 귀인에게 닿았다. 맹한 천 귀인. 오늘도 다른 후궁들은 태후를 의식하거나 자기들끼리 웃고 즐겁게 지내는데, 천 귀인은 혼자 엉뚱한 방향을 보고 있었다.

뭘 저리 보는 건가, 생각하고 있자니 이번엔 그쪽을 향해 활짝 웃으면서 "덕춘아!" 하고 작게 외쳤다. 아는 사람이 있는 건가? 태후는 촉비가 만들었단 완유슈를 입에 넣으면서 천 귀인이 쳐다보는 방향을 같이 보았다. 덕춘이가 누구…….

"풉!"

아들이었다.

분명 내 쪽을 보는가 싶던 떡돌이는 눈이 마주치자마자 쏙 나무 뒤로 머리를 감추더니 달아나버렸다. 뭐야…… 내가 잘하나 보러 온 거 아니었나? 왜 그냥 가는 거야? 자유로운 분위기라 구경해도 되는데. 주위에 다른 구경꾼들도 많고…….

하여튼 괜히 서운해서 발끝으로 땅을 툭툭 치는데, 갑자기 한쪽에서 소란이 났다. 무슨 소린가 싶어서 고개를 돌려 보니 태후마마가 기침을 하고 있고, 황후와 태후의 궁녀가 놀라서 태후마마의 등을 두드리고 있었다. 사레들었구나.

태후마마는 몇 번이나 기침하다가 좀 괜찮아지자 허리를 펴면서 한 손으로 궁녀와 황후에게 괜찮다고 손짓했다. 두 사람이 반걸음 뒤로 물러나자, 태후마마는 민망한지 손수건으로 입가를 닦았다. 거의 동시에 내내 미풍처럼 잔잔히 있던 황후가 촉비를 향해 버럭 외쳤다.

"무슨 음식을 어떻게 만들었기에 태후마마께서 이러시는 게냐!"

"괜찮다. 내가 실수한 거지."

태후마마는 황후를 말렸지만, 황후는 괜찮은 표정이 아니었다. 황후는 촉비가 음식에 일부러 매운 고춧가루라도 뿌린 거라 확신하는 얼굴로 촉비를 무시무시하게 노려보았다.

'저렇게 화내다니. 진짜 고춧가루 탔나?'

반면 촉비는 얼굴이 하얗게 질려서 털썩 무릎을 꿇고 애원했다.

"죽을죄를 지었습니다, 태후마마. 송구합니다, 황후마마."

죽을죄는 아니지 않나…… 촉비가 태후마마가 사레 걸릴 걸 예상했던 것도 아니고. 촉비는 이미 내게 온매화로 골려 먹은 적이 있기에 난 별로 저 사람을 좋아하진 않는다. 그래도 이건 좀 이치에 맞지 않는데, 생각하고 있자니 웬걸. 태후가 이쪽으로 다가오지 않는가.

화가 많이 났구나! 분노했어! 촉비를 때리려나 봐! 나도 놀랐지만, 촉비는 더더욱 놀라서 덜덜 떨었다. 촉비 옆에 서 있던 혜비 역시도 달달 떨고 있었다.

그러나 아니었다.

"천 귀인."

태후마마는 뜬금없이 내 앞으로 와 서시더니 날 부르셨다.

어? 나? 나 왜?

사람들의 시선이 자연스럽게 촉비에서 내 쪽으로 몰렸다. 나는 얼떨떨해서 태후마마를 쳐다보다가, 황후가 태후마마 뒤에서 눈을 부라리는 바람에 얼른 고개를 푹 수그리면서 대답했다.

"세가 만든 거 아닌데요, 대후마마."

"천 귀인!"

하지만 황후가 또 호통을 치는 바람에 얼른 입을 다물었다.

"황후. 다그치지 마라. 애가 무서워서 떨고 있지 않느냐."

그러나 의외로 태후마마는 화를 내는 게 아닌지 오히려 황후에게 날 다그치지 말라 해주었다. 그뿐만이 아니었다. 의외다 싶어서 슬그머니 고개를 들자, 태후마마는 내게 이상한 말을 물었다.

"덕춘이 아니?"

"!"

덕춘이를 아느냐고? 반사적으로 시선이 아까 떡돌이가 숨어 있던 곳으로 향했다. 덕춘이는 떡돌이를 대외적으로 부르기 위해 내가 멋대로 만들어낸 이름인데. 그러는 태후마마야말로 덕춘이를 어떻게 아시고 저런 질문을……?

아아. 아까 내가 떡돌이한테 "덕춘아!" 하고 작게 부른 걸 들었나? 다른 사람들은 더 크게 떠들고 있으니까 괜찮을 줄 알았는데. 하여튼 그때 태후마마도 떡돌이 얼굴을 봤나 봐.

"태후마마도 아세요?"

일단 확인차 재차 묻자 태후마마는 묘한 미소를 띠면서 대답했다.

"알지."

태후마마도 떡돌이를 아시는구나. 하긴. 그럴 수도 있지. 떡돌이는 황제의 내관이니까, 오다가다 태후마마를 만났을 수도. 고개를 살짝 끄덕이고 있자니 태후마마가 다시 물었다.

"넌 덕춘이와 어떻게 알게 된 거지, 천 귀인?"

나는 바로 대답하지 못하고 주위 눈치를 살폈다. 그러자 태후마마는 빙그레 웃더니 바로 사람들을 물려주셨다.

"나는 천 귀인과 좀 얘기할 테니 다들 거리를 두고 있어라."

그 말이 떨어지자 태후마마 주위에 옹기종기 모여 있던 사람들이 바다 썰물 빠져나가듯이 우르르 뒤로 물러났다. 순식간에 우리가 대화를 나누어도 사람들에게 들리지 않을 만한 거리가 확보되었다. 권력이 좋긴 좋구나. 나는 힐끗 주위를 보았다. 뒤로 물러났으면서도 사람들은 모두 이쪽을 보고 있었다. 다들 태후마마가 나를 무척 총애한다고 여기는 눈치다. 사실 내 생각에도 좀 그런 것 같긴 해.

아니, 하지만 지금은 이게 중요한 게 아니지. 태후마마한테 떡돌이 이야기를 해도 되나? 사실 떡돌이와 만난 과정이 처음부터 좋았던 건 아니라 남들에게 세세히 말하긴 좀 그렇다. 그렇지만 태후마마를 속이다가 진실이 발각되면 큰 벌을 받잖아. 결국, 주저하다가 나는 사실대로 말하기로 결심했다. 하지만 그 전에 먼저 확실하게 해야 할 게 있지.

"태후마마. 제가 덕춘이를 어떻게 알게 되었는지를 말씀드리려면, 우선 태후마마께 확인해야 할 게 있어요."

내가 뭔 말을 했다고 태후마마는 즐겁다는 듯 웃으면서 물었다.

"그래, 어떤 것이냐?"

"태후마마는 덕춘이의 정체에 대해서 아세요?"

태후마마의 눈이 가늘게 휘었다.

"알지. 너도 아느냐."

아시는구나! 나는 안도해서 후 한숨을 내쉬고 웃었다.

"그럼요. 다행이에요."

"다행이라고?"

"태후마마께서 덕춘이에 대해 모르시면 어떻게 말씀드려야 할지 애매했거든요."

"음. 덕춘이는 자기를 드러내길 싫어하니까."

"암요. 덕춘이는 내시처럼 안 보이고 싶은기 보더리구요. 다른 태감들은 다 당당하게 다니는데, 유독 부끄럼이 많아요."

"!"

비밀을 공유하는 사람들끼리는 그런 거 있다. '어 그 말 맞아', '어 네 말 맞아' 이러다가 공감대가 형성되면 갑자기 막 웃게 되는 거. 태후마마와 내 상태가 딱 이랬다. 여기에서 태후마마와 나 두 사람만 덕춘이에 대해 알다 보니, 덕춘이 이야기를 나누자 나와 태후마마의 공감대가 확 올라간 것이다.

태후마마도 덕춘이가 평소에 얼마나 고자가 아닌 척 구는지를 떠올리셨는지, 내가 말을 하자마자 돌연 배를 잡고 넘어가셨다. 그걸 보면서 나도 태후마마와 함께 웃었다.

태후와 천 귀인은 뭐가 그리 재미있는지 서로 마주 보고서 웃어대느라 정신이 없었다. 심지어 태후가 천 귀인에게 기대 웃기까지 하자, 이를 쳐다보던 궁인들이 작게 수군거렸다.

"태후마마께선 천 귀인을 정말 귀여워하시는군요."

"전에 천 귀인이 괴상한 시를 읊을 때도 즐거워하시더라니."

"저런 걸 좋아하시는 걸까요?"

황후는 먼발치에서 그 모습을 바라보다 마음이 아파 눈꺼풀을 내렸다.

"황후마마……."

황후의 상궁녀 영영은 그 모습을 보자 마음이 아파져 작은 목소리로 주인을 불렀다. 그러나 황후는 영영에게 그런 내색을 하지 말라고 고개를 저었다. 황후의 어깨가 짧게 올라갔다 내려갔다. 소리 내지 않고 한숨을 내쉰 것이다.

결국 견디다 못한 황후가 머리가 아프다며 자리를 피하자, 영영은 황후를 부축해 걸어가며 투덜거렸다.

"태후마마는 정말 너무하세요. 황후마마는 태후마마께 정말 잘하시는데, 황후마마 가문을 견제하느라 절대 친근하게 안 대해주시잖아요."

"……."

"그런데 천 귀인한텐 저렇게 잘 대해주시다니요. 천씨 가문도 세력이 큰 데다 야심이 큰데. 말이 안 돼요."

실제로 태후는 황후에게 예의를 갖추어 잘 대해주었으나, 거기엔 가족다운 애정은 보이지 않았다. 그런데 황후만큼 예의도 없고 황후만큼 아름답지도 않고 황후만큼 영리하지도 않은 맹한 천 귀인을 두고서는 저리 예뻐하는 꼴이 영영은 몹시 못마땅하게 여겨졌다.

"황제 폐하와 태후마마가 모두 한 사람을 어여뻐하니, 천 귀인은 품계가 빠르게 올라갈 거예요, 마마."

"그래. 그 가문 딸들은 이미 빈과 비 자리에 올라 있지. 거기에 하나가 더해지는 건 위험해."

이건 사적인 감정과 별개로 가문 대 가문으로서도 좋지 않은 일이다.

황후는 무표정한 아래에 슬픈 눈으로 태후 옆에 딱 달라붙어 있는 천 귀인을 바라보았다.

늦은 저녁. 밖에서는 풀벌레 소리가 들려오고 서서히 날씨가 더워지지만, 태후의 옆에는 부채를 든 궁녀들이 있어서 아직은 버틸 만했다.

그런데 서책을 한 장 넘기고 있자니, 문밖에서 "태후마마! 황제 폐하께서 오셨습니다!" 하는 소리가 들려왔다.

곧 문이 열리고서 황제가 안으로 들어왔다.

"소자를 부르셨다 들었습니다, 모후."

황제가 가까이 다가오자 태후는 서책을 덮고서 옆자리를 손으로 톡톡 두드렸다.

"식사는 하셨소?"

"조금 먹었습니다."

"조금 먹어서야 됩니까."

"훨씬 입이 짧은 모후께서 그런 말씀을 하시다니."

모자가 농담을 주고받는 사이, 태후의 궁녀가 차를 가져와 탁자에 내려놓고 나갔다. 황제는 차를 마시면서 혹시 어머니가 낮에 자신이 금룡궁에 몰래 갔던 일을 말씀하시려는 건가, 생각했다. 갑자기 천 귀인이 부르는 바람에 달아나긴 했는데. 분명 달아나기 전 모후가 그를 쳐다보는 것 같았으니까. 그러나 태후의 입에서 나온 말은 예상 밖이었다.

"새로 후궁을 들일 시기가 다가왔습니다."

황제는 차에서 나는 꽃향기가 어느 꽃 향일까 잠시 딴생각을 하다가 양미간을 찌푸렸다.

"지금 있는 후궁들도 너무 많은데요."

"그 많은 후궁 중 아이를 가진 후궁이 아무도 없지 않습니까."

"……."

"역대 황제 중 이렇게 자식 없는 황제는 아드님이 처음입니다."

아이를 가지려는 시도조차 하지 않고 살아온 황제는 괜히 눈치가 보여서 다시 차 마시는 시늉을 했다.

"언젠간 생기겠지요."

"열 명을 낳아도 다섯 명이 죽어요. 아이들은 정말로 약합니다, 아드님. 그런데 이 와중에 한 명도 없는 건 정말 심각한 일이에요."

"언젠가 튼튼한 한 명이 태어날 수도 있지 않습니까."

"최소 자식 여섯 명이 태어나기 전엔 계속 후궁을 들일 겁니다."

태후의 단호한 말에 황제는 곤란한 표정을 지었다. 하지만 무작정 싫다고 하기에는 태후의 말이 사실이기도 했다. 즉위한 지 몇 년이 지나도록 여태껏 아이 하나 없는 황제는 그가 유일했다.

지금이라도 태후에게 그의 대역이 있었단 걸 고백한다면 아마 후궁을 들이는 걸 미룰 수 있을 거다. 하지만 앞으론 지금처럼 의무적인 시침 때 편하게 대역을 보낼 수도 없을 터. 황제는 잠시 고민하다가 제안했다.

"그러면 천 귀인 품계를 올려주고 싶습니다."

"이번에 천 귀인이 다른 후궁들 술수 때문에 제일 어려운 요리를 부여받아서 그럽니까? 그게 걱정되어서 몰래 찾아오기까지 했지요?"

얼굴을 가린 면사 아래로 입꼬리가 머쓱하게 올라갔다.

"아시는군요."

"어찌 모를 수가 있나요. 그래서 천 귀인이 한 그 맛없는 요리도 맛있다 칭찬해준 게 아닙니까. 다른 후궁들이 맹한 후궁 하나를 놀려먹는 게 꽤 씸해서요."

"맹하다니요…… 얼마나 말을 잘하는데요."

"난 천 귀인 걸어 다니는 것도 걱정됩니다. 길은 잘 찾을까 싶어서요."

황제는 태후가 천 귀인을 이상하게 생각하자 대놓고 웃지도 못하고 표정을 관리했다. 거의 동시에 태후도 황제를 보면서 '연인한테 자기가 내시 취급받는 줄은 아나'라고 속으로 혀를 찼다.

물론 천 귀인이 말하는 걸 들어보니, 황제가 정체를 숨기려다가 일이 꼬이면서 벌어진 오해인 것 같아 굳이 풀어주진 않았다. 오해를 풀어주려다가 황제가 황제란 걸 알리게 될까 봐. 황제가 왜 굳이 천 귀인에게 정체를 숨겼는진 모르겠지만, 일부러 감추고 있는데 자신이 나서서 풀어주는 건 아닌 듯해서 내린 결정이었다.

"그러면 품계를 올려주실 겁니까, 모후?"

분위기가 좋아지자 황제는 기대를 가지고서 물었다. 태후가 천 귀인을 어여삐 여기는 것 같으니 품계 올리는 걸 허락해줄 것 같았다. 하지만 내내 천 귀인을 좋게 표현했으면서 태후는 딱 잘라 거절했다.

"나도 천 귀인이 참 예쁩니다. 하지만 품계는 어여쁘다고 올려주는 게 아닙니다."

"모후."

"귀엽단 이유로 품계가 확 높아진 후궁들도 있었지만 결국 끝이 모두 나빴습니다."

"천 귀인은 다릅니다."

"천 귀인이 문제가 아니라 천 귀인이 피해를 볼까 봐 그러는 겁니다."

"!"

"아드님이야 그냥 여색에 빠졌단 소리나 듣고 끝나겠지만, 천 귀인은 피해를 봐요. 높은 곳에 올라가면 화살도 많이 받습니다. 이유 없이 품계가 올라가면 사람들은 천 귀인을 질시할 것입니다. 귀인일 때 실수하는 것과 높은 품계를 지니고서 실수하는 건 책임이 다릅니다. 천 귀인처럼 덜렁대는 후궁은 누구에게 무슨 꼬투리를 잡힐지 몰라요."

"그건 그렇지요."

"그렇다고 영민하다, 교육에 힘을 쓴다, 내명부 일에 도움이 된다는 핑계를 대면서 품계를 올릴 수도 없지요. 사람들 모두 다 천 귀인 맹한 걸 알지 않습니까."

태후의 단호한 말에 황제는 자조적으로 물었다.

"그러면 어쩝니까, 모후. 천 귀인이 공부에 흥미를 느껴서 말도 행동도 영민해지는 게 빠를까요, 품계 높아지는 게 빠를까요?"

"가장 확실한 방법이 두 가지나 있지 않습니까."

"어떤 방법이요?"

"천씨 가문에서 대단한 공을 세웠을 때 이 핑계로 품계를 높여주거나."

"……."

"천 귀인이 회임하거나."

"!"

황제가 눈을 동그랗게 뜨고 쳐다보았다.

태후는 자기 앞에 놓인 차를 들어 올리면서 빙긋 웃었다.

"천 귀임이 회임만 한다면, 황자를 낳든 황녀를 낳든 내가 두 팔 걷어붙이고 밀어주겠습니다."

황제가 나를 또 시침에 불렀고, 나는 이젠 익숙해진 계란말이 상태로 황제의 침실에 운반되었다. 황제는 늘 그렇듯 먼저 침대 바깥 자리에 누워 있다가 태감이 나를 내려놓고 가자, 아는 척을 했다.

"껍질이 바뀌었구나."

"껍질이 아니라 이불입니다."

"탈피한 건가."

"날이 더워서 태감들이 바꿔준 겁니다. 그리고 얼른 주무세요."

사람 얼굴에 말이야, 반쪽 화장을 해줘 놓고 비웃고선 뭐 저렇게 자연스럽게 넘어가려 해? 나는 황제가 뭐라고 말을 걸어도 자는 척할 요량으로 눈을 딱 감았다. 그런데…… 바로 코앞에 인기척이 느껴져서 눈을 떠 보니 황제의 얼굴이 밀착해 있는 게 아닌가. 아이고!

"부담스러워요 폐하."

나는 고개를 뒤로 빼면서 그에게 항의했다.

"천 귀인. 계란아."

“꼭 이렇게 가깝게 있어야 하나요?”

“계란이.”

하지만 황제는 내 말을 흘려 넘기면서 계속 나를 불러대더니, 갑자기 당연한 질문을 했다.

“계란말이 하고 있으면 답답하냐.”

“암요! 폐하도 해보시면 알걸요!”

내가 단호하게 외치자 황제가 가볍게 웃는 소리가 났다. 난 그가 또 날 마구 놀려댈 줄 알았다. 자기는 안 답답하다던가, 뭐 그런 식으로. 그런 데 아니었다.

“계란 벗겨주랴.”

네……라고 대답을 하려다가 나는 입을 도로 다물었다. 이게 무슨 소리야? 계란을 벗겨줘?

‘이 안은 알몸인데?’

계란 껍질을 벗겨준다니 무슨 말인가, 지금 내가 생각하는 그 말이 맞는가, 멍해 있는 사이. 황제의 손이 내 어깨쯤 올라오더니 어색하게 허공을 맴돌았다.

나는 고개를 옆으로 돌려서 황제가 뭘 하나 보려 했으나 각도상 그게 여의치 않으므로, 이번에는 눈동자도 최대한 옆으로 굴렸다. 젠장, 그래도 안 보여! 하지만 느낌상 토닥토닥? 황제가 내 어깨쪽 이불 위를 토닥토닥하는 거 같다. 이불 때문에 감각도 잘 없지만 하여튼.

‘진짜로 시침을 들란 건가?’

나는 새삼 또 놀라서 황제를 쳐다보았다. 너무 놀랐더니 눈 깜빡이는 속도도 빨라졌다. 세상에. 무림에서 악적 소리를 듣던 고수 천년비가 황제와 해보는 건가! 얼굴을 가려놓아서 확실한 건 아니지만 분위기를 보니 황제도 좀 긴장한 것 같기도 했다.

"폐하…… 우리 거시기 하는 거예요?"

결국, 나는 대놓고 묻고 말았다. 황제는 대답 대신 나를 한 바퀴 굴렸다. 하지만 평소와 달리 이불 끄트머리를 잡고 굴린 거라, 내가 한 바퀴를 옆으로 구르자 날 똘똘 감싼 이불이 자연스럽게 한 겹 벗겨졌다.

"폐하, 우리 거시기 하는 건지요?"

정말로 오늘은 뭔가 다르구나 싶어서 나는 다시 물어보았다. 하지만 황제는 또 날 한 바퀴 더 굴리기만 했다. 어지럽긴 해도 몸을 갑갑하게 감싼 이불이 두 겹이나 풀리자 많이 편해지긴 했다. 이대로 두어 번만 더 구르면 정말 이불이 다 벗겨지겠는걸?

그러나 그 순간. 나를 한 바퀴 더 굴리려는 듯 손을 올렸던 황제가 갑자기 끙 소리를 내더니 내 위에 상체만 겹쳐 엎어졌다. 야하게 엎어진 게 아니다. 헥헥거리면서 산에 가까스로 올라간 사람이 커다란 바위를 발견하고 거기에 엎어지듯 엎어졌다.

"왜요?"

"기운이 빠져버렸다."

"아니 뭘 하셨다고 벌써 기운이 빠지시는데요?"

"너 때문이다."

"제가 뭘요?"

"옆에서 자꾸 거시기 거시기 종알대질 않나, 진짜 계란말이가 되어 있으니 옷을 좀 분위기 있게 벗길 수를 있나."

뭐야?

"미치겠군. 그 계란 옷은 언제까지 입고 다닐 거지?"

이 황제가?

"옷 아니거든요?"

기가 막혀서! '계란이 계란이' 부르다 보니 내가 진짜 계란인 줄 아나?

황제를 시침 들고, (정확히는 이번에도 시침을 들진 않았지만 어쨌든 시침을 든 후에) 내 처소로 돌아와 씻고 옷을 갈아입고 황후에게 아침 문안까지 가려면 몹시 분주하게 움직여야 한다.

내가 미지근한 물로 빠르게 씻은 다음 연한 사과색 의복을 입고 머리 카락을 단정히 올리는 동안, 측근 궁녀 두 사람은 나보다 더 바쁘게 뛰어 다니면서 문안에 늦지 않을 수 있게 도와주었다. 머리를 땋아서 올리는 게 너무 시간이 많이 들었지만, 그래도 서두른 덕에 늦지 않게 문안에 도 착할 수 있었다.

후궁들이 주르륵 모여 앉은 방 안으로 들어가면서, 나는 오늘 문안도 빨리 끝나길 바랐다.

"천 귀인. 이쪽이에요."

그래도 요즘엔 문안에 가면 염 귀인이 아는 척해줘서 그건 좋아. 게다 가 같은 귀인이라 옆자리에 앉을 수도 있고. 안에 들어가자마자 염 귀인 이 이름을 슬쩍 불러주기에 나는 얼른 그녀의 옆자리로 가서 앉았다.

이후에는 늘 그렇듯 따분하고 지루하고 무슨 얘기인지 모르겠는 이야 기가 오갔다. 말이 어떻고 황족 누구가 이번에 무슨 일을 어떻게 뭘 했 고 언제 무슨 일이 일어날 건데 누구누구가 어쩌고저쩌고. 이러고 있으 면 난 좀 무서워지더라. 황궁 사람들은 얼마나 똑똑하기에 이걸 다 알아 듣지 싶어서. 절대로 내가 멍청한 게 아니니, 분명 다른 사람들이 똑똑한 것이다.

'그래도 그렇지 꼭 단체로 다 모여서 이런 얘길 해야 하나.'

그런데 지겨운 내색을 하지 않기 위해 치마 속에서 발만 꼼지락거리고 있을 때였다. 드디어 내가 알아들을 만한 이야기가 하나 나왔다.

"슬슬 새로운 후궁을 들일 시기가 다가오고 있다."

근데 그 내용이 무척이나 이상했다. 후궁? 새로운 후궁을 들인다고? 눈동자가 반사적으로 다른 후궁들을 쭉 훑었다. 몇 명이지? 많다. 아주 많이. 그런데 여기서 후궁을 더 들인다고? 미친 거 아냐? 여기서 후궁을 또 들여야 하는 이유를 혹시 나만 이해 못 하는 거면 어쩌나 싶었는데. 다행히 이번에는 그건 아니었다. 눈치를 보니 다른 후궁들도 새로운 후궁을 들일 거란 이야기에 달가운 표정들이 아니었다. 염 귀인은 대놓고 인상을 찌푸리고 있고.

"다들 어떤 기분인진 알겠지만, 그대들도 이런 과정을 거쳐 들어왔단 걸 명심하고 새로 들어올 동생들이 잘 적응할 수 있도록 도와주거라."

이 와중에 표정에 변화가 없는 건 황후뿐이었다. 황후는 유일한 자리니까, 그 밑으로 누가 들어오든 상관이 없다고 여기는 걸까?

"네, 황후마마."

윽. 후궁들이 갑자기 동시에 대답하잖아. 또 나 혼자 대답 못 했어. 대체 동시에 저렇게 딱딱 대답하는 눈치는 어디서 배우는 거지?

그런데 새 후궁 입궁 소식이 빠르게 지나가고 이제 다른 화제로 넘어가려나 싶은 순간이었다. 차를 홀짝홀짝 마시던 승빈이 돌연 빙그레 웃더니 황후에게 이렇게 말했다.

"새 후궁은 천 귀인 같은 사람들이 많이 들어오면 좋겠어요, 황후마마. 폐하께서 아주 좋아하실 테니까요. 황후마마도 후궁 선발에 함께하시지요? 이번엔 성품이나 지혜로움이 아니라 다른 걸 보셔야겠네요."

내 이름이 왜 나온 건지는 모르겠지만, 그 말에 지금껏 황후만 쳐다보던 사람들이 모두 다 내 쪽을 쳐다보았다. 황후 역시도. 내 칭찬……이니까 반응을 해야 하나? 갑자기 왜 날 끌어들이는진 모르겠지만 일단 좋은 뜻 같기에 나는 웃으면서 승빈에게 화답했다.

"그래도 너무 얼굴만 보면 쓰니요. 그래도 예쁘게 뵈주셔서 감사합니다, 승빈마마."

하지만 승빈은 내 말을 듣자마자 인상을 찌푸렸다.

"난 얼굴 얘긴 꺼낸 적도 없는데, 천 귀인."

"아무렴요. 하지만 맥락이란 게 있잖아요."

염 귀인이 자기 무릎으로 내 무릎을 툭툭 두드렸다. 옆을 보자 그녀가 아주 작게 고개를 저었다. 더 대꾸하지 말란 듯이.

"승빈은 천 귀인을 칭찬한 게 아니라 비꼰 거예요."

문안을 마치고 돌아가는 길. 염 귀인은 주위에 사람들이 없어지자 내게 작게 알려주었다.

"어? 그런 거예요?"

내가 놀라서 되묻자 그녀는 혀를 차며 설명했다.

"성품도 지혜로움도 볼 필요가 없다잖아요. 천 귀인은 성품도 지혜도 없이 폐하의 총애를 받았단 걸 돌려서 비꼰 거죠. 아니, 사실 돌려서 꼰 것도 아니었어요. 그 정도면 대놓고 말한 건데."

"난 전혀 못 알아들었어요. 염 귀인은 의외로 머리가 좋군요!"

내가 염 귀인의 해석 능력에 감탄하자 염 귀인은 잠깐 침묵하다가 고개를 설레설레 저으며 중얼거렸다.

"어쩌면 폐하는 천 귀인의 이런 면을 좋아하시는 건지도 모르겠네요."

"어떤 면이요?"

"천 귀인은 속내를 바로바로 드러내고 감추지 않잖아요. 그런 점 때문에 화날 때도 있지만, 어쨌든 상대가 나한테 어떤 마음인지 궁금해하면서 눈치를 볼 필요도 없으니 편하죠."

"다들 그러지 않나요?"

"사회생활을 포기하지 않고서야 누가 그래요."

"!"

염 귀인에게 핵심을 찔려서 저절로 몸이 움찔한다. 맞다. 나는 친구가 없어. 하지만 다른 몸으로 궁궐에서 살아가니 날 좋아해주는 사람이 많아지길래, 지금껏 친구가 없던 건 내가 사람들이 두려워하는 악적이라 그런 건 줄 알았지. 아니었나? 별개였나? 성격 때문인가?

한데 염 귀인에게 그 부분에 대해 좀 더 자세히 물으려는 찰나. 누군가 성큼성큼 빠른 속도로 걸어왔다. 누군가 싶어 돌아보자 우 귀인이었다. 지나가는 길……은 아니겠네, 이쪽을 똑바로 보고 있으니. 노골적으로 이쪽으로 오고 있어서 나와 염 귀인은 멈추어 서서 그녀가 다가오길 기다렸다.

곧 우 귀인은 염 귀인 옆, 나와 마주 보는 자리에 와서 서더니 나를 흘겨보았다. 그러고는 염 귀인의 팔짱을 끼면서 딱 잘라 말했다.

"염 귀인, 천 귀인하고 너무 가깝게 지내지 말아요."

한두 번 잡아본 게 아닌 듯 아주 자연스러운 태도였다. 어…… 둘이 싸운 사이 아니었나? 아닌가? 처음 문안 갔을 때 염 귀인이 우 귀인을 막 밀치고. 아닌가? 다른 사람이었나?

"우 귀인."

어쨌든 내가 어리둥절해 있는 사이, 염 귀인은 우 귀인을 달래듯 부르면서 자기 팔을 잡은 그녀의 손등 위에 손을 얹었다. 하지만 우 귀인은 여전히 나를 위아래로 흘겨보면서 서운하다는 투로 염 귀인을 흔들었다.

"염 귀인은 내 친구인데 어째서 계략을 꾸며서 내가 폐하의 총애를 받지 못하게 만든 저 여자와 친하게 지내는 거예요? 내가 천 귀인 때문에 고생한 생각은 안 나요?"

계략을 세우다니. 무슨 소리야. 그쪽이 날 따라 하고 싶다 해서 내 습관을 알려준 것뿐이었잖아.

"우 귀인, 가서 이야기헤요."

"염 귀인, 그뿐만이 아니에요. 요즘 높은 분들이 얼마나 천 귀인을 노리고 있는지 알잖아요. 가깝게 지내다가 괜히 불똥 튀어요."

날 노려?

"천 귀인이야 폐하와 태후마마가 잘 보호해주시겠지만 우리는 다르다고요. 알잖아요?"

단호하게 말한 우 귀인이 염 귀인의 팔을 잡고 끌어당겼고, 염 귀인은 미안하단 신호를 내게 보내면서 우 귀인을 달래며 쫓아갔다. 멀어지는 두 사람의 뒷모습을 멍하니 보고 있자니 부성이 씩씩거렸다.

"참 치졸해요. 염 귀인이 우 귀인이랑 친하면 소주랑은 친하면 안 되나? 뭐 세 살짜리 어린애들도 아니고 저게 뭐래요?"

천년비가 천 귀인의 몸으로 궁궐에 조금씩 적응해가는 동안, 개원은 천년비를 사칭하는 가짜를 잡기 위해 천년비가 들렀단 소식이 들려오는 곳마다 돌아다녔다. 그는 천년비가 죽은 뒤에라도 편안하길 바랐다. 안 그래도 사람들의 헛된 소문으로 내내 괴로워했는데. 죽은 뒤에도 사칭범에 시달리는 건 보고 싶지 않았다.

그리고 노력은 드디어 빛을 발하게 되었다. 천년비가 흑도 방파를 방문했단 이야기를 듣고 급히 이동한 끝에 드디어 가짜를 만나게 된 것이다.

그는 가짜가 야영 도중 일행에서 떨어져 나와 혼자가 되길 기다렸다가 기척을 숨기고 그쪽으로 다가갔다.

가짜는 얼핏 보기에 천년비와 정말 흡사했다. 곧은 등. 큰 키. 하나로 길게 땋은 머리카락. 무비일색의 얼굴과 뚜렷한 눈썹, 강인한 다리, 긴

팔. 너무 비슷해서 소름이 돋을 정도였다. 그 역시 천년비가 죽은 줄 몰랐더라면 당장 다가가 이름을 부를 만큼.

하지만 그는 천년비가 죽은 걸 확실하게 보았기에 상대의 겉모습에 속지 않았다. 개원은 가짜가 연못가에 무릎을 대고 손을 물에 넣어 찰랑거리게 하는 걸 보다가 천천히 그쪽으로 걸어나갔다.

"가짜."

뒤에서 그가 부르자 가짜가 물장구를 치다 말고 고개를 돌렸다. 정면에서 보는 가짜는 더욱 진짜처럼 보여서 개원은 흠칫했다.

'저건 가짜다.'

하지만 개원은 단호하게 검을 뽑았다. 갑자기 나타난 사람이 다짜고짜 검을 뽑자, 가짜는 눈을 약간 크게 떴다. 그 순간. 이미 개원은 가짜의 코앞에 다가가 있었다.

놀라는가 싶던 가짜도 빼어난 반응 속도로 개원의 검을 피했으나, 개원은 수천 개의 대나무가 내려꽂히듯 피할 길 없이 상대를 공격해 들어가는 검술로 가짜가 피할 길을 죄다 차단해버렸다. 그의 일인 전승 독문 무공 천후무의 3초식으로, 지금껏 이 무공을 파훼한 사람은 천년비가 유일했다. '저건 가짜다'고 반복해 생각하면서도, 그는 자신도 모르게 저 여자를 시험하듯 이 무공을 사용해버리고 만 것이다.

하지만 예상대로 가짜는 그의 검을 이겨내지 못했다. 손에 차고 있던 굵고 동그란 팔찌를 이용해 검을 막이내긴 했으나 그 힘을 흘려보내지 못하고 대번에 뒤로 튕겨났다.

'역시.'

개원은 저도 모르게 한 번 더 실망하고 말았다.

'뭘 기대한 건가.'

"윽."

127

가싸는 뒤로 데굴데굴 구르다가 나무에 부딪히시아 멈추었다. 하지만 그것도 잠시. 가짜는 벌떡 일어나더니 개원의 허리를 향해 곰처럼 돌진했다. 개원은 그 팔을 밟고 가볍게 몸을 띄워 가짜의 뒤로 날아가면서 검날을 이용해 가짜를 내려쳤다. 가짜가 앞으로 넘어지는 순간 누군가 이쪽으로 다가오는 기척을 느낀 개원은 전투를 빨리 끝내버릴 생각으로 검을 세워 들고 가짜의 목을 찔렀다. 하지만 바로 그때.

"!"

개원은 믿기지 않는 걸 발견하고 속도를 늦추었다. 덕택에 이번에는 가짜가 개원의 검을 양손으로 막았으나, 개원은 검에서 손을 떼고 가짜의 팔목을 움켜쥐었다.

"너!"

그러나 개원이 조금의 틈을 보이자마자 가짜는 발을 뻗어 개원의 배를 걷어찼다. 개원은 그 공격을 피했으나 그 틈에 가짜는 뒤로 훌쩍 물러났고, 인기척은 더욱 가까워졌다.

"잠시!"

바로 돌아서 달아나는 가짜를 개원은 뒤따라가려 했으나, 가짜는 눈 깜짝할 사이 달아나버렸다. 아까 검을 주고받을 때 어색한 동작에 비하면 굉장한 속도였다. 개원 자신과 비교해도 더 빠를 게 분명한 속도. 가짜가 사라지면서 커다란 잎사귀 몇 개가 바스락 흔들렸다.

개원은 자신의 손을 펼쳐서 손바닥을 바라보았다. 그 위에 아까 본 가짜의 손이 겹쳐졌다.

'그 흉터.'

천년비의 손바닥에는 특이하게 생긴 흉터가 있다. 그는 수백 번이나 천년비의 손을 잡았기에 그 흉터의 생김새를 또렷하게 기억했다. 하지만 다른 사람들은 천년비를 두려워했기에 천년비의 손바닥에 난 흉터를 볼 일이 없었다. 손바닥은 검을 잡으면 보이지 않고 천년비는 적 앞에서 무기를 놓친 적이 없으니까. 그런데 그 특이한 흉터가 가짜의 손바닥에도 있었다. 정확히 같은 모양으로.

'어떻게 그 흉터가 가짜의 손에……?'

게다가 저 속도. 비록 그의 무공을 막아내진 못했지만, 경공 속도는 정말 대단했다.

개원은 주먹을 꽉 쥐었다. 혼란스러웠다. 가짜의 손을 한 번 더 확인하고 싶어졌다.

황후가 일각째 같은 표정으로 편지를 내려다보고만 있어서 황후의 상궁녀 영영은 초조하게 발을 들썩였다. 황후가 보는 편지는 그녀의 부친인 온원 좌칙승상이 보낸 것이었으나 황후의 표정은 아버지에게 편지를 받은 사람 같지 않았다. 짧은 서신이니 이미 다 읽은 지 한참일 텐데, 미동조차 없는 것도 신경이 쓰였다.

"황후마마. 괜찮으신가요?"

결국, 영영은 황후에게 먼저 말을 걸고 말았다. 영영이 부르고서야 황후는 눈가를 누르며 편지를 뒤로 덮어 책상에 내려놓았다.

"아버지께서 천 귀인 얼굴을 한번 보게 해달라는군."

"예? 온 대인께서요? 천 귀인 얼굴을 대인께서 무슨 일로……."

"천 귀인 얼굴을 보여준다면, 우리 가문에서 최대한 닮은 아이를 찾아 이번 후궁 선발에 내보내신단다."

빈정거림이 섞인 황후의 말에 영영은 입을 뻐끔거리다가 화를 냈다.

"너무하세요! 황후마마께서 여기 계시는데 천 귀인 닮은 여자를 들여보내겠다니요!"

황후는 심란한 표정으로 한숨을 내쉬고서 머리가 아프다며 긴 의자로 걸어가 앉았다.

"내가 회임하지 못하니 차선책이라도 들여보내시려는 거겠지. ……천 씨 가문도 딸 셋을 들여보내면서 비웃음을 받았지만 결국 셋 다 폐하의 총애를 한 번씩은 받고 있지 않느냐."

"하지만 황후마마께서 회임하지 못하시는 건 전부 폐하가—"

"영영!"

황후가 눈을 번쩍 뜨면서 이름을 부르자 영영은 황급히 바닥에 무릎을 꿇었다.

"송구합니다, 황후마마. 실언하였습니다."

황후는 영영을 차갑게 내려다보다가 일어나라고 손을 저으며 단호하게 당부했다.

"절대로 퍼져나가선 안 될 일이다. 입단속을 철저하게 해라. 이상한 소문이 날 경우 그 불똥이 어떤 방식으로 누구에게 튈지 아무도 모른단 걸 명심하고."

"예, 마마."

평소와 다를 바 없는 날이었다. 나는 비밀 장소에 가서 체력 훈련과 근력 훈련을 한 다음 처소로 돌아와 식사를 했고, 이후엔 다시 밖으로 나가 무공 훈련을 한 다음 주위를 은신술로 돌아다니면서 몸이 무공에 익도록 했다. 요 며칠 내내 계속 이런 식으로 무공 훈련에 좀 더 열중할 수 있었는데, 새 후궁 선발 준비를 하느라 아무도 이상한 행사를 열지 않은 덕이었다.

실제로 새 후궁들이 입궁하려면 아직 시일이 좀 걸린다지만, 입궁하기까지의 절차와 준비도 나름 까다로운 모양이었다. 새 후궁들이 머물 처소를 준비하는 것이나 새 후궁들에게 배정할 궁녀와 태감을 정하는 것까지 전부 다 일이니까.

'평화롭네. 좋다.'

무공 수련을 마친 뒤, 나는 하늘이 불그스름하게 물드는 걸 구경하면서 처소로 돌아왔다. 씻고 밥 먹어야지. 오늘 부성이 나물밥 해준다고 했는데. 그런데 하품을 쩍쩍하면서 처소로 돌아와 보니 탁자 위에 웬 보따리가 놓여 있지 않은가.

"뭐야?"

처음 보는 보따리인데? 금색 바탕에 붉은 줄이 놓인 아주 반들반들한 보따리였다. 비싸 보여.

"누구 거야?"

하여튼 내 물건은 아니어서 묻자 원웅이 내 목욕 준비를 하다 말고 밝게 외쳤다.

"소주께서 기다리고 기다리시던!"

"던?"

"거니까 열어보세요."

뭐기에 저러지? 나는 얼른 보따리를 끌러보았다. 천이 귤껍질처럼 벗겨지면서 아래로 툭 떨어지자마자 드러난 건…… 금으로 만든 화폐였다.

"와! 이거 혹시 녹봉이야?"

내가 기다리고 기다리던 금 화폐라면 녹봉밖에 없어! 원웅은 "네!" 하고 대답하더니 히히 웃으면서 날 놀렸다.

"좋으시겠어요 소주. 늘 빈털터리가 됐다며 내내 혼잣말하셨잖아요."

나는 고개를 끄덕이면서 탁자 앞에 앉아 금량을 하나씩 하나씩 손에 쥐이보았다.

"와."

금량은 총 다섯 개였다. 5금량이라니. 한 번 더 감탄사가 나왔다. 5금량은 꽤 많은 돈이었다. 5금량이면 5인이나 6인 가족이 그럭저럭 한 달을 살 수 있는 금액이니까. 하지만 단순히 그걸로만 계산하면 안 된다. 후궁들은 녹봉 외 필수품은 죄다 내무부에서 받거든. 즉, 이 5금량은 말 그대로 그냥 놀고먹고 사는 데 쓰라는 돈!

"그렇게 좋으세요?"

막 방 안으로 들어온 부성도 내가 시시덕거리는 걸 보자마자 놀렸다. 부실한 방음 탓에 밖에서 이미 내가 좋아하는 소리를 다 들었나 보다. 부정할 일도 아니라 나는 고개를 끄덕였다.

"좋아! 드디어 빈털터리를 벗어났잖아!"

하지만 원웅은 이렇게 기쁜 순간에 갑자기 한숨을 내쉬었다.

"그렇긴 하지만 이게 얼마나 가겠어요. 새 후궁들이 들어왔다고 녹봉이 줄진 않아야 할 텐데요."

나는 좋아서 금량을 양손에 쥐고 한 번씩 입술 도장을 찍어주다가 깜짝 놀라 원웅에게 물었다.

"녹봉이 줄다니? 줄기도 해?"

그럼 안 되는데!

"사람이 많으면 줄겠지요. 내무부에서 굴릴 수 있는 금액도 한정되어 있으니까요."

"진짜?"

그 말을 들으니 괜히 화가 나네. 사실 난 진짜 후궁이 아닌데도 화가 나. 아직 일어난 일이 아닌데도 화가 난다. 젠장.

"폐하는 대체 후궁을 왜 자꾸 들이시는 거야? 보니까 별로 후궁들한테 관심도 없던데."

"즉위한 지 몇 해가 지났는데도 아직 회임을 한 후궁이 없으니까요. 황자건 황녀건 아무도 없으시니, 태후마마께서 불안해서 계속 후궁을 들여보내시는 거지요."

원웅의 설명에 부성은 주먹을 쥐고 허공을 향해 억울하단 듯이 휘둘렀다. 뭐가 억울한지는 모르겠지만. 그보다 황제가 즉위한 지 몇 해가 지났는데도 자식이 없단 말을 들으니, 예전에 잠깐 의심했다가 승언이 때문에 눌러두었던 가설이 떠오른다.

황제 고자설. 아니면 씨 없는 수박설. 흐흠흐흠. 떡돌이는 절대 아니라고 부정했지만, 글쎄. 모든 정황이 하나를 가리키네?

"왜 그렇게 음흉하게 웃으세요, 소주?"

나만이 아는 황제의 비밀에 혼자 낄낄 웃고 있자니, 측근 궁녀는 물론 귀자까지도 궁금해하는 얼굴로 날 쳐다보았다. 그래도 내가 대답하는 대신 웃기만 하자 부성은 인상을 찌푸리며 서럽게 물었다.

"새 후궁이 올 거라는데, 소주께선 걱정도 안 되세요?"

"암! 될 리가 있나."

자식이 없는 건 황제 쪽 문제인데 후궁 숫자만 늘려봐야 소용없지. 내 자신만만한 대답에 궁녀들과 귀자가 눈을 빛냈다.

"하긴. 폐하는 우리 소주를 아주 좋아하니까요."

"후궁 몇 명이 들어와도 우리 소주한텐 상대가 안 되죠."

"그래서 웃으시는 거죠, 소주?"

"후궁 백 명이 들어와도 황제는 너만 볼 거라 그랬다며?"

"이?"

간만에 청적에서 떡돌이를 만났는데, 얘가 만나자마자 떡을 건네면서 이상한 말을 건넸다.

"누가 그래?"

황당해서 되물었더니, 떡돌이는 그냥 사람들이 수군대는 소리를 들었다고 둘러댔다. 하지만 내가 영 못 알아듣는 눈치이자, 떡돌이는 눈살을 찌푸리더니 내게 충고했다.

"네가 한 말이 아니라면 조심해라. 여기선 네가 생각 없이 한 말이 돌고 돌다 이상하게 와전될 수도 있다. 말을 할 땐 신중하게 하고, 네가 한 말을 아랫사람이 생각 없이 옮기지 않게 단속해."

"내 궁녀나 태감이 내가 한 말을 이상하게 퍼트렸단 거야? 그걸 네가 들었고?"

"꼭 그렇다기보다는……."

떡돌이는 잠시 생각하다가 내가 들고 있는 작은 상자를 가리켰다.

"그건 뭔데 계속 들고 있어?"

"아. 이거."

나는 얼른 상자 뚜껑을 열어 떡돌이 앞에 내밀었다. 떡돌이는 상자 안을 보자마자 깜짝 놀랐다.

"반지?"

"녹봉 받아서 샀어. 너 주려고."

"나한테?"

"응. 너한테만."

항상 떡도 얻어먹었고 하니 뭐.

나는 반지를 꺼내서 떡돌이의 손에 끼워주었다. 좋아. 잘 어울리네. 손가락이 길쭉길쭉해서 잘 어울릴 것 같았어.

그런데 왜지? 떡돌이는 손을 내민 채 가만히 있기만 할 뿐 반응이 없었다. 왜 이렇게 가만히 있는 거야? 내가 "어때?" 하고 물어보지만 그래도 대답이 없고.

'왜 저러지?'

천년비의 의문은 승언에게도 그대로 전달되어서, 그는 천 귀인이 자기 처소로 돌아가길 기다렸다가 황제에게 물어보았다.

"천 귀인께서 녹봉을 받자마자 폐하께 선물을 드렸는데. 기쁘지 않으신지요?"

평소라면 안 좋은 척하면서도 입꼬리가 하늘로 치솟았을 황제가 무표정하게 손가락만 쳐다보고 있자, 승언이 보기에도 영 이상해 보였던 것이다. 그 질문에 황제는 바로 답하는 대신, 발치에 혼자 피어 파들거리는 강아지풀을 꺾어 빤히 쳐다보다가 한참이 지나서야 중얼거렸다.

"천 귀인이 좋아하는 상대는 모든 껍데기를 벗은 '진짜 나'인 걸까, 아니면 떡돌이란 가상의 인물일까."

나는 녹봉 받았다고 큰마음 먹고서 사 준 반지인데. 모양이 마음에 안 들었나? ……솔직히 난 난 떡돌이가 반지를 보자마자 좋아서 넘어갈 줄 알았다.

'아이구 세상에 이렇게 예쁜 반지는 처음 보았다. 너는 안목이 참 뛰어나구나.' 하고 막 입이 찢어져라 웃으면서. 갑자기 또 수묵화로 변할 줄은 몰랐지. 떡돌이가 수묵화 상태로 들어가면 기분이 이상해. 보기엔 좋은데 평소 같지 않아서.

이럴 줄 알았으면 안 줬을걸. 아까워……라 하려 했는데. 아니네. 아까

울 필요 없다. 준 거 도로 뺏어오면 되잖아? 그래, 뺏자! 받고서 안 좋아하면 뺏어야지!

마음을 먹자마자 나는 다시 청적으로 뛰어갔다. 혹시 그사이에 떠났으면 어쩌나 했는데, 떡돌이는 아직도 청적에 홀로 있었다. 곁에는 승언이도 있고.

내가 빠른 속도로 달려가자 두 사람은 무어라 대화를 주고받다가 말을 멈추었고, 승언이는 황급히 자리를 비켰다. 그냥 있어도 될 텐데.

"천 귀인? 왜 그러지?"

여하간에, 내가 코앞까지 한달음에 달려오자 떡돌이 영문 모르겠단 얼굴로 물었다.

"뭐 두고 갔나?"

뭐 두고 갔냐고?

"암! 두고 갔지!"

"뭘 두고 갔는데?"

그가 묻자마자 나는 흥 콧김을 내뿜으면서 독수리처럼 날카롭게 그의 손을 들어 올렸다.

"이거!"

맹세컨대, 나는 그러고서 반지를 빼갈 생각이었다. 그런데…….

"잠시만. 너무 빨라."

떡돌이가 내 손을 뿌리치더니 당혹스러운 표정으로 팩 돌아서는 게 아닌가. 빠르긴 뭐가 빠르냐고 물으려다 보니 그의 얼굴이 잘 익은 사과 빛으로 물들어 있었다. 승언이 흔들어대는 나무에서 나는 '쏴아아 쏴아아' 하는 나뭇잎 소리를 들으며 나는 내 손을 쳐다보았다. 떡돌이는 빠져나갔지만, 그의 손이 남긴 온기는 아직도 손바닥에 남아 있었다.

내 비상한 눈치가 상황 판단을 빠르게 마치고 머릿속에 경고장을 울렸다. 설마. 떡돌이는 내가 자기를 데리러 왔다 생각하나? 허! 기가 막혀서! 내가 준 반지를 받고서 그렇게 시무룩했던 주제에, 내가 자기를 데리러 달려온 거라 착각하다니! 참으로 가소롭다. 나는 그렇게 쉬운 사람이 아니다. 내 발걸음은 산만큼 무겁고 바람만큼 빠르다.

하지만…… 떡돌이는 고깔모자 쓴 태양만큼 잘생겼단 말이지. 그의 오해가 아니꼽지만, 오해를 지적하려다 보니 그의 옆모습은 참으로 보기가 좋았다.

결국, 머뭇거리다가 나는 잠시 그의 오해를 방치하기로 하고 물었다.

"그럼 넌 어느 속도가 좋아?"

떡돌이는 망설이더니 자기는 아주 느린 게 좋단다. 과연 내시.

순간 감탄할 뻔했지만, 나는 튀어나오려는 말을 꾹 삼키고서 그에게 단호하게 선을 그었다.

"속도를 물어봤다고 해서 네 마음을 받아주겠단 건 아니야. 알았어?"

방으로 돌아와 휘파람을 불고 있자니, 원웅이 한 소쿠리 가득 딸기를 가지고 들어오며 물었다.

"기분 좋은 일 있으세요, 소주?"

"기분 좋은 일은 없었는데, 기분 좋아질 만한 건 봤어."

"그게 뭔가요?"

나는 고개를 저었다. 떡돌이가 내시긴 하지만, 그래도 후궁이 다른 남자한테 선물을 줬단 말을 하긴 좀 그러니까.

"비밀이야."

내가 웃으면서 자랑하자 원웅은 "치." 하고 입을 부루퉁하게 내밀면서도 딸기를 닥자 위에 내려놓았다.

"웬 딸기야?"

"어선방 태감이 가져왔어요. 지금 들어온 딸기 중 제일 크고 싱싱하고 맛있는 딸기인데, 폐하께서 태후마마랑 소주께만 가져다주라 하셨대요."

"폐하가? 나한테 왜?"

"폐하는 소주를 총애하시니까요."

황제가 날 총애한단 말은 믿기지 않지만 딸기는 먹겠어. 나는 얼른 손을 수건으로 닦고서 소쿠리 안에 담긴 딸기 중 제일 큰 딸기를 눈으로 찾았다. 그런데 막 제일 맛있어 보이는 딸기를 발견하고 집으려는 순간, 부성이 빠른 걸음으로 들어오더니 헐떡거리면서 내게 알려주었다.

"소주, 소주, 지금 밖에 난리도 아니에요."

"왜? 무슨 일 있어?"

"네!"

"무슨 일인데?"

딸기를 입안으로 가져가면서 묻자, 부성이 '지금 그거 드실 때가 아닌데' 하는 표정으로 목소리를 낮추었다.

"안비마마께서 딸기를 드시고 쓰러지셨대요!"

"……."

그 말을 듣자마자 입안 가득 퍼지던 단맛이 싹 사라진다. 내가 눈을 끔뻑거리다가 눈동자를 아래로 내리자, 원웅이 으악 비명을 지르며 빈 접시를 내밀었다.

"뱉으세요 소주!"

안비가 쓰러졌다니 안된 일이긴 하지만, 나와 친한 사람은 아니니 안 가도 되지 않을까…… 생각했는데. 아니었다.

"안비마마는 소주가 지내는 궁의 주인이신데, 당연히 가봐야지요."

"그런 거야?"

"그럼요. 동영궁에서 지내지 않는 후궁들도 올걸요? 이런 일이 생기면 다들 찾아가고 그래요."

근데 왜 천소여가 죽었을 땐 아무도 안 왔어?

"얼른 일어나세요, 소주. 다른 궁 후궁들보단 빨리 가야죠. 아니면 무슨 소리를 들을지 몰라요."

납득이 가진 않지만 가는 게 좋다니 일단 일어서긴 했다. 사회생활은 어렵구나. 그래도 원웅과 부성이 옆에서 챙겨준 덕에 나는 얼른 딸기 먹던 입을 헹군 다음 너무 눈에 띈다는 머리 장신구를 빼고 처소 밖으로 나갈 수 있었다.

하지만 급히 온다고 왔는데도, 안비의 처소에 도착해보니 이미 많은 후궁이 모여 있었다. 그래도 내가 꼴찌인 분위기는 아니어서 얼른 사이에 끼어 들어가려 했는데.

"뭘 하다가 이제 와?"

같이 동영궁에 사는 규빈은 굳이 내 쪽을 향해 언성을 높여서, 나 혼자 지각한 듯한 분위기를 만들어냈다.

"딸기 먹다 왔어요. 폐하께서 나랑 태후마마한테만 보내주셨거든요."

"이 와중에 폐하의 총애나 자랑하는 거야?"

"자랑하는 게 아니라……."

"됐어."

와 분위기 진짜 날 섰네. 그래도 못 들어오게 막는다거나 하는 건 아니어서, 나는 다른 후궁들을 따라 안비의 침실에 들어갈 수 있었다.

침실에 들어가자, 기둥에 고정되도록 묶은 장막 사이로 안비가 침상 위에 꼼짝도 하지 않고 누워 있는 게 보였다. 곁에는 안비의 궁녀가 울먹이고 있고, 진료 가방을 옆에 내려놓은 어의는 잠든 안비의 손목을 가져다가 진맥하고 있었다.

"좀 어떤가?"

잠시 그렇게 어의가 진맥하는 걸 우두커니 지켜보고 있자니, 이번에는 황후까지 나타나 물었다. 우리가 들어올 때는 하나하나 인사하지 않던 어의지만, 황후가 나타나자 얼른 안비의 손목에서 손을 떼고 무릎을 굽히며 보고했다.

"천만다행으로 생명에는 지장이 없습니다. 하지만 맥이 약하게 뛰다 강하게 뛰길 반복하고 있고 호흡이 고르지 않으니 계속 신중히 지켜보아야 합니다."

"뭘 먹고 저러는 건가."

"단일하게 작용해 이런 증세를 나타내는 약재가 있고, 여러 가지가 복합적으로 작용해 이런 증세를 나타내는 약재도 있어 당장 확답하긴 어렵사옵니다, 황후마마."

"책임지고 치료하라."

"예."

어의가 다시 안비의 손목을 잡고 마저 진맥하는 동안, 나는 반쯤 넋이 나간 채 안비 침상에 걸린 휘장만 보고 있었다. 예의라니 오긴 했는데 역시 여전히 내가 왜 여기 서 있어야 하는지 모르겠어. 난 안비랑 친하지도 않고 책임자도 아니고 의술도 모르는데.

'언제까지 있어야 하지? 진맥이 끝날 때까지?'

하지만 아니었다. 어의가 나갔는데도 후궁들은 아무도 나가지 않았고, 당연히 나도 나갈 수 없었다. 게다가 촛대처럼 서서 홀로 이글이글하던 황후는 이번에는 안비의 궁녀를 서릿발처럼 꾸짖기 시작했다.

"너는 뭘 했길래 주인이 이렇게 되도록 보고만 있었느냐!"

궁녀는 사색이 되어 황급히 바닥에 엎드렸다.

"죽을죄를 지었습니다, 황후마마!"

여기 사람들은 툭하면 죽을죄래. 전에 촉비도 자기가 만든 음식을 먹고 태후마마가 사레 걸리니까 죽을죄라면서 사죄하더니. 다행히 황후도 죽을죄라는 데 동의하진 않는 듯, 한심한 쓰레기를 보듯 궁녀를 내려다보고는 안비의 모든 궁녀와 태감들을 둘러보며 물었다.

"의심 가는 사람이나 정황은 없느냐."

딱히 떠오르는 건 없는지, 궁녀와 태감들은 아무 말도 못 하고 서로서로 눈치를 살폈다. 그러다 궁녀 한 명이 내 쪽을 슬쩍 쳐다보았는데, 내가 손으로 목 긋는 시늉을 해주자 사색이 되어 시선을 도로 내렸다. 제일 뒤에 서 있길 잘했어. 저 궁녀가 왜 날 쳐다보았는진 모르겠지만 미리미리 내 탓 아니라고 선 그어두는 게 낫겠지.

그때. 날 쳐다보았던 궁녀 옆의 옆에 서 있던 궁녀가 갑자기 머리를 조아리더니 큰 비밀을 털어놓듯 외쳤다.

"확실한 건 아니지만, 근래에 의심스러운 사람을 보긴 하였습니다!"

모인 사람들의 시선이 대번에 그쪽을 향했다.

"누구 말이냐."

황후가 싸늘하게 묻자, 궁녀는 혹시나 싶은지 다시 덧붙였다.

"그분이 약을 탔단 건 아닙니다. 그냥 근래 본 사람 중 제일 수상하셨을 뿐이고요."

"말해보아라."

황후의 말에 궁녀가 입을 우물거리자, 주위에 있던 후궁들이 덩달아 어깨를 움찔했다. 누구 이름을 말하려나 다들 긴장되는 듯.

잠시 뒤. 머뭇거리던 궁녀가 바닥에 머리를 대며 외쳤다.

"염 귀인이십니다!"

후궁이 범인으로 지목되자, 황후는 '너희들끼리 말을 못 맞추게 만들겠다'는 듯 모여 있던 후궁들에게 돌아가라 지시하고 자신의 태감에게는 염 귀인을 데려오라고 명령했다.

덕분에 나는 상황을 더 지켜보지 못하고 내 처소로 돌아와야 했다.

"정말 염 귀인이실까요?"

그간 염 귀인이 내 방을 자주 오갔기 때문인지 원웅은 방에 돌아와서도 걱정스럽게 물었다.

"그럴 분은 아닌 것 같았는데……."

부성은 반대로 좀 뾰족하게 대꾸했다.

"난 염 귀인이 최근엔 내내 좋았지만, 그럴 분이 아니란 생각은 안 들어. 처음에 우리 소주를 얼마나 괴롭혔어? 자기가 궁지에 몰리니까 막 소주 이름을 팔고 그랬잖아."

나는 방 가운데 있는 긴 의자에 앉으면서 물었다.

"그냥 지목당했다고 무조건 끌려가…… 뭐 이런 구조는 아니지?"

원웅과 부성은 애매하게 서로 눈치를 살필 뿐 대답하지 못했다. 뭐야. 무조건 끌려가기도 해? 황궁인데? 아니, 황궁이라 가능한가?

"그건 그렇다 치고. 염 귀인은 나한테 올 때만 동영궁에 오잖아. 너희는 염 귀인이 이상한 물건 들고 오는 거 봤어?"

"절대로 독이 아닙니다! 그건 궐 밖에서 아주 유명한 의원인 천산괴의가 만든 약이었습니다!"

황후의 명령으로 안비의 방까지 오게 된 염 귀인은, 자신이 수상쩍은 약을 들고 가는 걸 안비의 궁녀가 보았단 진술을 듣자 질겁해서 변명했다. 이 변명은 사실이기도 했다.

"천산괴의?"

황후가 양미간을 찌푸리며 되묻자, 옆에 서 있던 상궁녀가 소곤소곤 알려주었다.

"기묘한 약을 만들어 팔기로 유명한 무림인 의원입니다."

하지만 염 귀인의 변명은 황후를 더욱 미심쩍게 만들었다.

"그런 자가 만든 약을 왜 궐 안에 들인 거지?"

염 귀인은 낯이 붉어졌으나, 이상한 오해를 받는 것보단 훨씬 낫기에 이번에도 솔직하게 대답했다.

"절, 절세단이라고……."

"똑바로 말하라."

"알음알음 유명한 정력제입니다."

"정력제?"

황후는 기가 막혀서 헛웃음을 터트렸다.

염 귀인은 얼굴이 더욱 붉어져서 고개를 숙였다.

황후는 한심하단 듯이 고개를 설레설레 저었지만, 염 귀인이 정력제를 안비에게 먹여 독살을 시도했을 거란 생각은 들지 않는지 아까와는 미묘하게 다른 어조로 지시했다.

"확인하겠으니 가져와보아라. 정말 정력제라면 넌 이 일에 관련이 없는 걸로 치마."

짧은 안도도 잠시. 염 귀인과 염 귀인의 궁녀는 볼이 딱딱하게 굳었다.

절세단은 천 귀인이 가지고 있었다. 염 귀인은 '천 귀인이 가지고 있습니다'라고 말하지 못하고 어물거렸다.

확실한 범인이 없는 사건은 일종의 폭탄 돌리기와도 같아서, 그럴듯한 정황만 보이면 범인이 아니면서도 범인 취급을 받을 수도 있었다. 사건을 미제로 남기는 건 황실의 위엄이 깎이는 짓이기에, 나중에 진범이 밝혀지

먼 다시 판결을 내리더라도 일단 '제일 수상한' 범인을 만들어두는 것이다. 이 상황에서 자신이 천 귀인을 짚는다면…….

천 귀인은 멍청하고 아는 게 없었다. 이런저런 변명도 제대로 못 하고 옷에 튄 불똥을 끄지 못해 허둥거리다가 화상만 입을 게 분명했다.

"왜 말을 않느냐."

황후는 염 귀인이 얼른 가져오겠단 말없이 가만히 있기만 하자, 약간 풀렸던 표정이 다시 차갑게 얼어붙어서 물었다.

"그게…… 그건…….”

염 귀인은 좀 괜찮으려나, 생각하면서 황제가 보내준 딸기를 관성적으로 먹고 있을 때였다.

"천 귀인! 나와! 천 귀인!"

밖에서 소란스러운 소리가 나기 시작했다. 나는 딸기를 입에 문 채 원웅과 눈짓을 교환했다. 무슨 일이야? 원웅이 고개를 젓자, 부성은 얼른 먹던 딸기를 꿀꺽 입에 넘기고서 "제가 나가볼게요, 소주." 하고 중얼거리더니 문을 열고 나갔다.

하지만 잠시 뒤 "고정하세요, 우 귀인!" 하는 소리가 들려오며 소란은 배가 되었고, 이어서 쨍그랑 무언가 깨지는 소리까지 들려왔다.

부성 선에서 될 일이 아닌 듯해 나도 손을 대충 치맛자락에 닦으면서 문을 열고 나가보니…… 아이고. 이게 무슨 일이래. 난리도 아니네.

밖으로 나가보니 담벼락에 세워둔 항아리는 박살이 나 있고. 우 귀인은 씩씩거리며 내 쪽을 노려보고 있고. 부성은 발을 동동 구르고 있다.

"무슨 일이에요?"

내가 묻자 우 귀인은 뜬금없이 내게 삿대질하며 외쳤다.

"다 천 귀인 때문이에요!"

"무슨 소리래. 난 방금 나왔어요."

"다른 거요!"

"일단 들어와서 얘기해요."

지나가던 사람들까지 다 듣겠네. 내가 먼저 방 안으로 들어가자 우 귀인은 씩씩거리면서도 따라 들어왔다. 나는 아까 앉아 있던 자리에 앉으면서 우 귀인에게 물었다.

"무슨 일로 오자마자 깽판이에요?"

그러자 우 귀인은 '몰라서 그러느냐'는 얼굴로 날 쏘아보며 말했다.

"염 귀인이 천 귀인하고 친하게 지낼 때부터 불안했어요. 천 귀인은 폐하와 태후마마가 지켜주시니 괜찮겠지만, 염 귀인은 다르니까. 혹시 천 귀인에게 향할 화살을 대신 맞는 게 아닌가 불안했다고요."

뭐라는 거야?

"돌려 말하지 말아요."

그러면 난 못 알아들어.

우 귀인은 주먹을 불끈 쥐더니 책상을 쾅 내리쳤다.

"염 귀인이 천 귀인한테 절세단을 준 적이 있잖아요. 지금 그게 독이 아닌가 의심을 받고 있다고요!"

"예? 왜요?"

"보기엔 수상한 병일 뿐이니까요!"

"아."

그래서 안비 궁녀가 염 귀인을 짚었구나. 염 귀인이 그 수상해 보이는 병을 들고 동영궁으로 오긴 했으니.

"절세단만 황후마마께 보여드리면 염 귀인은 바로 의심을 벗을 수 있어요. 지금 염 귀인이 꼬투리를 잡힌 건 다 천 귀인을 고립시키려는 계략이 니까. 천 귀인과 친하게 지내면 또 공격이 들어오겠지만, 일단 당장은 괜찮아질 거예요."

왜 다 내 탓이래. 내가 뭐 어쨌다고. 내가 염 귀인과 조금씩 친해지긴 했지만, 염 귀인한테 일 생긴다고 외로움에 미쳐갈 정도는 아닌데. 그냥 병 들고 다녀서 찍힌 거 아닌가…… 싶긴 하지만, 우 귀인은 정말로 이게 나 때문이라 믿는 눈치였다. 뭐, 그러면 그런 거로 하자. 나는 사람과 사람 사이 일은 잘 모르니까.

"그렇다 치고, 그러면 나더러 어떻게 해달란 거예요?"

"진짜 멍청하네요. 이렇게 말했는데도 못 알아들어요? 염 귀인이 준 절세단을 내놓으란 말이잖아요. 그걸 황후마마께 전달해드려야 황후마마가 확인하고 염 귀인을 풀어주실 거 아니에요."

"아, 절세단. 절세단이라면…… 지금 나한테 없는데."

"뭐예요?"

우 귀인 눈에서 불화살이 발사될 것 같았다. 아니, 그보다 떡돌이한테도 절세단이 남아 있으려나 모르겠나. 그게 언제 일인데 지금 찾아?

"일단 남은 게 있나 물어볼게요. 돌아가서 기다려요."

남은 게 없다고 하면 어쩌지? 그런데 내가 자리에서 일어서는데 우 귀인은 같이 일어서지 않고 나를 쳐다보기만 했다.

왜 저렇게 보나 싶어 나도 제자리에 서서 멀뚱히 같이 보자, 우 귀인이 한심해하는 투로 말했다.

"뭐 하러 직접 가요? 궁녀나 태감한테 시켜서 받아 오게 하면 되지."

나는 뚱하게 되물었다.

"내가 누구한테 줬는지 궁녀랑 태감이 어떻게 알고 받아 와요?"

청적에서 떡돌이와 만나는 건 나뿐이고, 그럴 때 원웅이나 부성을 데

려간 적이 없는데 개네가 무슨 수로 절세단을 받아와? 막상 나도 떡돌이
와 청적에서 무조건 만날 수 있단 확신이 없는데.

"당연히 폐하한테 드린 거 아니에요?"

하지만 내 말에 우 귀인은 더욱 기겁해 벌떡 일어났고, 내가 아니라고
중얼거리자 우 귀인은 나를 미쳤냐는 듯 쳐다보며 소리쳤다.

"그럼 정력제를 대체 누구한테 줬단 거예요. 후궁이?"

내시……라고 하면 이상한가. 내가 바로 대답하지 않자, 우 귀인은 갑
자기 커다랗게 웃더니 팔짱을 끼면서 나를 흘겨보았다.

"얌전한 고양이가 부뚜막에 먼저 올라간다더니 그 짝이네. 폐하 총애
를 받으면서도 다른 사내에게 정력제까지 먹이면서 놀아나? 정말 제정신
이 아니야."

"놀아나다니요."

"천 귀인을 지키겠다고 입 다물고 있는 염 귀인이 한심할 정도네요."

그 말을 하자마자 우 귀인은 벌떡 일어나 성큼성큼 밖으로 나갔다.

"어딜 가요?"

불길한 발걸음에 놀라 내가 묻자, 우 귀인은 당연하지 않냐는 듯 코웃
음을 치며 싸늘하게 빈정거렸다.

"황후마마께 가서 다 말씀드릴 거예요. 천 귀인이 다른 사내와 사통하
고 있단 게 알려지면, 어쨌든 염 귀인은 혐의를 벗을 테니까요."

이게 미쳤나?

"내가 언제 다른 사내와 사통했단 건데요?"

"폐하가 아닌 사내한테 정력제를 줬다면서요?"

"정력제 주면 사통하는 거예요? 그럼 염 귀인이 나랑 사통한 거예요?"

"억지 부리지 마요."

"너나 부리지 마요."

147

"너? 너? 나한테 지금 빈말했어요?"

"내가 그랬어요?"

내가 딱 잡아떼자 우 귀인은 기가 막히다는 듯 입술을 들썩거리다가 확 돌아서더니 빠르게 뛰어가기 시작했다.

"어, 어쩌죠? 어쩌지요, 소주?"

이 꼴을 본 부성이 옆에서 발을 동동 굴렀다.

"우 귀인이 황후마마께 이상한 말을 전하면 어떡해요?"

나는 멀어지는 우 귀인의 뒷모습을 바라보다가, 얼른 방 안에 들어가 서책 귀퉁이를 뜯은 다음 세필로 '도움 요청'이란 글씨를 쓰면서 측근 궁녀 둘에게 물었다.

"둘 중에 누가 발이 빨라?"

제일 빠른 건 무공을 익힌 귀자겠지만, 이런 경우에는 예외로 하자. 귀자는 황제 사람인지 내 사람인지 애매하니까.

내 말에 원웅이 얼른 나섰다.

"제가 빨라요, 소주."

나는 원웅에게 찢어낸 종이를 접어 내밀었다.

"청적에 가면 들판 가운데에 커다란 바위가 있을 거야. 그 아래에 이걸 두고 와."

떡돌이는 소문에 빠른 내시니까 이 정도만 써두어도 눈치껏 절세단 남은 게 있으면 가져오겠지. 떡돌이와 내가 연락을 주고받는 통로는 이걸 마지막으로 바꾸면 될 거야.

"빨리 갔다 올게요!"

원웅은 내가 건넨 쪽지를 받고서 황급히 돌아서서 달려갔다. 자신 있게 말한 것치곤 그리 안 빨라 보이지만, 일단 우 귀인보다는 빠르게 뛰고 있었다. 그 뒷모습을 지켜보다가 나도 사립문을 열고 밖으로 나갔다.

"어, 어디 가세요, 소주?"

"안비마마 방에."

"하지만 황후마마께서 다른 후궁들은 모두 돌아가라고……."

"우 귀인이 달려갔으니 어차피 나 부를 거 아냐. 그냥 미리 가지 뭐."

황후가 시켜서 가면 태감들이 뒤에서 퍽퍽 기분 나쁘게 떠밀 텐데, 그냥 내 발로 가는 게 낫겠지.

내 예상처럼 안비의 처소 근처에 가자, 황후의 태감들이 이미 이쪽으로 뛰어오고 있었다. 그러다 나와 마주치자, 황후의 장태감은 내게 다가와 허리를 굽히며 말했다.

"천 귀인, 황후마마께서 천 귀인을 찾으십니다."

"안 그래도 가는 중이었네."

"예. 들어가시지요."

안비의 침상 안으로 들어가니, 다행히 안비는 깨어나 약을 먹고 있었고 황후는 그 옆 의자에 앉아 있었다. 염 귀인은 그 앞에 무릎을 꿇고 있고, 우 귀인도 그 옆에 나란히 앉아서 무릎을 꿇고 있고. 내가 들어서자 우 귀인과 염 귀인이 서로 반대되는 표정을 짓는다. 염 귀인은 안타까워하는 표정을, 우 귀인은 '너 잘됐다, 아주 X 돼봐라' 하는 표정을.

그걸 보자 좀 묘한 기분이 든다. 우 귀인 재수 없는 거야 뭐 예전부터 겪어서 그렇다 치지만, 염 귀인은 대체 언제부터 날 저렇게 걱정해준 거지? 왜 염 귀인이 날 걱정하고 있을까? 다른 사람들이 염 귀인과 내가 친하다고 할 때도 떨떠름했는데, 진짜로 우리가 좀 친해졌던 건가? 그건 정말로 묘한 기분이어서, 약간 가슴 한구석이 간질거리기도 했다.

"부르셨다 들었습니다, 황후마마."

어쨌든 염 귀인에게 마냥 감동하고 있을 때는 아닌지라, 나는 황후의 앞으로 다가가 인사를 올리고서 물었다.

"절세단 때문에 절 부르셨는지요?"

"그래. 우 귀인 말로는, 염 귀인이 절세단을 네게 주었고 네가 그 절세단을 폐하가 아닌 외간 사내에게 주었다는데. 정말이냐."

"아닙니다, 마마."

내가 딱 잘라 말하자 우 귀인이 옆에서 야비하게 외쳤다.

"제가 폐께 절세단을 도로 받아오면 염 귀인이 받는 오해가 풀릴 거라 했으나, 천 귀인은 폐께 사람을 보내지 못하게 말렸습니다. 폐께 드린 게 아니니 저러는 겁니다. 설령 다 드시고 이미 없다 해도, 폐께 드린 게 맞다면 받았다고 말씀 정도는 해주실 텐데 이상합니다."

안비는 기운이 없는지, 그저 이 방 안에서 다들 꺼져줬으면 하는 태도로 한숨을 내쉬고서 자기 무릎만 내려다보았다.

"천 귀인. 우 귀인 말이 맞는가?"

"아니에요, 황후마마. 죄다 거짓부렁입니다."

"그러면 절세단이 어디에 있단 거지?"

내가 다 먹어버렸다고 하면 너무 도중에 말 바꾸는 티가 날까? 익으라고 땅에 묻어두었다고 하면 황후가 내 말을 믿을까? 변명거리를 찾기 위해서 나는 머릿속을 팽팽 굴려댔다. 하지만 그럴듯한 변명거리 하나 떠오르지 않았다.

그냥 내가 먹어버렸다고 하자. 안 믿어봐야 냉궁밖에 더 가겠어? 냉궁 가보니 아주 나쁘지도 않더만. 거기 갇히게 되면 폐관 수련한다 생각하고 무공 훈련이나 몰입해서 하면 되지.

결국 그냥 내가 먹어버렸다고 우겨보려는 찰나. 갑자기 문밖에서 남자의 목소리가 들려왔다.

"제가 먹었습니다."

이윽고 모습을 드러낸 건 뜻밖에도 사자친왕이었다. 저 사람이 왜 여기

150

에? 나는 놀라서 쳐다보았으나, 사자친왕은 내 쪽을 쳐다보지도 않고서 황후에게 인사를 건네더니 호탕하면서도 멋쩍은 척 웃었다.

"천 귀인께서 폐하께 주셨는데, 그 자리에 제가 함께 있었거든요. 폐하께선 자신은 이런 게 필요 없다면서 옆에 있던 제게 양보해주셨습니다."

와, 거짓말. 하지만 도움 되는 거짓말이니 입 다물고 있자. 나는 표정을 야무지게 관리하고서 사실인 척 새초롬하게 황후를 향해 눈을 깜빡였다. 황후는 미간을 찌푸리더니 내게 차갑게 말했다.

"그럼 진작 그렇다고 말을 했어야지."

굉장해. 어떻게 해서든 내 탓을 하겠단 결연한 의지가 보이잖아? 다행히 사자친왕은 거짓말에 능숙해서, 그는 이번에도 혼자 재밌어 죽겠다는 듯이 웃더니 부채를 꺼내 살랑살랑 저으면서 또 거짓말했다.

"후궁 입장에서 폐하의 형제인 제게 정력제를 주었단 이야기를 하긴 어렵지요. 전후 사정을 모르는 사람들은 오해를 할 수도 있으니까요."

나는 그저 맞는다고 고개만 끄덕거렸다. 사자친왕이 왜 갑자기 날 편들어주는진 모르겠지만, 일단 무작정 맞는다고 했다.

"……."

황후는 눈을 가느스름하게 떴지만, 사자친왕이 저렇게까지 나오자 의심하는 눈치는 아니었다. 황제에게 물어보면 바로 티가 날 일을 거짓말하는 사람은 없으니까. 황후의 생각을 눈치챘는지, 사자친왕은 빙그레 웃으면서 약을 팔았다.

"폐하께 여쭤보셔도 맞다 하실 겁니다."

어쨌든 일이 이렇게까지 됐는데 무조건 자신이 맞는다고 박박 우겨대면 우긴 사람이 더욱 우스워지기 십상. 결국, 황후는 표정 없이 염 귀인에게 일어서라 손짓했다.

"이 일과 네가 관련 없단 걸 믿어주지. 일어나라, 염 귀인."

염 귀인이 얼른 일어나자 황후는 손을 저어서 나와 염 귀인에게 가란 신호를 했다.

"우 귀인은 남게."

반면, 슬그머니 염 귀인을 따라 나오려던 우 귀인은 붙잡았다. 와 목소리 서늘한 거 봐. 염 귀인은 우 귀인이 걱정되는지 걱정스럽게 뒤를 돌아보았지만 황후가 나가라는데 버티고 있을 수는 없었다. 나와 염 귀인, 사자친왕 이렇게 세 사람이 나오고 문이 닫히자마자, 바로 "또 너야! 지난번에도 천 귀인이 사통한다면서 괴상한 시를 가져오더니!" 하는 황후의 호통이 들려왔다.

사자친왕이 내게 슬쩍 물었다.

"괴상한 시라니요?"

나는 고개를 저었다.

"몰라요. 우 귀인은 시를 못 짓나보죠, 뭐. 안 그래요, 염 귀인?"

하지만 염 귀인은 내 말을 듣고 있지 않았다. 황후의 오해에서 벗어나긴 했지만, 우 귀인이 걱정되는 듯했다.

"난 먼저 돌아가볼게요. 전 이만 물러나겠습니다, 전하."

이 때문인지 결국 염 귀인은 나와 사자친왕에게 인사를 건네고 자기 궁녀의 부축을 받아 바로 동영궁 밖으로 나갔다. 반면 사자친왕은 우 귀인이 혼나건 말건 상관이 없는지, 염 귀인이 나가자마자 뒷짐을 지고서 뻐겨대듯 물었다.

"나중에 한 번 도움을 주기로 약조한 건 귀인인데. 반대로 되어서 어떡합니까."

"나야 좋죠."

"나는 손해 보는 기분인데."

"기분만 그렇지 진짜 손해 본 건 아닐 거예요. 염려 마세요."

사자친왕은 고개를 기웃하더니 자기 양미간을 눌렀다.

"말을 참 이상하게 하신단 말이지."

"그보다 폐하 이름을 팔아서 거짓말해도 괜찮은 거예요?"

"아아. 괜찮습니다."

"폐하가 보내셨어요?"

"그건 아니지만, 사정을 설명하면 이해해주실 겁니다."

밴댕이 소갈딱지인 황제가 과연 이해해줄까?

뒤늦게 불안한 마음이 들어서 쳐다보았으나, 사자친왕은 너털웃음을 지으며 "정말 괜찮다니까요?" 하며 손을 저었다.

사자친왕이 천 귀인에게 '황제는 이해해줄 것'이라 말한 건 천 귀인이 절세단을 준 상대와 황제가 동일 인물이란 걸 알고 있기 때문이었다. 그가 나서지 않았더라면 황제는 천 귀인이 오명을 쓰는 걸 지켜보거나 예상보다 빠르게 진실을 밝혀야 했을 터. 황제는 사자친왕이 이 일에 나서준 걸 오히려 고마워할 거란 계산이 그의 머릿속에선 끝나 있었다.

"……러한 이유로 조금 거짓을 말했습니다, 폐하."

예상대로 월요 황제는 사자친왕이 사정을 설명하자 고개를 끄덕이며 칭찬했다.

"잘했다."

사자친왕은 어깨를 쭉 펴고 잘난 척했다.

"폐하와 천 귀인은 제게 큰 빚을 진 겁니다."

황제는 못 말리겠다는 듯 웃고서 태사의 손잡이에 몸을 기댔다.

하지만 사자친왕의 표정에 묘한 빛이 있는 걸 눈치채고 몸을 바로 세우며 물었다.

"왜 그러지?"

사자친왕은 아까와 달리 약간 주저하는 기색으로 깃털 부채를 팔랑팔랑 부치다가 웃음 사이에 걱정을 감추며 입을 열었다.

"한 번 이런 일이 생기고 나니 좀 걱정이 되어 그럽니다."

"걱정이라니?"

"황제가 아닌 신분으로 천 귀인과 노시는 게 즐거우시겠지만, 이런 관계는 일이 꼬이면 천 귀인이 자칫 오해를 사기 쉬우니까요. 이번처럼요."

"……."

"뭐, 폐하께서 나중에 그 남자가 폐하라는 걸 밝힌다면 다른 사람들이 한 오해는 금방 풀리겠지만……."

사자친왕은 황제를 곁눈질하며 덧붙였다.

"난데없이 자신의 친구 '떡돌'이 폐하인 걸 알게 되었을 때, 천 귀인은 속았단 생각이 들지 않을까요?"

황제가 군은 얼굴로 쳐다보자 사자친왕은 부채로 자기 얼굴을 가리면서 눈웃음을 지었다.

"독특한 성격이니 아닐 수도 있지요."

황제의 미간이 구겨지자, 사자친왕은 눈동자를 이리저리 굴리더니 좋은 조언을 해주듯 목소리를 낮추며 속삭였다.

"지금이라도 '떡돌'이 아니라 '폐하'로서 점수를 따두시는 게 어떨지요?"

사자친왕이 돌아가자, 황제는 수석 태감인 오원요를 불러 지시했다.

"천 귀인이 사가에 있을 때, 혹시 집안에서 괄시당하진 않았는지 조사해보아라."

밑도 끝도 없는 난데없는 질문에 오원요는 어리둥절했지만 일단 대답은 했다.

"예, 폐하."

사자친왕이 천 귀인이 사가에서 괴롭힘을 당했단 말을 하고 갔나? 천 귀인이 그런 비슷한 말을 했던가? 머릿속에 호기심이 방울방울 올라왔으나 수석 태감답게 그는 황제가 말해주지 않는 건 질문하지 않았다.

"나가보라."

오원요가 나가자 황제는 의자에 기대어 앉아 천 귀인이 바닥에 떨어진 음식을 주워 먹던 걸 떠올렸다.

청적에 가니 떡돌이가 바위 아래에서 내 구원 요청서를 꺼내 들고 이게 뭐냐고 묻는다. 원웅이 잘 가져다뒀구나. 쓸모는 없었지만.

나는 그 종이를 박박 찢은 다음, 그가 준 녹두떡을 뜯어 먹으면서 안비와 절세단, 염 귀인에 얽힌 이야기를 열심히 들려주었다. 그런데 뭐야. 내가 위기에 처했던 아슬아슬한 부분을 비장하게 들려주고 있는데, 떡돌이가 내 말을 한 귀로 듣고 한 귀로 흘리는 티가 났다.

"완전히 궁지에 몰렸지. 그래서 '내가 먹었다고 해야 하나?' 막 이런 생각을 하는데 말이야, 갑자기 친왕 전하가 짠! 등장한 거야."

목소리까지 높이면서 설명해주었지만 역시나 건성으로 듣는 거 같기에, 나는 일부러 말도 안 되는 상황을 말해 시험을 좀 해보았다.

"갑자기 전하가 나타나서 다들 막 놀랐거든. 게다가 와서 전하가 그러더라고. 절세단을 먹은 건 황후 폐하십니다! 그러니까 황후마마가 깜짝 놀라서, 아니, 내가 먹은 게 절세단이었다고? 그러면서 주먹을 쥐더니 말하더라고. 이 들끓는 힘의 비결이…… 절세단! 절세단에 영약 효과가 있었단 말인가! 그러면서 장풍을 빡!"

"사기."

흠. 제대로 듣고 있긴 하네. 떡돌이 표정이 '이게 무슨 개소리야?' 하는 것 같다.

"그러게 세대로 내 말을 들었이야지!"

이건 다 네 탓이라고 다리를 찰싹찰싹 때려주자, 그도 자기 잘못을 아는지 때리는 대로 맞았다.

"제대로 듣고 있었다. 사자친왕이 갑자기 수사관이 되는 장면부터 황후가 장풍 쏘는 장면까지."

"이건 다 네 탓이야. 네가 절세단을 먹어서 그래!"

"네가 줬잖아?"

"이럴 줄 알았으면 안 줬지!"

"억지 부리지 마라."

"알았어."

"……."

억지 부리지 말라고 해서 안 부리려 얌전히 손을 다리 위에 얹는데, 떡돌이가 날 아주 이상하게 쳐다본다. 왜 저러나 싶어 같이 쳐다보자 그는 웃는 건지 우는 건지 모를 표정으로 고개를 저었다.

"왜?"

"천 귀인. 넌 진짜 이상해. 알아?"

"내가 왜?"

"안 알려줄 거다."

"뭘?"

"이상한데 귀여워."

"아니, 그러니까 뭐가?"

얘 이상해. 혼자서 히죽히죽 웃어대는데 진짜 이상해 보여.

내가 팔짱을 끼고 쳐다보자, 웬걸? 그가 슬그머니 내 쪽을 향해 손바닥을 펼쳤다. 저걸 왜 펼치나 싶어서 보고 있자니, 그가 괜히 애꿎은 풀들을 밟으면서 중얼거렸다.

"전에 내 손 잡아챘잖아. 잡을 거면 이럴 때 잡거라. 조심해서."

손바닥을 찰싹 치고서 치우라 하려 했는데, 순간. 그의 손가락이 내가 준 반지가 떡하니 잘 달라붙어 있는 게 보인다. 잘 어울리네. 역시 난 안목이 좋아.

"마음에 안 드는 것처럼 말하더니. 잘 끼고 다니네."

내가 중얼거리자 떡돌이는 잘 보라는 듯 손가락을 쭉 펴더니 내 앞에 가져다 댔다. 좋아. 기분이 좋으니까 손잡아주겠어!

그가 제대로 반지를 끼고 있기에, 나는 얼른 떡돌이의 손을 꼭 잡아주었다. 떡돌이는 내가 손을 잡아주는 것만으로도 좋아 죽겠는지 발을 까딱까딱 움직이면서 시선을 아래로 내리고 혼자 웃었다.

"복 달아나."

내가 발등을 밟으니까 웃음기가 도로 사라졌지만. 심지어 그는 내 발 아래에 눌려 얌전해진 자기 발을 뚫어져라 바라보더니 허탈한 목소리로 중얼거리기까지 했다.

"충격이군."

"뭐가?"

"너와 경험하는 모든 일들이."

"넌 진짜 날 많이 좋아하는구나?"

얘는 뭔 말만 하면 웃어. 이번엔 왜 또 웃는 거야? 그가 주먹으로 자기 입술 아래를 누르면서 어깨를 떨기에 왜 웃냐고 묻자, 떡돌이는 자기가 사자라 생각하는 강아지 같은 웃음을 지으며 대답했다.

"네 방식으로 생각하면 세상엔 힘든 일이 없을 거 같다."

그건 모르겠고, 보기 좋게 휘어진 그의 입술 색이 참 예쁘단 건 알겠다. 얘는 정말 잘생겼어. 입술 한번 만져봐도 되냐고 묻고 싶다. 하지만 그랬다가 떡돌이가 나도 자기를 좋아한다고 오해하면 어쩌지? 난 심장이 아주 무거운 여자더. 입술이 예쁘다고 해서 넘어가는 일은 없거든!

나는 말랭이 떡처럼 부드러워 보이는 그의 입술에 홀리지 않기 위해 떡돌이가 쥐어준 녹두떡을 입에 물고 열심히 씹었다.

얼마나 그러고 있었을까. 역시 입술 한번 눌러봐도 되냐고 물어볼까, 고민하고 있는데 떡돌이가 이상한 말을 꺼냈다.

"만약 내가 네게 내 정체를 밝혔는데."

"응."

"그게 네 마음에 차지 않으면 어떡할 거지?"

"그게 무슨 소리야?"

"예를 들어서…… 내가 내세울 게 없는 사람이라거나. 아니면 대하기 불편한 사람이라거나. 그런 이유로."

떡을 한입에 밀어 넣고서 고개를 드니, 떡돌이가 자기 발끝을 내려다보고 있는 게 보인다. 그러다 내 시선을 느꼈는지 내 쪽을 가만히 쳐다보며 대답을 기대하는 눈빛을 보낸다.

사람의 눈에는 그 사람의 진심이 담겨 있다고 했다. 다 들어맞는 말은 아니겠지만, 어쨌든 이 경우엔 맞는 말 같다.

떡돌이의 눈동자와 마주하는 순간. 나는 그가 어떤 대답을 원하는지 대번에 알아차렸다.

"네가 어떤 사람이라도 나는 상관없어."

"!"

"라고 대답해주길 바라는 거지?"

"……."

와. 사람이 이렇게 표정이 확확 바뀔 수 있다니. 하지만 지금 너무 처져 보이니 장난은 그만해야겠다. 그는 진심으로 자기가 내관이라는 걸 밝히기 두려워하는 눈치니까. 내내 정체를 숨기다가 왜 마음을 바꿨는진 모르겠지만, 여하간 그가 자기 정체를 밝히는 문제로 너무 힘들어하는 것 같아서, 나는 커다란 아량을 발휘해 그의 마음을 좀 편하게 만들어주기로 했다.

"사실 난 네 정체를 짐작하고 있으니까 두려워하지 않아도 돼, 떡돌아."

"짐작하고…… 있다고?"

떡돌이는 내가 이렇게 눈치 좋은 줄 몰랐나 보다. 그는 눈을 커다랗게 뜨더니 떨리는 눈동자로 나를 빤히 바라보았다.

그 시선을 피하는 대신 고개를 끄덕여주자, 떡돌이는 혼란스러워하며 물었다.

"그런데도 나한테 이렇게 대했다고?"

나는 진지하게 고개를 끄덕였다.

"난 네가 어떤 사람이어도 상관없거든."

떡돌이는 아직도 내 발아래에 깔려 있는 자기 발등을 내려다보더니, 천천히 시선을 들어 나를 올려다보았다. 떡돌이는 미동조차 없이 내 눈동자를 들여다보았다. 눈 안에 진실과 거짓을 파악하는 추가 있어서, 내가 말 한마디만 잘못해도 바로 그릇됨을 파악할 수 있다는 듯이.

"아닌데."

한참 동안 내 눈을 들여다본 끝에 떡돌이는 내 말을 부정했다.

"너, 내 정체 모르는데."

"왜 그렇게 생각해?"

"감."

"네 감이 왜 맞는다고 생각하는데?"

"그냥. 딱 보면 보이는 게 있잖아."

떡돌이는 말을 하면 할수록 자신감이 붙는 모양이다. 이윽고 그는 빙그레 웃으면서 한쪽 팔로 턱을 괴더니 날 놀려댔다.

"네가 날 뭐라 생각하든 아마 다 착각일걸."

"너 진짜 사람 말 못 믿는구나?"

"난 널 좋아하지만 천 귀인. 네가 영민하다고 생각하진 않아."

"난 널 좋아하지도 않고 네가 감이 좋다고 생각하지도 않아."

떡돌이가 '진짜 이렇게 나올 거냐'는 눈으로 날 쳐다보기에 나는 어깨를 쭉 펴고서 당당하게 가슴을 내밀었다. 그래! 이렇게 나올 거다!

바람이 제멋대로 불면서 곱게 묶은 떡돌이의 머리카락을 산발로 만든다. 그는 귀찮다는 듯이 손빗으로 머리를 뒤로 넘기고는 자기 무릎을 툭 툭 두어 번 두드리고서 말했다.

"그럼 이렇게 하지."

"뭘!"

"내기를 하자."

"내기라니?"

"네가 정말로 내 정체를 알고 있는지 그릇되게 알고 있는지."

"그걸 어떻게 내기하는데?"

"동시에 내 정체에 대해 외치는 거로. 만약 네가 내 정체를 알아맞힌다면 네 승리로, 네가 내 정체를 이상하게 알고 있다면 내 승리로. 그리고 진 사람은 이기는 사람 소원을 무조건 하나 들어주기. 어때?"

뭐야. 그냥 하는 말이 아니었나? 떡돌이는 정말로 내가 자기 정체를 모른다 확신하나?

떡돌이가 저렇게 자신만만하게 나오니 괜히 내가 쪼그라들었다.

"자신 없어?"

그 기색을 눈치챘는지, 떡돌이는 대번에 거만하게 웃으면서 놀려댔다.

하지만 나는 발끈해서 넘어가는 대신 차분하게 그를 떠보았다.

"무슨 소원을 빌고 싶어서 그래? 나한테 빌고 싶은 소원 있어?"

내 말이 끝나자 떡돌이는 생각할 것도 없다는 듯 대번에 대답했다.

"청혼해야지. 너한테."

뭐? 청혼? 내시가 후궁한테 청혼하겠다고?

"너 그러면 폐하한테 죽을 텐데?"

이건 내가 들어줄 수 있는 소원이 아니잖아? 내가 황당해서 되묻자 떡돌이는 의미심장하게 웃으며 수긍했다.

"그렇지? 그럼 소원은 바꾸어야겠네."

"뭐로?"

"안 알려줄 거다."

"치사하게……."

"그러는 넌 무슨 소원을 빌 건데?"

"나도 안 알려줄 거야. 하지만 아주 무시무시하고 엄청난 소원이란 건 알아둬."

거짓말이다. 떡돌이가 자기 소원에 대해 알려주지 않으려 하기에 그냥 해본 말이다.

하지만 떡돌이는 상관없다는 듯 팩 웃고는 기고만장해서 말했다.

"이대로는 네가 가엾으니까, 생각할 시간을 며칠 주마."

"필요 없어!"

"받는 게 좋을걸?"

"……."

"보자. 일주일? 일주일 후로 하지. 이 자리에서 답을 말하는 걸로."

자신만만하게 웃은 떡돌이는 손에 묻은 콩고물을 툭툭 털고 일어났다.

"그동안 더 생각해봐. 하루 종일 내 생각만 하다보면 모르지. 답을 알 수 있을지도."

"천 귀인께선 폐하의 정체가 무엇인지 확실히 모르시는 것 같은데요."

천 귀인이 고개를 갸웃거리며 청적을 떠나자, 승언이 곁으로 다가와 안타깝다는 듯이 말했다.

월요 황제는 자신만만하게 웃으면서 고개를 끄덕였다.

"무슨 소원을 말할지 골라봐야겠다."

"정말로 천 귀인께 소원을 들어달라 하실 건지요?"

"그래."

승언이 '당신은 황제잖아?'란 시선으로 월요를 보았으나, 황제는 그 시선에도 당당했다.

"짐은 상대가 아무리 귀엽다고 해도 봐주는 거 없느니라."

귀엽다고? 승언은 반사적으로 '으악' 하는 표정을 지었다가 황제가 쳐다보자 황급히 고개를 숙여 수습했다.

"그렇군요. 천 귀인께선 귀여우시지요."

"이상한데."

"예?"

"네가 왜 내 아내한테 귀엽다고 하지?"

"아, 그게…… 송구합니다. 천 귀인께서 귀엽지 않으십니다."

"이것도 기분이 좋진 않은데."

"!"

그럼 어쩌란 건가 싶어서 승언은 입을 다물고 함구하는 편을 선택했다. 월요는 눈을 가느스름하게 뜨고 호위의 뒤통수를 쳐다보았으나, 곧 그 화제를 더 추궁하길 멈추고 갑자기 초조한 듯 미간을 찌푸렸다.

천 귀인이 너무 당당하게 '난 이미 네 정체를 안다'며 나오는 통에 내기까지 하게 되었지만, 그 역시 이토록 갑작스럽게 자신의 정체를 밝힐 생각은 없던 탓이다.

월요는 천 귀인이 편하게 그의 다리를 두드려대던 청적과 두 사람이 두

런두런 대화를 나누던 바위를 바라보다가, 심란해져서 눈을 감았다.

일주일이고 뭐고 시간 끌 필요도 없다. 나는 내 처소로 돌아오자마자 당당하게 '떡돌이는 내시'라고 쪽지에 적어두고 웃었다. 하지만 그것도 잠시. 바로 불안한 생각이 떠올랐다.

'만약 아니면?'

만에 하나라도 떡돌이가 내시가 아닐 경우, 나는 녀석의 소원을 들어주어야 하는데. 솔직히 들어주기 싫었다.

"부성아."

결국, 확신을 위해 나는 다른 사람들의 의견을 구해보기로 하고서 장식의 먼지를 털고 있는 부성을 불러보았다.

"네, 소주!"

"폐하의 호위나 장군과 친하게 지내고, 글씨가 반듯하고, 폐하와도 친분이 좀 있는 것 같고, 하지만 폐하한테 막, 말을 함부로 할 위치는 아니고, 좀 자신감 없고 매사에 속도가 느리고……."

"예?"

"그런 사람이 있다면 누구 같아?"

"에에? 통 모르겠는데요. 너무 막막해요, 소주."

"그래도 하나 짚자면?"

"어…… 중간 정도 직급인 대신 아닐까요?"

내시가 아니라? 내가 눈을 동그랗게 뜨고 미간을 찌푸리자, 방 밖에서 소리를 다 듣고 온 원웅이 얼른 손을 들고 나섰다.

"소주 소주, 제 생각엔요, 왕족 중 하나일 거예요! 왕족이지만 친왕 전

163

하만큼 폐하와 가깝진 않은 왕족이요."

뭐야. 내시는 왜 안 나와.

"사관이 아닐까요? 폐하의 곁에 머무르긴 하되 너무 친하진 않고, 폐하 곁에 자주 있으니 호위나 장군과도 알고 지내게 될 테니까요."

심지어 우두커니 서 있던 귀자까지 묻지 않은 말을 보태는데, 그 대답이 내 생각과는 전혀 달랐다. 뭐야…… 왜 내시란 말이 안 나오지?

"그런데 그건 왜 물으세요, 소주?"

눈을 반짝이며 묻는 부성에게 나는 아무것도 아니라 웅얼웅얼 대답하고서, 처소 밖으로 나가 청적에 도로 뛰어갔다.

하지만 떡돌이는 어디 갔는지 보이지 않았다. 그래서 바위 밑에 '내기 꼭 해야 돼?'라고 써 놓고 돌아왔다.

다음 날 청적으로 가보니, 내가 써 둔 쪽지 아래에 '응'이란 답변이 쓰여 있다. 나는 바위 위에 털썩 앉아 종이를 손바닥 안에 넣고 구기면서 내기를 괜히 했다고 어제의 나를 질책했다. 나 혼자 생각할 땐 분명 내시였는데! 왜 다른 사람들한테 물으니 이렇게 답이 많이 나오는 거야?

얼마나 그렇게 한탄하고 있었을까. 누군가 다가오는 기척이 느껴져서 올려다보니, 사자친왕이 부채질을 하면서 다가오고 있었다.

"왜 이렇게 죽을상입니까, 귀인?"

잘됐어! 부성이나 원웅, 귀자는 모두 궁궐에서 일하는 사람들이지. 하지만 사자친왕은 좀 더 신분이 높은 사람이니, 그들과는 다른 시각으로 이 상황을 보아줄지도 모른다.

"이리로 와보세요."

그가 다가오자, 나는 부성에게 설명한 것과 같은 설명을 한 다음, 이런 사람이 있다면 누구일 것 같냐고 물었다. 놀랍게도 사자친왕은 대번에 너털웃음을 터트리더니 손가락을 딱 튕겼다.

"떡돌이 얘기로군요."

나는 깜짝 놀라서 그를 쳐다보았다. 떡돌이를…… 알아? 아니, 아는 건 그렇다 치고 내가 지어준 별명까지 알아? 내 시선을 눈치챘는지 그게 얼른 설명했다.

"그 친구와는 나도 꽤 친한 사이이지요."

흑합 장군과 절친한 친구라더니, 사자친왕과도 안다고? ……역시 내시 같은데.

"두 사람이 내기를 한 것도 알고 있습니다."

심지어 그는 내가 설명하지 않은 부분까지 이야기하면서 부드럽게 웃었다. 더욱 놀라 쳐다보자, 사자친왕은 주위를 휙휙 둘러보더니 부채로 입가를 가리고서 내게 소곤거렸다.

"떡돌이 정체가 뭔지 내가 알려줄까요?"

"정말인가요? 네!"

나는 기뻐서 얼른 대답했다. 하지만 사자친왕은 부채를 탁 거두고서 뒷짐을 지더니 놀리는 투로 말을 바꾸었다.

"정보호에게 뭘 물어본 건지 알려준다면 나도 알려주지요."

그러면 안 말해줘도 된다고 내가 손을 젓자, 사자친왕은 어깨를 으쓱했다. 그러고는 내게 옆으로 좀 가라고 밀어내고는 바위에 자기 자리를 만들어 앉으며 제안했다.

"아까 건 그냥 해본 말이고."

'거짓말.'

"이렇게 하지요. 귀인께서 생각하는 떡돌이의 정체에 대해 내게 말해주면, 그게 맞는지 아닌지만 내가 확인해주겠습니다. 딱 한 번에 한해서. 어떻습니까?"

"전하께서 왜요?"

"우리는 친구니까요."

또 우리가 친구래. 아닌 것 같은데. 하지만…… 사자친왕은 저번에도 나를 도와주었고, 뭐, 나름대로 여러 번 도와주긴 했지. 매번 생글생글 웃고 있어서 껄끄러운 점이 있긴 하지만. 결국 나는 입을 열었다.

"떡돌이는……."

하지만 말하려다 보니까 문득 불안해진다. 사자친왕이 떡돌이와 한패면 어쩌지? 떡돌이가 사자친왕에게 내가 정답을 아는지 모르는지 확인하고 오라 시킨 거면 어쩌지? 불안해서 쳐다보자, 사자친왕이 말갛게 웃으면서 풀 끄트머리를 똑똑 따기 시작했다.

'아니야, 짜고 치는 거라 하더라도 나는 다 파악할 수 있다. 나는 눈치가 좋으니까!'

고민 끝에 나는 내 생각을 알려주었다. 설령 사자친왕이 떡돌이와 한패라 하더라도, 만약 내가 오답을 말한다면 오답을 들은 태가 나겠지!

"내시!"

나는 말을 하자마자 사자친왕의 반응을 단 하나라도 놓치지 않기 위해 눈을 부릅떴다.

사자친왕은 나만큼 눈을 커다랗게 뜨고 있었다. 눈썹은 하늘 높은 줄 모르고 올라갔고, 눈은 밤송이만 해졌고, 입은 쩍 벌어졌다. 그 표정은, 나의 예리한 안목에 놀라워하고 있었다.

'진실이구나!'

내가 흐뭇하게 웃자, 사자친왕은 고개를 절레절레 젓더니 박수를 치다 엄지를 내밀었다.

"귀인은 참으로 안목이 좋군!"

"정답이죠?"

"그럼! 내기는 귀인의 승리로 끝나겠는걸?"

거봐, 내가 안목이 좋다니까! 가슴이 쭉 펴지면서 입꼬리가 올라간다.

하지만 너무 으쓱한 티를 내지 않기 위해서 나는 헛기침을 하고 턱을 들어 올렸다.

"내가 이리 영특합니다."

"대단해! 정말 대단해!"

그가 다시 박수를 친다.

그걸 보자 내 안목이 더욱 자랑스러워졌지만, 또 불안한 생각이 들어서 나는 신중하게 부탁했다.

"떡돌이한텐 비밀로 해줘요. 내기를 취소하면 안 되니까."

사자친왕은 입술을 굳게 다물고서 주먹으로 가슴을 탕탕 두드렸다.

"절대 얘기하지 않으리다. 떡돌이가 자기 귀로 그걸 꼭 들어야 하거든."

마침내 일주일이 지나 결전의 날이 되었다.

나는 아직 떡돌이에게 무슨 소원을 말할지 정하지 않았지만, 일단 내기에서 이겨야 했기에 청적으로 갔다. 당장 빌 소원이 없으면 보관해두었다가 나중에 쓰지 뭐.

떡돌이는 평소보다 좀 더 반짝반짝하고 멋진 비단옷 차림으로 먼저 도착해 있었는데, 내가 당당하게 걸어오자 빙그레 웃으면서 물었다.

"답은 구했나?"

"그럼!"

내가 자신 있게 외치자, 그가 다시 웃더니 신신당부했다.

"하나 둘 셋 하면 동시에 외치는 거다. 늦게 외치는 사람도 내기에서 지는 거고. 알았어?"

"암!"

내가 소맷자락을 펄럭이고서 허리를 쭉 펴자 떡돌이가 손짓을 했다. 그러자 승언이 얼른 다가오더니 자기가 숫자를 세기 시작했다.

"하나. 둘. 셋."

말이 끝나자마자 나와 떡돌이는 동시에 그의 정체에 대해 외쳤다.

"내시!"

"황제!"

"!"

"!"

떡돌이가 황제라니? 이게 무슨 소리야? 떡돌이가 떡돌이지 어떻게 황제일 수가 있어? 내가 방금 뭘 잘못 들었나?

나도 모르게 시선이 그의 고간으로 향했다. 그러니까…… 저게 멀쩡하다, 이거지? 이렇게 보아서 알 턱이 있나.

"나더러…… 내시라고?"

그사이. 떡돌이가 이글이글 끓는 목소리로 중얼거렸다. 고개를 들자 그가 황당하단 표정으로 날 보고 있었다. 그러다 시선이 마주치자 그의 표정이 '와그작' 구긴 종이처럼 변했다.

"나더러 내시라고!"

"공공……."

"아니다!"

이윽고 그는 몇 번이나 허! 허! 허! 하고 과장되게 헛웃음을 터트렸다.

"이럴 수가 있나. 자신만만하게 내 정체를 알고 있다기에 과연 어떻게 생각하나 했더니, 뭐 내시? 내에시? 대체 내 어딜 보고 내시라 생각했지?"

하지만 이 상황에 헛웃음이 나오는 건 그뿐만이 아니었다. 떡돌이가 어디서 적반하장이야! 그가 쩌렁쩌렁 화내는 걸 보다가 나는 기분이 나빠져 허리춤에 손을 얹고서 같이 언성을 높였다.

"날 속여놓고서 큰소리야 큰소리가!"

그 말을 듣고서야 떡돌이는 헛웃음 치던 걸 우뚝 멈추고서 나를 빤히 쳐다보았다.

나는 어깨를 마구 들썩거려 내가 화가 났단 걸 그에게 표현한 뒤 단호하게 물었다.

"그러니까 그게, 그게 멀쩡히 달려 있단 얘기지?"

떡돌이는 잠깐 무표정하게 있으려 했다가, 내가 질문을 던지자마자 또 채신머리가 사라져서는 기가 찬 척 물었다.

"그 부분이 아니라 다른 데서 놀라워해야 하지 않나?"

"하지만 넌! 아니, 폐하의 모든 행동이 폐하는 내시란 걸 가리키고 있었단 말이에요!"

내가 반박하자 떡돌이는 아예 목 뒤를 짚더니 뒤로 넘어가려 했다.

"폐하!"

그러자 승언이 달려와서는 그를 부축하면서 내게 눈을 부라렸다.

"모를 때야 어쩔 수 없다 쳐도, 알고서도 이게 무슨 무례입니까!"

"어쩔 수 없다! 너는 폐하의 거시기를 네 눈으로 똑똑히 보았으니 놀랄 게 없겠지만, 나는 아직 본 적이 없어서 믿기지가 않아!"

그 말에 승언은 얼굴이 벌게지더니 황급히 반박했다.

"저도 본 적 없습니다!"

뭐라? 승언이도 본 적이 없어? 그럼……? 내가 떡돌이를 쳐다보자, 그는 승언이를 팽개치고 벌떡 일어나더니 양손으로 내 머리를 딱 쥐고서 자기 이마를 내 이마에 붙이고 으르렁거렸다.

"이상한 생각 하지 마라. 거기서 멈춰."

"제가 뭘 생각을 했다고요."

"떡돌이는 횡제지만 내시구나, 황제지만 고자구나, 그래서 행동이 내시 같았구나 등등."

어떻게 이렇게 정확하게 알아? 당황해서 그를 쳐다보자 바로 코앞에 있는 눈과 시선이 마주쳤다. 그가 내 이마에 자기 이마를 붙인 탓에 우리 눈동자 사이의 거리는 엄지와 검지 사이의 거리보다 가까웠던 것이다.

그걸 인식하고 나자 갑자기 호흡하기 어려워져서 나는 숨을 멈추고 눈을 부릅떴다. 황제 역시 씩씩거리던 걸 멈추더니 입을 다물고 나를 물끄러미 바라보았다.

얼마나 그러고 있었을까. 그가 자기 이마를 내게서 떼더니, 늘 앉던 우리 자리에 앉고서 옆에 앉으라고 톡톡 바위를 두드렸다. 그 옆에 앉자, 떡돌이를 말없이 애꿎은 풀만 발로 뭉개다가 물었다.

"내게 하고 싶은 말 없어?"

"이렇게 잘난 얼굴을 왜 가리고 다녀?"

"!"

"왜 놀라?"

"아니. 너라면 분명 그놈의 거시기 소리를 할 거라 생각했지."

"그것도 궁금하긴 하지만 널 위해 묻지 않으려구."

떡돌이가 째려보길래 습관적으로 그의 다리를 찰싹 치려다가 나는 엉거주춤 허공에 대고 손바닥을 쥐었다 폈다.

어색하게 손을 도로 내리자 떡돌이는 내 손을 가져다 자기 허벅지에 올려주더니 무뚝뚝하게 중얼거렸다.

"마음대로 쳐도 돼."

"응."

그 말이 기뻐서 사양 않고 찰싹찰싹 허벅지를 두드리자 떡돌이는 그새 마음이 바뀌었는지 자기 다리를 휙 가져가면서 쌀쌀맞게 말했다.

"한두 번만 해라, 한두 번만."

"하루에 두 번 제한이야?"

"자연스럽게 말을 놓는구나."

"하루에 두 번 제한이어요?"

떡돌이는 나를 흘겨보더니 다시 다리를 원위치하고서 나를 계속 곁눈질했다. 할 말이 한가득 있는데 이걸 말할까 말까 고민하는 것처럼. 혹시 '네가 내기에서 졌으니 내 소원을 말하마'라고 나올까 봐 나는 얼른 모른 척 내 발끝을 내려다보았다.

얼마나 그러고 있었을까. 시선을 피하긴 했지만 떡돌이가 너무 말이 없기에 슬그머니 다시 눈을 들어 살피자, 날 유심히 바라보는 그와 눈이 마주치고 말았다. 깜짝 놀라서 그의 눈을 콕 찌르자 떡돌이는 으악 비명을 지르면서 뒤로 넘어갔다.

"계란!"

"미안해. 너무 놀라서."

승언이가 달려와서 다시 황제를 챙기는 동안 나는 발을 동동 구르다가 전투적이고 위험한 내 손을 탓했다.

진짜로 일부러 그런 게 아니다. 사방이 적인 고립된 악적으로 살다 보면 누군가 날 기습한단 판단이 서자마자 얼른 공격을 해야 하는데. 너무 순식간에 일어난 일이라 기를 끌어모으고 뭐고 할 때가 없으면 일단 막싸움이라도 해야 한단 말이다. 눈을 찌르는 것도 그중 하나지. 비겁하다면서 이건 무림인의 싸움이 아니라 인정하지 않는 이들이 많지만, 눈 찌르기는 막싸움을 할 때 가장 효과적인 방법이다. 생명이 달린 와중에 비겁하고 뭐고 찾는 게 멍청한 거잖아? 하지만…… 지금은 생명이 걸린 일이 아닌데 떡돌이 눈을 찔러버렸어. 어쩌지?

"미안해요 폐하. 미안해 떡돌아. 어쩌지?"

승언은 도끼눈으로 나를 노려보고는 숨어 있는 다른 호위에게 외쳤다.

"어의를 불러와라!"

"되었다."

하지만 다른 호위가 달려가기 전. 황제가 손을 저어 말리고는 자기 눈을 손으로 가린 채 숙였던 허리를 폈다. 그러고는 손을 내리는데…… 눈이 빨개. 애가 토끼가 됐네. 이를 어쩌지? 눈을 보자 더 미안해져서 발을 동동 구르고 있자니, 떡돌이는 나를 바라보면서 가장 높고 푸른 대나무처럼 고아하게 웃었다.

"내기에서 졌으니, 우리 계란이. 내 소원을 하나 들어주어야지?"

웃는 건 청량한데 목소리가 왜 저래. 소원 들어달란 말을 왜 저렇게 으스스하게 하는 거야. 무슨 소원을 빌려고. 화난 거 같은데…… 나한테도 눈을 대라고 하려나. 긴장감에 발가락이 막 말려 들어간다. 그의 눈치를 보고 있자니 떡돌이가 완전히 악독해 보이게 웃었다.

"아, 알았습니다."

결국, 나는 마음을 다잡고 눈을 부릅뜬 다음 얼굴을 그의 코앞에 가져다 댔다.

"찔러! 나도 한 번 받아줄게!"

난 떡돌이가 내 용기에 감동받아서 실수한 거니까 화를 풀어주겠다고 할 줄 알았다. 하지만 떡돌이는 유심히 나를 쳐다보더니 방긋 나쁜 놈처럼 웃으면서 물었다.

"진짜냐."

나는 고개를 끄덕이고서 눈을 더욱 부릅떴다.

"그래. 그러니까 빨리 찔러. 더 오래 뜨고 있진 못해."

"진짜 찌른다."

"그래!"

"진짜로."

"그러라니까!"

말이 끝나자마자 떡돌이가 움직였고, 나는 주먹을 꼭 쥐고 시린 눈을 맞을 준비를 했다.

하지만 다가온 건 그의 손가락이 아니라 눈이었다. '왜 눈을……?'이라고 생각하고 있자니, 그의 숨결이 바로 근처에서 느껴졌다.

토끼가 된 그 눈동자를 쳐다보는 사이. 아주 느릿하게 그가 물었다.

"눈 말고. 입도 되나."

곧 입술 위로 그의 입술이 느껴졌다.

승언이 달아나는 뒷모습이 잠시 보였으나, 곧 떡돌이의 눈이 내 시야에 꽉 차면서 아무것도 보이지 않게 되었다.

심장이 송어처럼 펄떡펄떡 뛰기 시작했다.

놀라서 눈만 커다랗게 뜨고 있자니 눈이 새빨개진 떡돌이가 눈매가 휘어지게 웃고서 입술을 뗐다.

당황해서 내 입가를 얼떨떨하게 만지고 있자니, 떡돌이는 내가 하듯 내 다리를 찰싹 두드리고서 말했다.

"둘이 있을 땐 계속 떡돌이로 대해도 좋아. 나도 널 계란이라 부르니까 그게 공평하지."

"반말도 괜찮아?"

"그래."

"그게 소원이야?"

"꿈도 야무지군."

"……."

잠시 두근두근하던 심장이 도로 제자리를 찾아가더니 부채 가져오라고 소리를 질러댄다.

'흥흥' 콧김을 들이마시고 있자, 떡돌이가 얄밉게 웃으면서 내 입술을 손으로 한 번 툭 누르며 놀렸다.

"영민해져라, 천 귀인."

사실 무슨 소원을 빌 건지는 아직 정하지 않았다.

생각해보고 알려주지.

떡돌이, 아니 황제는 끝내 자기 소원이 무엇인지 빌지 않았고, 나는 청적 밖으로 나와 털레털레 내 처소로 돌아왔다. 하지만 돌아오는 길이 하나도 기억나지 않았다. 마치 연한 분홍색 꿈속에 푹 잠겼다 들어오는 것처럼 기분이 아주 묘해서……

내 떡돌이가 황제였다고? 떡돌이가 황제였어. 게다가 떡돌이는…… 나랑 입을 맞췄어. 어떻게 맞췄더라?

기억이 안 나네. 기억나는 건 토끼처럼 눈이 빨개져서 나를 쳐다보던 그 웃음기 어린 눈빛뿐이다.

"소주?"

"어? 어?"

"왜 그렇게 웃고 계세요? 좋은 일 있으셨어요?"

"어? 아니!"

평상에 앉아 떡돌이와 입 맞춘 걸 곰곰이 되짚고 있는데 부성이 아무것도 모르고서 내가 웃고 있다고 거짓말을 하고 간다, 나는 딱 잘라 말하고서 얼른 정색한 얼굴로 근엄하게 가부좌를 틀었다. 그러고서 명상을 하자, 확실히. 떡돌이가 황제였을지도 모르는 순간이 하나하나 떠올랐다.

전에 황제가 호숫가에서 뒷짐을 지고 서 있을 때. 나는 그 모습이 수묵화 같아서 떡돌이랑 좀 비슷하다고 생각했지. 게다가 떡돌이는 변명에 서툴러서 내가 '평소 변명할 일이 많이 없나 봐?' 하고 예리하게 지적한 적도 있었다. 떡돌이가 황제한테 너무 이입해서 말하길래 그를 꾸짖어준 적도 있고.

굉장해! 잠깐 잘못된 결론을 내긴 했지만, 그래도 이 정도면 내 관찰 실력도 대단한데? 만약 갑자기 내기를 하지 않았더라면 나는 떡돌이의 정체를 스스로 알아냈을지도 모른다. 다시 생각해보니 그런 확신이 들어.

그 생각을 하자 괜히 소원권 하나만 날린 듯해 아쉬워진다. 젠장! 사자친왕이 어제 떡돌이가 내시라고 확신만 안 해줬어도 내가…… 내가?

그러네? 사자친왕 그 인간, 떡돌이가 내시 맞다고 했잖아!

"날 속였어!"

"천 귀인이 생각이 없어서 다행입니다, 폐하."

사자친왕이 웃으면서 위로인지 농담인지 모를 말을 뱉자, 황제는 아무렇지 않은 척 차갑게 코웃음을 치고는 손으로 입을 가리고서 웃었다.

그는 천 귀인이 진실을 알게 된 후, 속았다고 화를 내거나 서운해할까 봐 일주일 내내 걱정했다.

하지만 천 귀인은 그러지 않았다. 게다가 황제란 걸 알게 됐다고 행동이 변하지도 않았다. 승언이 "너무 안 변한 거 같은데 괜찮을까요? 저러다가 사람들 앞에서 실수라도 하실까 염려됩니다." 하고 걱정할 정도로.

사자친왕은, 감추려고는 하지만 좋아하는 게 눈에 훤히 보이는 그의 이복동생을 모른 척해주며 한숨을 푹 내쉬었다.

"폐하는 이제 모든 오해를 풀고 천 귀인과 가까워지게 생겼는데. 소신은 이제부터 시작이라 두렵네요."

"이제부터 시작이라니?"

"어제 천 귀인이 '떡돌이는 내시다'라고 하기에 맞다 했거든요. 제가 거짓말한 걸 알았으니, 천 귀인 성정에 어떻게 화풀이를 해대실지."

"만날 일도 드물 텐데 뭘 벌써 고민하느냐."

"그건 그렇지요."

사자친왕은 순순히 인정하더니 차를 한 모금 마시고서 웃었다.

"어쨌든 감축드립니다, 폐하. 이걸로 천 귀인과 모든 앙금을 씻고 속을 터놓는 사이가 되셨으니까요."

황제는 그런 소리 그만두라고 손을 저으려 했으나, 돌연 떠오른 생각에 주춤했다.

'속을 터놓는 사이'라고 하자 무언가 떠올라서.

"왜 그러십니까, 폐하?"

"생각해보니…… 내가 정체를 알려주기 싫다고 했을 때, 천 귀인이 그랬는데. 자기도 숨겨둔 정체가 있으니 상관없다고."

11장

넌 떡돌이야, 황제야?

내가 의자에 앉아 좌경에 얼굴을 비추어 보는 사이. 부성과 원웅은 내 양옆에 서서 머리카락 반쪽씩을 잡고 열심히 땋아주었다.

나는 우울한 인상을 어떻게든 위엄 있게 바꾸어보려고 눈썹을 이리저리 움직였으나, 아무리 해도 잘되지 않아 결국 포기했다. 괜찮아. 우중충한 인상이면 어때. 나는 이 얼굴을 어차피 거울 볼 때밖에 못 본다고.

"소주! 소주!"

그때 귀자가 문밖에서 나를 부르더니 얼른 안으로 들어와 알려주었다.

"소주, 지금 이쪽으로 폐하께서 보내신 물품들이 오고 있답니다!"

그 말에 부성이 놀라서 내가 묻고 싶은 걸 먼저 물었다.

"물품들이라니?"

"폐하께서 우리 소주 쓰시라고 온갖 귀한 선물을 보냈어요. 지금 태감들이 줄지어 들고 오는데, 얼마나 줄이 긴지 다들 놀라서 구경하고 있을 정도라니까요?"

측근 궁녀인 부성과 원웅은 그 소리를 듣자 서로를 쳐다보더니 손뼉을 마주치면서 좋아했다.

이보세요, 머리 땋다가 놓으면 어떡해? 좋아하는 건 궁녀들만이 아니었다. 황제가 보내준 태감인 귀자도 몹시 뿌듯한 얼굴이었다. 하긴. 줄지어 물건을 뺏으러 오는 것보나야 물건을 주러 오는 게 좋지.

아니, 생각해보니 선물이래 선물. 좋은 거잖아? 황제와 떡돌이가 동일인이란 걸 갑자기 알아버려서 내 머리가 잠시 굳었나 봐! 내가 평소엔 얼마나 똑똑한데!

나는 얼른 일어나서 문을 열고 나갔다.

"어디? 내 선물이 어디 있는데?"

신이 나서 어깨춤을 추며 물어보자 원웅이 작은 목소리로 소곤소곤 알려주었다.

"소주, 조금만 감정을 숨겨주세요."

"하지만 난 선물이 좋은걸!"

"네, 하지만 내무부 태감들이 돌아간 다음에 외치는 게 나을 것 같아요. 그 사람들이 소주가 속물이라고 소문을 낼지도 모르잖아요."

황궁 사람들은 무림 정파인들 하고 여러모로 비슷하구나. 걔네가 딱 이랬지. 좋은 비급을 발견하면 관심 없는 척하는데, 뒤에선 온갖 수를 다 써서라도 그 비급을 가져가려 하거든.

어쨌든 원웅의 조언에 따라 관심 없는 척 가만히 기다리고 있자니, 곧 내무부 태감들이 줄줄이 내 처소로 들어왔다. 그들이 손에 든 온갖 물품을 보자 원웅은 내게 조언까지 했으면서 가쁘게 숨을 쉬어댔다.

그렇게 우리는 세속을 초월한 척 잘 연기하다가, 태감들이 돌아가자마자 얼른 물건들을 마당에서부터 뜯어보았다.

"세상에 소주! 이거 좀 보세요!"

상자를 뜯자 안에서 온갖 물품들이 나왔다. 노란 꽃이 그려진 어항과 장미색의 순지, 금색 실 묶음이 보송하게 달린 장신구, 다양한 모양의 귀걸이와 원석, 비녀, 심지어 붓까지.

"세상에! 상자들도 전부 화목으로 만든 거예요, 소주!"

부성은 비명을 질렀고 원웅은 가슴에 손을 얹고서 감격해 중얼거렸다.

"천씨 가문에서 두 번째로 입궁하신 데다, 앞서 대여 아가씨가 바로 총애를 얻어 빠르게 품계가 올라가는 바람에, 소주도 괜한 기대로 괴로워하셨잖아요."

그래?

"그러다 우여 아가씨가 마지막으로 입궁해서 소주보다 품계가 더 높아지니까, 비빈 자매를 둔 소주를 앞에서 괴롭히진 못해도 사람들이 많이 무시하곤 했어요."

그랬어?

"그런데 이젠 폐하께서 우리 소주를 이렇게 총애해주시니 정말 감동이에요. 폐하께선 담백한 편이시라, 이렇게 선물을 많이 받은 후궁은 이제껏 없었거든요."

원웅은 정말로 기쁜지 숫제 눈물까지 훌쩍였다. 그런데…….

"그 얘길 왜 이제서야 해줘?"

"죽을 위기를 넘기고 깨어난 소주께 어떻게 이런 얘길 해요. 게다가 이런 얘길 모르니까 오히려 더 밝게 잘 지내시는 것 같기도 하고…….'

모르는 게 약인 거 같아서 말 안 했는데, 황제가 선물을 한 보따리 보내는 걸 보니 이젠 말해도 되겠다 싶은가 보구나.

기뻐하는 원웅과 부성을 번갈아 보다가 나는 화려하게 반짝거리는 선물들을 좀 착잡한 기분으로 쳐다보았다.

아니, 선물을 받아서 착잡한 게 아니라. 황제의 총애를 받는단 소문이 돌 때도 이렇게까진 챙겨주지 않던 황제가 떡돌이와 자기가 동일 인물이란 걸 알리자마자 갑자기 바리바리 선물을 보내는 게 이상해. 내 떡돌이는 볼 때마다 떡이나 쥐여주던 내시인데. 떡돌이는 날 연모한다고 했는데, 황제는 날 건성으로 연모하고 있었지.

두 사람이 동일 인물이라면, 둘 중에 어느 쪽이 진신인 걸까?

황제가, 아니 떡돌이가 청적에서 슬쩍 만나잔 쪽지를 전해 와서, 식사를 하자마자 얼른 그쪽으로 가려 할 때였다. 원웅을 데리고서 걸어가고 있는데, 갑자기 부성이 뛰어오더니 내게 다급하게 알려주었다.

"소주, 소주! 다시 처소에 돌아가셔야 할 것 같아요!"

"왜?"

"이틀 전에 폐하께서 보내주신 장신구가요…… 일단 와서 보셔야 할 것 같아요."

"나중에 보면 안 돼?"

"폐하께서 주신 물건을 험하게 다뤘다가 나중에 괜한 오해를 살 수도 있어요."

거참 까다롭네. 번거롭지만 나는 결국 다시 처소로 돌아갔다. 약속 시각보다 좀 더 빨리 나왔으니까, 처소에 돌아갔다가 가도 늦진 않겠지?

"폐하께선 이리 헌앙하신데, 얼굴을 가리고 계시니 참 안타깝습니다."

"웬 천 귀인 같은 소리냐."

"천 귀인의 말에 동의하는 거지요."

"별소리."

"선물을 보낸 후로 천 귀인을 처음 뵙는 거지요?"

"……."

"좋아하실 겁니다. 내무부 태감이 말하길, 폐하께서 보낸 선물을 받고 천 귀인께서 몰래 어깨춤 추는 걸 봤다 했거든요."

"어깨춤……."

"눈치껏 모른 척해드렸답니다."

청적에 온 황제가 수석 태감인 오원요와 잠시 대화를 나눌 때였다.

천 귀인이 언제 오나 살피고 있자니, 드디어 인기척이 들려왔다. 황제는 자세를 바로 하고서 소리가 들려오는 쪽으로 천천히 고개를 돌렸다.

"폐하께 인사 올립니다."

그런데 나타난 사람은 천 귀인이 아니었다.

"영빈?"

천 귀인의 이복동생인 천우여, 영빈이었다. 게다가 그녀 역시 놀란 표정. 황제가 '왜 네가 여기에 있냐'는 눈으로 쳐다보자, 영빈은 눈치 빠르게 설명했다.

"소여 언니가 이곳에 가보라 해서 왔어요."

"천 귀인이?"

"네. 함께 산책하자는 거라 여겼는데…… 언니는 없고 폐하께서만 여기 계시니……."

영빈이 당황한 얼굴로 중얼거리는 동안 황제는 잠시 아무 말 없이 서 있기만 했다.

"저…… 혹시 언니와 이곳에서 만나기로 하셨요? 그런 거라면 제가 자리를 비키겠습니다, 폐하. 언니가 일부러 절 부른 건 아닐 거예요."

영빈이 우물쭈물하면서 눈치를 보자, 그제야 황제는 결국 고개를 끄덕이고서 산책로를 손으로 가리켰다.

"여기까지 왔으니 잠시 걷지. 천 귀인이 따로 하고 싶은 말이 있었을지도 모르고."

"송구하옵니다, 폐하."

오원요는 뒤로 물러나면서 황제의 그림자 호위인 승언과 눈짓을 주고받았다.

그렇게 청적을 반 바퀴 정도 돌았을 즈음이었다. 처음에는 황송해하는 얼굴로 아무 말 없던 영빈이, 너무 조용하자 무언가 말을 꺼내야겠다 싶은지 황제의 눈치를 살피면서 조심스럽게 입을 열었다.

"폐하께서는 소여 언니를 가장 총애하시지요?"

황제가 말없이 쳐다보자 영빈은 부끄럽다는 듯이 웃으면서 제안했다.

"괜찮으시다면 제가 소여 언니의 어린 시절 이야기를 들려드릴까요?"

황제가 고개를 끄덕이자, 영빈은 나긋나긋한 목소리로 소여가 열 살 무렵의 이야기를 시작했다.

얼마나 그렇게 대화를 나누었을 즈음일까. 영빈이 우뚝 멈추어 서더니 "언니!" 하고 외치며 청적 입구를 향해 손을 흔들었다. 황제도 걸음을 멈추고 돌아보니 그곳에는 천 귀인이 고개를 삐딱하게 기울인 채 서 있었는데, 방금 막 온 모양새가 아니었다.

"언니, 왜 거기에서 그러고 있어? 얼른 와."

영빈이 한 번 더 상냥하게 부르자 천 귀인은 그제야 고개를 똑바로 들더니 이쪽으로 걸어왔다.

황제는 천 귀인이 가까이 오기를 기다렸다가, 그녀가 손에 닿는 거리로 오자 옷 옆에 덕지덕지 묻은 나뭇잎을 털어주면서 황당해 물었다.

"안 오고 뭘 하고 있었기에 그새 나무가 되었느냐."

그 말에 천 귀인은 덤덤하게 대답했다.

"뭘 좀 보느라요."

"무엇을 보았기에?"

황제의 질문에 곁에 선 영빈은 넓은 소맷자락으로 입가를 가리고 희미하게 웃었다.

아무것도 아니라 대답하겠지. 별달리 할 말이 없을 테니. 왜 내가 여기서 폐하와 같이 있는 건지 묻고 싶어도 꾹 참겠지. 확실했다. 영빈이 아는 천소여는 그런 사람이니까.

승언과 오원요 역시, 천 귀인이 황제와 영빈이 사이좋게 산책하며 이야기를 나누고 있으니 질투가 나서 저기에 계속 서 있었나보다고, 자기들끼리 눈짓을 주고받으면서 속으로 혀를 찼다.

'폐하의 정체를 안 후 처음 만나는 건데 다른 후궁과 있으니 기분이 나쁘겠지.'

'쯧쯧. 이럴 땐 대답하기 참 곤란하지.'

'그냥 방금 왔다고 둘러대겠지. 먼발치서 폐하를 쳐다보고만 있었다고 하면 자존심이……'

"폐하를 훔쳐봤어요."

'안 상하나 본데?'

오원요는 깜짝 놀라서 천 귀인을 쳐다보았다.

심지어 '지켜봤다'도 아니고 '훔쳐봤다'였다.

'아니, 왜 하필 훔쳐봤다는 표현을?'

승언도 놀라서 눈을 휘둥그렇게 떴다.

"훔쳐봤다고? 짐을?"

황제 역시 황당하긴 마찬가지라 재차 물었다.

"네."

천 귀인은 당당하게도 대답을 했고 황제는 눈살을 찌푸리고서 물었다.

"아니, 그냥 오면 되지 왜?"

"이런저런 생각이 들어서요."

"이런저런 생각이라니?"

"별거 아닌 생각이라 말씀드리기가 좀 곤란해요, 폐하."

"별거 아닌 생각?"

천 귀인의 솔직한 대답에 잠시 놀랐던 영빈은, 천 귀인이 자기가 무슨 생각을 하고 있었는지에 대해선 답하지 않으려 하자 농담조로 천 귀인을 살짝 치며 웃었다.

"혹시 제가 폐하와 있는 걸 보고 질투하고 있던 건 아니에요, 언니?"

약 올리는 듯하지만 귀엽고 사랑스러운 말투여서 적의는 느껴지지 않았다. 그러나 눈치 빠른 오원요는 대번에 영빈이 천 귀인을 약 올리고 있단 걸 알아차리고서 걱정스럽게 천 귀인의 반응을 살폈다.

궁궐 안 사람들은 관리건 후궁이건 환관이건 궁녀건 저렇게 비비 꼬아서 듣기 좋게 상대를 약 올렸다. 당연히 눈치가 없으면 무슨 뜻인지 알아듣기도 어렵고, 알아듣더라도 거기에 화를 내면 품위가 없다며 오히려 비웃음을 당했다. 이런 상황에서 저 맹한 천 귀인이 제대로 대처할 수 있으려나? 오원요는 괜히 자기가 다 걱정이 되었다.

내가 무슨 생각 하고 있었냐고? 황제와 영빈의 머리를 박치기시키고 싶단 생각 하고 있었다. 그럴 수밖에. 황제가 보내준 장신구 술이 엉망으로 뜯어진 바람에 그거 묶어놓고 와보니, 약속 장소에 영빈이 황제와 딱 달라붙어 걸어가고 있다. 아주 까르르 까르르 웃어대면서 사이도 좋게.

'날 불러놓고 왜 영빈이랑 있지? 이게 무슨 상황이지?' 싶어서 좀 쳐다보고 있었더니, 두 사람은 뒤늦게 내 존재를 눈치채고는 가까이 오라 해놓고 괴상한 질문을 해댄다. 차라리 연비가 황제와 있었으면 기분이 덜 불쾌했을 거다. 하지만 천소여를 싫어하는 게 분명한 영빈이 내 약속 장소에 먼저 나와서 이렇게 해대자 기분이 썩 좋진 않았다.

'역시 떡돌이가 아니라 황제 쪽이 본체였나.'

하긴. 전에도 연모한다고 해놓고 연비랑 딱 달라붙어서 산책하고 있었지. 이번에도 그러네. 아주 상습범이야 상습범.

"천 귀인?"

내가 부루퉁하게 서 있자니 황제가 날 부르면서 눈치를 좀 살핀다. 적당히 넘어가주면 좋을 텐데. 눈치를 살피면서도 눈치 없는 이 황제는 내속내를 꼭 들을 거라고 저러고 서 있었다.

하지만 난 눈치가 찰떡같기에 황제에게 '폐하랑 영빈이 대가리를 쥐어박는 상상을 했어요' 같은 말을 하지 않는다. 떡돌이에겐 그 말을 해도 되지만 황제에겐 하면 안 되니까. 게다가 내가 아무리 궁중 생활에 무지하다지만, 궁정 사람들은 후궁이 사람들 앞에서 공개적으로 투기하는 걸 안 좋게 본단 것도 안다. 내가 공부를 못해서 그렇지 똘똘해.

하여튼 이런 상황이니 뭐. 할 수 있는 말을 할 뿐이었다.

"영빈마마, 저는 이런 데 질투하고 그러지 않아요. 산책 가지고 신경 쓸 필요가 있나요. 폐하는 어차피 제게 푹 빠져 헤어나오질 못하시는데요."

황제가 아주 살짝 손가락으로 자기를 가리키며 '내가?' 하고 눈으로 묻는다. 그래, 네가. 고개를 끄덕이자 그는 떨떠름하게 눈썹을 치켜올렸지만 부정하진 않았다. 영빈도 잠깐 묘한 표정을 짓긴 했지만, 부정하는 대신 내 말이 맞다고 맞장구를 쳐주었다.

하지만 곧 그녀는 자기 처소에 돌아가겠다면서 먼저 자리를 떴고, 나도 영빈이 떠나자마자 휙 몸을 돌렸다. 황제떡은 혼자 놀아. 난 갈 거야.

"잠깐, 천 귀인."

천 귀인은 황제가 부르는데도 휑하니 가버렸다. 승언과 오원요는 황제의 눈치를 보았지만, 그가 화난 얼굴은 아닌 듯해 안심했다. 황제가 둘만 있을 때는 떡돌이처럼 대해도 좋단 말을 지금도 허용해주는 듯해서. 황제의 표정은 면사 때문에 제대로 보이지 않지만, 오원요는 드러난 눈만으로도 황제의 감정을 어림짐작하고서 얼른 좋게 좋게 말해주었다.

"폐께 마음이 없다면 천 귀인이 저렇게 화나서 돌아가지도 않았을 것입니다, 폐하."

승언도 눈치껏 말을 보탰다.

"저렇게 나오시는 것을 보니, 천 귀인도 폐하를 진심으로 여기는 모양입니다."

황제는 뒷짐을 지고서 떡돌이와 천 귀인이 나란히 앉아 놀던 커다란 바위를 바라보았다.

"정체를 밝혀버리고 나니 단둘이 만나기조차 쉽지 않구나. 사람들이 방해를 해대니……."

오원요는 황제의 눈치를 살피다가 물었다.

"폐하께선 영빈마마가 일부러 끼어든 거라 생각하시는지요?"

"자기가 불렀던 거라면 천 귀인이 저러고 갔겠느냐?"

이제 황제도 내가 무말랭이가 아니란 걸 알았을 거다. 감히 나와 영빈을 한 팔에 한 짝씩 끼고서 놀려 하다니, 어림도 없지! 두고 보자지. 내가 지금 열심히 무공을 회복해가고 있는데, 나중에 다 회복하고 나면 황제와 영빈의 침실에 개구리를 풀어놓을 테니!

아니…… 이참에 차라리 잘된 걸지도 몰라. 황제와 거리를 좀 둘까? 그에게 떡돌이 모습으로만 나와 만나고 황제일 땐 모른 척해달라 하면 어떨까? 난 천귀인 모습으로까지 적을 만들고 싶진 않다고. 궁에서 지내야 한다면 그냥 중간만치 하면서 적당히 묻혀가고 싶은데. 에이! 이 술! 이 술 때문이야. 왜 약속 장소에 가는데 뚝 끊어져? 떡돌이 자식, 처음부터 고장 난 거 보낸 거 아냐?

생각하니 열이 받아서, 나는 아까 쪼그리고 앉아 열심히 수리한 노란 술을 꺼내서 팡팡 탁자에 대고 내리쳤다.

'어?'

그런데 막 내리치다 보니 이상한 부분이 눈에 들어왔다.

'이게 뭐야?'

아깐 급하게 수리하고 가느라 몰랐는데. 내가 새로 지은 매듭이 아니라 원래의 매듭 부분이, 끊긴 게 아니라 잘려 있었다.

'세상에. 누가 일부러 자른 건가?'

그러면 누가? 원웅? 부성? 귀자? 아니면 다른 궁녀나 태감들? 줄이 끊어진 걸 알린 건 부성이지만, 선물들을 정리한 건 원웅이었어. 다른 궁녀나 태감들도 계속 내 방에 오갈 수 있지.

떡돌이한테 보여줘야겠다.

나는 얼른 술을 소맷자락 안에 넣고 일어났다. 떡돌이는 눈치는 없지만 똑똑하니까 이 상황을 잘 파악해줄 수 있을 거야.

그런데 막 사립문 밖으로 나가려다 보니, 멀지 않은 곳에서 연얼군주가 술병을 손에 들고 흔들며 다가오는 게 보였다. 뒤로 물러나자, 가까이 다가온 그녀는 사립문을 제 손으로 열고 들어오면서 내게 자랑스레 술병을 내밀어 보였다.

"귀인, 나랑 술 마시며 놉시다."

"지금 술 마실 때가 아니어요!"

"술을 때를 봐가며 마시나요?"

"이리 와보세요."

연얼군주도 똑똑하지! 나는 잘됐다 싶어서 얼른 그녀를 데리고 방 안으로 들어간 다음, 문을 꼭꼭 닫고서 탁자에 앉혔다.

"왜요?"

연얼군주가 어리둥절해서 앉자, 나는 밖에서 우리 대화를 들을 수 없도록 목소리를 최대한 낮추고는 머리는 그녀 쪽으로 내민 채 상황을 알려주었다.

"폐하께서 내게 선물 주신 건데, 오늘 폐하를 만나러 가는 길에 내 궁녀가 장식용 수술이 끊어졌다며 부르더라고요. 그래서 이걸 수선한 다음 가보니 영빈이 폐하랑 사이좋게 있더라고요. 왜, 그냥 사이좋은 거 아니고요. 보는 사람 기분 나쁘게 사이좋은 거 있잖아요."

"질투했군요?"

"하여튼 그래서 처음엔 폐하한테만 기분이 나빴거든요? 근데 와서 보니 수술을 묶어둔 매듭이 '끊어진' 게 아니라 '잘린' 거였어요."

"정말요?"

나는 고개를 끄덕이고서 소매 안에 숨겨두었던 장식용 수술을 꺼내 탁자에 내려놓았다.

"딱 그 와중에 잘려 있던 게 이상하지 않아요?"

연얼군주는 내가 새로 묶은 매듭과 그 안쪽에 잘려나간 매듭을 보다가 심각한 얼굴로 고개를 끄덕였다.

"그러네요. 내 눈에도 일부러 끊은 거처럼 보여요."

"그렇죠?"

나는 주먹을 쥐고 허공으로 연달아 휘둘렀다. 연얼군주는 술병 뚜껑을 따면서 그 모습을 빤히 보다가 내가 씩씩거리면서 반대쪽 허공도 주먹으로 휘두르자, 진정하란 손짓을 하며 조언했다.

"내 생각엔요. 천 귀인 측근 중에 다른 주인을 섬기는 사람이 있어요."

"누구 같아요?"

"나야 모르죠. 하지만 조심해요. 가까이 있는 적만큼 무서운 것도 없으니까요."

연얼군주에게 2차 확신까지 받자마자 나는 나갈 채비를 한 다음 얼른 황제를 찾아갔다.

내가 심궁에 나타나자 관리들은 좀 놀란 표정을 짓긴 했지만, 그래도 세 번이나 보니 좀 편안해졌는지 힐긋거리기만 할 뿐 이전만큼 눈이 커다래지진 않았다. 처음 보는 대신은 이번에도 눈이 왕밤만해졌지만. 어쨌든 묻고 물어서 나는 황제가 있다는 집무실로 찾아갔다.

"천 귀인. 어쩐 일로 여기까지?"

황제는 책상에 얇은 종이들을 수북하게 쌓아놓고 읽고 있었는데, 내가 다가오자 손에 들고 있던 종이를 내리면서 얼굴을 덮었던 면사를 내렸다. 나는 콧김을 내뿜으면서 다가가다가 그가 면사를 내리는 순간 짧게 비명을 지를 뻔했다.

떡돌이! 황제 복장을 하고 있으니 더 잘생겼잖아! 그럴 줄 알았어. 내가 황제의 저 면사 아래에는 아주 고운 얼굴이 있을 거라 확신했다고!

"천 귀인? 왜 그러고 서 있지?"

"내가 너무 똑똑한 거 같아서."

황제는 미간을 구겼다.

"갑자기 찾아와서 스스로 칭찬하다니. 뭐 하는 건지 모르겠군."

말을 하면서도 그는 책상 근처에 있는 의자를 손으로 가리키며 앉으라고 한다. 의자에 걸어가며 보니, 그가 태연한 척하고 있지만 좀 긴장해 있던 걸 알 수 있었다. 꼭 닫힌 입술 끝이 씰룩씰룩 계속 움직이는 길 보면 확실해. 게다가 뒷짐을 지고 있는데, 손가락 위치가 계속 바뀌고 있다. 자기도 나랑 약속해놓고 영빈이랑 놀던 게 찔리는 거지. 암. 찔려야지.

하지만 지금은 그 화제를 얘기하러 온 게 아니기에, 나는 일단 품 안에서 그가 준 장식용 수술을 꺼내 내밀었다.

황제는 '이건 왜?' 하는 눈으로 수술을 받아 들더니 몇 번 살피는 것만으로 이상한 섬을 눈치채고 미산을 씨푸렸다.

"매듭 위치가 마음에 안 들었나?"

그러다 내가 연얼군주에게 했던 설명을 그에게도 해주자 표정이 딱딱하게 굳더니, 연얼군주와 같은 결론을 냈다.

"역시 네 하인들 중에 첩자가 있군."

"역시?"

"그럴지도 모른단 생각을 전에도 했다. 그래서……."

"아아. 아랫사람 입단속시키라 했었지!"

내가 깜짝 놀라 외치자 황제가 고개를 끄덕인다. 세상에. 쟤는 눈치가 없지만 진짜 똑똑하긴 하구나. 어쨌든 떡돌이가 하나만 말해도 둘을 알아듣자 말하기 더욱 쉬워지겠어.

나는 의자에서 벌떡 일어나 그에게 다가가 부탁했다.

"바로 알아들으니 이야기가 쉬워지네. 그거 때문에 왔어. 좀 도와줘."

"어떻게?"

"그러니까. 어떻게 해야 돼?"

황제는 신중한 얼굴로 날 보다가, 내가 질문을 건네자 고개를 기웃하더니 떨떠름하게 물었다.

"지금 후궁 암투를 나한테 묻는 건가?"

"어떡하겠어. 난 이런 데 익숙하지 않단 말이야. 넌 익숙하잖아."

"난…… 익숙하지. 익숙하긴 한데."

"한데?"

"시점이 좀 다르지 않을까."

그게 무슨 소리냐고 물으려는데, 오 공공이 금박 접시에 보기 좋은 노란 떡을 들고 와 책상에 내려놓고 나갔다. 황제는 떡 접시를 내 쪽으로 내밀었다.

와. 황제가 되더니 떡도 진화했네. 전에는 천에 싸 와서 주더니, 이젠 접시째 주잖아.

"계란아."

"응?"

"접시째 주는 거 아니니까 하나씩 집어 먹어라."

"!"

너무한다 너무해. 황제가 되었는데 왜 이렇게 속은 계속 좁은 거야? 아주 좀팽이가 다름없구만.

일단 시키는 대로 떡을 하나만 들고서 우물우물 씹자, 떡돌이는 자기도 떡 하나를 집고서 접시는 책상에 내려두며 물었다.

"그래. 그러면 내가 후궁 암투에 익숙하다 치고. 내가 뭘 해주길 바라는 거지?"

"서로 잘하는 걸 하면 어떨까 싶어."

"?"

"넌 궁중에 익숙하니 내 밑에 있을 첩자를 찾아줘."

떡돌이는 '뭐 그 정도는' 하는 얼굴로 고개를 끄덕이다가 돌연 눈살을 찌푸리며 물었다.

"그럼 넌 뭘 하고?"

"난 먹는 걸 잘하니 떡을 먹고 있을게."

"!"

그러고서 떡을 하나 더 집어 냉큼 입에 넣자, 떡돌이는 황당하단 얼굴로 나를 멍하니 쳐다보다가 항의했다.

"그럼 내 손해 아닌가?"

"어쩔 수 없어! 내가 손해 보긴 싫은걸!"

"……그런 건 속으로만 생각해라."

떡돌이는 이마를 짚고서 한숨을 내쉬더니, 곧 벗어 두었던 면사를 도로 얼굴에 걸면서 말했다.

"그러면 이렇게 하지."

"단주께서는?"

"지하 연구실에 계십니다."

아유정은 고개를 끄덕이고서 지하실 아래로 내려갔다. 보안이 철통같았지만 이곳에서 그녀를 막는 사람은 아무도 없었다.

어두컴컴한 계단을 내려가기 시작하자, 어느 지점부터 은은한 비린내가 풍겨와 본능적인 불쾌감을 일으켰다. 계단을 다 내려가자 넓은 공동 가득 채워진 관들이 보였다. 관은 모두 다 뚜껑이 열려 있었는데, 그 안에는 다 시체가 들어 있었다. 특이한 건 그중 몇몇 시체의 이마에는 노란 바탕에 붉은 글씨로 쓴 부적이 붙어 있단 점이었다.

강시를 떠올리게 하는 섬뜩한 광경이었으나, 아유정은 아무렇지 않게 그 사이사이를 지나가 방 가운데에 서서 뭔가를 기록 중인 타천천에게 다가갔다.

"단주님."

타천천은 손바닥 위에 작은 종이를 올려놓고 거기에 세필로 빠르게 글씨를 적고 있었는데, 아유정이 지척에서 불렀지만 눈길을 주지 않고 대답만 했다.

"무슨 일이지?"

빛이 드문 어둠 속에서도 확연히 눈에 들어올 만큼, 타천천의 이목구비는 미려하고 수려했다. 아유정은 타천천만큼 이마와 콧대의 선이 뚜렷한 사람을 본 적이 없었다.

그녀는 생각했다. 단주는 이런 음산한 지하실에서 관 사이에 머물 게 아니라, 구름 위에 서서 아래를 내려보아야 할 사람이라고. 물론 그 구름이 하얀색은 아니겠지만.

"정영검 개원이 절 죽이려 했습니다."

그 이야기를 듣고서야 바삐 움직이던 타천천의 손이 멈칫했다. 그는 잠시 그 상태로 있더니 손을 내리고서 천천히 고개를 돌렸다.

"그자가. 또. '천년비'를?"

"예. 천년비가 살아났단 이야기를 듣고서 온 거겠지요."

타천천의 입꼬리가 위험하게 올라갔다.

"한 번 죽여놓고. 살아났단 이야기를 듣자마자 또 죽이려 하다니 정말 독한 놈이로군."

"예."

"이번에야말로 천년비의 복수를 할 수 있겠구나. 먼저 안 찾아다녀도 온다니 편하군."

타천천은 빙그레 웃었으나 그가 쥔 붓은 '뿌득' 소리를 내며 부러졌다. 자기가 부숴버린 붓을 바라본 타천천은 "이런." 하고 중얼거리며 붓을 바닥에 버리고는, 아유정의 어깨를 가볍게 두드리며 당부했다.

"천년비 영혼을 찾으면 돌려주어야 하는 몸이니, 혹시 개원과 마주치더라도 상대는 하지 마라. 몸에 상처 하나 만들지 마."

"그럼 개원을 마주치면……."

"내 쪽으로 와라."

서늘하게 웃은 타천천이 손을 휘젓자, 바닥에 떨어진 붓이 허공을 날아가 벽에 틀어박혔다.

"죽이는 건 내가 하지."

동쪽 구역과 북쪽 구역 사이로는 '겨울이 오는 길'이라 하여 동로라 부르는 긴 산책로가 있었다. 눈이 내리기 시작하면 겨울 선인들도 한번 내려와 거닐어보고 싶을 정도로 눈이 켜켜이 쌓여서, 그 이름처럼 겨울이 되면 가장 아름다운 길이었다. 그렇지만 산책로인데도 거의 꽃을 심지 않아서, 겨울에 아무리 아름다워도 봄과 여름, 가을에는 무척 삭막했기에 지금 같은 봄에는 동로를 산책하는 사람이 적었다.

황후는 그런 길을 쓸쓸하게 걸어가고 있었다. 머릿속이 번잡하고 기분이 좋지 않아, 사람들이 산책하는 자신을 발견하지 못하길 바라서였다.

'천 귀인 닮은 친척을 찾아내면? 천 귀인 닮은 친척이 입궁시켜서 폐하가 그 여자를 총애하게 되면? 그 후에는? 그 후에는 뭘 어떻게 하고 싶으신 건가.'

다른 후궁들은 총애를 받더라도 1공 15귀 온씨 가문 출신인 그녀와 상대될 수 없다. 하지만 같은 가문 출신이라면 이야기는 달라진다. 배경과 힘이 비슷하단 거니까. 새로 입궁할 친척이 가문을 위해 자신과 뭉치려 들면 문제가 될 것이 없지만, 그녀가 만약 힘을 합치기보다 자신이 황후 자리에 오르고 싶어 한다면? 아버지는 이런 생각을 안 하셨나? 황후는 아버지가 보낸 서신에 연달아 의문을 퍼부었으나, 혼자 생각해보았자 사가에 있을 아버지가 대답해줄 리가 없었다.

그런데 한참을 걸어가고 있자니 황제가 용 조각상 앞에 뒷짐을 지고서 있는 게 보였다.

"폐하."

누군가와 대화를 나눌 기분이 아니었으나 황제를 모른 척하고 갈 수는 없어서, 황후는 표정을 관리하고 그쪽으로 다가갔다. 황제 역시 조각상을 뚫어져라 보다가 황후 쪽으로 몸을 돌렸다.

"음?"

하지만 황제 곁으로 다가온 황후는 입가에서 미소를 지우고 고개를 기웃하더니, 곧바로 아까와 다른 태도로 말했다.

"넌 폐하가 아니로구나."

"!"

"산책하고 있느냐?"

얼굴을 검은 면사로 가리고 서 있던 가짜 황제, 연금은 말 한마디 섞지 않았는데 황후가 자신을 알아보자 신기한지 너털웃음을 터트렸다.

"어찌 아셨습니까?"

"알려주지 않으련다."

"?"

"가르쳐주면 다음엔 그 부분을 고칠 게 아닌가."

목소리는 서늘했지만 그 안에는 희미한 장난기가 보여서 연금은 저도 모르게 또 웃음을 터트리고 말았다.

무례하다고 호통을 들을까 염려된 그는 웃자마자 황후의 눈치를 살폈지만, 황후는 얇은 얼음을 얹은 것처럼 차가운 표정을 고수하고 있었다. 그 옆모습을 보다가 연금이 입을 열었다.

"일전 문안 때 일을 사과하고 싶습니다."

"문안 때?"

"우 귀인이 넘어졌을 때요. 황후마마께 '다른 후궁들은 어쩔 수 없다 해도, 황후는 한 명을 함께 괴롭히면 안 된다고 말씀 올렸지요."

"아. 그때 일 말인가."

"송구합니다."

"되었나. 너는 네 역할에 몰입했을 뿐이니."

말을 마친 황후가 다시 산책로를 걸어가 점점 멀어지자, 연금은 그 뒷모습을 오래도록 바라보았다.

황제와 몇 번이나 거듭해 상황을 정리하고 말을 맞춘 다음, 우리는 내 처소까지 같이 이동했다. 사람들은 우리를 연신 힐긋거렸지만, 떡돌이는 전혀 신경도 쓰지 않았다.

그러다가 내 처소에 도착하자, 궁인들이 황급히 무릎을 굽히며 인사하는 동안 떡돌이는 내 손을 잡고 작지 않은 목소리로 신신당부했다.

"내일 약속은 꼭 지켜야 한다. 알았느냐?"

"그럼요!"

황제가 돌아가자 궁인들이 슬금슬금 내 눈치를 본다. 일어나도 좋다고 말해주었더니, 그들은 어른 자리에서 일어나 내게 다가왔다.

"세상에! 소주, 폐하와 약속도 하시는 거예요?"

"폐하께서 내일도 소주를 만나신대요?"

"바래다주시기까지 하다니. 폐하께서 소주에게 푹 빠지셨나 봅니다!"

다들 내가 황제와 있었던 이야기를 신이 나서 털어놓을 거라 여기는 눈치들이었다. 하지만 안 되지. 평소라면 그랬겠지만, 오늘은 안 된다.

"내일 약속이 있어. 그런데 알려주진 않을래."

"예? 정말요?"

"비밀 약속이신가 봐요?"

원웅과 부성은 서운한 듯했지만, 알려달라고 마구 조르진 않았다. 나는 얼른 방 안으로 들어갔다. 그러다가 목욕을 할 때, 원웅이 옷을 가지러 간 사이 목욕 시중을 해주는 부성에게만 살짝 알려주었다.

"너만 알고 있어. 폐하와는 내일 화화정에서 미시에 만나기로 했어."

부성은 '별 비밀도 아니지 않나?' 하는 얼굴이었으나, 내가 비밀을 지켜야 한다고 당부하자 그러겠다고 했다.

하지만 목욕 후 침실에서 원웅과 둘만 있게 되었을 때. 나는 아까 부성에게 한 것과 다른 말을 해주었다.

"다른 사람들한테는 비밀로 해줘. 내일 청적에서 폐하와 미시에 만나기로 했어."

그런 식으로 귀자에겐 희완각이라 했고, 다른 궁인들에게도 각기 시간만 같은 다른 장소를 비밀이라며 귀띔해주었다. 내가 멋대로 이러는 게 아니다. 여기까지가 황제와 다 약속이 된 일이지. 황제는 내가 말한 약속 장소마다 그림자를 보내기로 했고. 물론 실제 약속 장소는 다른 곳으로, 내가 무술을 연습하는 비밀 구역이었다.

그리고 다음 날 미시. 나는 황제와 둘이서만 만나기로 했단 핑계를 대고서 따라오는 이들을 다 물린 뒤, 우리의 진짜 약속 장소인 내 비밀 연무장으로 갔다. 황제는 떡돌이 상태로 면사를 치워둔 채 풀밭에 누워 있다가, 내 발소리를 듣자 눈도 뜨지 않고서 아는 척을 했다.

"왔구나, 계란아."

"약속 장소엔 그림자들을 다 보냈어?"

"그래. 누군가 우리 약속 장소에 나타나면 승언이가 알려줄 거다."

"근데 있잖아, 우연히 그 장소에 다른 사람이 오면 어떡하지?"

"그러면 티가 나지. 내 그림자들이 그 정도 판단을 못 하진 않아."

"사람 쉽게 믿고 그러는 거 아니다?"

떡돌이는 이제야 눈을 뜨고서 황당하다는 듯 내 쪽을 쳐다보았다. 하지만 곧 그 표정은 가련하다는 표정으로 바뀌었다.

"왜 그렇게 날 그윽하게 봐?"

"널 이해하려고. 넌 지금 배신을 당해서 그런 생각밖에 안 들 테니까."

너도 네 누나 애인한테 배신당하고 성격 뒤틀렸다면서. 입 밖으로 나오려던 말을 나는 눈치껏 도로 집어넣었다. 이런 말은 하는 거 아냐.

"그보다 소원은? 생각해뒀어?"

"아직 생각하는 중. 하나뿐인데 신중하게 골라야지."

"할 거 없으면 안 해도 돼. 막 고민하고 그러면 골치 아프잖아."

"괜찮다. 행복한 고민이거든."

입을 삐죽거리고서 풀을 잡아 뜯어서 녀석의 옷에 조금씩 뿌려보았지만, 떡돌이는 가소롭다는 듯 웃고서 눈만 감아버린다. 그 얄미운 표정을 흘겨보지만 뭐, 흘겨본다고 어쩌겠어. 무림 고수일 때도 눈빛만으로 상대를 때리는 능력은 없었다.

"천 귀인."

"왜."

"계란아."

"왜요."

"소여야."

그런데 자려고 눈 감은 거 아니었나? 떡돌이는 눈을 감아놓고서는, 얼마 지나지도 않았는데 나를 계속 바꿔 불러댔다. 뭐 하는 건가 싶어서 그의 얼굴에 대고 강아지풀을 흔들고 있자니, 그가 눈을 천천히 뜨고서 날 향해 돌아누웠다. 얼른 강아지풀을 치우고서 그를 쳐다보자, 떡돌이가 이번에는 내게 손을 뻗어 왔다. 뭐 하자는 거지? 그래도 일단 얼결에 그 손 위에 내 손을 올리자, 떡돌이는 내 손을 한 번 쥐었다가 풀었다가 쥐었다가 풀기를 반복하더니 웃으면서 먼저 손을 내렸다.

"뭐 한 거야?"

그게 이상해서 묻자, 떡돌이는 이번에는 내 신발 앞코를 콕콕 손가락으로 찌르며 대답했다.

"이 거리가 좋아서. 손을 뻗으면 네가 잡아주는 이 거리가 좋네."

그러고서 보기 좋게 눈웃음을 짓는데…….

"이 거리가 좋다는 건 지금보다 멀지 않아서 좋단 거야, 지금보다 가깝지 않아서 좋단 거야?"

내 질문에 신발 앞코를 가지고 놀던 떡돌이는 손길을 멈추더니, 고운 눈동자를 내게 단단히 고정하고서 물었다.

"넌?"

그러나 내가 떡돌이의 질문에 무어라 대답하기 전.

"폐하."

한발 앞서 승언이 달려오더니 무릎을 굽혔다. 나도 풀을 만지작거리던 걸 멈추었다. 드디어 나와 황제가 판 함정에 누군가 걸렸구나! 누굴까? 누가 걸렸지? 후궁은 영빈일 테고. 궁인 중엔 누가 걸렸어?

"규빈이 화화정으로 왔습니다."

화화정이라면…… 내가 부성에게 알려준 장소다. 범인이 부성이었구나! 그 이야기를 듣자마자 떠오른 건, 내가 연비를 만나고 와서 그녀를 평할 때 부성이 연비를 두둔하던 일이었다.

나는 도끼눈을 뜨고 벌떡 일어나 황제를 보았다. 자, 갑시다. 물고기가 그물에 걸렸다니 건지러 가야지! 하지만 떡돌이는 느릿하게 자리에서 일어나면서 "규빈?" 하고 중얼거리고 있었다.

그 말을 듣고서야 나는 그 부분도 이상하단 걸 눈치챘다. 그러네. 화화정 부분에만 몰입해서 그 부분은 순간 신경 쓰지 못했어. 하지만 듣고 보니 정말 이상하잖아? 부성이 내 위치를 알린 상대가 영빈이나 연비가 아니라 규빈이라고? 너무 뜬금없는데?

"네가 직접 그곳에 갈 필요는 없다, 천 귀인."

"그럼?"

"부성은 태감을 시켜 수사청으로 보내게 하면 되고, 규빈은…… 설령 네 밑의 궁녀를 매수한 게 맞는다고 해도 이걸로 처벌은 할 수 없어. 규빈의 품계가 너보다 높으니까."

내가 화화정으로 달려가려 하자, 황제가 날 말리면서 한 말이다.

난 나와 황제가 화화정에 가서 현장 검거를 한 다음 둘을 처벌하는 줄 알았는데.

"그러면 난 뭘 어떻게 해야 돼?"

하지만 궁전 일이라면 나보다 떡돌이가 더 빠삭하기에 나는 시무룩해서 물었다.

"처소로 시원한 음식을 보내둘 테니, 가서 먹고 속을 식혀라. 그리고 씻은 다음 일찍 자."

"부성이랑 규빈은?"

"부성은 수사청에서 처리할 테고, 규빈은 내가 꾸짖으면 되지."

떡돌이가 저렇게 말한다면 뭐. 저게 맞겠지. 결국 좀 억울하긴 하지만 나는 납득하고서 그에게 작별 인사를 건넸다.

그런데 떠나려는 나를 붙잡더니, 그가 내게 또 이상한 말을 꺼냈다.

"계란아. 수사청에 가면 그 부성이란 궁녀는 누구의 사주를 받아 널 배신한 건지, 무슨 정보를 팔았는지 등등을 강도 높게 조사받게 될 거다."

"그래…… 그런데 그게 왜?"

"부성이란 궁녀는 네가 친정에서부터 데려온 궁녀라 들었는데."

"아. 응. 그렇다더라. 그건 왜?"

"혹시 네가 용서할 거라면 풀어주겠다고."

떡돌이가 하는 말에 반사적으로 고개를 끄덕거리다가 나는 놀라서 그를 쳐다보았다.

진심이야? 하지만 떡돌이는 정말 진심으로 보였다. 둘이 함정을 파서 범인을 잡아놓고서, 내가 용서한다면 풀어주겠다고.

"왜?"

아까부터 내가 계속 왜냐고 묻는 느낌이긴 한데. 정말로 이해가 되지 않아서 나는 그에게 또 묻고 말았다.

떡돌이는 아무렇지 않다는 듯 대답했다.

"네가 상처받을까 봐."

"괜찮아."

"하지만……."

"정말 괜찮아. 상처 안 받아. 철저히 잘 수사해."

난 뒤통수 치는 사람을 싫어하고 부성을 용서할 마음도 없다. 더군다나 애초에 배신감을 느낄 정도로 부성과 오래 알고 지내지도 않았는걸.

이후 나는 내 처소로 돌아왔고 황제는…… 몰라, 어디 갔는지. 하여튼 상처받지 않은 거란 내 말은 괜한 허세가 아니어서, 나는 정말 별생각 없이 처소로 잘 돌아왔다.

그런데 내 처소에 돌아와 보니 이게 웬걸. 이미 소식을 다 들었는지, 원웅이 눈물 콧물 범벅이 되어서 울고 있었다.

아…… 그래. 원웅은 부성이랑 친했지. 나야 내 기억이 없으니 부성이 벌을 받아도 상관없지만 원웅에겐 아닐 수도 있구나. 어쩌면 떡돌이도 내세서 서런 반응을 기대하고 '용서해줄까?' 물었던 선지도 모르겠나. 어쨌든 원웅이 울자 덩달아 불편해져서, 나는 식사를 하면서도 내내 그녀의 눈치를 살폈다.

그런데 막 식사를 마쳤을 즈음. 원웅이 내 앞에 무릎을 꿇더니 조심스럽게 애원했다.

"소주, 부성을 한 번만 용서해주시면 안 될까요?"

그 얼굴에 대고 '싫어' 하기도 뭐해서, 나는 일단 빈말을 해주었다.

"배후가 누구인지 알아낸 다음에 폐하께 용서해달라고 할게. 친해서 걱정되지?"

원웅은 "네." 하고 순순히 인정했다. 하지만 원웅이 이어서 한 말은 전혀 예상외였다.

"하지만 전 소주가 더 걱정돼요."

"나? 나는 왜?"

얘도 내가 상처받을까 봐 저러나? 천소여가 그렇게 부성과 가까웠나?

"부성은 대대로 천씨 가문을 모셔 왔기 때문에 가문에 대한 충성심이 강해요. 아마 그래서 소주를 첫 번째로 여기는 게 아닐지도 몰라요."

"그렇구나. 그런데 그게 왜?"

"예전에요. 소주가 기억을 잃기 전에 부성에게 은밀한 지시를 내리면서 '일이 잘못되면 너와 나 모두 죽으니 조심해라'고 하신 적이 있어요."

"그게 뭔데?"

"저도 몰라요. 소주가 부성에게만 알려주셨고 부성도 제게 입을 열지 않았으니까요. 하지만, 하지만 수사를 받다가 앞길이 막막해지면 부성이 그걸 얘기할 수도 있지 않을까요?"

부성이 천소여와 동귀어진할 만한 비밀을 가지고 있다고? 이럴 수가 있나. 그럼 진짜 천소여는 원웅보다 부성이랑 가까웠나? 아니면 가까운 거랑 별개로 부성이 더 입이 무겁다 생각했나?

"소주, 어쩌죠?"

원웅이 초조하게 나를 보았다.

어쩌냐고? 어쩌긴 어쩌겠어.

"수사방이 어디야?"

규빈은 탁자 앞에 앉아 초조하게 찻잔 위에서 손가락을 마구 움직였다. 치마 안에서 이리저리 발가락을 까딱거리느라, 옷에서 계속 바스락거리는 소리가 났다. 차라리 황제가 뭐라고 말이라도 시원스레 해주면 좋을 텐데. 찾아와 놓고서는 말 한마디 하지 않으니 더 갑갑하고 두려웠다.

"폐하."

결국 견디다 못한 규빈이 어렵게 입을 여는 순간. 기다렸다는 듯이 황제가 말했다.

"널 벌할 일은 아니지만 네게 실망할 일은 맞다."

규빈은 황급히 바닥에 무릎을 꿇었다.

"폐하, 오해십니다. 폐하께서 그곳에 오시리란 이야기를 듣고 간 건 맞지만, 저는 천 귀인의 궁녀를 제 사람으로 포섭하지도, 천 귀인의 행적을 살피지도 않았습니다."

"그 이야기는 누가 전했지?"

황제의 질문에 규빈은 초조해졌다.

영빈이다. 이야기를 전해준 건 영빈이었다. 하지만 이 이야기를 했을 때, 황제가 과연 믿어줄까? 황제의 마음이 영빈 쪽에 쏠려 있다면, 그는 규빈이 영빈을 무고한다고 생각할 것이다. 아무런 물증조차 없는 상황에서는 특히. 규빈은 입술을 짓씹었다.

"역시 함정이었구나."

궁녀에게 이 소동을 전해 들은 영빈은 빙그레 웃었다.

"어떻게 이게 함정인 걸 알아차리셨나요?"

궁녀는 영빈의 침착한 태도에 감탄했으나, 영빈은 조금도 으쓱해 하는 기색 없이 태연하게 거울 앞으로 걸어가며 말했다.

"부성에게만 비밀을 알려주었다기에 함정인 걸 알았지."

영빈은 좌경 앞에 앉아 조금 삐져나온 머리카락을 손가락으로 꾹 집어 넣었다.

"게다가 함정이 아니어도 안 나갔을 거다. 이번에 또 폐하와 언니가 만나는 걸 방해하면 폐하가 불쾌해하실 테니."

궁녀는 얼른 영빈의 뒤로 가서 머리를 다듬어 비녀를 꽂으며 칭찬했다.

"마마께선 정말로 영민하세요."

"별로."

"정말이에요. 하지만 아깝게 되었네요. 부성이 이것저것 도움 될 이야기를 많이 해주었는데."

나는 원웅을 데리고서 곧장 수사방으로 갔다.

수사청에는 몇 번 갔지만 수사방에 간 건 이번이 처음이었는데. 수사방은 후궁들이 모여 사는 동쪽 궁궐과는 분위기는 물론 수사청과도 분위기가 확 달랐다. 냉궁의 그 어두침침하고 황량한 분위기와도 다른 분위기……와도 다른 듯 비슷한 듯?

"천 귀인, 무슨 일이신지요?"

거기서 주위를 두리번거리고 있자니 한 태감이 다가와 내게 물었다. 날 '천 귀인'이라 부르는 걸로 보아 내 얼굴을 알아보는 눈치였다. 그러면 길게 얘기하지 않아도 되겠네. 잘됐어.

"여기에 부성이란 궁녀가 잡혀 왔지?"

내가 질문하자 태감이 얼른 대답했다.

"예. 곧 수사에 들어갈 겁니다. 염려 마시지요, 천 귀인. 누가 배후인지 왜 귀인을 배신했는지 철저하게 알아낼 테니까요."

그걸 염려하는 거야! 나는 얼른 손을 저었다.

"폐하께서 내가 원치 않으면 부성을 빼주겠다 하셨어. 우선 대화를 나누어보고 싶으니 부성을 내게 주게."

하지만 태감은 내 말에 곤혹스러운 표정으로 변했다.

"죄송합니다, 천 귀인. 귀인께서 거짓을 말씀하시진 않겠지만, 그 궁녀는 폐하의 명으로 잡혀 온 것이라 폐하께서 다시 명하시긴 전엔 빼내기가 어렵습니다."

"내 궁녀인데?"

"예. 그건 상관이 없는 문제입니다."

젠장!

원웅이 걱정스럽게 나를 보았다.

"어쩌죠, 소주?"

어떡하기는.

"폐하께 가봐야겠다."

이제는 내가 지나가도 그러려니, 하는 대신들 사이를 지나가 황제의 집무실 앞에 도착하자 황제가 자주 데리고 다니는 태감이 나를 보고서 아는 척을 했다.

"오 공공. 폐하께서 안에 계시오?"

다가가며 묻자 오 공공은 '또 당신이냐'는 표정으로 웃으며 대답했다.

"네. 마침 폐하께선 막 들어오셨습니다, 귀인."

"폐하를 뵐 수 있을까?"

"얼른 여쭙고 오지요."

집무실 안으로 들어갔던 태감은 얼마 지나지 않아 바로 나왔다.

"들어오시랍니다."

"고맙소."

원웅을 두고서 나는 얼른 황제의 집무실 안으로 들어갔다. 황제는 책상 앞에 앉아 열심히 종이들을 뒤적이고 있었는데, 내가 들어오는 소리를 듣자 잠시 내 쪽을 보더니 다시 시선을 내리며 말했다.

"오늘은 떡 준비가 안 됐는데. 어쩌지?"

"준비성이 없네."

바로 고개를 도로 들었지만. 그는 끙 소리를 내더니 종이들을 도로 덮어 옆으로 치웠다.

"그거 뭐야? 재밌어?"

올 때마다 저런 거 늘 보고 있는 거 같아. 다짜고짜 볼일부터 말하면 정이 없어 보일까 봐 나는 일부러 그에게 다가가면서 좀 호기심을 느낀 척 물었다.

"재밌어서 보진 않지."

"뭔데?"

"상소문."

"상소문엔 무슨 내용을 써?"

"억울한 얘기를 쓰지. 아니면 이렇게 저렇게 해달라 요청하거나."

이런 식으로 끌고 가려던 건 아닌데, 마침 딱 내 볼일과 비슷하구만?

"그럼 나도 써도 돼?"

"억울한 일이 있어?"

"아니, 청할 게 있어."

"말로 하면 되잖아?"

"옆으로 비켜봐."

황당해하는 황제에게 다가가서 쿡쿡 몸으로 그를 밀자 그가 마지못해 물러났다.

"빈 종이 써도 돼?"

내가 얼른 의자에 앉자 황제는 빈 종이를 가져다 앞에 펼쳐주었다. 하지만 곧 자기도 내 상소에 호기심이 드는지 뒷짐을 지고서 웃으면서 내려다본다.

"그래, 천 귀인. 어디 뭘 상소하고 싶은지 한번 보자. 멋지게 적어봐."

"기대에 부응할게."

그냥 하는 말이 아니라, 정말로 나는 서체가 반듯하다. 내가 글씨를 써서 내보이면 개원이는 늘 감탄하며 족자로 만들어 걸어두고 싶다고 했지. 어쩌면 실제로 걸어두었는지도 모른다. 나는 그 정도로 명필이었다.

"나 글씨 잘 써."

내가 당당하게 말하자 황제는 코웃음을 쳤다. '네가?' 하는 투로.

얘가 얘가, 사람을 막 무시하고 그러네.

"진짜야."

"쓰고 얘기해."

못되게 말하는 그를 슬쩍 흘겨보고서 나는 오른손에 붓을 쥐고 왼손으로 소맷자락을 잡은 다음 종이 위에 글씨를 썼다.

자. 봐!

　　도와줘엉.

"!"

마지막에 '줘'가 아니라 '줘엉'이라고 쓴 건 한 시진도 지나기 전에 말을 바꿨으니 조금 민망해서 둥글게 둥글게 표현한 것이다.

나는 붓을 내려놓고 어깨를 으쓱하며 황제를 보았다.

"어때?"

황제는 내가 쓴 글씨를 잠시 멍하니 보더니 몹시 놀라워하며 탄성을 뱉었다.

"정말로 글씨만 잘 쓰는구나."

"그치?"

"마지막에 글자가 하나 더 붙은 거 같은데. 이건 뭐지?"

"왜, 부탁할 때는 말을 둥글게 하라고 하잖아. 그래서 둥글게 해봤어."

"그렇군. 둥글다면 제대로 둥글긴 한데……."

"도와줄 거야?"

황제는 입술을 꽉 다물고서 얼굴을 이상하게 구기더니 갑자기 돌아서서 고개를 푹 숙였다.

"도와줘엉. 도와줘엉."

도와주기 싫은가, 싶어서 내가 붓 꽁다리로 그의 등을 쿡쿡 찌르자, 황제는 그제야 다시 몸을 돌리면서 내 머리를 양손으로 붙잡더니 내 이마에 대고 자기 이마를 미친 듯이 비비기 시작했다.

놀라서 박치기를 할 뻔했다. 그래도 꾹 참아주고 있자니 그는 고개를 들고서 눈가를 자기 손등으로 닦으며 말했다.

"난 널 보면 미칠 것 같다. 알아?"

"나한테 의외의 면이 있지. 내가 너무 강하니까 다들 그래. 내가 글씨는 못 쓸 줄 알아. 하지만 나는 글씨도 잘 써."

근데 떡돌이 얘는 왜 울고 있어? 이보세요. 나 도와줄 거냐고.

그의 옷자락을 슬쩍슬쩍 잡아당기자 황제는 다시 눈물을 닦아 내면서 말했다.

"상소문에는 '도와줘'라고만 쓰고 끝나는 게 아니야."

"그러면?"

"뭘 도와달라는 건지, 왜 도와달라는 건지 정도는 적어야지. 무작정 도와달라고 쓰면 짐이 어찌 알고 도와주느냐."

"그런 거야?"

"그래."

"……."

"하지만 네가 이렇게까지 둥글게 부탁하니 거절할 수가 없군. 자, 말해 봐. 뭘 도와줄까?"

"저기, 부성이 있잖아. 역시 빼내 주면 안 될까?"

"왜? 처벌해도 상관없다더니."

"다시 생각해보니 역시 좀 신경 쓰여서. 부성이는 나랑 어릴 때부터 함께 지냈거든. 실망하긴 했지만 이런 일로 내치고 싶진 않아. 수사방에 가면 나중에 어떻게 될지 모르잖아. 그냥 내 선에서 혼내고 끝내고 싶어."

"너무 마음이 약한 거 아닌가."

"한 번만 넘어가 주면 안 될까?"

상에 앉아 딸기를 반 접시 정도 먹었을 때였다. 밖에서 좀 시끄러운 소리가 나기에 원웅에게 눈짓을 보내자, 맞은편에 서서 같이 딸기를 먹던 원웅이 얼른 밖으로 나갔다.

잠시 뒤. 원웅은 엉엉 우는 부성을 데리고 들어왔다.

나는 원웅에게 문을 닫으라 하고서 부성을 팔짱을 끼고 쳐다보았다.

아직 제대로 수사를 하지도 않았는데 얼마나 거칠게 다뤘던지, 부성은 옷이 다 구겨진 데다 흙투성이 먼지투성이였다.

어디 광 같은 데 가둬둔 건가?

"네가 뭘 잘못했는지 알지?"

내가 단호하게 묻자 부성은 바닥에 무릎을 꿇더니 엉엉 흐느꼈다.

"용서해주세요, 소주. 전 절대로 소주를 배신한 게 아니에요. 저는, 저는 그냥……."

"내 일정을 영빈이랑 연비한테 다 가져다 바쳤어?"

부성은 숨이 넘어갈 듯이 더욱 세게 울었다.

"죄송해요, 소주. 저는 세 자매 모두 폐하의 총애를 받아야 천씨 가문에 득이라고 생각했어요. 절대로 소주를 배신할 마음이 아니었어요. 제가 멍청했어요, 소주."

이제 됐겠지, 싶어서 나는 부성에게 일어나라고 했다.

"알았어. 일어나. 앞으론 그러지 마. 이번 한 번만 넘어가 주는 거니까."

그 말을 듣자마자 부성은 얼른 일어나더니 흐어어엉 울면서 다짐했다.

"감사합니다, 소주. 정말 감사해요. 소주께선 제 목숨을 구해주시고, 화나실 텐데도 절 너그럽게 용서해주셨어요. 소주가 절 구해주셨으니 저는 이제 평생 소주만의 사람이 될게요. 소주께 이 은혜를 꼭 갚을 거예요!"

저 말을 다 믿어도 될진 모르겠지만 일단 내 볼일은 다른 거지.

"좋아. 그러면 부성아."

천소여가 너한테 무슨 은밀한 지시를 했니?

나는 질문을 위해 입을 열었다. 하지만 내내 뒤에서 지켜보고만 있던 원웅이 작게 고개를 저었다. 말하지 말란 건가? 그런 거 같은데?

그냥 무시하고 넘기기엔 원웅이 내게 알려준 내용도 있는지라, 나는 부성에게 우선 씻고 쉬라고 지시한 다음 원웅을 불러 물었다.

"말하지 말란 거야?"

원웅은 목소리를 낮추어 속삭였다.

"네. 지금 소주께서 부성에게 그 일을 물어보시면, 부성을 용서해준 게 아니라 어쩔 수 없이 구해주신 게 티가 나잖아요."

"아."

"지금 부성은 소주께 몹시 감사해하고 있어요. 하지만 다른 목적을 가지고 소주가 자길 구해주었단 걸 알게 되면 감사함은 도로 사라지고, 오히려 그걸 약점으로 쥐려고 들 수도 있지 않을까요?"

"아아."

그런 건가? 모르겠어. 난 이런 건 잘 모르겠어.

"그럼 평생 물어보면 안 돼?"

"당연히 되죠. 하지만 부성이 이 일을 잊어갈 즈음, 기억이 좀 돌아오는 것처럼 물어보시는 게 나을 것 같아요."

"마마, 규빈이 왔습니다!"

내무부에 간다던 궁녀가 황급히 돌아와서 작은 목소리로 알리자, 영빈은 병법서를 덮고 일어섰다. 그녀가 자리에서 일어서자마자 규빈이 성큼성큼 방 안으로 들어왔다.

"무슨 일이지요?"

규빈은 누가 봐도 화난 얼굴이었으나 영빈은 태연하게 물었다.

"무슨 일이냐고요? 몰라서 묻나요?"

그 태도를 본 규빈은 더욱 화가 나서 평소보다 배로 낮아진 목소리로 으르렁거렸다.

"일부러 날 함정에 빠뜨린 거죠? 일부러 날 거기로 보내서……!"

"내가 가라 했나요?"

"뭐라고요?"

"소여 언니가 화화정에서 폐하와 만나기로 했던 이야기를 내가 해준 건 맞아요. 하지만 난 언니가 폐하께 총애를 받으니 기뻐서 한 말이었어요."

"!"

"규빈이 내 이야기를 듣고 바로 그곳에 달려갈 줄 내가 어떻게 알았겠어요?"

"그걸 말이라고……!"

"규빈이야말로 소여 언니를 방해하기 위해 바로 달려간 거면서. 일이 잘못되니 오히려 내게 큰소리를 치네요."

영빈이 조곤조곤한 목소리로 규빈을 사정없이 때려대자, 규빈의 얼굴이 점점 붉으락푸르락해졌다. 하지만 영빈의 말이 또 틀리진 않아서 규빈은 확 몸을 돌려 나가버렸다.

"잘 가요, 규빈."

영빈이 뒤에서 공손하게 인사했지만, 그조차 규빈은 화가 날 뿐이었다.

규빈의 측근 궁녀는 그 뒤를 따라가면서 영빈의 처소 쪽을 부리부리하게 노려보았다.

"어쩌면 웃으면서 말을 저렇게 재수 없게 하는지 모르겠어요."

"심증은 있지만 확증이 없으니 어찌 할 수도 없고 정말 화가 나는구나."

"마마. 화내지 마세요. 조용히 기다리면 복수할 기회가 올 거예요."

"그래야지."

규빈은 주먹을 꽉 쥐고서 이를 으득 갈았다.

"천 귀인도 이 일에 관여했을까요?"

"천소여는 맹해서 그럴 머리도 없다."

"그건 그래요. 이번 일로 자기 밑에 배신자가 누군지 알았는데, 그걸 또 폐하께 청해 용서하고 데려왔다잖아요."

"반드시 영빈에게 이 일을 돌려줄 거다. 반드시."

서책을 읽기 싫어서 뒹굴뒹굴하고 있을 때였다. 원웅이 화병에 보라색 꽃을 잔뜩 담아서 가지고 들어왔다.

"그거 붓꽃 아니야?"

이름을 아는 꽃이라 묻자 원웅은 활짝 웃더니 방 안 여기저기를 살피며 히히 웃었다.

"폐하께서 보내신 거예요, 소주. 어디에 둘까요?"

"떡……하가?"

"예?"

웬일로 꽃을 보냈대. 떡을 안 보내고? 떡돌이만이 아니니 정체성을 바꿔보려는 건가?

"소주, 침상에 장식해드릴까요?"

그런데 원웅과 방 안 여기저기를 돌아다니면서 꽃을 여기 두어보고 저기 두어볼 때였다. 황후의 장태감이 오더니, 황후가 나를 부른다고 했다.

"황후마마가 날? 왜?"

"그건 저도 잘……."

넌 알겠어? 도움을 구하기 위해 눈치 빠른 원웅을 보았지만, 원웅도 영문을 모르겠단 얼굴이었다.

"언제 오라 하셨는가?"

어쨌든 황후가 오라는데 안 갈 수도 없는지라 묻자 황후의 태감이 난처하게 웃으며 대답했다.

"지금 오라 하셨습니다."

지금? 갑자기? 무슨 일이지?

무슨 일인지는 알 수 없으나, 일단 원웅을 데리고 대중궁으로 갔다.

그런데 방 안에 들어가 보니 황후만 있는 게 아니었다. 그렇다고 다른 후궁이 있는 것도 아니고. 누구야, 저 사람? 태감……은 아닌데. 남자다.

"황후마마께 인사 올립니다."

인사를 올리고서 내가 연신 그 사람을 힐긋거리자, 황후는 부드럽게 웃으면서 그 사람의 어깨에 가볍게 손을 올렸다.

"미안하구나, 천 귀인. 내 부친이시다."

"아. 안녕하세요."

나는 얼른 그 사람에게도 인사했다.

그런데 이렇게 인사해도 되나? ……아닌가 보네. 표정 안 좋은 거 보니. 바로 웃는 낯으로 바꾸긴 했지만 분명 표정이 안 좋았어.

"좌칙승상 온원입니다, 천 귀인. 이야기를 많이 들었는데, 이렇게 우연히 뵈니 참으로 반갑군요."

그리 반가워하는 표정은 아니었는데. 아니, 그보다 황후는 왜 자기 아버지가 있는데 날 부른 거야? 날 불렀는데 아버지가 온 거야, 아버지가 있는데 날 부른 거야?

나는 슬그머니 황후에게 물었다.

"황후마마. 황후마마와 온 승상이 함께 좋은 시간을 보내는데 제가 방해가 된 건 아닐지요?"

대답은 온 승상이 대신했다.

"황후마마께서 천 귀인을 부른 걸 모르고 내가 와버렸습니다. 시기가 좋지 않았습니다. 미안하게 됐군요."

"아."

황후가 날 먼저 부른 건가 보다. 그보다 이러면 어떻게 해? 눈치껏 그래도 내가 돌아간다고 해야 하나, 아니면 왜 불렀냐고 물어보긴 해야 하나.

어색하게 서 있자니, 황후는 나한테 줄 게 있다면서 궁녀를 불러서 '그것을 가져오라고 했다. 그게 뭔진 모르겠지만. 이렇게 됐으니 '그것'을 가져올 때까진 여기 있어야겠네. 불편한데. 하지만 불편한 건 나만이 아니었나 보다.

"천 귀인이 영명하단 이야기는 황후마마뿐만 아니라 여기저기서 많이 들었지요."

셋이 어색하게 서 있자니 온 승상이 내게 친한 척 말을 걸었다. 네에, 하고 나는 억지로 웃으며 대답했다. 하지만 온 승상은 칭찬에서 그치지 않고 내게 떠보듯 질문을 던졌다.

"천 귀인께선 후궁이 필수적으로 익혀야 할 게 무어라 생각합니까?"

그런데 그게 좀 뜬금없는 질문이었다. 그걸 나한테 왜 물어봐? 이상한 사람이네. 하지만 황후의 아버지인데 질문을 무시하면 안 되겠지.

"비상한 눈치죠."

그래서 일단 대답하자, 웬걸. 온 승상은 거기서 멈추지 않고 또 질문을 던졌다.

"태후마마와 황제 폐하의 의견이 다르면 천 귀인께서는 누구의 편을 들 겁니까?"

"태후마마요."

"어째서요? 천 귀인은 폐하의 후궁이 아니십니까?"

"근데 태후마마가 더 세잖아요."

"대답을 잘하시는 걸 보니 천 귀인께선 서책을 가까이하나 보군요."

"늘 베고 자고 있지요."

건성으로 한 대답인데도 온 승상은 흐뭇하게 웃었다. 좀 제대로 대답할 걸 그랬나? 아까 날 매섭게 쳐다보던 것 같아서 일부러 대충 말했는데. 뭐라 말해도 웃어주니 내가 너무했나…… 싶기도 하네.

하지만 대답을 번복할 새도 없이, 황후의 궁녀가 꽁꽁 싸맨 무언가를 가지고 들어와 내게 내밀었다. 원웅이 얼른 나서서 그걸 대신 받아들었다. 이게 뭐예요, 하는 눈으로 황후를 보자 황후가 자애롭게 웃으면서 설명했다.

"며칠 전 천 귀인이 속상할 일이 있었다지. 위로가 될까 싶어서 준비했다. 처소에 가서 먹도록 하거라."

먹는 건가?

천 귀인이 고개를 기우뚱하며 나가자, 온 승상은 입가에 띠고 있던 미소를 싹 지우고서 황후에게 당부했다.

"방금 제가 한 질문을 잘 기억해두었다가, 후궁 선발 때 은연이에게 그대로 질문하시면 됩니다."

황후는 상에 앉아 무겁게 바닥을 내려다보다가 물었다.

"은연이를 보낼 겁니까?"

"딱 보자마자 은연이 생각이 났습니다. 눈썹을 아래로 내려 다듬고 머리 모양도 비슷하게 하면 제법 비슷해 보일 겁니다."

"……"

"전 은연에게 답변을 알려주고 외우라 하지요."

온 승상의 입가가 비틀려 올라갔다.

"멍청한 답변이지만 어쩌겠습니까. 폐하께서 저런 멍청한 걸 좋아한다면 맞춰드려야지요. 안 그렇습니까?"

그래도 황후가 어두운 얼굴로 바닥만 내려다보자, 불편해하는 기색을 눈치챈 온 승상이 의아해서 쳐다보았다.

"왜 그러십니까, 마마?"

황후는 솔직하게 물었다.

"은연은 욕심이 많은 아입니다, 아버님. 그 애가 폐하의 총애를 받고서 기고만장해져 아예 제 자리를 노리면 어떻게 하지요?"

하지만 온 승상은 황후의 질문을 듣자마자 말도 안 된단 얼굴로 웃음을 터트리더니 바로 정색했다.

"친척은 친척이고 황후마마는 내 따님입니다. 은연이 헛된 생각을 했다간 그 애 아비를 가문에서 쫓아내 버릴 테니 염려 마시지요."

후궁 선발식이 가까워져 올수록 다들 더더욱 바빠져서 행사도 사라졌다. 떡돌이도 얼굴을 보기가 힘들어지고, 황후마마 역시 당분간 문안을 오지 말라고 통보를 할 정도였다. 규빈이 황제한테 찍힌 일로 후궁들도 다들 몸을 사려서, 요즘은 음식에 이상한 게 든 채 운반되는 일도 사라졌다. 덕택에 나는 시간에 여유가 생겨서 몇 주간은 본격적으로 무공에만 매달렸다.

마침내 후궁을 선발하는 날. 원칙적으로 후궁들은 그 자리에 갈 수 없지만, 나는 은신술을 펼쳐 후궁을 선발하는 그 자리로 가보았다. 별로…… 황제가 어떤 후궁을 들이는지 상관있어서 간 건 아니었다.

날이 다가올수록 후궁들이 좀 시무룩해하고, 원웅과 부성도 힘이 빠지고, 염 귀인마저도 술을 퍼붓듯 마셔대기에 궁금해서 온 것뿐.

나는 커다란 기둥과 대들보 사이에 자리를 잡고서, 후궁 선발 과정을 지켜보았다. 보자…….

'아. 저렇게 하는구나.'

떡돌이랑 황후, 태후마마 이렇게 세 사람이 나란히 앉고 후보들은 그 앞에 줄지어 무릎을 꿇고 앉아 있는데, 오 공공이 이름을 부르면 그 후보가 자리에서 일어나고, 떡돌이랑 황후, 태후마마가 질문을 던지는 식이다. 대답을 다 한 다음에는 다시 자리에 앉고.

'천소여도 서렇세 동과했다면 머리가 나쁘진 않았겠네.'

나는 저런 거 잘 못 하는데.

그런데 저기 저 후궁은 어째 좀 개원이를 닮았잖아. 아니, 좀이 아니라 많이 닮았네. 개원이한테 쌍둥이 누이가 있으면 저렇게 생겼을 것 같다.

미안하지만 얼굴에서부터 불쾌한 기운이 몰려오는데? 안 뽑혔으면 좋겠네. 게다가…… 이름이 개시시래. 성까지 같으니 더 꺼림칙해.

"비상한 눈치가 필요하지요. 여러 후궁이 많고 황후마마와 폐하, 태후마마께도 예를 다해야 하니, 눈치가 좋아야 할 것 같습니다."

그런데 개원이를 닮아 어쩐지 기분 나쁜 개시시를 집중해 보고 있으려니, 익숙한 답변이 들려왔다. 개시시에서 시선을 떼고 후궁들을 전체적으로 쭉 보자, 마침 일어서서 답변 중인 한 후궁 후보가 눈에 들어오는데……. 와, XX, 저건 또 뭐지? 저건 나랑, 아니, 천소여랑 아주 빼닮았잖아? 머리 모양이야 그렇다 쳐도 우울한 눈썹까지 쏙 닮았어. 저럴 수가 있나? 황당해하는 사이 황후가 다시 물었다.

"태후마마와 황제 폐하의 의견이 다르면 중간에서 어떻게 할 게냐."

"태후마마를 편들겠습니다."

"어째서?"

"태후마마는 황제 폐하의 모후이시니, 제게도 효를 다해야 할 분이십니다. 저는 자식 된 도리로 태후마마를 편들 것입니다."

"서책을 가까이하느냐?"

"부끄럽지만 늘 베개로 쓰고 있습니다."

돌 던질 뻔했다. 대답이 좀 더 격식 있어지긴 했지만, 저건 분명 내가 얼마 전에 황후 앞에서 황후 아버지에게 한 대답들이었다. 질문부터가 황후 아버지가 내게 했던 것들이고. 황후랑 황후 아버지가 짜고서 내 대답을 가져간 건가?

'와…… 부녀가 쌍으로 짜증 나네.'

그러면 저 대답하는 사람까지 셋이서 한패겠지? 화가 나는데, 태후마마는 속도 모르고 웃으면서 황제에게 말했다.

"말하는 게 재미있구나. 천 귀인과 잘 통하겠어. 그렇지요, 아드님?"

황제는 거기에 또 대답을 하는데.

"말하는 게 아주 조금 비슷하군요."

그러고 있으니 더 싫다.

'황후와 승상이 선발 과정까지 조작할 정도면 저 천소여 닮은 여자는 분명 뽑히겠지.'

결국, 더 지켜보기도 싫어져서 나는 얼른 그 자리를 돌아섰다.

그러다가 선발식에 온 후궁들의 마차가 모인 곳에 왔는데. 마침 그곳에서 거대하고 화려한 마차 앞에 선 마부가 작고 소박한 마차 마부에게 자랑하고 있지 않은가.

"사소한 데서부터 많은 걸 알 수 있지. 내가 모시고 온 분은 황후 폐하와 같은 가문에서 온 온 낭자라네. 어릴 때부터 영민하기로 이름이 높은 데다 무척이나 아름다우니, 곧 폐하의 성총을 한 몸에 받으실 거야."

"어쩌란 말인가."

"그런 조잡한 마차를 끌고 잘도 여기에 왔다는 거다."

작고 소박한 마차의 마부가 짜증을 내면서 다른 곳으로 가버리자, 그걸 지켜보다가 나는 잘됐다 싶어서 얼른 달려가 그 온 낭자가 타고 왔던 마차의 마부 뒤통수를 내리쳐 기절시켰다. 그리고 마부가 기절하자마자 마차 바퀴를 하나 똑 떼버렸다. 나쁜 짓이지만 괜찮다. 악적이 목 안 떼고 바퀴 떼어가면 나름 많이 참은 거지. 그러고서 돌아서는데…….

'망했다.'

기몽이 먼발치에서 입을 벌린 채 이쪽을 쳐다보고 있었다.

나는 황급히 떼어낸 마차 바퀴로 얼굴을 가렸다. 심장이 팔딱팔딱 개구리처럼 뛰었지만, 놀란 내색을 하지 않기 위해 애써 마차 바퀴를 감상하는 척도 했다. 하지만 아무것도 안 보이면 그것 역시 불안한지라, 결국 슬그머니 바큇살 사이로 눈을 내밀어 보니 웬걸. 기몽이 '거기 있어'란 손짓을 하면서 이쪽으로 걸어오고 있지 않은가!

'어쩌지? 어쩌지?'

고민하다가 결국 마차 바퀴는 옆에 두고 두 손으로 얼굴을 가린 채 도주했다. 기몽 앞에서 은신술을 펼 수는 없기에 당연히 은신술도 경공도 쓰지 않고 다리 힘만으로 뛰어서. 그래도 사람들 눈엔 후궁 복장으로 이 속도를 내는 게 놀라운지, 주위에서 "저게 뭐야?" "누구야?" 하는 소리가 들려왔지만.

그런데 너무 뒤만 신경 쓰며 달린 탓이었을까. 얼굴을 가리고 가끔씩 땅만 보며 뛰다가 누군가와 부딪치고 말았다.

"양해해요!"

당황하긴 했지만 나는 얼른 균형을 잡고서 다시 앞으로 발을 내디뎠다. 하지만 그쪽에서 대번에 나를 알아보고 붙잡았다.

"천 귀인?"

아는 목소리인데? 누구더라?

나는 멈춰 서서 손가락 사이를 벌렸다. 아. 사자친왕이잖아? 하필 만난 게 사자친왕이라니.

당황해서 이러지도 저러지도 못하고 있자니, 사자친왕이 호기심 가득한 얼굴로 물었다.

"귀인. 왜 그러고 계십니까?"

"그게⋯⋯."

후궁 후보, 그것도 황후 가문 사람의 마차를 부수다가 기몽한테 딱 걸렸다고 말하면 안 되겠지. 내가 계속 얼굴을 가리고 우물거리고 있자, 의아한 얼굴로 기다리던 사자친왕이 갑자기 놀라 물었다.

"귀인. 혹시 우십니까?"

어?

"폐하께서 새 후궁을 받아들여서……."

하지만 사자친왕이 말을 다 마치기도 전에 누군가 뛰어오는 소리가 들려왔다. 기몽일거야!

"날 봤단 말은 하지 말아줘요."

여기서 사자친왕과 대화를 나눌 틈도 없었다. 나는 그에게 작게 속삭이고서 다시 어디가 어딘지도 모르고 무작정 뛰었다.

"가엾군."

팔랑팔랑 뛰어갈 때마다 치마 끝단이 나비처럼 팔랑였다. 눈 깜짝할 사이 저만치 멀어진 천 귀인을 보며 사자친왕은 혀를 찼다. 곁에 있던 그의 시종은 사자친왕이 중얼거리는 소리를 듣자 의아해 물었다.

"뭐가 가엾단 겁니까, 전하? 그냥 좀 이상한 분 같은데요."

"후궁은 후궁 선발식을 보면 안 되지 않느냐."

"그렇……죠?"

"그리고 천 귀인은 얼굴을 가리고서 울며 달아나고 있고."

"그러네요."

"이 두 개를 조합하면 딱 답이 나오지 않느냐. 폐하가 어느 후궁을 뽑는지 궁금해서 몰래 보다가, 못 참고 울면서 뛰어가는 거다."

"아아. 천 귀인은 정말로 폐하를 많이 사모하시는군요."

사자친왕은 뒷짐을 지고서 고개를 설레설레 저었다.

"그런가 보다. 안타깝구나. 적당히 권력과 출세의 계단 정도로 여기는 게 마음 편할 텐데."

사자친왕의 중얼거리는 소리에, 시종은 흠칫 놀라 주위를 살피고서 "전하." 하고 작게 다그쳤다.

"그런 소리를 하시면 안 됩니다."

"어차피 들은 사람은 너뿐이지 않으냐."

"그래도요."

"이 말이 퍼져나가면 네 짓이라 여기면 되지."

사자친왕이 웃으면서 하는 소리에 시종이 너무하단 듯이 쳐다보았으나, 그는 더 별말을 하지 않고 휘적휘적 가던 길을 걸어갔다.

후궁 선발식 날 늦은 저녁. 황제가 부름을 받고 도착하자, 태후는 미리 준비해두었던 음식을 먹으라 권하며 물었다.

"아드님은 이번에 뽑은 후궁 중에 마음에 드는 사람이 있습니까?"

황제는 숟가락을 들면서 덤덤하게 대답했다.

"늘 그렇듯 없습니다, 어머님."

"천 귀인을 뽑았을 때도 아드님은 별 관심이 없었지요. 하지만 시간이 지나니 지금처럼 총애하게 되지 않았습니까. 지금 들어온 후궁 중에도 그런 후궁이 있을지도 모르지요. 너무 처음부터 벽을 치진 말아요."

그래도 황제가 별 감흥이 없어 보이자, 태후는 걱정스럽게 그 모습을 바라보다가 아까보다 좀 더 밝은 목소리로 물었다.

"황후 가문에서 들어온 온 귀인이 천 귀인과 비슷해 사랑스럽던데, 그 아이는 어떻던가요? 내 눈엔 귀여워 보이던데."

"그렇다면 온 귀인에겐 어머님과 가까운 처소를 주면 되겠습니다."

태후가 눈을 가느스름하게 뜨고 쳐다보자, 황제는 숟가락을 내려놓고서 철없던 시절의 태자처럼 웃었다.

"노여워하지 마세요, 어머님. 하지만 천 귀인이 있는데 뭐 하러 비슷한 사람을 고릅니까."

"……."

"사실 소자는 잘 이해가 가지 않습니다. 황후야 자기 가문 사람이니 누가 오든 뽑았겠지만, 어머님께선 왜 그 여자를 뽑은 겁니까?"

태후가 그 여자를 뽑은 이유는 온씨 가문에서 보낸 사람이기 때문이었다. 천씨 가문에서 보낸 세 자매를 모두 다 뽑아준 것처럼. 하지만 황제가 저렇게 말하자, 태후는 괜히 기분이 상해서 퉁명스럽게 비꼬았다.

"아드님이 우울한 인상을 좋아하는 줄 알았지요."

"천 귀인은 우울한 인상이 아니라 그윽하고 아련한 인상인 겁니다."

저놈의 콩깍지는 두껍기도 하지.

태후는 한숨을 내쉬고서 말을 돌렸다.

"그러면 그 개시시, 개 답응은 어떻던가요? 새로 들어온 후궁 중엔 군계일학으로 아름답던데."

"아름답기야 연비를 따라올 사람이 있겠습니까. 그리고 얼굴을 보고 총애할 거였다면 뭐 하러 질문을 하고 대답을 듣고 했겠습니까."

"얼굴뿐만이 아닙니다. 개 답응의 가문은 문무 모두 출중해서, 친척 중엔 무림에서 영웅으로 추앙받는 청년도 있다던데요."

"소자는 무림인이 싫습니다, 어머님. 그자들은 무공을 익히는 데서 그치지 않고 자기들끼리 파벌을 만들어 죽고 죽이고, 내 백성들은 법을 지키면서도 칼의 눈치까지 보아야 하지 않습니까."

달래다 못 한 태후는 자신도 숟가락을 내려놓으면서 눈살을 구겼다.

"이것도 싫다 저것도 싫다. 뭐가 좋단 겁니까?"

"상소문을 쓸 때 끝에 한 획을 더해 둥글게 표현할 줄 아는 배려심?"

"무슨 헛소립니까."

새 후궁들이 들어오면 당분간은 그 후궁들을 잘 챙겨줘야 한단 태후의 당부를 몇 번이나 들은 월요 황제가 태후전을 나와 자신의 침전으로 걸어가고 있을 때였다. 마침 반대편에서 사자친왕도 그쪽으로 오는 게 보였다. 그를 발견한 황제가 멈추어 서자, 사자친왕은 얼른 방향을 바꾸어 빠른 걸음으로 다가오며 웃었다.

"그렇지 않아도 폐하를 뵈러 가던 길이었는데. 잘되었습니다."

"무슨 일이지?"

사자친왕이 사람들을 물려 달란 눈치를 보내자, 황제가 손을 저었다. 신호를 알아챈 궁인들이 오원요만을 제외하고 다들 거리를 벌리고 서자, 황제가 말해보라고 손짓했다.

"천 귀인에 관련된 일입니다."

"천 귀인?"

"천 귀인은 말하지 말라 했지만 말씀드려야 할 것 같아서요."

"무슨 소리냐."

"천 귀인이 폐하께서 후궁들을 선발하는 동안 흐느끼면서 사방팔방 뛰어다니고 있었습니다."

사자친왕이 자신에게 천 귀인에 대해 할 말이 뭔가 궁금해하던 황제는, 뜻밖의 소식에 황당해서 되물었다.

"울면서 뛰어다녔다고?"

사자친왕은 걱정스러워하는 얼굴이었으나, 그 표현을 들은 황제의 머릿속엔 그리 애달픈 그림이 그려지지 않았다.

"폐하께서 새 후궁을 들인다니 서러웠나 봅니다."

"!"

"오죽하면 체면도 안 차리고 그러고 있었겠습니까. 폐하께서 잘 좀 위로해주세요."

사자친왕이 '난 참 배려심이 좋아' 하는 표정으로 흐뭇하게 웃고 떠나자, 옆에서 조용히 서 있던 오원요가 조심스럽게 물었다.

"천 귀인의 처소로 가시겠습니까, 폐하?"

기몽이 날 보았을까? 아니, 본 건 확실한데 그게 나란 걸 알까? 멀리서 봤으니 헷갈릴 것 같긴 해. 후궁들 복장이야 거기서 거기 아닌가. 하지만 그 동그래진 눈이 너무 걸리는데……. 내일 기몽이 사람을 보내서 날 부르면 어쩌지? 아니, 내가 뭘 했다고 불러? 마차를 부쉈으니 부르지. 젠장!

그런데 초조하게 발을 흔들고 있으려니, 부성이 황급히 안으로 들어와 서랍에서 진주 장식을 꺼내며 말했다.

"소주, 소주! 폐하께서 오셨어요!"

말을 마치자마자 부성은 화급히 내 머리에 진주 장식을 재빨리 꽂고 옷을 정리하더니, 슬그머니 나를 문으로 밀었다. 이야. 수사방 한번 다녀오더니 훨씬 재빨라졌잖아?

어쨌든 황제가 왔다니, 나는 시무룩한 마음을 감추고 밖으로 나가 그를 맞이한 다음 안으로 데리고 들어왔다. 그런데 방 안에 들어와 문을 닫자마자, 황제가 의자에 앉으면서 내게 말하지 않는가.

"다 들었다."

주어가 빠져 있었지만, 그 말을 듣자마자 내 심장은 고슴도치를 깨문 물총새처럼 펄떡였다. 기몽 이 개새끼. 그새 다 말한 건가? 나한테 왜 안 오나 했더니 바로 황제에게 가서 말했어?

내가 입을 벌리고 쳐다보자, 황제는 얼굴을 가린 면사를 벗더니 탁자

227

에 두며 나를 시그시 바라보았다. 이 진지한 얼굴을 보니 분명해. 기풍이
다 고자질한 게 틀림없었다.

"해명하고 싶어."

나는 얼른 황급히 말했다.

"이게 해명까지 해야 할 일이냐."

세상에. 해명을 들을 생각도 없다니. 화가 많이 났나? 새로운 후궁들을
맞이할 생각에 아주 기뻤는데, 내가 그 후궁들을 입궁하기도 전부터 괴
롭혔다고 생각하나? 나는 충격을 받아 그를 처다보았다. 나한테 꽃 주면
서 연모한다더니. 그 꽃 벌써 다 시들었냐?

"괜찮다. 네가 말하지 않아도 난 네 마음을 안다."

하지만 이어진 황제의 말은 따스했다. 날 탓하는 것 같지 않았다. 게다
가 내 마음을 안다고?

"용서……해주는 거야?"

거기에 조금 용기를 얻어 묻자, 떡돌이는 나직하게 웃기까지 했다.

"그게 용서하고 말고 할 일이야?"

"……그래? 그런 거야?"

"물론이지."

"내가 이상하지 않아?"

네 후궁의 마차를 부쉈는데? 하지만 황제는 내가 이렇게까지 묻는데도
아주 태연히, 대인의 풍모를 풍기며 대답했다.

"전혀 이상하지 않아. 다른 후궁이 들어올 때 너처럼 행동한 후궁이 없
던 것도 아닌걸."

"진짜?"

"그래. 그러니 너무 불안해하지 않아도 된다."

다행이다. 다행이야. 다른 후궁들도 몰래 뒤에서 마차를 부수고 그러

는구나. 하긴. 몰래 이상한 독도 보내는데, 마차 부수는 정도야 일도 아니겠지. 생각해보니 떡돌이 말이 맞다. 아주 드문 일이 아니니까, 기몽도 놀라긴 했지만 나한테 그 일을 따지지 않은 게 분명해. 기몽이 놀란 건…… 그거겠지. 나는 태감을 안 시키고 직접 마차 바퀴를 떼서.

어쨌든 그 말을 들으니 훨씬 안심이 되어서 나는 활짝 웃었다.

"다행이야. 하긴. 다리 한 짝 없어도 돌아가는 데 문제없긴 해."

내 미소를 본 황제도 같이 따뜻하게 웃어주었다. 3초 정도는.

"어?"

"응?"

잠깐 서로를 응시하기를 일 초 정도. 황제가 뜨악한 얼굴로 외쳤다.

"누구 다리를 뗐느냐?"

"어?"

황제의 표정을 보니 그는 당황스러워하고 있었다. 알고 온 눈치가 아닌데. 아니, 그럼 대체 무슨 이야기를 하던 거야?

후회해봤자 이미 말은 뱉었고 황제는 혼란스러운 얼굴로 자기 입가와 턱을 매만졌다.

"오해야."

나는 황급히 손을 저었다.

"방금 네 입으로 말해놓고 오해라고?"

하지만 황제는 이미 자기가 들은 말에 확신을 가지고 있었다.

어쩌지? 난감하다. 젠장, 그럼 대체 뭘 알고 와놓고서 저렇게 너그러운 척하던 거야? 생각하니 화가 나네!

"떡돌이는 말 좀 똑바로 해. 내가 오해하잖아."

"누가 누구한테 하고 싶은 말을."

"뭘 잘못 알고 와서 대인 흉내를 낸 거야?"

"대인 흉내…… 이보세요, 계란 낭자. 먼저 오해하고 제 발 지린 건 그 대인데?"

"덕춘이는 대인이 아냐. 소인배야."

사람들은 내가 검 싸움만 잘하는 줄 아는데, 사실 나는 말싸움도 잘하는 편이다. 내가 조곤조곤 상대의 말을 논리적으로 반박해주면, 보통 대다수 상대는 얼굴이 시뻘게져서 흥분하지. 흥분하면 기세가 흐트러지고, 무공을 사용할 때 조급해져서 이후 생사를 건 비무를 할 때 도움이 된다. 그런데도 내가 말싸움을 잘하는 게 알려지지 않은 건 나랑 말싸움을 한 인간 중 살아나간 사람이 없기 때문이지.

"하지만 오늘 예외가 생겼군!"

"무슨 소리냐."

떡돌이는 한숨을 푹 내쉬더니 돌연 긴장해서 물었다.

"진짜로 다리를…… 뗐어? 누구 다리를?"

"다리가 아니라 마차 바퀴를 뗀 거야. 마차 바퀴는 마차의 다리나 마찬가지니까 다리라고 표현한 거고."

하지만 설명을 해주는데도 떡돌이는 내 말을 믿는 표정이 아니었다. 영 미심쩍게 보기만 할 뿐. 결국 상황을 좀 더 말해주었다.

"걱정 마. 마부는 미리 처리했다."

떡돌이는 입을 벌리고 뭐라 말하려 했으나, 곧 혼자 고개를 저으며 중얼거렸다

"죽이진 않았겠지. 그런 일은 보고받지 못했으니. 그래. 생각해보니 온 귀인이 타고 온 마차가 고장 났단 이야기를 얼핏 들었네."

"넌 내가 뭘 했단 건 줄 알았어?"

"네가 울었다고 들었다."

"상상력이 풍부하구나. 나는 양파 깔 때 말곤 울어본 적이 없어."

"그래. 잘났다. 잘났어."

고개를 설레설레 저은 떡돌이가 일어났다.

"벌써 가?"

내가 따라 일어서며 물었지만, 그는 대답도 하지 않고 나가려 했다.

"폐하!"

그러다 내가 붙잡으니 '그럴 줄 알았지!' 하는 얼굴로 거만하게 돌아보긴 했지만.

"면사 챙겨 가야지."

그 잘난 척하는 얼굴이 아니꼽기에 웃으면서 면사를 건네자, 떡돌이는 그제야 화가 나서 면사 착용을 하더니 팩 나가버렸다.

"오늘은 새 후궁들도 문안에 참석하겠네요."

아침에 일어나 황후에게 문안을 갈 채비를 하고 있는데, 부성이 머리를 빗겨주면서 한숨을 섞어 말했다.

"그러고 보니 어제 다들 들어왔다 했지?"

어떤 후궁들이 왔나 조금 궁금하긴 했지만 굳이 보러 찾아가진 않았다. 기존에 있는 다른 후궁들과도 염 귀인 정도와만 가깝게 지내는데, 뭐하러 친한 척이냐 싶어서.

"누구누구 왔대?"

하지만 이렇게 들어보니 궁금해서 물어보았다. 대답은 원웅이 입고 갈 옷을 가져오면서 시큰둥하게 했다.

"황후마마 친척이 들어왔다나 봐요. 온 귀인이래요."

"결국 들어왔구나. 걔는 통과할 줄 알았어."

"?"

이런. 내가 후궁 선발을 보러 간 건 궁녀들에게도 비밀이지. 아차 싶었지만, 황후의 친척이 후궁 선발에 왔단 이야기는 다들 수군대고 있었기에, 내가 입을 다물자 원웅과 부성도 그러려니 넘어갔다.

그 외에는 별달리 눈에 띄는 후궁이 없는지 원웅과 부성은 후궁들에 관해 이야기하는 대신 평소보다 좀 더 공을 들여서 치장해주었다.

하지만 이후에 대중궁으로 가 문안을 시작하니, 막상 황후의 친척이라는 온 귀인보다는 개 답웅이 가장 많이 관심을 받았다.

"후궁 선발 때도 생각했지만 개 답웅은 정말로 아름답군."

심지어 개 답웅에게 관심을 먼저 보인 건 황후였다.

"황송하옵니다, 황후마마."

그리고 개 답웅은 내 관심도 독차지했다. 개원이 닮아서. 개원이 닮았으니 아름답겠지. 개원이도 개새끼지만 얼굴 하나는 지독하게 잘생겼으니. 솔직히 가끔은 개원이가 인기 많은 데는 얼굴이 한 9할은 차지하지 않을까, 이런 생각이 들 정도였는걸. 그런 개원이와 쌍둥이 누이처럼 닮았는데 개 답웅이 아름답지 않을 리가 있나.

별개로 나는 몹시 기분이 나쁘지만. 그래도 닮기만 한 다른 사람이라 다행이지, 혹시라도 개원이 그 자식과 관련이 있다면 내가 진짜 두고두고 노려볼……

"듣자 하니 개 답웅의 가문에는 무림 영웅이 있다지?"

무슨 소리야?

순간 황후가 한 말에 너무 놀라서 벌떡 일어날 뻔했다.

무림 영웅? 영웅이라고 하자마자 바로 개원이 생각이 났다.

'아니겠지?'

하지만 개원이와 쏙 닮은 데다 성까지 같은 여자의 집안에 무림 영웅이 있다고 하니 몹시 불안해지는데······.

'아닐 거야. 아니어야 해.'

억지로라도 좋게 생각해보자.

"집안에 무림인이 있단 건가요?"

"신기하네요. 난 그런 사람들은 소설에만 나오는 줄 알았는데."

"후궁이 된 걸 보니, 집안에 무림인도 있고 대신도 있나 본데 정말 대단하네요. 문무가 모두 출중한 거잖아요?"

반대로 다른 후궁들은 그 무림 영웅이란 데 호기심을 보였다.

게다가 아직 원한 관계가 없기 때문인지 다들 개시시에 관해 좋게 좋게 표현해주었다.

여기서 개시시를 경계하는 건 나밖에 없는 것 같아서, 나도 눈에는 힘을 주었지만 입은 억지로 빵긋 웃었다.

"영웅이라 표현해주시니 부끄럽습니다, 황후마마. 영웅이라 할 정도는 아니오나, 미명을 얻고 있는 '개원'이란 친척 오라비가 있긴 합니다."

하지만 개시시의 말을 듣자마자 양 입꼬리가 무거운 추를 단 것처럼 축 처졌다. 속으로 쌍욕이 나왔다. 개원이 이름을 내가 여기서 듣게 될 줄이야. 콧김을 내뿜지 않기 위해 나는 얼른 호흡을 가다듬었다.

내가 개원의 가족 중 만나본 사람은 개원의 아버지뿐이었고, 개원의 가족들에 대해 아는 건 날 싫어한단 것뿐이었다. 개원과 연애를 할 때도 정파 집안의 자랑거리이자 영웅이었던 녀석의 가문에 악적 취급을 받는 내가 정식으로 인사드리러 갈 수도 없었다.

그러니 저렇게 닮은 친척이 있단 걸 알 리가······.

'어쩐지 닮았다 했더니.'

닮아서 이미 싫었는데. 친척이라고 하니 더 싫네. 앞으로 볼 때마다 도끼눈을 뜨고 노려보면서 지나가야겠다. 딱 봐도 무공을 익히지 않았으니 비무를 청해 때려눕힐 수는 없고, 눈이라도 실컷 부라려아겠어.

"새로 온 후궁들은 어떻던가요, 소주?"

방 안에 들어와 무거운 장신구 위주로 빼고 있자니 부성이 호기심 가득한 얼굴로 물었다. 원웅도 따뜻한 차를 가져다주면서 눈을 빛냈다.

"이렇게 더운 날씨에 따뜻한 차밖에 없어?"

"얼음을 넣어 올까요?"

"응."

원웅이 새로 가져다준 시원한 차를 마시면서 나는 딱 잘라서 말했다.

"개 답웅이 마음에 안 들어."

"온 귀인은요?"

"황후마마 친척이라더니, 한마디도 말을 안 거시던데?"

"정말요? 무척 챙기실 줄 알았는데."

"너무 대놓고 챙긴단 소리를 들을까 봐 그런 거 아냐?"

뭐 온 귀인도 후궁 선발 때 내 대답을 따라 해서 기분이 나쁘긴 하지만 개원의 친척인 개시시에 비할 바는 아니지.

내가 불만스러운 기색을 감추지 않자 원웅이 한숨을 내쉬었다.

"새로운 후궁들이 왔으니 폐하께서 며칠 동안은 그 후궁들을 위주로 보살피실지도 몰라요, 소주. 그래도 너무 서운해하진 마세요. 잠깐일 뿐이니까요."

나는 귀걸이도 빼겠다고 부성에게 손짓하다가 뜬금없는 말에 황당해 되물었다.

"왜 그런 소리를 해? 폐하가 새 후궁들을 챙기실지 말지 어떻게 알고?"

원웅이 또 한숨을 내쉬었다.

"적응도 하고 해야 하니까, 보통은 새로 들어온 후궁들을 위주로 보살펴주신대요. 혹시 소주께서 그걸 모르고 서운하실까 봐 미리 말씀드리는 거예요."

"그럼 혹시 나 때도 그랬어? 나 때도 폐하가 나를 입궁 초기엔 많이 신경 써줬어?"

질문하자마자 원웅이 갑자기 열렬히 내 장식을 빼내 주기 시작했다. 부성은 얼음이 녹았다면서 가져오겠다고 나갔고. 바로 대답이 보이네.

"난 찬밥이었구나."

"그…… 찬밥은 아니고…… 그냥 관심이 없으셨어요, 소주."

"……."

"하지만 이젠 소주를 가장 총애하시니까요. 그러면 된 거죠!"

그날 밤. 경사태감이 후궁들의 이름이 쩌진 패를 들고 황제에게 와 무릎을 꿇었다.

"패를 뒤집으시지요, 폐하."

월요 황제는 흑합에게서 올라온 보고서를 읽다가 눈두덩이를 누르며 힐긋 경사태감이 든 쟁반을 보았다. 천 귀인의 패를 뒤집을 생각이었다.

하지만 쟁반에는 천 귀인의 패가 없었다.

"천 귀인의 패는 왜 없는 게냐."

그걸 보고 묻자 경사태감이 쩔쩔매며 대답했다.

"송구하옵니다, 폐하. 황후마마께서 오늘은 새로 입궁한 후궁들 이름만 올리라 명하였습니다."

황제가 인상을 찌푸리자 경사태감은 고개를 더욱 푹 숙인 채 팔만 올렸다. 황제가 쟁반으로 그의 머리를 내리치더라도 그는 계속 이러고 있어야 했다.

그 모습을 내려다보던 황제는 골치 아프다는 듯 혀를 차고서 오원요에게 눈짓을 보냈다. 눈짓을 받은 오원요는 작게 고개를 끄덕이고서 슬그머니 밖으로 나갔다.

정말 떡돌이가 다른 후궁이랑 시침을 할까?

물론 나와 어울린 후에도 황후는 찾아간 적이 한 번 있지. 사자친왕이 그 얘길 하면서 날 놀렸어.

하지만 다른 후궁을 찾아갔단 이야기는 들은 적이 없다 보니 기분이 싱숭생숭하다. 절대로 질투하는 게 아니라…… 그냥 궁금해졌다. 다른 후궁들도 계란말이 시킨 채 옆에 두기만 할지, 아니면 다른 후궁들이랑은 이것저것 오만 것 다 할지.

아. 그러고 보니 황제한텐 '진짜' 좋아하는 여자가 있었지. 본인은 아니라고 하지만 정황상 분명 있는걸. 떡돌이와 황제가 동일 인물이었단 걸 알게 되고서 황제가 좋아하는 그 여자 존재를 잠시 잊어버렸는데, 새삼 그 여자 생각이 난다. 그러면 다른 후궁들도 그 여자를 위해 계란말이 취급만 당하려나?

그때 저녁 세안 물을 가져온 부성이 상 옆 탁자에 그릇을 놓으면서 내 눈치를 살폈다. 괜찮다고 말해보라고 하자 부성이 기어들어가는 목소리로 전해주었다.

"폐하께서 온 귀인을 찾아가셨대요, 소주."

떡돌이가 온 귀인을 찾아갔구나. 내 대답을 똑같이 따라 하고 천소여랑 머리 모양도 같고 눈썹도 처진 그 여자를. 황제 그놈은 눈썹만 처지면 다 좋은 건가.

자려고 누웠는데 잠은 안 오고 화만 나서, 결국 산책이나 하자 싶어서 나는 같이 가자는 궁녀들도 만류하고 혼자 밖으로 나갔다.

'나쁜 떡돌. 나쁜 떡돌.'

한 걸음 한 걸음 걸을 때마다 떡돌이를 향해 욕을 했다. 사실 욕을 할 이유는 없지만 그냥 하고 싶어서.

그런데 청적으로 가 보니 떡돌이가 혼자 떡을 먹고 있지 않은가.

혹시 온 귀인을 데리고 왔나 싶어서 살펴보았지만 아니었다. 그는 혼자서 떡을 먹고 있었다.

'뭐지? 분명 황제가 온 귀인한테 갔다 했는데.'

너무 놀라서 얼결에 은신술을 펼쳐서 수풀 뒤에 숨어 있자니, 머릿속에 번뜩이는 생각이 떠올랐다.

'가능성은 두 개다. 떡돌이가 황제지만 고자가 맞아서 대충 시늉만 하다 끝내고 나왔을 경우. 다른 하나는…… 황제가 둘일 경우.'

12장

아가도 탕후루 먹어

"경하드립니다, 황후마마."

다음 날, 황후가 좌경을 보며 머리를 빗고 있을 때였다. 황후의 궁녀 하나가 안으로 들어오더니, 밝은 얼굴로 황후에게 인사를 올렸다.

"왜 그러느냐?"

몹시 기뻐하는 얼굴이기에 황후가 호기심이 들어 묻자, 그녀는 생글생글 웃으면서 대답했다.

"어제 온 귀인이 시침을 들었다고 합니다. 새로 입궁한 후궁 중에는 처음이에요."

궁녀는 정말로 기뻐하는 얼굴이었지만 황후는 그 말을 듣자마자 손에 힘이 쭉 빠졌다. 들고 있던 머리빗이 바닥에 툭 떨어지자, 곁에서 머리 장식을 골라주던 측근 궁녀가 황급히 허리를 굽혀 빗을 주웠다.

소식을 전한 궁녀는 자신이 말실수를 한 건가 싶어 황후의 눈치를 살폈으나, 황후는 이후 오래도록 말이 없었다.

같은 시각. 온 귀인은 문안 갈 준비를 하기 위해 머리에 자수정을 꼬아 만든 화려한 장신구를 달고 있었다. 어머니가 챙겨준 장식으로, 이 장식을 머리에 꽂으면 그녀는 유달리 눈에 띄고 화사해 보였다.

"이젠 폐하께서 소주를 가장 잘 챙겨주실 거예요."

"그럼요. 새로 입궁한 후궁 중 소주만 한 분이 없던걸요?"

그런 주인을 보며, 온 귀인이 친정에서부터 데리고 온 측근 궁녀들은 좋은 말만 퍼부어주었다.

"왜. 개 답응이 가장 아름답잖아. 꼭 하늘에서 내려온 선녀 같던걸."

온 귀인은 뿌듯하게 웃으면서도 겸양을 떨었지만, 입가에는 자신만만한 미소가 걸려있었다.

온 귀인의 측근 궁녀들은 자신들이 모시는 아가씨의 빈말에 까르르 웃음을 터트렸다.

"그러면 뭐 하나요, 신분이 낮은걸요."

"제 눈엔 소주가 훨씬 더 어여쁘세요."

"소주는 반듯하고 예쁜 눈썹이 가장 매력인데, 그걸 억지로 내려서 그리니 아쉬워요. 이 엉성한 앞머리랑 우울하게 만든 눈썹이 아니라면 소주가 연비보다 아름다울걸요?"

온 귀인은 뿌듯하게 웃으면서 턱을 치켜들었다.

"원래 모습이야 폐하의 총애를 받고 나면 조금씩 찾아가면 되지. 잠시 감춘다고 그게 어디 가겠어?"

하지만 그것도 잠시.

온 귀인은 갑자기 눈살을 찌푸리더니 짜증스러운 표정으로 태감과 궁녀들이 줄지어 선 문가를 노려보았다.

"왜요, 소주?"

"언니도 참 너무한다 싶어서. 나는 폐하의 관심 한 자락 못 받는단 언니를 지원하기 위해 여기에 온 건데. 어제 문안 자리에서 나한테 눈길 한 번 안 주시더라. 기가 막혀."

"소주를 질투하시나 봐요."

어젯밤 일은 대체 어떻게 된 걸까. 온 귀인과 시침한 황제는 누구고, 청적에서 떡만 먹던 떡돌이는 또 뭔가. 그 생각을 하느라 나는 밤새 제대로 잠을 자지 못했다. 침상에 누워도 잠이 들만하면 저절로 눈이 떠졌다. 문안 갈 준비를 하면서도 그 생각을 접을 수 없어서, 결국 대중궁에 도착했을 때 나는 옆자리에 앉은 온 귀인에게 슬며시 묻고 말았다.

"어제 폐하랑 얼마나 오래 있었어요?"

황제가 고자라서 빨리 온 귀인을 내보낸 건지, 아니면 진짜 황제가 둘인지 확인하기 위해서였다.

나는 황제가 둘이라면 분명 떡돌이가 가짜라고 확신한다. 이유는 둘. 첫 번째 이유. 떡돌이는 툭하면 떡을 먹으면서 놀고 있다. 너무 한가해 보여. 두 번째 이유. 황제는 자기 후손을 남기는 게 중요하잖아? 그런데 굳이 후궁에게 가짜를 보낼 이유가 있을까?

"그걸 왜 물으시는지."

하지만 내 질문에 온 귀인은 미간을 찌푸리더니 딱 잘라 선을 그었다.

기분 나빠하는 모습. 자기가 왜 그런 질문에 대답해야 하는지 전혀 모르겠단 얼굴로. 맞아. 대답할 필요는 없지.

"그냥 궁금해서요."

혹시 시비를 거는 거라 오해할까 봐 얼른 둘러댔지만, 근처에 있던 우 귀인은 그새를 못 참고 잘됐다 싶은지 바로 조롱했다.

"시침 한 번에 벌써 온 귀인을 견제하는 거예요?"

내가 쳐다보자 우 귀인은 목소리까지 높여서 웃었다.

"천 귀인은 투기가 심하군요? 이러다 온 귀인이 먹을 찻잔에 독이라도 타겠어요."

"무슨 소리예요, 우 귀인. 독을 단다면 왜 온 귀인 차에 타겠어요. 우 귀인 차에 타지."

"뭐라고요? 지금 말이면 단 줄 알아요?"

"이런 경우는 행동까지 안 가는 게 좋죠."

우 귀인은 기가 막힌다는 듯이 버럭 고함을 지르려 했지만, 황후가 차 갑게 쳐다보자 눈치껏 입을 다물었다. 전에 염 귀인 사건 때 나를 범인으로 몰아가려다가 황후에게 자기가 찍히더니. 그 이후로 황후의 눈치를 많이 보는 모양이었다. 그사이. 온 귀인은 나와 우 귀인을 번갈아 보더니, 몹시 부끄러워하는 목소리로 뒤늦게 대답했다.

"폐하는 다정하신 분이라 이런저런 얘기를 많이 들려주셨지요."

떡돌이가 다정하던가? 아니야. 걔는 안 다정해. 그럼 역시 온 귀인이 함께 있던 사람은 떡돌이가 아닌가? 아니, 떡돌이도 가끔은 다정하기도 하고…… 혼란스럽네. 어쨌든 이렇게 물어봐도 알 수 있는 게 없으니 그 냥 넘어가야겠다.

그러나 내가 대화를 끝내고 시선을 돌리려 하자, 이번에는 온 귀인이 말을 걸었다.

"천 귀인께서 저와 닮았단 이야기는 이전부터 많이 들었어요. 그래서 어떤 분일까 정말 궁금했는데. 이렇게 뵈니 정말로 저와 많이 닮았네요."

닮은 게 아니라 닮은 척하는 거 아니냐고 묻고 싶지만 온 귀인은 황후 와 한패이니 입을 다물자. 하지만 온 귀인은 내가 입을 다물자 더욱 활짝 웃더니, 날 향해 친근하게 물었다.

"제가 꼭 천 귀인의 친동생 같지 않나요?"

"누가 네 언니야. 네가 나란 말이냐."

영빈이 옆을 지나가면서 비꼬는 말에 바로 조용해졌지만.

"아닙니다. 그럴 리가요."

온 귀인은 화들짝 놀라서 웃는 얼굴로 손을 내저었지만, 영빈이 너무 투명해서 무서운 호수 같은 눈으로 쳐다보자 얼굴이 굳어서 시선을 내렸다. 영빈은 홍 코웃음을 치면서 버들가지처럼 걸어가더니 조용히 차를 마시고 있는 연비 옆으로 가 앉았다.

하지만 그러면서도 온 귀인을 향해 경고조로 손가락을 딱 내밀고서 한 번 휘젓는데…… 온 귀인이 내 동생을 자청했던 것만으로도 몹시 화가 나는 듯했다. 쟤는 가족관계에 집착이 심하구나. 천소여를 싫어하면서도 누가 천소여 동생이란 소리 하는 것도 싫은가 보네.

'난 그냥 떡돌이가 고자인지 가짜 황제인지 확인하고 싶었을 뿐인데.'

뭐가 이렇게 일이 꼬인대.

하지만 온 귀인의 수난은 거기서 끝나지 않았다. 모든 후궁이 다 도착하고 정식으로 문안이 시작됐는데, 황후가 뜻밖에도 자기 친척인 온 귀인을 부르더니 얼음과 철을 섞은 듯한 목소리로 그녀를 질책한 것이다.

"온 귀인은 옷차림에 좀 더 신경 쓰는 게 좋겠군. 입궁한 지 한 달도 안 된 귀인이 벌써부터 옷차림이 그리 방정맞아서야 쓰겠는가."

영빈과 황후에게 연달아 혼이 나자 온 귀인은 조용해져서는 눈을 내리깐 채 이후로는 아무 말도 하지 않았다.

"옷차림 가지고도 꾸중을 듣고 그러는구나."

문안이 끝난 후 돌아가는 길.

내가 중얼거리자, 원웅이 목소리를 한껏 낮추어서 호응해주었다.

"하지만 소주께선 입궁하셨을 때부터 옷차림으로 혼난 적은 없으세요."

"연비 때문에 그래? 영빈이 전에 그런 말을 했어."

"그럴지도 몰라요. 괜한 꼬투리를 잡기도 하는데, 그런 적은 없으시거든요."

"그런데 황후는 왜 자기 친척을 자기가 나서서 꼬투리를 잡을까?"

"그랬나요?"

"어, 있지……."

안에서 있었던 일을 이야기해주기 위해서 나도 같이 목소리를 낮추었다. 그런데 막 설명을 하려고 보니, 저만치 앞에서 온 귀인이 개원이 닮은 개시시를 앞에 두고서 무어라 말을 하고 있었다. 뭐라 하는지는 잘 들리지 않지만 좋은 말은 아닌 게 분명했다. 개시시가 얼굴이 벌게진 채 고개를 숙이고 있는 걸 보니. 아니, 온 귀인 쟤는 왜 황후한테 혼나놓고서 개시시한테 화풀이야?

'무슨 상관이야.'

잠깐 화가 났지만, 개원이 친척을 굳이 챙겨줄 마음은 없어서 나는 확 몸을 돌려 다른 곳으로 갔다.

"……."

신경이 쓰여서 결국 다시 오고 말았지만. 하지만 왔을 때는 이미 온 귀인은 사라진 후였고 개시시는 시무룩하게 눈을 내리깔고 있었다.

그 모습을 보는데…… 화가 너무 났다. 개원이 닮은 얼굴로 저러고 있으니 내 속이 막 부글부글 끓었다. 나도 모르게 가까이 다가가 오지랖을 떨고 말 만큼.

"뭐라 했는진 모르겠지만 헛소리하면 참지 말아요."

개시시는 멍하니 땅을 보고 있다가 어리둥절해서 나를 쳐다보았다. 그러더니 아차 싶은지 급하게 인사를 올렸다.

"천 귀인께 인사를—"

하지만 나는 지금 인사를 주고받으러 온 게 아니기에, 일어나라고 바로 손짓하면서 계속해서 하던 말을 이어갔다.

"친척 중에 무림인이 있다면서 뭘 그렇게 힘없이 당하고만 있어요?"

다음에 또 그러면 찰싹 때리라고 말하려다 보니, 그러면 더 큰 일 나겠구나 싶어서 말을 멈춰야 했지만. 그래. 같이 입궁했어도 온 귀인이 더 품계가 높으니까, 찰싹 때리면 안 되지. 여기선 강한 게 권력이 아니잖아.

하지만 이 화를 감당하기가 어려워 계속 씩씩거리자 개시시는 꼭 개원이만큼 예쁘게 웃으면서 말했다.

"천 귀인께서는 정말 좋은 분이시네요. 염려해주셔서 감사드려요."

염려한 거 아니야!

"소주, 왜 그렇게 개 답응에게 신경 쓰세요?"

아직도 개원이, 아니, 개시시가 기운 없이 있던 게 화가 난다. 하지만 원웅은 내가 대화 한 번 해본 적 없는 개시시 일에 감정을 높이는 게 영 이해가 안 가는 눈치였다.

"신경 쓰는 거 아냐."

"그런가요?"

"……조금 쓰이긴 해."

이게 다 걔가 개원이를 닮아서 그렇다. 젠장! 개원이에겐 내가 복수할 건데, 날 죽이기까지 한 개원이 개자식이 다른 사람한테 한소리 듣고 시무룩해 있는 건 싫다고! 그놈은 내가 죽일 거란 말이야! 개시시는 개원이 아니지만 얼굴이 똑 닮아서 싫어! 하지만 이런 말을 할 수는 없겠지.

"성이 특이해서 그런가 봐."

"네?"

그런데 한참 이 분노를 누르면서 처소에 도착하니, 뜻밖에도 사립문 앞에 낯익은 사람이 기다리고 있지 않은가.

'기몽 장군!'

그자의 얼굴을 보는 순간. 떡돌이에 대한 것도 개시시에 대한 것도 싹 저 멀리 실 끊어진 연처럼 날아갔다. 마차 사건 때문에 왔구나! 바보! 떡돌이를 보는 바람에 그걸 까먹었어!

내가 입을 벌리고 멍청하게 서 있자니 기몽이 내게 사람들을 물려달라 청했다. 눈짓으로 측근들을 멀리 보내자, 기몽은 내 눈동자에서 시선을 떼지 않고서 물었다.

"혹시 무공을 익히셨습니까?"

오늘은 안에서 얘기하자고도 안 하네. 많이 화가 났을까? 나는 황급히 고개를 저었다.

"아니요."

무공을 감출 자신도 있었다. 다행히 나는 내공을 숨기는 방법을 아니까. 게다가 수련을 열심히 하고는 있지만, 아직 천년비 몸일 때만큼 근육을 단련하진 못했고. 그러니까 일단 무조건 발뺌하면…….

"그럼 혹시 천년비입니까?"

"!"

아니, 마차 부수는 걸 보았을 뿐인데 왜 여기서 갑자기 내 정체를 물어? 당황스럽다. 이 인간 대체 뭐지? '사냥개 사냥개' 했는데 진짜 사냥개인가? 너무 놀라면 말보다 주먹이 나간다. 하지만 여기서 말보다 주먹이 나가면 더욱 곤란해지겠지. 나는 일단 고개만 열심히 저었다.

"아명이나 아호라거나."

다행히 기몽의 다음 말을 듣는 순간 긴장이 조금 풀렸다. 깜짝이야. 영혼이 바뀌었을 거라 생각하는 건 아니구나.

"아닌데요."

나는 떨떠름하게 대답했다. 내 측근 궁녀 둘도 초조하게 이쪽을 쳐다보았다. 소리는 들리지 않지만 좋지 않은 분위기는 느껴지나 보다.

"왜 그런 생각을 하는지."

"염 귀인 저주 사건을 조사하면서, 염 귀인이 저주하고 싶어 했던 '천년비'란 이름을 조사해보았습니다."

"그거 아직도 하고 있었어요?"

이 집요함이라니…… 대단하다 대단해. 다 마무리된 일인 줄 알았는데. 기몽은 '그러면 중간에 때려치우겠냐'는 눈으로 날 쳐다보았다.

"천년비란 이름을 사용하는 사람 중 행적이 아리송한 건 무림인 천년비 한 명뿐이었습니다. 게다가 그 천년비는 무공을 익혔다고 하지요."

"그래서 내 호나 아명이 '년비'일 거라고 생각한 거예요?"

나는 일부러 상대를 아주 얕잡아 보듯 물었다. 그 정도로 어이없단 티를 내는 것이었다.

"나처럼 귀하게 자란 집 자제를, 무림인이랑 비교한다고요?"

최대한 거들먹거리면서 두 손을 펼치기까지 했는데도 기몽은 끄떡도 하지 않고 고개를 끄덕였다.

"입궁 전에 자유로운 삶을 살았을 수도 있지요."

이 편견 없는 인간 같으니라고. 영혼이 바뀌었단 생각까진 안 하지만 동일인이란 데까진 진짜 생각을 해냈어.

"원래는 귀인이 '천년비' 본인일 거란 생각은 하지 않았습니다. 중간에 그 이름을 가진 누군가가 있어서, 염 귀인이 오해를 했을 거라 여겼지요."

그것도 꽤 무서운 추측이네. 곱게 자란 귀족 영애를 순식간에 무림 악적과 한패로 만드는 거잖아.

"하지만 귀인께서 마차 바퀴를 떼어가는 모습을 보니 같은 사람일 수도 있겠다 싶더군요."

"……."

"맞습니까? 맞는지만 알려주면 됩니다. 설령 둘이 동일인이라 한들, 귀인은 그 저주 사건의 피해자입니다. 천년비……란 무림인의 평판이 나쁘다지만 그건 지금 사건에서 중요한 게 아니니까요."

똑똑한 사람이구나. 하지만 당신이 똑똑하게 둘 수 없어.

249

"난 입궁 전에 아주 소용하게 살았어요, 장군. 난 내 손으로 장작 한 번 안 패고 자랐다고요."

"장작은 조용하게 안 살아도 보통 안 패고 삽니다."

"예시를 들자면 그렇단 거예요."

나는 흥 코웃음을 친 다음 우 귀인이 거들먹거리던 걸 흉내 내면서 손바닥을 쫙 펼쳤다.

"이봐요 기몽 장군. 내 이 상처 하나 없는 손가락을 봐요. 이게 무림인 손이에요? 이건 귀한 낭자의 손이라고요."

이렇게까지 말하는데도 왜 표정에 변화가 없지? 젠장. 이 손을 봐! 무림 악적 할 손이 아니라고!

얼마나 그러고 있었을까. 팔이 슬그머니 아플 즈음, 그가 제안했다.

"내공을 확인해봐도 괜찮겠습니까?"

"아 그럼요!"

무림인끼리는 괜찮지만, 이 몸은 지금 후궁인 관계로 밖에서 내공을 확인할 수는 없었다.

우리는 내 방으로 자리를 옮겼고, 기몽은 내 손목 위에 아주 얇은 천을 올린 다음 내공을 확인했다.

"……."

잠시 뒤. 기몽은 손을 내리고서 내게 깊숙이 허리 숙여 사과했다.

"괜한 의심으로 귀인께 무례를 범하였습니다."

인사를 하자마자 그는 자신의 오해가 부끄러운지 정색을 하고서 나갔다. 하지만 나는 안심하지 못하고서 힘없이 의자에 앉았다.

조심해야겠어. 저렇게 머리도 좋고 행동도 빠른 수사관이 있다니. 지금은 의심을 풀었지만 앞으로 어떻게 나올지 몰라.

아침에 일어날 때부터 하늘이 새카맣더니 폭우가 쏟아지기 시작했다.

'오늘은 수련을 못 하겠네.'

점심을 먹을 때쯤. 결국 나는 오늘은 수련 가는 걸 포기하고서 이제 반쯤 읽은 『양의억액의효과정』을 펼쳤다. 젠장. 볼 때마다 이거 이름 너무 길어. 차라리 '기초 서적'이라고 이름이 붙어 있었으면 덜 두려울 텐데.

툴툴대지만 일단 책은 펼쳤다. 밑으로 동생 후궁들도 들어왔는데, 걔들보다 멍청하단 소리 들으면 안 되잖아?

"……."

그렇게 얼마나 멍하게 있었을까.

"소주, 소주! 개 답응께서 오셨어요!"

부성이 처소 밖에서 외쳤다. 개시시가? 개원이 친척이? 나는 얼결에 일어났다가 인상을 구겼다. 아니, 걔가 왜 날 찾아와? 별로 얼굴을 보고 싶지 않았다. 이렇게 우중충한 날에 그 산뜻한 얼굴을 보면 개원이랑 구분이 안 가서 막 나쁜 말을 퍼부을지도 모르는데!

"들어오라 해."

하지만 황후 친척이 한마디 했다고 시무룩 어깨 떨구고 있던 걸 떠올리니, 차마 가라고 말을 못 하겠다. 결국 같이 시무룩해져서 대답하자 바로 개 답응이 들어왔다. 오늘도 개원이 닮은 얼굴은 반짝반짝 빛이 나는구나. 게다가 저게 뭐야?

"그게 뭔가요?"

손에 웬 알록달록한 보따리를 들고 있었다.

"천 귀인께 인사드립니다."

개시시는 해맑게 내게 인사를 하더니 들고 온 보따리를 자기 머리 높이로 들어 올렸다.

"며칠 전에 귀인께서 절 도와주신 게 생각나 왔어요."

그건 올 때부터 알았고, 들고 온 게 뭐냐니까.

"제가 직접 만든 수두부예요. 아주 부드럽고 고소해서, 사가에 있을 때부터 제가 이 요리를 하면 다들 바빠도 꼭 먹으러 오곤 했어요."

"요리 잘하나 봐요?"

"네. 잘하는 편이에요!"

개시시는 밝게 웃더니 탁자에 보따리를 내려놓고 매듭을 풀었다. 그러자 매듭 안에서 뚜껑 덮은 커다란 그릇이 나왔다. 개시시가 직접 뚜껑을 벗기자, 그곳에는 김이 뜨끈하게 나는 하얀 수두부가 있었다. 본인 말처럼 무척이나 맛있어 보이는.

개시시는 뿌듯하게 웃더니 나를 바라보았다.

뭐야. 칭찬이라도 해달란 거야?

"……."

하지만 칭찬이 안 나가. 개원이가 딱 저런 얼굴로 나한테 독을 먹였단 말이야. 왠지 여기에도 막 독이 들어있을 것 같고 그래.

"지금은 배가 부른데……."

결국 거절하자, 개시시는 머쓱해하더니 다시 뚜껑을 덮으며 웃었다

"그럼 나중에 배고플 때 드세요. 식혀서 먹으면 나름대로 별미니까요."

그러고는 민망해하다가 돌아가려 하기에 마지못해 붙잡고 말았다.

"여기까지 왔으니 차 마시고 가요."

"그럴까요?"

바로 돌아서지 않으면 좋겠어. 난 빈말한 거란 말이야.

탁자에 마주 앉아 있자 원웅이 재빨리 찻잔을 가져와 우리 앞에 놓아주었다. 개시시는 뭐가 그리 좋다고 찻잔을 두 손으로 잡고서 나를 보며

한 번 더 맑게 웃었다. 그러고서 홀짝홀짝 차를 마셔대는 걸 보자, 다행히 개원의 모습이 좀 지워졌다. 얼굴이 찻잔과 손에 반쯤 가려져서. 어쨌든 이렇게 된 이상 무슨 말이라도 좀 해야 할 것 같아서, 나는 그녀에게 가장 궁금한 점에 관해 물어보았다.

"개 답응은 친척 중에 무림인이 있다고 했죠?"

"네. 개원이라고, 무림에서는 조금 유명한 편이에요."

겸손하긴. 조금 유명한 정도가 아니잖아?

속으로 툴툴거렸지만 나는 모른 척 마저 물었다.

"난 그런 쪽이랑은 영 관련이 없어서 그런가, 그런 얘기 좋아해요."

"정말이요?"

"응. 그러니까 편하게 그 개……원이란 친척 얘기 좀 해봐요."

개시시는 자기 집 개새끼를 아주 좋아하는지 사양하지 않고 온갖 좋은 이야기를 시작했다. 얼굴도 잘생겼다, 키도 크다, 분위기가 선인 같다, 도량이 넓다, 배포가 크다, 헌앙하다, 인기가 좋다, 별호가 '정영검'일 정도이다, 바르고 단정한 생활의 화신이다 등등. 좋은 말은 다 해주네. 얘는 개원이 친척인 거야 개원이 추종자인 거야?

듣고 있자니 내가 시킨 건데도 화가 나서 결국 그만두라고 말하려는 찰나. '내 얘기'도 나왔다.

"물론 오라버니도 실수를 할 때가 있긴 했어요. 천년비라고, 이상한 여자를 만난 적이 있거든요."

"!"

이상한 여자라니. 마음에 상처를 안 받으려면 여기서 끊어야겠지만…… 호기심을 끊지 못하고 나는 또 묻고 말았다.

"이상한 여자라니요? 그 여자도 무림인이에요?"

"네. 강하긴 강한데 사술을 익힌 흉악한 악당이에요."

"······."

"오죽하면 다들 기랑, 말 탄 미치광이를 별호로 불렀겠어요? 하지만 그조차 넘어서서 무림선 이젠 그냥 그 여자 이름이 욕이에요."

"아아. 그래요?"

수두부 엎고 싶다. 실수인 척 툭 쳐서 바닥에 떨어뜨리고 싶어.

"네. '천년비 같다'고 놀리면 십년지기 친구들끼리도 기분이 상해서 싸울 정도니까요."

나는 너무 흥분하지 않기 위해 애써 미소를 지었다.

"진짜 나쁜 사람인가 보네요. 그런데 그런 여자와 사귈 정도면, 그쪽 오라버니도 똑같은 사람일 거 같은데?"

개시시는 아니라면서 펄쩍 뛰었다.

"그럴 리가요. 이게 다 그 악적이 우리 오라버니를 홀려서 그래요. 우리 오라버니가 참 좋은 사람인데 조금 순진한 구석이 있었거든요. 하지만 뭘 모르는 사람들은 귀인처럼 말하곤 해서, 우리 오라버니도 그땐 평판이 깎였어요."

그녀는 이게 정말로 심각한 문제라는 것처럼 한숨까지 푹 내쉰다.

"가족들은 다들 말렸지만, 그 악적이 뭘 어떻게 꼬신 건지 오라버니는 당시엔 가족들 말도 듣지 않더라고요."

곧 방긋 웃었지만.

"정신을 차리고서 그 악적을 직접 처단했지만요. 덕분에 떨어졌던 평판도 다시 올랐고요."

"예에, 좋으시겠어요."

연인을 죽여서 평판을 얻다니 아주 잘됐네. 그런데 얘는 감정 변화가 왜 이렇게 빠른 거지? 내가 애써 빈정거리는 기를 빼고 맞장구를 쳐주었는데, 개시시는 그새 또 어두운 얼굴이 되어 중얼거렸다.

"그런데 알고 보니 그 악적이 살아 있었나 봐요. 오라버니는 이번에야 말로 그 악적을 다시 죽일 거라고 요즘엔 집에 들어오지도 않는대요."

이번엔 내 얼굴도 어두워졌을 거다.

기가 막혀라. 안 그럴 수가 없었다. 개원이 그 독한 새끼. 날 한 번 죽인 것도 모자라서 또 죽이러 다닌다고? 걔는 대체…… 날 왜 그렇게 미워하는 거야?

순간 참지 못하고 나는 수두부 그릇을 실수인 척 퍽 치고 말았다.

고소한 향이 나던 수두부는 바로 그릇째 바닥에 떨어지면서 쨍그랑 깨져버렸다.

"귀인! 괜찮으세요?"

정성껏 준비한 요리가 엎어지고 그릇까지 깨졌지만, 개시시는 서운해하는 대신 벌떡 일어나더니 내 손부터 확인하며 걱정해주었다.

"손 다치진 않았어요?"

그 다정한 모습이 다시 한번 내게 잘 대해주던 개원이와 겹쳐져서 저절로 눈시울이 붉어졌다.

진짜 못된 새끼. 나한테 그렇게 잘 대해줘놓고서는. 자기는 남들이 모르는 내 모습을 본다고, 나는 강한 사람이지 나쁜 사람이 아니라 해놓고서는…… 두 번이나 날 죽이고 싶어?

멍하게 앉아 만두를 먹는데 이게 매운지 싱거운지도 구별이 되지 않는다. 반쯤 넋을 놓고 젓가락질을 하다가, 나는 기운이 나지 않아서 결국 음식 먹기를 그만두었다.

"소주, 괜찮으세요?"

부성은 옆에서 이것저것 음식을 챙겨주다가 걱정스럽게 내게 물었다.

"어젯밤에도 거의 안 드시고 아침도 안 드셨는데, 간식까지 안 드시면……."

원웅은 내가 어제 커다란 그릇을 쳐버리는 바람에 푹 패어버린 바닥을 노려보며 씩씩거렸다.

"혹시 개 답응 때문에 화나신 거 아니에요? 개 답응이 다녀간 후로 계속 이러시잖아요!"

개시시 때문이 맞긴 하지. 정확히는 개시시가 전해준 소문이랑, 개원을 똑 닮은 얼굴 때문에. 차라리 사자친왕에게 소문을 들었으면 이 정도로 충격받진 않았을 텐데. 개원이랑 똑같은 얼굴을 하고서 그런 말을 하니 심장이 섬뜩할 정도로 기분이 상했다. 자기가 정성껏 만들어 온 요리가 망가졌는데, 내 손부터 챙겨주던 모습 역시 친절했지만 개원을 떠올리게 해서 더욱 싫고.

"개 답응은 멀리하는 게 낫겠어요."

측근 궁녀들은 내가 기운 없는 이유에 대해 정확하게 설명해주지 않자 더욱 걱정했다. 평소라면 억지로라도 기운이 나는 척했겠지만, 오늘은 그러고 싶지도 않아서 나는 고개만 끄덕이고서 자리에서 일어났다.

"어디 가세요, 소주?"

"함께 가요."

"아니. 혼자 있고 싶어."

처소를 나가자마자 바로 비밀 수련장으로 가서, 그곳에서 온몸에 땀이 날 때까지 근력과 체력을 기르는 위주로 수련을 했다. 다음으로는 주위에 아무도 없는 걸 확인하고서, 내가 대외적으로 사용하는 무공인 천건비의 보법을 반복해 펼쳐 보았다.

온몸이 지칠 때까지 움직이고 나자 그제야 멍해졌던 머릿속이 진정이 되었다. 그 자리를 분노가 차지했지만.

"개원이 이 개새끼."

내가 진짜…… 아무리 평화롭게 살더라도 너는 내 손으로 죽이고 만다. 우리 둘이서 놀러 가던 그 동굴에 네 시체를 버려두고 짐승들이 찢어 먹게 둘 거라고! 후! 일단 진정하자. 너무 흥분하는 거 좋지 않아. 차분하게. 차분하게.

……차분은 얼어 죽을! 젠장, 개원이 이놈은 기억만으로도 날 괴롭히는구나. 한 번 분노에 잠식되자 이번에는 수련에 몰두할 수가 없다. 이건 다 개원이 때문이다.

결국, 나는 청적으로 갔다. 떡돌이가 필요해. 떡돌이가. 온 귀인과 시침을 할 때 떡돌이가 청적에 있던 일. 그게 어떻게 된 건지나 알아보자.

그런데 막상 청적에 가서 보니 오늘은 떡돌이도 표정이 칙칙했다. 가까이 다가가자, 떡돌이는 아예 넋을 놓고 앉아 있다가 눈살을 찌푸렸다.

"무슨 땀을 그렇게 흘려?"

"몸 좀 풀었어."

"무슨 몸을 어떻게 풀었길래?"

"생각할 게 있어서 그냥 마구 뛰었어."

사실 마구 뛴 건 아니지만. 그래도 적당히 둘러대고서 내가 풀밭에 털썩 앉자, 떡돌이는 황당하단 얼굴로 나를 쳐다보았다. 그래도 계속 그 자리에 있자 그가 미안하단 투로 사과했다.

"오늘은 떡이 없는데."

"내가 여기에 맨날 떡 먹으러 오는 줄 알아?"

"아니었나?"

널 만나러 온 거야. 하지만 이 말을 하면 떡돌이가 오해를 하겠지? 오해를 하면 안 된다. 나는 떡돌이를 연모하는 게 아니니까, 이런 데는 선을 확실하게 그어야 한다.

"사실은 맞아."

결국 거짓말을 하자, 떡돌이는 빙그레 웃더니 승언을 불러 지시했다.

"떡 가져와라."

괜찮다고 말하려는데, 승언은 명령이 떨어지자 빠르게 사라졌다. 멀어지는 뒷모습을 쳐다보다가 나는 무릎을 끌어안고 떡돌이를 보았다. 떡돌이는 발치에 난 은방울꽃을 줄기째 꺾어서 종을 흔들듯 흔들고 있었다.

"넌 표정이 왜 그렇게 안 좋아?"

아닌 척하지만 표정이 어두워서 나는 그에게 슬쩍 물어보았다. 떡돌이는 "웅?" 하고 나를 쳐다보았다. 나는 내 입가를 손으로 툭툭 두드렸다.

"여기가 굳어 있어."

떡돌이는 덩달아 자기 입을 자기 손으로 두드려보더니 "그런가." 하고 중얼거리면서 내렸다. 그러고는 입을 닫고 생각에 잠기기에, 나는 그가 자기 속내를 털어놓지 않을 거라고 생각했다. 하지만 의외로 떡돌이는 순순히 입을 열었다.

"누님 기일이라."

나는 손을 뻗어 그가 든 은방울꽃의 꽃망울을 툭툭 치다가 놀라서 손을 도로 내렸다.

"장공주마마?"

전에 얼핏 이야기를 들은 거 같은데. 아, 그런데 이거 아는 척해도 되나? 괜찮은가 보다. 어두운 얼굴이지만 떡돌이가 맞다고 고개를 끄덕이는 걸 보니.

오늘이 무슨 날인가. 어두운 일이 있어 떡돌이한테 온 건데, 얘도 오늘은 어둡네. 나는 이러지도 저러지도 못하고서 머뭇거렸다. 나는 이런 데 좀 약하다. 누구를 위로해주고 그런 거. 어느 지점에 어떻게 위로해야 좋을지 모르겠어. 전에 연얼군주를 위로할 때도 얼마나 민망했던가.

그러다가 내가 말할 시기를 놓쳤나 보다. 떡돌이가 먼저 입을 열었다.

"누님을 행복하게 만든 것도 비참하게 만든 것도 한 사람이었지."

"아이고. 어떡해."

먼발치에서 승언이가 떡 그릇을 손에 든 채 여기에 안 오고 있는 게 보인다. 그는 이미 오늘이 무슨 날인지 알고 있어서 최대한 행동을 조심하는 게 분명했다. 오라고 눈짓을 보냈지만 승언이는 눈을 내리깔아 시선을 피했다. 치사하기는!

결국 부족해도 내 선에서 해야겠다 싶어서, 나는 두 손을 꼭 쥐고서 떡돌이에게 상투적인 위로를 건넸다.

"힘내."

"계란아."

"응?"

"네게도 그런 사람이 있느냐?"

"어…… 있어."

개원이라고, 안 그래도 어제오늘 내 기분을 돼지죽처럼 쑨 놈이 있지.

떡돌이는 내 말에 의외란 듯 눈썹을 치켜올리더니 은방울꽃을 내게 건네며 물었다.

"어떻게 이겨냈지?"

"못 이겨냈어."

이겨냈으면 어제오늘 밥도 제대로 못 먹을 리가. 나는 솔직하게 대답하면서 꽃을 받아 쥐었다. 떡돌이는 내 말에 조금 놀란 표정을 지었으나 곧 쓸쓸하게 웃으면서 말했다.

"그럼 한 사람이 방법을 찾으면 다른 한 사람에게 말해주면 되겠다."

가을 다음에는 겨울이 오지. 떡돌이의 쓸쓸하고 외롭던 미소 뒤에도 차가운 목소리와 시린 눈동자가 따라왔다.

"고귈 그자는 무림인이다. 아직 살아 있지. 찾아내면…… 반드시 죽여 버릴 거다. 그러면 누님의 한이 풀릴까?"

나와 떡돌이는 닮은 부분이 하나도 없는데, 이렇게 말하다 보니 비슷한 점이 좀 있는 것 같기도 하네. 아니, 나와 장공주가 닮은 건가? 하지만 장공주에겐 자신을 위해 복수를 다짐하고 울어줄 사람이 있는데, 나한텐 그런 사람은 없고…… 두 번 죽이겠단 사람만 많구나.

나는 떡돌이가 꽉 깨문 입술을 쳐다보다가 그쪽으로 손을 뻗어 입술을 구해주었다. 그러자 떡돌이는 자기 입술에 닿은 내 손을 잡고 숨을 들이쉬었다.

"나도 너 같은 동생이 있으면 좋겠어."

내가 중얼거리자마자 손가락을 꽉 깨물었지만.

"뭐 하는 거야?"

아프진 않지만 황당해서 은방울꽃으로 그의 허벅지를 찰싹찰싹 내려치자 떡돌이는 손가락을 놓아주고서 한숨을 내쉬었다.

"전에는 친구 예찬이더니, 이번에는 동생 예찬이냐."

'천년비진쾌도래'라고 쓴 종이와 풍랑공의 머리카락을 묻었는데 쓰러진 후궁이 있습니다.

게다가 그 종이를 도로 파내자 다시 깨어났지요.

타천천은 궁궐에서 온 비원의 서신을 읽다가 몹시 신경 쓰이는 부분을 발견하고 눈썹을 치켜떴다.

"후궁?"

그는 서둘러 뒷부분을 읽었다.

혹여 풍랑공일까 싶어 확인해보았으나, 너무 무식했습니다.

아닌 것 같습니다. 그래도 혹시 몰라 계속 주시 중입니다.

타천천은 눈썹을 찌푸렸다. 아주 찰나, 천년비가 원래의 몸으로 돌아온 적이 있었다. 오래 지나지 않아 다시 떠났지만.

'후궁⋯⋯.'

타천천은 눈을 가늘게 뜨고서 비원이 보낸 서신을 보다가 새 종이를 꺼낸 다음 먹을 갈았다. 비원에게 그 시기가 언제인지를 물어보기 위해서였다. 그런데 먹을 다 갈기도 전에 부하가 찾아와 알렸다.

"단주님. 용화노가 찾아왔습니다."

"용화노?"

타천천은 의외의 이름에 먹에서 손을 뗐다. 손가락에 먹물이 조금 튀자, 부하는 얼른 손수건을 꺼내 그에게 건넨 뒤 다시 뒤로 물러났다.

"예. 단주님께 긴히 드릴 말이 있다 합니다."

"용화노라."

타천천은 부하가 건넨 손수건으로 손을 닦으면서 고개를 기웃했다. 용화노는 무림 사적 중의 하나로, 별호가 묻히고 이름이 욕이 된 천년비와 달리 철저하게 별호만 알려진 인물이었다. 성이 고씨란 이야기가 은밀하게 돌긴 했으나 그것도 사실인지 아닌지는 알려지지 않았다.

"왜 날 찾아왔을까."

철저하게 홀로 다닌다는 인물이?

"찾아온 이가 용화노인 건 확실하더냐?"

"개천문주의 목을 증거로 가져왔습니다."

타천천은 의아해하면서도 손님맞이를 하기 위해 객실로 갔다. 객실 안으로 들어가자 붉은 옷을 입은 사내가 의자에 앉아 있다가 천천히 고개를 들며 일어났다.

타천천은 조금 놀랐다. 사내가 알려진 악행과는 전혀 어울리지 않는 빼어난 미남자여서. 눈썹은 아래로 눈매는 위로 뻗은 사내는 눈 주위에 붉은 화장을 하고 있었는데, 얼핏 비열한 인상 같기도, 얼핏 슬픈 인상 같기도 했다. 확실한 건 이목구비가 섬세하게 아름답단 것이었다. 하지만 방 안에 가득 찬 피비린내는 그가 옷과 눈화장뿐만 아니라, 손 역시 붉으리란 걸 짐작게 했다.

"유명한 용화노께서 우리를 찾아와주시니 기쁘군요."

그러나 놀라는 것도 잠시. 타천천은 한 마리 여우처럼 웃으면서 자연스럽게 용화노의 옆으로 가 앉았다.

"여기엔 무슨 일로 온 건지."

용화노는 따라 앉으면서, 말을 돌리지 않고 바로 본론을 꺼냈다.

"사하비단 단주가 영혼을 담은 강시를 만들 수 있다 들었소."

타천천은 용화노의 얼굴을 보았을 때보다 더 놀랐다. 영혼을 담은 강시는 아직 그에게도 불완전한 분야였다. 심지어 사하비단 내부에도 이 일에 대해 아는 사람은 거의 없다시피 했다. 그런데 완전히 외부인인 용화노가 어떻게 이 일을 알았을까?

"노력 중이지요. 하지만 불완전합니다. 쉽지 않더군요."

"살려내고 싶은 사람이 하나 있소."

타천천은 빙그레 웃고서 계속 말해보라 손짓했다.

"계속 말해보시지요."

"최근 사하비단이 무림과 황실을 상대로 여러 가지 일을 벌이려 들던데. 내가 원하는 사람을 살려준다면 거기에 힘을 보태주겠소."

"그렇게 해준다면 저로선 기쁩니다만……."

타천천의 눈가가 가늘게 휘었다.

"누구를 죽일 때 외엔 무림에 발도 안 붙이던 용화노께서, 그 마음까지 꺾고 살리려는 사람이 누군지 무척 궁금하군요."

"신경 쓸 것 없소."

"신경을 안 쓰면 못 살려서요."

"……."

"게다가 살려낸 사람이 적이어도 곤란하지요. 또 적이든 적이 아니든, 시체는 꼭 있어야 합니다."

"시신은 내가 알아서 모셔오겠소. 적이 될 일도 없을 거요. ……그분의 적은 나 하나뿐일 테니."

"다친 곳 없이 성히 잘 다녀왔느냐."

돌아온 흑합은 군주의 앞으로 다가가 무릎을 꿇었다.

"신 흑합, 폐하의 명령을 받들어 23천도와 그 일대를 살피고 왔습니다."

오랫동안 집을 떠나 외지를 다니다 왔는데도 그의 목소리는 여전히 믿음직해 나라의 기둥이라고 할 만했다. 그 목소리를 듣자, 면사 아래로 드러난 월요 황제의 입꼬리도 여유로운 포물선을 그리며 올라갔다.

"어떠하더냐. 수상한 움직임이 보이더냐."

몇 달 전, 월요 황제는 흑합에게 23천도로 내려가 수오부군왕과 손을 잡은 부리를 찾아내라 명령했다. '흑합이 두 번째고 너는 세 번째다'라는 천 귀인의 선언이 전혀 영향을 주지 않은 건 아니었으나, 영 쓸데없는 명령은 아니었다. 월요 황제는 그전부터 이 일에 누구를 보낼지 고민하고 있었고, 그 적임자를 찾기 위해 여러가지 조건을 비교하고 있었다. 그렇기에 흑합이 오랜 수사를 마치고 돌아오자 그의 대답이 기다려졌다.

"중간에 한 번 서신으로 말씀 올린 것처럼, 무림의 흑도들이 모였다가 흩어지길 반복하고 있다 합니다."

"심각한 정도이냐."

"무림에서 가장 이름 높은 악적 넷을 무림 사적이라 하는데, 개중 천년 비라는 이가 가장 유명합니다. 하지만 단독으로 움직이며 다른 사람들과 어울리지 않아 관부에서 주시하는 명단엔 없었습니다."

"한데?"

"그자의 행보가 바뀌었다 합니다. 사하비단이란 흑도 문파와 손을 잡더니, 중소 규모의 흑도 문파들을 차례로 돌아다니고 있답니다."

"그러하냐."

월요 황제는 고개를 끄덕였으나 천년비란 이름에 대해서는 이번에 처음 보고받는 것이기에 큰 시름으로 여기지 않았다.

황실에서 무림인들을 주목하는 기준은 흑도이냐 정도이냐가 아니라, 규모와 영향력이었으니 그럴 만도 했다.

"사하비단은 어떤 곳이지?"

"최근 행보가 가장 뚜렷한 흑도 문파입니다. 하지만 역사가 깊고 규모가 큰 마교나 천무혈교에 비하면 영향력도 수도 적은 편이라, 수오부군왕과 손을 잡을 만한 배후일지에 대해서는…… 신중히 따져보아야 합니다."

"그렇군."

"게다가 원래 무림인들 자체가 자기들끼리 잘 뭉쳐서, 왕족들과 결탁했단 물증이 없는 상태에선 무작정 범인으로 지목하기 어렵습니다."

황제의 권력이 있다면 범인이 아닌 자도 범인으로 만들 수 있으나 그렇게 해서는 안정을 얻을 수 없었다. 가짜 범인을 처단한다 한들 진짜 범인이 남아 있기 때문이었다. 월요 황제는 자신의 위엄을 세우기 위해 가짜 범인들을 무작정 잡을 생각이 없었다.

"기대에 부응하지 못한 듯해 송구하옵니다."

말을 마친 흑합은, 보고를 끝내고 보니 자신의 조사 결과가 미흡한 것 같아 얼른 고개를 숙여 사과했다.

"고생하고 온 충신을 질책해서야 쓰나."

월요 황제는 말도 안 된다며 자리에서 일어나 흑합에게 다가갔다. 그의 어깨에 손을 얹고 다독이자 흑합이 희미하게 웃었다. 기둥 뒤에서 사이좋은 주종의 모습을 눈도 떼지 않고 바라본 승언은 둘 사이의 분위기가 좋자 가까스로 안심했다.

'다행이다. 흑합 장군은 폐하의 좁은 속내를 모르고 있어.'

그 시각. 한림원의 비원 역시 반가운 소식을 받아 살피고 있었다. 그 소식은 사하비단의 단주인 타천천에게서 온 서신이었다.

　　그 후궁이 쓰러진 시기가 언제인지.

서신은 짧았으나 강렬했다.

비원은 서신을 접어 촛대 위에 가져갔다. 촛불에 닿은 종이가 그 부분부터 조금씩 그을려 검어지다가 끄트머리만 남기고 다 타버리자, 비원은 그 끄트머리는 책 위에 내려두고 책상을 후 불었다. 검은 재가 날아가자 책상은 금세 깨끗해졌으나 그의 마음에는 오히려 얼룩이 들었다.

'수장이 그걸 왜 묻는 거지?'

비원은 천 귀인에 관한 서신을 쓰긴 했으나, 분명 똑똑히 밝혀두었다.

그 후궁이 천년비일까 싶어 시험해보았지만, 아니란 결론을 얻었다고.

타천천은 자신의 눈으로 본 것만 믿는 주군이 아니었다. 비원의 의견을 존중해주는 그가 서신을 보내 이런 질문을 할 때는 분명 물어보는 이유가 있을 터.

'천 귀인 쪽을 좀 더 주시해보아야겠군.'

떡돌이는 고궐이 무림인이라 했지. 하지만 내가 아는 무림인 중엔 그런 이름이 없어. 물론 이 세상엔 내가 아는 무림인보다 나를 아는 무림인이 많을 테고, 나를 아는 무림인보다 내가 모르는 무림인이 많겠지. 처음 듣는 무림인도 얼마든지 있을 수 있다. 다만 내가 신경 쓰는 건 고궐이 황궁에서 잘 도망쳐서 아직도 붙잡히지 않고 있단 점이었다.

관부에 무공 익힌 사람이 없지도 않을 텐데, 웬만한 실력으로 그게 가능할까? 아닐 거라고 본다. 은신술이 뛰어나든 경공술이 뛰어나든 최소한 뭐 하나는 어마어마하게 뛰어나겠지. 그래서 이상해. 그럼 이름이 안 날 수가 없는데?

그런데 결론을 내기도 전, 부성이 안으로 들어오며 내게 알려주었다.

"소주, 흑합 장군이 돌아왔대요!"

나는 책을 턱받침대로 쓰고 있다가 깜짝 놀라 일어섰다.

"흑합 장군이 돌아왔다고?"

"네. 소주는 흑합 장군과 친하시죠?"

"응. 지금 어디 있대?"

"곧장 심궁으로 갔으니 폐하와 있을 거예요."

말을 듣자마자 나는 얼른 일어났다.

"나 옷 좀 제대로 입을게."

몇 달 전엔가. 떡돌이에게 서운해진 나는 이제부터는 흑합 장군을 내 두 번째 지기로 잡고 잘 지내보려 마음을 먹었다. 하지만 딱 떡돌이에게 그 선언을 하자마자 장군이 먼 곳으로 떠나는 바람에 제대로 이인자의 대우를 해주지 못했다. 하지만 이제 돌아왔으니 제대로 이인자 취급을 해주어야지! 흑합은 우정을 소중히 여길 줄 아는 데다 신의도 있다. 떡돌이는 내가 신의 있는 사람을 어떻게 대하는지 좀 보고 배워야 해.

'내가 왜 떡돌이한테 화가 났더라?'

"저…… 소주."

그런데 옷매무새를 바로 하고 나가려는데, 문밖에서 우리 대화를 들은 원웅이 얼른 다가오더니 소곤소곤 말을 걸었다.

"지금은 서신만 보내고, 만나는 건 며칠 지난 후에 만나는 게 낫지 않을까요?"

"왜?"

그러면 너무 번거롭지 않나? 내가 의아해서 묻자 원웅과 부성이 서로 눈을 한 번 맞추었다. 서로에게 설명을 떠미는 눈짓들로. 결국 이 제안을 먼저 꺼낸 원웅이 조심스럽게 말을 마저 이었다.

"내명부에서 정치에 관심을 두는 것도 막고, 관리들과 교류하는 것도 막는 나라도 몇 있지만, 우리나라는 내명부에서 관리들과 교분 나누는 걸 꺼리는 분위기는 아니에요. 좀 직급이 높다 싶은 관리들은 모두 후궁이나 황후를 숭배하는 척 줄을 서고 파벌을 만들고요."

흑합 장군은 내 파벌이 아닌데…… 하지만 이게 지금 핵심 이야기는
아니겠지.

"그런데?"

"다들 하는 방법이지만 이게 또 아슬아슬한 점이 있어서요. 잘못하면
오해를 사기 쉬워요, 소주."

"어떻게?"

"측근을 만들려면 교분이 있어야 하는데, 교분을 쌓다가 이상한 방향
으로 몰려서 암투에서 밀려나는 일도 있거든요."

"사통한다거나 그런 쪽으로?"

"네. 폐하가 소주를 총애하는 날이 길어질수록 소주는 점점 더 위상이
높아지지만, 그만큼 적들도 많아지잖아요. 떳떳하시더라도 행동을 더 조
심하는 게 나을 것 같아요."

그렇구나. 무슨 말인지 여전히 이해는 못 하겠지만, 하여튼 이거잖아.

"눈치 보다가 선빵 잘못 맞으면 도긴개긴인데 혼자 냉궁 간단 거지?"

"예?"

냉궁도 그리 나쁘진 않긴 하지만…… 다른 건 몰라도 먹을 게 부실하
긴 했어. 원웅이랑 부성은 그 분위기를 많이 무서워했고. 그래. 생각해보
니 꼭 오늘 만나야 할 필요는 없겠네. 나는 원웅의 충고를 순순히 받아들
이기로 했다.

"그럼 서신만 보낼게."

"네, 소주. 제가 얼른 전하고 올게요."

몇 달 동안 집을 떠나 고생하고 왔는데 고작 편지 한 통 보냈으니 흑합

이 섭섭해할 수도 있다. 나라면 섭섭해서 편지에 '바보 멍청이는 당분간 말 걸지 마'라고 써서 보냈을 것이다.

하지만 흑합 장군은 내가 보낸 서신에 아주 정중하고 다정한 답서를 보내주었다. 무슨 시구를 넣어서 만든 답서였는데, 무슨 뜻인진 모르겠지만 하여튼 읽기에 멋졌다. 그러면 된 거지. 심지어 안에 말린 꽃잎도 넣었어. 게다가 지금까지 내가 받아본 서신중 가장 공손하고 정중한 서신이어서, 나는 청적에 가 떡돌이를 보자마자 그걸 자랑했다.

"흑합 장군은 글씨도 바른데 편지까지 꼭 자기처럼 잘 쓰더라. 한 획 한 획에서 그 사람이 묻어나는 느낌이야. 진짜 대단해."

"편지?"

"두 달 만에 돌아왔잖아. 잘 다녀왔냐고 서신을 보냈거든. 직접 갔다가 오해를 사면 안 되니까. 그러니까 무진장 멋진 글씨로 답서를 써줬어."

하지만 떡돌이는 표정이 좋지 않았다. 좀 부루퉁한 얼굴. 장난삼아 삐진 척하는 얼굴은 아니어서, 나는 그가 딴생각을 할까 봐 얼른 덧붙였다.

"이상한 내용은 아니고. 그냥 말하는 데 먹물 향이 난다고. 하긴. 흑합 장군은 이름에서도 먹물 향이 나고 사람한테서도 먹물 향이 나긴 해."

내가 받아본 서신에선 다 비린 철 냄새가 났단 말야. 아니면 피 냄새나. 그러나 설명을 했는데도 떡돌이는 여전히 표정을 풀지 않았다.

왜 이러나 싶어서 그의 얼굴 앞에 대고 손을 흔들어보았지만 그래도 표정은 그대로. 손가락으로 눈을 찌르는 시늉을 하자 결국 표정을 피면서 단호하게 말했지만.

"찌르지 마라."

"네 한계는 여기까지구나."

"이상한 말로 넘어가려 하지도 말고."

무슨 소리야? 의아해서 쳐다보자 그가 자기 손바닥을 펼쳐 보였다. 손에 거무스름한 게 묻어 있어서 보니 먹물이었다. 어쩌라고 싶어서 잘싹 손바닥을 두드리자, 떡돌은 손을 도로 내리고서 항의했다.

"먹물 향이 난단 건 이런 걸 말하는 거다."

"손 안 씻고 나한테 떡을 먹여준 거야? 그 손으로?"

"그게 아니라……."

"항상 그랬어? 손 안 씻고 떡 줬어?"

"내 손에서도 먹물 향이 난다고. 늘 붓과 먹을 쥐고 살아서 먹물 향이 뱄어. 손을 씻어도 계속 나. 먹물 향은 이럴 때 난다고 알려주는 거다."

어쩌란 거야.

"그런데 넌 내 손에서 나는 먹물 향엔 관심도 없고, 흑합 장군에게선 먹물 향이 난다고? 세 살짜리 어린애가 낙서를 해도 거기에 코를 박으면 먹물 향이 날 텐데?"

그의 손에 코를 가까이 대보지만 나는 건 떡고물 냄새뿐이다. 나는 그의 손을 꽉 물어버리는 거로 떡돌이에게선 떡 냄새만 난다는 걸 증명했다. 떡돌이는 흠칫했다가, 내가 손가락을 물고 쳐다보자 다급히 손을 빼내면서 중얼거렸다.

"결론은, 그거다. 남편 앞에서 다른 사내 자랑은 하지 마라."

무슨 소린가 싶어서 인상을 찌푸리자 그가 변명조로 덧붙였다.

"모를 땐 몰라서 그랬다지만 지금은 알잖느냐. 내가 네 남편이란 걸."

아아. 그래서 내가 흑합 장군을 칭찬했더니 떡가루 묻은 손을 들고서 먹물 향은 이거라고 말도 안 되게 우겨댔구나. 그럼 이건…… 질투? 떡돌이가 질투하는 건가? 나는 궁금해서 대놓고 묻고 말았다.

"질투해?"

떡돌이는 주춤하더니 단호하게 부정했다.

"그럴 리가."

"질투하는 거 같은데?"

질투하지 않는다면 내가 흑합 장군을 칭찬하는데 왜 자기가 기분 나빠한단 말인가. 그러나 떡돌이는 이번에도 단호하게 부인했다.

"아니. 나는 누구를 질투하고 그러지 않는다. 이 세상에 과인이 질투할 사람이 누가 있다고."

"그럼 왜 남편 운운한 건데?"

"실제로 내가 네 남편이니까."

"그래?"

"그래."

"하지만 넌 남편 같지 않은데."

태연한 척 발치의 풀을 만지작거리던 떡돌은 아예 그걸 '우득' 뜯으면서 물었다.

"그럼 네게 남편 같은 사람이 누군데?"

"네가 모르니까 나도 모른다고 생각하는 거야?"

"짐이 모르다니?"

"네가 아내 숫자가 많아서 헷갈리니까, 나도 헷갈릴 거라 생각해?"

"!"

내 말에 황제는 입을 벌리다가 닫더니 눈살을 구겼다. 그걸로도 모자라 그는 내가 말을 하는 동안 자기가 뜯어낸 풀들을 내 치마 위에 다 쏟아버렸다. 단정한 치마폭이 순식간에 풀밭이 되어버렸다.

"유치하긴."

하지만 나는 고작 이런 쪼잔한 수에 넘어가는 사람이 아니기에, 치마에 묻은 풀을 터는 대신 떡고물이 묻은 양손으로 그의 뺨을 감싸 쥐고서 끌어당겼다.

"놓아라!"

"싫어!"

"놓아라!"

"싫어!"

그러고서 그의 뺨에 딱 달라붙어 매달리자, 떡돌이는 버둥거리더니 균형을 잃고 뒤로 엎어졌다. 넘어지면서 그가 나를 잡는 바람에 얼결에 나 역시 그의 품 안에 떨어졌다.

정신을 차리고 고개를 들어 보니 떡돌이는 두 팔을 벌린 채 대자로 누워 있고, 나는 그 위에 떡돌이를 감싸고 누워 있었다. 눈이 마주치자 그가 어이가 없단 표정을 지었다.

"너······."

다행이야. 내가 위쪽에 있어서 머리를 박은 것도 등을 부딪친 것도 떡돌이잖아. 난 하나도 안 아파! 하지만 저 표정을 보자 문득 걱정이 되었다. 떡돌이는 나에겐 떡돌이지만 황제기도 한데, 이러다가 갑자기 황제로서의 자의식이 더 거대해져서 '감히 짐을 깔고 앉아?'라고 화를 내면 어쩌지? 권력자의 미움을 사는 건 질색이다. 그랬다간 내가 원하는 평온한 삶도 다 사라지겠지. 기껏 몸이 바뀌어 평화를 찾았는데, 그 고결이란 인간처럼 평생 황궁과 관부에 쫓길 걱정을 하면서 살고 싶진 않았다.

"천 귀인. 내려와."

"잠시만. 내가 지금 생각을 좀 하고 있어."

"······내려와서 생각해라."

"중요한 생각이라 그래."

"무슨 생각인데?"

"네가 화낼까 봐 걱정하고 있었어."

"그럼 일단 내려와."

떡돌이의 목소리에서 분노가 빠지고 허탈한 기운이 어렸다. 슬쩍 눈치를 살피자 그가 피로하다는 듯이 관자놀이를 누르고 있었다. 그 모습을 빤히 내려다보고 있자니 황제가 눈을 질끈 감으면서 재차 말했다.

"내려와."

일단 이 일로 화를 낼 것 같진 않기에, 나는 알겠다고 웅얼거리고서 내려갈 길을 찾았다. 하지만 이게…… 높이가 낮은 건 아닌데 참으로 애매했다. 앞으로 내려가자니 떡돌이의 얼굴이 있고, 옆으로 내려가자니 치맛자락이 너무 풍성해서 기우뚱 넘어질 게 뻔해서. 그렇다고 밟고 일어날 수도 없고.

당황해서 쩔쩔매고 있자니 떡돌이는 한숨을 내쉬고는 눈 깜짝할 사이에 알아서 벌떡 일어났다. 어느새 나는 그의 두 팔에 안겨 있고.

'어라. 의외로 움직임이 빠르잖아?'

놀랍기도 하고 당황스럽기도 해서 바라보자 떡돌이는 나를 바닥에 척 내려주더니, 내 얼굴 옆에 묻은 풀잎을 떼어주고서는 간단 말도 없이 가버렸다.

"세상에, 소주! 왜 그렇게 옷이 엉망이세요?"

처소에 돌아온 나를 보자마자 궁녀들은 난리가 났다. 그들이 내게 새 옷을 입혀야 할지 풀을 털어주어야 할지 고민하는 사이. 나는 황제의 소인배스러움을 한숨에 섞어 조금씩 잊어냈다.

그런데 얼마나 그러고 있었을까. 연비의 태감이 찾아오더니 목소리를 낮추어 알렸다.

"귀인. 천 대인께서 찾아오셨습니다. 귀인을 뵙고 싶어 하십니다."

천 대인? 천 대인이면 천 씨일 테고. 연비 태감이 '천 대인'이라고 할 만한 사람은…….

"내 아빠?"

아닌가? 내가 묻자마자 연비의 태감은 당혹스러운 표정을 짓더니 옆에 선 원웅을 쳐다보았다. 내 아빠 아냐? 얼결에 원웅을 쳐다보자, 원웅이 눈치 빠르게 나서서 대답했다.

"네, 소주의 아버님이 천 대인이세요. 1천도의 총서서시고요."

"그 너구리 새……!"

원웅은 천소여가 그를 '아빠'라 부르지 않는단 걸 알려주려 한 것 같은데. 안타깝게도 나는 그 말을 듣는 순간 다른 데 더 화가 나서 더 심한 말이 나올 뻔했다. 가까스로 마지막 단어이자 제일 욕 같은 '끼'를 빼고 입을 다물었으나, 이미 원웅과 연비의 태감은 표정이 아주 기괴했다. 나는 헛기침을 하고서 인자하게 손을 내밀었다.

"가지. 어디 계시는가?"

전혀 효과가 없었지만. 젠장. 하지만 어쩔 수 없다고! 1천도의 총서서 그 자식은 관부 인물 주제에 무림, 특히 정파인들에게 관심이 많아서 수시로 날 괴롭혀댔던 새끼란 말이다! 그런데 그 너구리 새끼가 천소여의 아빠라고?

사적으로는 언니이고 아버지라지만, 공적으로는 연비이자 대관이기에, 결국 풀이 묻은 옷은 갈아입었다. 나는 평소보다 좀 더 소박하고 눈에 띄지 않게 차려입고서 마지못해 오월궁으로 갔다.

연비의 처소로 가보니 그곳에는 이미 영빈까지 도착해 있었다. 나는 연비와 영빈에게 인사를 건넨 다음 마지못해 연비 애비에게도 인사했다.

"안녕하세요."

자식이니 좀 싹싹하게 굴어야 하지 않나 싶지만, 전에 이놈 때문에 내 다리가 덫에 걸렸던 적이 있던 걸 생각하면 차마 고운 소리가 나가지 않는다. 물론 내가 이놈 침상에 같은 덫을 설치해서 고생이야 똑같이 했겠지만. 다행히 천소여가 원래도 싹싹하게 굴진 않았던 듯 연비 애비는 고개를 끄덕이고서 무심하게 물을 뿐이었다.

"크게 다쳐 기억을 잃었다 들었습니다. 몸은 좀 괜찮으십니까?"

"예. 애비, 아, 아비, 아니, 아버지는 잘사셔요?"

"음?"

"건강해 보이시네요. 어…… 네."

나는 부모님이 없어서 부모님하곤 무슨 대화를 나누는지 모르겠다. 부모 자식은 보통 다정하고 끈끈한 사이라지만, 예외도 많으니까. 자식 같은 말을 시도해보았지만 결국 안 되겠다 싶어 나는 도로 입을 다물었다.

'연비 애비가 갑갑하다고 버럭 소리를 지르겠구만.'

하지만 연비 애비는 의외로 소리를 지르지 않았다.

"얼른 앉으시지요. 아직 몸이 좋지 않아 보입니다."

하나도 걱정하지 않는 태도로 이렇게 말할 뿐. 뭐. 그래도 딸내미라고 소리는 안 질러대는 건가. 하여튼 앉으라니 앉자. 하필 빈자리가 연비 애비 옆자리뿐이란 게 떨떠름하지만.

그런데 내가 그 옆자리에 엉덩이를 붙이는 순간. 연비 애비가 뜬금없이 영빈을 싸늘하게 혼냈다.

"영빈마마께서는 언니가 이렇게 몸이 좋지 않은데 잘 보살피지 않고 뭘했던 겁니까."

영빈은 입을 다문 채 탁자에 놓인 찻잔만 보다가 연비 애비의 꾸중에 입을 다물고 더 고개를 숙였다. 어…… 연비 애비는 영빈은 싫어하나? 그 모습이 좀 의외다 싶어 둘을 번갈아 보고 있자니, 연비가 나서서 연비 애비의 손을 잡았다.

"그만하세요, 아버님. 우여는 소여보다도 나이가 어립니다."

연비 애비는 그 말은 또 잘 들으며 순순히 "그러지요." 하고 대답했다. 영빈 태감이 아닌 연비 태감이 날 부른 이유가 있네. 나도 모르게 힐긋 영빈에게로 시선이 갔다. 평소 다정하고 상냥한 태도로 늘 미소를 짓고 있던 그녀는 오늘은 고개도 잘 들지 못하고 있었다.

'연비 애비가 영빈을 차별하나?'

의심은 연비 애비의 행동을 볼수록 더욱 강해졌다. 연비 애비는 선물을 가져왔다면서 세 딸에게 목걸이를 줬는데, 연비에게 준 거나 나한테 준 거는 딱 보기에도 어마어마하게 비싸 보였다.

반면 영빈에게 준 목걸이는…… 자기가 수제작한 거 아닌 이상 엿 먹으란 수준으로 형편없었다. 용돈으로 쓰라면서 돈 봉투를 줬는데, 돈 봉투 역시 영빈에게 주는 것만 두께가 얇았다. 말하는 것에서도 영빈을 차별하는 게 티가 났고.

"듣자 하니 천 귀인께서 폐하의 성총을 독차지하고 있으시다지요. 천 귀인께서는 순하신 데다 독한 계략은 알지 못하시니, 영빈마마께서 천 귀인을 잘 챙겨주셔야 합니다."

"예."

"언니가 잘되는 게 영빈마마에게도 좋은 겁니다."

"……예, 아버님."

"어차피 영빈마마는 서녀라, 높이 올라가도 한계가 있습니다. 그러니 욕심을 버리고 두 언니를 높이 올리는 데 집중하세요. 언니들이 밟고 올라갈 계단이 되도록 하세요."

나는 말없이 과자를 집어 먹으면서 영빈을 살폈다. 영빈은 고개조차 들지 못하고 내내 찻잔만 보고 있었다. 마침내 차 두 잔을 마시고 대화가 끝났을 때는 긴장감이 풀리면서 어깨가 내려올 정도로. 어휴. 이게 부모 자식간에 대화냐. 하여튼 저 너구리는 적으로 만날 때도 별로였는데 부모 자식으로 만나도 별로야.

그런데 툴툴거리는 마음을 누르며 처소로 돌아가려는 나를 연비 애비가 쫓아오는 게 아닌가. 영빈은 연비와 같은 궁에서 살기에 나와 너구리 애비 둘뿐일 때였다. 그런데도 연비 애비는 눈짓으로 우리 주위의 사람들을 다 물리더니, 둘만 있게 되자 내게 따로 작은 상자를 더 내밀었다.

"이걸 챙기십시오."

"뭔데요?"

내키진 않았지만, 돈이나 보석이라면 받을 요량이 있기에 나는 손을 내밀어서 상자를 받아 열었다. 안에는 화려하게 치장된 동그란 통이 있었다. 역시 뭔지 모르겠어서 뚜껑을 한 번 더 열자, 보드라운 향이 나는 하얀 가루가 들어 있었다.

"이게 뭐예요?"

너무 뜬금없어서 묻자, 그가 얼른 뚜껑을 도로 닫게 하더니 상자 뚜껑까지 확실하게 닫아 쥐여 주었다.

"북대륙에 있는 청호도 산 분첩입니다. 그곳의 분첩은 아주 고운 향이 나고 피부에도 좋기로 유명하지요."

"근데 이걸 왜 나한테……?"

"하나밖에 구하지 못해 따로 드리는 거니, 숨겨두고 혼자 사용하세요."

놀라서 쳐다보자, 너구리 애비는 눈시울이 붉어지더니 내 어깨를 가볍게 토닥였다.

"외척인 데다 가까이 지내지 못해 이렇게밖에 못 챙기니 참으로 마음이 아픕니다. 아팠단 이야기를 듣고 많이 속상했습니다."

"!"

"성총을 받아 품계가 올라가는 것도 중요하지만, 그것도 건강을 해치면 무슨 소용입니까."

"피부에 뭐 발랐느냐?"

연비 애비가 준 그 청호도 분첩이 효과가 좋긴 한가 보다. 황제가 시침에 부를 때 조금 바르고 갔는데 대번에 이런 반응이 돌아오는 걸 보니.

"뭘 어떻게 했기에 빛나는 계란이 된 거지?"

황제가 신기한지 얼굴을 여기저기 살피는 걸 보다가 나는 정말로 궁금해서 물었다.

"누군가에게 좋은 아버지가 다른 이에게 나쁜 아버지일 수도 있을까?"

황제는 어리둥절해서 나를 쳐다보니 "아아." 하고 차갑게 중얼거렸다.

"오늘 천혜음이 너희 자매를 만나고 갔다 했지. 천혜음이 뭘 바리바리 싸 와서 주고 갔다더니. 얼굴에 바른 게 그건가?"

그런데 그 중얼거리는 목소리가 평소보다 좀 냉랭했다. 게다가 '너희 자매'라는 표현을 왜 저렇게 기분 나쁜 투로 말해?

"뭘 그렇게 기분 나쁘게 말해?"

그게 이상해서 묻자, 황제는 한쪽 입꼬리만 올리면서 웃었다.

"짐이 네 아비를 말할 때 말투까지 신경 써야 하나?"

웃고는 있지만 비딱한 웃음이었다. 웃겨서 웃는 게 아니라 상대를 조롱하기 위해 웃는 미소. 내가 입을 벌리고 쳐다보자, 황제는 그제야 손을 들어 자기 관자놀이와 이마를 몇 번 누르더니 평소같은 얼굴로 돌아와 내 이불 위를 토닥거려주었다.

"자거라."

"너 이상해."

"……."

황제는 말없이 눈을 감았고, 나는 그의 옆모습을 살피다가 일단 같이 눈을 감았다. 하지만 얼마나 그러고 있었을까. 갑자기 황제가 벌떡 일어나더니, 오 공공을 불러 지시했다.

"오원요! 따뜻한 물과 수건을 가져와라!"

그리고 잠시 뒤 오 공공이 대야에 물을 받고 거기에 수건을 걸쳐 가져오자, 황제는 물에 손가락 끝을 넣어 뜨거운지 살피더니, 수건을 가져다 물기를 쭉 짠 다음 그걸로 내 얼굴을 마구 닦기 시작했다.

"소주, 뭘 했기에 얼굴에 바른 분이 다 사라진 거예요?"

다음 날 아침. 처소로 돌아와 보니, 부성과 원웅이 기겁하며 분첩 효과가 사라진 내 얼굴을 쳐다보았다.

"값비싼 분이라더니. 시간이 지나면 알아서 떨어지는 거예요?"

"역시 소문만 요란하네요. 이게 뭐예요. 열심히 발랐는데."

"분첩이 문제가 아냐. 폐하가 닦아버렸어."

그것도 자그마치 세 번에 걸쳐서 꼼꼼히 야무지게 닦았지. 그래놓고서는 내 얼굴이 열기로 발갛게 되자 익은 계란이라면서 혼자 재밌어했다.

청적에 있었더라면 찰싹찰싹 두드리면서 엄중히 혼냈을 텐데, 계란말이 상태로는 그것도 되지 않아서 혼자 분을 삭일 수밖에 없었다. 하지만 원웅과 부성은 자기들이 곱게 발라준 분첩을 황제가 닦아버렸다는 데도 서운해하지 않고 그 이유를 궁금해했다.

"폐하가 왜요? 이상하다세요?"

"폐하께 갈 땐 이젠 바르면 안 되겠네요."

"너희는 참 너그럽구나."

두 궁녀가 '무슨 소리예요?' 하는 시선으로 날 쳐다본다. 나는 아니라고 휘휘 손을 젓고서 내 침소로 돌아와 두 팔을 뻗고 편안하게 누웠다. 하지만 침상에 누워 눈을 감자, 자기가 박박 닦아둔 내 얼굴을 물끄러미 바라보면서 웃고 있던 그 얄미운 미소가 떠올라 다시 눈이 번쩍 떠졌다. 인상

279

을 찡그리고서 침내에서 몇 번 굴러다니다가, 결국 베개를 들어 내 얼굴을 덮어버렸다. 황제라 그런가. 뭐든지 제멋대로야.

비원은 사각으로 잡은 서신을 곱게 싼 줄을 끊고 조심스레 그것을 펼쳤다. 서신 위에는 평이한 시구가 쓰여 있었다. 하지만 촛대를 가져다 서신 위로 기울여 촛농을 떨어뜨리니, 그 부분 위주로 희미한 글씨가 번져나가기 시작했다.

감추어진 서신을 다 읽어낸 비원의 눈썹이 위로 올라갔다. 그는 놀라워하는 눈으로 서신을 내려보다가, 촛대를 다시 원래 자리에 내려놓고서 다 읽은 서신을 태워버렸다.

재까지 깔끔하게 치워낸 비원은 두 손을 가만히 책상 위에 올리고서 재밌어하는 미소를 지었다.

'천 귀인이 혼절한 시각에 천년비의 영혼이 잠시 돌아왔었다……?'

천년비가 황제의 방종함에 씩씩거리고 비원이 타천천에게서 중대한 정보를 받아드는 그때, 심궁의 어실에 도착한 황제는 오원요로부터 예전에 그가 지시한 일의 결과를 보고받고 있었다.

"천 귀인께서 이미 폐하의 정체를 아시니 이 명령이 아직도 유효한지 모르겠사오나, 전에 시키신 일을 다 마무리해 지금 보고드립니다, 폐하."

"내가 시킨 일?"

"예. 천 귀인께서 사가에 있을 적 혹시 구박받진 않았는가 살펴보라 하셨지 않습니까."

"아아. 그 일 말인가. 그래, 어떻더냐."

"여러 가지로 조사해보았지만, 천 귀인이 사가에 있을 적 구박받았단 이야기는 없었습니다."

황제는 어젯밤 천 귀인의 얼굴에 반질반질하게 빛나던 분을 떠올리고서 고개를 끄덕거렸다.

"그러하냐."

"예. 오히려 천혜음은 서출들에게 관심을 두지 않아, 영빈이 제대로 대우받지 못하는 걸 방치했다더군요."

"영빈이?"

"예. 영빈이 괴롭힘을 당할 때 챙겨준 이가 연비마마여서, 사가에서 영빈이 연비마마를 늘 쫓아다녔다고 합니다."

"천 귀인은?"

"천 귀인은 형제자매들에겐 관심이 없어서 늘 혼자 뭔가 바쁘게 하며 지냈는데, 꽁꽁 감추고 아무에게도 보여주지 않았기 때문에 그게 뭔지는 그 집안 식구들도 모른다고 합니다."

오원요의 대답에 황제는 눈살을 찌푸렸다. 그에게도 자신만의 비밀 공간을 달라 청했던 천 귀인이니, 사가에 있을 때도 그러고 놀았다 해서 이상하진 않다. 하지만 음식? 귀하게 자란 귀족가 자제가 바닥에 떨어진 음식은 왜 그리 급하게 주워 먹었던 거지?

"어디 조난을 당했다거나, 아니면 혼자 놀다가 창고 같은 데 갇혀서 며칠 굶었다거나, 그런 일은 없다더냐."

"워낙 조용하고 얌전하신 분이라 한 번도 사고를 친 적이 없다 하니, 없을 것 같습니다."

황제는 더욱 고개를 기웃했다. 조용? 얌전?

종일 무공을 수련하고서 저녁 식사 시간에 맞춰 처소에 돌아왔을 때였다. 문 앞에 어디서 본 듯 만 듯 한 궁녀가 우두커니 서 있지 않는가. 누군가 싶어서 다가가자, 그녀는 나를 향해 공손하게 인사를 하더니 웃으면서 이렇게 말했다.

　"천 귀인, 안비마마께서 전에 쓰러졌다 깨어난 후 몸이 계속 불편하시니, 새로 만드는 여름용 피풍의에는 천 귀인이 수를 놓아달라 하십니다."

　"수는 수의방 가서 놓아달라 해야죠."

　그 말이 이해가 가지 않아 되묻자, 어느새 곁에 온 원융이 슬그머니 뒤에서 내 팔을 살짝 잡았다. 뒤를 돌아보자 원융이 고개를 빠르게 저었다. 내가 해주라고? 내가 왜? 황당해서 나도 같이 고개를 저었으나, 원융은 그 신호를 다르게 파악한 건지 얼른 앞으로 나서서 안비의 궁녀에게 대신 대답했다.

　"안비마마께서 원하시면 당연히 해드려야지요. 염려 마세요."

　안비의 궁녀가 수놓을 피풍의를 건네고 사라지자마자 나는 원융을 데리고 처소 안으로 들어가 항의했다.

　"난 수를 못 놔. 아예 못 해. 그런데 어쩌자고 그런 약속을 해?"

　하지만 원융은 자기가 더 갑갑해하는 얼굴로 시무룩하게 설명했다.

　"그렇다고 다짜고짜 '수의방 가서 놓으라'고 말씀하시면 어떡해요, 소주. 그걸 몰라서 온 게 아니잖아요."

　"그럼?"

　"그냥 꼬투리를 잡으러 온 거예요. 소주가 총애를 받고 있으니, 자기를 무시하나 안 무시하나 살피려는 거라구요."

　"그런 거야?"

"네. 그냥 해줘서 보내는 게 훨씬 나아요. 굳이 적을 더 만들 필요는 없 잖아요."

난 이런 건 정말로 잘 모르겠지만 그런 거라면 그런 거겠지. 결국 마지 못해 수긍했다. 그렇지만 별개로 여전히 걱정할 거리는 한가득이었다.

"그런데 진짜로 난 수를 못 놔. 기억을 잃기 전엔 놨을지도 모르겠는데, 지금은 전혀 모르겠어."

"그래도 이참에 배워두는 게 편할 거예요, 소주. 원래 소주는 수를 잘 놓으셨으니까 손도 기억하고 있어서 빠르게 배우실 수 있어요."

그건 네 생각이지! 원웅이 기억을 잃은 찾은 게 아닌 이상, 이 문제는 원웅의 말이 믿기지 않는다. 나는 팔짱을 끼고서, 안비의 궁녀가 원웅에 게 주고 간 연분홍색 피풍의를 노려보았다. 저기에 수를 놓으라고. 젠장!

"일단 수놓는 법을 배우세요, 소주."

누구에게 수놓는 법을 알려 달라고 할까 유심히 고민해보니, 몇 명 후 보가 떠올랐다.

일 번. 동복 언니인 연비. 기각. 전에 돈 꿔달라 했을 때도 거절했잖아.

이 번. 이복동생인 영빈. 기각. 그냥 가도 안 가르쳐줄 사람 같은데, 어 제 연비 애비가 다녀간 후로 분위기가 더욱 나빠졌다. 지금 가면 의자로 날 내려칠지도 몰라.

삼 번. 이제는 제법 많이 친해진 연열군주. 기각. 지금 궐 밖에 나가 있 다고 들었어. 먼저 부르긴 좀 힘들다.

사 번. 염 귀인? 아. 괜찮겠는데?

"염 귀인한테 배울까?"

저녁 식사를 하면서 곰곰이 생각하다가 나는 염 귀인을 찾아가 수놓 는 걸 알려달라 하기로 결정했다. 하지만 부성과 원웅은 내 말을 듣자마 자 두 손까지 휘저으면서 질색했다.

"안 돼요, 소주! 염 귀인은 수놓는 실력이 형편없기로 손가락에 꼽힌다고요!"

"배워도 제대로 배워야지, 염 귀인한테 배웠다간 실력이 덩달아 이상해져요!"

아 그럼 어쩌라고! 내가 부탁을 할 만한 사람이 또 누가 있는데? 태후 마마한테 가서 가르쳐달란 것도 이상하고. 사자친왕도 여기 살진 않으니 먼저 찾긴 힘들고. 흑합 장군한텐 당분간 가지 말라며! 그 외에 내가 아는 사람이…… 있어. 있네.

잠자리에 들 준비를 하는데, 경사방 태감이 와서 시침 들 준비를 하라고 했다. 하지만 웬일인지 평소답지 않은 말을 하나 덧붙였다.

"오늘은 계란 옷을 입지 말고 오시랍니다, 천 귀인."

계란 옷 아니라니까!

어쨌든 이불말이를 안 한 상태로 가면 나야 좋은 일이어서, 나는 알겠다 대답하고서 적당히 꾸민 다음 태감을 따라 이동했다.

그런데 침소에 가서 보니 떡돌이가 떡돌이 같은 차림을 하고 있었다.

그러니까 어…… 황제 같지 않은 차림. 태감이 나가자 입가에 두르고 있던 면사까지 치워서, 정말 처음 만났을 때의 내 떡돌이 그 모습 그대로 보였다.

"세상에. 오늘 너 꼭 덕춘이 같아."

그걸 보며 감탄하자, 떡돌이는 눈살을 찌푸리는가 싶더니 침상을 눈으로 가리켰다.

"피곤하지 않다면 저걸 입고 같이 어디 좀 가자."

제대로 보니 침상 위에 놓인 건 후궁들이 평소에 입는 옷보다 좀 더 소박해 보이는 차림의 의상이었다.

"저걸 입고 어디 가는데?"

의아해서 묻자, 떡돌이는 갑자기 옷고름을 매는 척 고개를 숙이며 짧게 대답했다.

"야시장."

"야시장에는 왜?"

"네가 답답할까 봐."

뭐? 놀라서 그를 쳐다보자, 떡돌이가 "안 입어?" 하고 다시 딱딱한 목소리로 물었다. 그래도 내가 주저하며 서 있자 떡돌이가 결국 고개를 들어 내 쪽을 보았다.

"싫어? 좋아할 줄 알았는데. 밖에 돌아다니는 걸 좋아하잖아."

"좋아하긴 하는데……."

"는데?"

"난 오늘 따로 할 일이 있었단 말이야."

"일이라니?"

떡돌이가 나를 위아래로 쳐다보았다. 시침 들러 오라 했을 땐 그런 말 없었잖아, 하는 투로. 그야 그렇지. 떡돌이랑 같이 해야 할 일이었으니까.

"뭘 하려 했는데?"

"너한테 자수를 배우려 했어."

"!"

다시 옷매무새를 정돈하던 떡돌이가 확 내 쪽을 쳐다보더니 황당한 표정을 지었다.

"짐한테 자수를 배우려 했다고?"

고개를 끄덕이고서 안비가 내게 뭘 요구했는지 알려주자, 떡돌이는 입을 몇 번 달싹이다가 낑 소리를 냈다.

"자수도 못 놔?"

그걸 보고 혀를 차며 묻자, 떡돌이는 발끈해서 반박했다.

"너도 못 해서 배우려는 거 아닌가?"

"난 기억을 잃기 전엔 잘했대. 기억을 잃어서 못하게 된 거야. 사실 기억 잃은 시점을 기준으로 치면 난 아직 한 살인 거잖아. 내 뇌는 아직 '응애' 하고 있다고."

"하……."

떡돌이는 기도 안 차다는 듯이 내 머리통을 쳐다보더니, 갑자기 빙그레 웃더니 밖을 향해 "오원요!" 하고 외쳤다. 그 말에 오 공공이 얼른 들어오자, 그는 짓궂게 웃으면서 지시했다.

"짐의 후궁이 자기는 한 살이라고 주장하니 업고 다녀와야겠다. 커다란 포대기를 가져오라."

그 말에 오원요는 눈을 커다랗게 뜨더니 나를 미친 인간처럼 쳐다보다가, 얼른 눈을 내리깔고서 "예." 하고 웅얼거리고 밖으로 나갔다. 그러더니 잠시 뒤에 정말로 커다란 포대기를 가져다주고는 다시 밖으로 나갔다.

설마 진짜로 저걸로 날 업으려 들겠어…… 싶어서 보고 있자니, 떡돌이는 포대기를 두 손으로 탁탁 털어 펼치고서 날 향해 방긋 웃었다.

"이리 와라 천 귀인. 한 살밖에 안 된 머리통이 놀라면 안 되니 잘 싸매고 다녀오자."

저놈 저거. 해보자는 거지? 업혀 가는 내가 부끄러울까 업고 가는 자기가 부끄러울까. 지금 끝까지 가 보자는 거지? 쯧쯧…… 황제여. 모르는 게 있군. 이 몸은 사파 악적 천년비, 절대로 이런 데 물러나지 않아!

"오 공공!"

내가 황제의 말투를 따라서 외치자, 오 공공이 잠시 뒤 황당해하며 들어왔다. 나는 그에게 한 손을 척 내밀며 장군처럼 요구했다.

"딸랑이도 주시오. 내 품고 가겠소."

"!"

"세상에 저 사람들 좀 봐."

"다 큰 사람들이 왜 저러고 있대?"

황제에게 업힌 채 포대기로 싸매고 손에는 딸랑이까지 든 채 야시장에 나오자, 사람들이 우리 근처에는 오지 않으려 한다. 승언이는 자꾸만 몇 발자국 앞서가서 황제의 등에 머리를 대고 있는 나를 노려보며 신호를 보냈다. 당장 안 내려와? 하고. 응, 안 내려가. 이러고 다닐 거야. 난 하나도 안 부끄러워. 짤랑짤랑. 딸랑이 소리가 참 맑네.

내가 승언이를 향해 딸랑이를 빠르게 흔들어주자 승언이는 자기 얼굴이 더 새빨개져서는 나무를 손톱으로 벅벅 긁어댔다. 반면 황제는 꽤 얼굴이 두꺼운지, 조금씩 아래로 흘러내리는 나를 다시 쭉 위로 올려 업고는 인자하게 웃으면서 달랬다.

"우리 아가가 오랜만에 나오니 신이 난 모양이구나."

대답 대신 딸랑이를 짜르르 옆에 대고 흔들어주자 황제는 웃고 넘겼지만, 승언이는 아예 바닥에 엎어져서 숨까지 헐떡였다. 지나가던 사람이 보고서 달려와 괜찮냐고 물어볼 정도로.

'쟤는 그림자가 왜 저렇게 존재감이 뚜렷해?'

그렇게 얼마나 걸어 다녔을까. 황제가 갑자기 멈추어 서더니 어딘가를 뚫어져라 쳐다보았다. 뭘 보나 싶어서 같이 그쪽 방향을 보자, 한 노점 상인이 윤이 번쩍번쩍 나는 탕후루를 팔고 있었다.

"저거 먹고 싶어?"

아예 거기서 시선조차 떼지 못하기에 묻자, 황제는 미간을 찌푸리며 중얼거렸다.

"저건 아기가 먹기엔 너무 달지 않을까?"

이 새끼…… 진짜 독하잖아. 절대로 역할극을 벗어나지 않네. 황제라면서 왜 이렇게 지독해? 황당하기도 하고 어이없기도 해서 빤히 쳐다보자, 황제는 힐긋 뒤돌아 내 눈치를 보더니 눈꼬리가 휘어지도록 웃으며 물었다.

"그래도 오랜만에 외출했으니 사 줄까?"

딱 표정을 보아하니, 여기서 '응 사 줘!'라고 하는 순간 '안 돼. 역시 아가가 먹기엔 달지.' 하고서 그냥 가버릴 표정이다. 친절함을 가장한 장난기가 눈 안에서 번쩍번쩍 빛나고 있다. 분명해. 그렇다면……. 나는 마음을 굳게 먹고서, 딸랑이를 흔들면서 어깨춤을 추기 시작했다.

"탕후루 탕후루우 탕탕후루우!"

"아 맙소사. 계란아."

짤랑짤랑하는 박자에 맞춰서 춤을 추자 그게 효과가 있었나. 결국 떡돌이는 나를 업은 채 무릎을 꿇고 말았다. 그러고서 끅끅 들썩거리는 걸, 내내 지켜보던 승언이가 달려와서 얼른 부축해 일으켜주었다.

"귀인. 이제 그만하고 내려오시지요. 귀인은 진짜 아기가 아니라 계속 업고 다니면 폐하께서 힘드십니다."

그러면서도 이때다 싶은지 낮은 목소리로 내게 경고했다.

"덕춘아, 승언이가 네 다리가 부실하단다."

내가 그 말을 자의로 해석해서 떡돌이에게 돌려주자 얼굴이 하얗게 질려서 "그게 아닙니다!" 하고 버럭 외쳤지만. 다행히 떡돌이는 아직도 혼자 끅끅대느라 나와 승언이가 주고받은 대화를 아예 못 들은 게 분명했다.

그사이, 나는 얼른 포대기를 풀고 밖으로 나가서 기지개를 켜고 다리의 자유를 만끽했다. 역시 내 발로 걷는 게 좋긴 해. 업혀 다니면 편하긴 하지만 가고 싶은 곳에 갈 수가 없잖아?

그런데 두 팔을 이리저리 쭉쭉 펼치면서 몸을 돌리는데, 눈에 의외의 사람이 들어왔다.

'정보호?'

여자를 소개해주기로 한 다음 나를 소개해주고, 그다음 유부녀란 걸 밝혔더니 날 사기꾼으로 몰아갔던 그 정보호가 탕후루를 입에 문 채 나를 멍하니 쳐다보고 있지 않은가. 그는 눈으로 나와 떡돌이를 빠르게 살피더니, 기도 차지 않는다는 듯 웃었다. 그러고는 손가락으로 딱 이쪽을 가리키면서 의미심장하게 웃는데…… 젠장. 나는 X 됐다 싶어서 얼른 떡돌이의 등을 두드려 일으켜 세웠다.

떡돌이는 내가 밖에 두 번이나 나간 걸 모른다. 한 번은 아는데 두 번 나간 건 모르고 있어. 게다가 나가서 한 행동도 떡돌이에게 알릴 만한 행동은 아니니, 어떻게든 정보호가 오기 전에 떡돌이를 챙겨 이 자리를 벗어나야 했다. 아 좀 일어나봐! 그만 끅끅대고!

하지만 떡돌이를 일으켜 세우자마자 정보호가 우리 앞으로 도착했다.

정보호가 가까워지자 승언이도 떡돌이를 부축하는 건 내게 맡기고, 돌 같은 그림자의 표정으로 돌아와 정보호의 앞을 막아서며 물었다.

"무슨 일이냐."

정보호는 군이 승언이가 그은 선 안으로 들어오려 애쓰는 대신, 빈정거리는 미소를 띤 채 손가락으로 날 가리켰다.

"저 여자랑 그 남자랑 부부?"

여기서 '무엄하다!' 같은 말을 외쳐서 '우리는 왕족이에요!'라는 걸 고래고래 알리면 어쩌나 싶었는데. 다행히 승언이는 휘말리는 대신 차갑게 대응했다.

"이분은 우칙승상의 삼남인 산허공자와 그 부인이시다. 예의를 갖추어 대하라."

아까 궐 밖을 빠져나오면서 듣기론 저 산허공자는 실존 인물인데, 본인도 황제가 가끔 자기 이름을 빌려 쓰는 걸 알고 있다고 했다.

어쨌든 누군가를 사칭하는 데는 실존 인물 사칭만 한 게 없는지라, 정보에 빠삭한 정보호는 우칙승상 이야기를 듣자 잠시 움찔했다.

하지만 곧 못된 웃음을 짓더니 눈으로 나를 가리켰다.

"그렇군요. 정말 귀하신 분들입니다. 예상보다 더."

정보호야, 네 앞에서 고개를 비스듬하게 한 남자는 네 그 예상보다 더 더더 귀한 사람이란다.

어쨌든 이 상황은 나에게 좋지 않다. 나는 심장이 조마조마해서 말도 못 하고 행동도 못 하고 우두커니 서 있기만 했다. 여기서 초조해하는 모습을 보였다가는 정보호가 '이게 약점이구나!' 싶어서 더 그 부분을 파고들어 올 건데. 절대 안 될 일이었다.

그래도 괜찮을 거야. 저자는 정보를 다루는 걸 업으로 하고 있잖아. 누가 자기에게 무슨 정보를 사 갔는지는 비밀로 하겠지. 나쁜 놈이지만 최소한 정보통으로서의 명성은 신경 써 관리하니까. 굳이 사자친왕을 불러내게 '진짜 팔고자 하는 정보'가 무엇인지 물어본 것처럼.

"하지만 참 이상하군요."

하지만 정보호는 생각보다 더 나쁜 놈이었다. 그는 기민한 눈치로, 승언이와 떡돌이가 내 이전 행적을 모른단 걸 눈치채고는 아주 악독하게 웃으면서 다 들으라는 듯 중얼거렸다.

"승상가의 며느리가 왜 홀로 다루를 찾아와 황제가 뭘 좋아하는지 알려달라 했을까?"

첫 번째로 그를 만났을 때 내가 했던 질문이 가짜 질문이라는 것을 아니, 정보통으로서 명성은 지키면서 복수는 할 겸 이걸 풀어버린 거였다.

정보호의 말에 떡돌이와 승언이가 동시에 내 쪽을 휙 쳐다보았다. 내가 움찔해서 딸랑이로 얼굴을 반쯤 가리자, 정보호는 못되게 웃고는 다른 곳으로 사라져버렸다.

'새끼. 치고 빠지는 솜씨가 발군이구만.'

나는 계속 딸랑이로 얼굴을 가리고 있다가 떡돌이가 '너 딱 걸렸다'는 표정으로 내 앞으로 다가오자 딸랑이를 내리고서 항의했다.

"처음 보는 사람 말을 믿어, 날 믿어? 모르는 사람이 나타나서 한마디 하고 갔다고 어떻게 날 그렇게 봐?"

"널 믿는다, 계란아."

"진짜야……?"

그런데 표정이 왜 그러냐고 물어보려는 찰나. 떡돌이가 온화한 척 웃으면서 내 딸랑이를 뺏어갔다.

"당연히 널 믿지. 그러니 이러는 거지. 네가 온몸으로 '나는 켕기는 게 있어요' 라고 외치고 있거든."

"!"　"궁금한 게 있으면 내게 직접 묻도록 해라."

정보호의 난입으로 야시장에서 건진 거라곤 탕후루뿐이다. 내가 탕후루를 깨 먹으면서 힘없이 걸어가는데도, 떡돌이는 뒤에서 잔소리나 퍼부어댔다.

"위험하니 혼자 이상한 사람을 만나서 황제가 뭘 좋아하나 묻고 다니지 말고."

"……."

"넌 수시로 날 만날 수 있는 몇 안 되는 사람인데, 어찌 그런 짓을 하는 게냐."

하지만 순식간에 황세의 총애를 얻기 위해 온갖 짓을 다 하는 후궁이 되어버린 나는, 그의 잔소리에 정성껏 화답할 수 없었다.

아 물론 몰래 궁궐을 빠져나가서 무림의 악명 높은 사람을 찾고 다녔던 것보단 낫긴 하지. 그건 정말로 수상한 일이니까.

"본인한테 그런 걸 어떻게 물어. 민망하게."

어쨌든 입을 다물어봐야 더 오해만 살 일이라, 나는 자존심이 상하지만 마지못해 떡돌이의 오해를 방치했다.

"네가 민망한 기분도 느낄 수 있던가?"

"사람을 이상하게 보네? 당연하지."

"민망함을 느끼는 사람이 사람들 앞에서 포대기 두르고 어깨춤 추면서 딸랑이를 흔들어?"

어느 쪽으로 가든 내 위엄은 사그라들고 있어서, 결국 나는 탕후루를 한 번에 와작와작 깨물어 먹고서 남은 막대를 그에게 내밀고 통보했다.

"내 처소에 돌아가서 잘 거야. 덕춘이는 혼자 자."

"어? 소주? 왜 벌써 오세요?"

한밤중에 내가 처소로 돌아오자, 아침까지는 내가 안 올 거란 생각에 각자의 방으로 갔던 원웅과 부성이 허둥지둥 나오며 물었다. 나는 당직 궁녀에게 입고 간 겉옷을 건넨 다음 상에 앉아 빠르게 손부채질을 했다.

"말도 마. 아주 짜증 나 죽겠으니까."

"네?"

"폐하와 싸우셨어요?"

원웅과 부성은 아직 잠이 덜 깨서 눈이 풀려 있었지만, 그 상태로도 바쁘게 움직이면서 찬물을 가져다주고 머리카락 장식을 풀어주었다. 하지만 두 사람에게 야시장에서 있던 일을 말해줄 수는 없었다. 오 공공이 화를 내며 돌아가려는 나를 붙잡고서 "귀인, 폐하와 잠행을 나갔단 이야기는 그 누구에게도 하서선 안 됩니다."라고 당부했는걸.

"소주?"

어리둥절한 두 궁녀에게 들어가서 쉬라 말한 뒤, 나는 편한 옷차림으로 침상 안에 기어들어 갔다.

'황제가 설마, 내가 자기를 너무 좋아해서 그런 정보를 캐고 다닌다 오해하진 않겠지?'

"귀인께서 폐하를 진심으로 사모하시나 봅니다."

넓은 목욕통에 홀로 들어간 황제가 생각에 잠겨 하늘을 보고 있자니, 곁에서 시중을 들던 승언이 조심스레 말을 걸었다.

"행동은 거칠지만 말은…… 아니, 말도 거칠지만, 그래도 폐하를 진심으로 연모한다면 그걸로도 좋지요."

"넌 천 귀인을 싫어하는 줄 알았는데."

"같이 있으면 화날 일이 많긴 하지만 싫은 분은 아닙니다. 폐하와 천 귀인이 서로를 진심으로 대하는 모습이 보기 좋다 생각합니다. 물론 가끔 과하다 싶을 때도 있지만요."

말을 마친 승언이 황제의 어깨와 목덜미 위로 물을 조심조심 뿌렸다. 머리카락과 피부가 물에 젖은 월요 황제는 달빛 아래에서 유난히 아름다워서, 황제가 아니라 사람을 홀리는 요사스러운 구미호처럼 보였다.

그래서 승언은 천 귀인과 황제가 함께 있을 때 가장 잘 어울린다고 생각했나. 홀로 있을 때의 황제는 어느 순간에라도 내키면 승천할 것처럼 보였으나, 천 귀인과 함께 있을 때의 황제는 어딘가 안정적이었다.

그러나 황제가 입가에 희미하게 미소만 띠고 있을 뿐 별 반응이 없어서, 승언은 좀 걱정이 되어 물었다.

"폐하는 다르게 생각하시는지요?"

"천 귀인이 그자에게 질문한 건 나에 관한 게 아닐 거다."

"예?"

"그자를 잡아 와라."

황제와 싸우는 바람에 결국 그에게도 자수를 배우지 못하게 되었다.

하긴. 어차피 떡돌이도 자수 놓는 방법에 대해 모르는 눈치였지만. 그보다 어쩐다…… 안비에게 자수를 놓아주기로 약속하긴 했으니, 어떻게든 마무리는 지어야 할 텐데.

아침으로 물만두를 먹으면서 내내 고민하다가, 결국 나는 적당히 이 일을 해치워버리기로 결심하고서 숟가락을 내려놓았다.

"염 귀인한테 배울래. 자수."

원웅은 멀리 있는 음식을 내 앞에 놓인 접시에 조금씩 덜어주다가 깜짝 놀라서 "예?" 하고 되물었다. 부성도 새로 끓인 차를 가지고 들어오다 말고서 황급히 나를 말렸다.

"염 귀인은 진짜, 진짜로 수놓는 실력이 엉망이에요, 소주!"

"알아. 어제 얘기 들었잖아."

"그런데도 염 귀인께 배운다고요?"

"어. 이미 마음을 굳혔어."

“하지만……”

“생각해보니 내가 꼭 자수를 멋들어지게 놓아야 할 필요가 없잖아?”

부성은 내게 찻잔을 건네주다 말고서 ‘그런가?’ 하는 표정으로 고개를 갸우뚱했다. 원웅은 당황해서 아직도 빈 접시를 든 채 입만 붕어처럼 뻐끔거렸다.

“그러면 해주고도 욕먹지 않을까요, 소주? 안비마마께서 소주의 의도를 오해하실지도 몰라요.”

“맞아요. 옷감이 굉장히 값비싸 보이던데 그걸 망쳤다가는……”

“뭐, 보고서 화는 나겠지만 다들 알게 되겠지. 나도 염 귀인만큼 자수를 못 놓는다는 걸. 기억을 잃어서 못 하게 되었다는데 어쩌겠어?”

부성과 원웅은 여전히 불안한 얼굴이었지만, 나는 이미 결정을 내렸기에 식사를 마치자마자 이를 닦고 희원궁에 있는 염 귀인의 처소로 찾아갔다. 마침 염 귀인은 상에 앉아 오만상을 한 채 실과 바늘을 잡고 있었는데, 내가 나타나자 잘됐단 얼굴로 던지듯 수틀을 옆에 내려놓았다.

“잘 왔어요. 눈알이 빠지는 줄 알았어.”

“수놓는 법 좀 가르쳐줘요, 염 귀인.”

내 말을 듣자마자 오만상을 도로 지었지만. 염 귀인은 ‘진심이야?’ 묻는 눈으로 나를 쳐다보면서, 방금 전 자기가 옆으로 집어 던졌던 수틀을 도로 들어 내게 내밀었다.

“이 꼴을 보고도 배우고 싶다면요.”

“개성적이네요.”

“개성적인 수준이 아니죠.”

“뭐 어때요. 하는 방법만 알면 되죠.”

내가 수틀을 도로 건네자, 염 귀인은 물론 염 귀인의 궁녀까지도 내 진심을 의심하는 표정을 지었다.

"정말로 난 평수나 소금 흉내 낼 수준이에요, 천 귀인."

"난 아예 못 놔요. 다 까먹었거든요."

하지만 내가 전혀 방법을 모른다는 데도 염 귀인은 도통 자신의 실력에 자신이 없는지, 연신 수틀을 만지작거리며 또다시 약한 소리를 했다.

"그래도 이왕 배우려면 잘하는 사람한테 배우는 게 나을 텐데."

몇 번이나 거듭 괜찮다고 하자, 염 귀인은 그제야 마지못해 알겠다며 자신의 궁녀에게 싸구려 천을 끼운 새 수틀을 두 개 가져오라 지시했다.

잠시 뒤 염 귀인의 궁녀가 하얀 천을 끼운 수틀 두 개를 가져오자, 염 귀인은 하나는 내게 건네고 하나는 자신이 들고서 차근차근 수 놓는 법을 설명해주었다.

이런저런 이야기를 나누면서 한참 수 놓는 법을 배우는 도중이었다.

"소주, 수사청에서 사람이 왔습니다."

바깥에서 일하던 염 귀인의 궁녀가 안으로 들어오더니 내 눈치를 살피며 알렸다. 그 말에 염 귀인은 수틀을 탁자에 내려놓고는 힘없이 말했다.

"곧 나간다고 해라."

"네, 소주."

이게 뭔 일인가 싶어서 보고 있자니, 염 귀인은 실과 바늘을 건성으로 퍽퍽 정리하면서 내게 알렸다.

"오늘은 여기까지 해야겠네요. 난 수사청에 가봐야 해서."

언짢은 내색인데…….

"또 뭔 사고를 쳤기에 수사청에 가는 거예요? 염 귀인도 의외로 사고를 많이 치네요."

그걸 보고 내가 혀를 차자, 염 귀인은 이를 꽉 악물더니 억지 미소를 지었다.

"천 귀인이 쓰러졌던 사건을 계속 수사하고 있는 거거든요?"

화는 나는데 자기가 잘못했던 일이라 애써 참는 모양이었다. 어쨌든 사고를 또 친 건 아니구나. 아니, 그런데 세상에.

"아직까지도 수사하고 있어요? 언제까지 받는대요?"

"기몽 장군이 만족할 때까지 받겠죠. 아니면 아예 포기할 때까지나."

기몽 장군…… 그 사냥개 같은 남자 성격에 포기가 있긴 할까. '천년비 진쾌도래' 그거 하나 보고서 이 나라에 천년비가 총 몇 명인지까지 다 확인한 인간인데. 어쨌든 스승이 수사받으러 간다니 나도 이 마무리는 내 처소에 돌아가서 하지 뭐. 이 조그만 도안은 다 끝내 가기도 하고.

그런데 왜 저러지? 염 귀인은 힘없이 수 용구를 정리하다 갑자기 미간을 찌푸리더니 고개를 기웃했다. 마치 방금 엄청난 생각이 난 것처럼.

"왜 그래요?"

그 모습이 이상해서 묻자, 염 귀인이 입을 벌리고 내게 무어라 말을 하려다가, 다시 입을 다물고는 고개를 저었다.

"아니에요."

아닌 게 아닌 거 같은데? 하지만 말하기 싫은 눈치인데 물어봤자 소용 없겠지. 나는 고개를 끄덕이고서 몸을 일으켰다.

"내일 또 올게요, 염 귀인. 수사 잘 받고 와요."

"소주? 왜 그러세요?"

천 귀인이 떠난 후, 수사청으로 가는 길에도 염 귀인의 표정이 풀리지 않자 염 귀인의 궁녀가 작은 목소리로 물었다.

"혹시 몸이 안 좋으시면 오늘은 수사청에 가기 힘들겠다고 전할까요?"

염 귀인은 고개를 저었다.

"아니, 몸이 안 좋은 게 아니다."

"그럼요?"

염 귀인이 앞서가는 수사청 심부름꾼을 힐긋 보자, 궁녀가 얼른 그에게 다가가 거리를 두고 가달라 부탁했다. 심부름꾼이 좀 떨어져서 걸어간 후에도, 염 귀인은 목소리를 거의 들릴 듯 말 듯 희미하게 낮추어 말을 꺼냈다.

"전에 혜비께서 내게 비원이란 자를 소개해주었지."

"네."

"그자와 틀어졌지만, 그래도 혜비마마를 보아서 난 수사청에선 그에 대해선 말하지 않았어."

"그렇지요."

"그런데 생각해보니 좀 이상한 게 있다."

"이상한 거라니요?"

"난 지금까지 내가 천 귀인과 흑합 장군에게 복수하고 싶다 청해서 천 귀인이 쓰러진 거라 생각했거든?"

"네에."

궁녀가 불안한지 연신 수사청의 심부름꾼을 곁눈질하며 대답했다. 염 귀인도 슬쩍 뒤로 가 심부름꾼과 조금 더 거리를 벌리며 말을 이었다.

"하지만 잘 생각해보니 내가 소원을 말하기도 전에 비원 그자는 이미 그 저주문과 머리카락을 챙겨왔어."

궁녀는 염 귀인이 비원을 만날 때는 곁에 없었지만, 땅을 파고 저주문과 머리카락을 묻을 때는 곁에 있었기에 그 일에 관해서 잘 알았다. 궁녀는 겁먹은 얼굴로 속삭였다.

"그러면 소주께서 소원을 빌어서 천 귀인이 쓰러진 게 아니라……."

"그래. 내가 순서를 바꿔 생각했어."

"하지만 소주께서 그 종이를 묻었을 때 천 귀인이 쓰러졌고, 파냈을 땐 깨어났잖아요?"

"흑합 장군에겐 아무 일이 일어나지 않았는데, 천 귀인만 그랬어."

염 귀인은 눈을 가느스름하게 떴다.

흑합은 비원의 존재를 몰랐기에 '천년비'란 이름에 주목했으나, 그녀는 중간에 낀 비원의 존재를 알기에, 그가 그런 종이를 묻어달라 한 이유에 주목하게 된 것이었다.

"어쩌면 내 소원과 별개로, 비원 그자가 천 귀인에게 저주를 하고 있었는지도 모르겠다."

궁녀는 걱정스럽게 염 귀인을 쳐다보았다.

"이 이야기를 기몽 장군에게 해야 할까요?"

염 귀인이 연습용으로 사용하던 수틀과 도안을 계속 가져가서 쓸 수 있게 해주어서, 나는 그걸 그대로 내 처소로 가져와 만들던 무늬를 마저 완성했다.

"짠."

그런데 웬걸? 의외로 내가 손이 야무진 건가. 만들고 나서 보니 예상보다 제법 그럴듯한 거북이가 나타났다.

"이거 좀 봐라, 부성아. 내가 만든 거 좀 봐."

그게 신기해서 부성에게 내가 수놓은 걸 보여주자, 부성은 입을 쩍 벌리더니 엄지를 치켜세웠다.

"대단해요, 소주! 이거 그거…… 그거잖아요!"

"잘 만들었지?"

"네!"

원웅이와 귀자에게 차례로 보여주자, 두 사람에게서도 같은 반응이 나왔다. 원웅은 웃으면서 이렇게 말하기까지 했다.

"거봐요. 소주는 원래 수를 잘하셨으니까 빨리 배울 수 있다니까요?"

세 사람의 칭찬을 듣자 흐뭇해져서 나는 떡돌이가 시침에 부르면 가져갈 생각을 하고 수틀에서 천을 빼내어 손수건처럼 만들었다. 그러고서 손수건을 잘 간직하고 있다가, 밤이 되어 찾아온 경사방 태감에게 이 손수건을 꼭 가지고 가고 싶다 말했다.

"아…… 이걸요?"

하지만 황제에게 갈 때는 아무것도 가지고 가지 않기 때문인지, 태감은 내 부탁에 쩔쩔매면서 연신 손가락을 꼬무락거렸다.

"그래. 폐하게 보여드리면 좋아하실 거 같네."

"폐하께서 이걸…… 좋아하실까요?"

게다가 그는 섬세한 면이 없는지, 황제는 고작 연습용 수 따위는 좋아하지 않는단 투로 내 작품을 까 내렸다.

"암. 폐하는 보면 감동하실 거야. 확실해. 폐하가 이걸 보면 '천 귀인은 못 하는 게 없구나!' 하고 엉엉 우실지도 몰라."

"폐하께서……."

내가 이렇게까지 나오자 설득이 되었는지, 경사방 태감은 결국 융통성을 발휘해주기로 했다.

"그러면 소신이 가지고 갔다가 도착해서 드리겠습니다."

덕분에 나는 떡돌이에게 무사히 내 첫 작품을 보여줄 수 있었다.

"짠. 그거 내가 만든 거다?"

떡돌이는 목욕을 하고 와서 축축한 머리카락을 수건으로 말리고 있었는데, 태감이 손수건을 침상 옆에 두고 나가자 한 손으로 집어 들어 올리더니 눈썹을 치켜올렸다.

그러고는 나를 희한하단 듯이 쳐다보며 물었다.

"무슨 의도로 이런 걸 주는 거지?"

그런데 그 말투 속에는 내 작품에 놀라워하는 티가 전혀 없어서, 나는 좀 기분이 상해서 설명했다.

"의도라니. 내가 처음으로 놓은 수라서 자랑하는 거야."

하지만 내가 구구절절 설명을 했는데도 떡돌이는 내가 건넨 손수건을 찝찝하단 듯이 쳐다보기만 했다. 전혀 내가 원했던 반응이 아닌지라 좀 기운이 빠져서 "이상해?"라고 묻자, 떡돌이는 한참 동안 수 무늬를 바라보다 물었다.

"많고 많은 무늬 중에 왜 굳이 토끼를……?"

토끼 아닌데. 거북인데. 하지만 나는 기민한 눈치로, 떡돌이의 오해를 정정하는 대신 얼른 동의했다.

"토끼는 귀여우니까."

현명한 처사였다. 여기서 '그거 거북이야'라고 말해봐. 떡돌이가 내 수 놓는 실력을 분명 비웃을걸? 하지만 내가 딱 잘라 토끼라고 해버리니, 떡돌이는 놀릴 게 없는지 심각하게 인상을 찡그리고 있다 물었다.

"그럼 여기 토끼 다리 사이에 붙은 건 토끼 똥인가."

거북이 머리다 이놈아! 그렇지만 여기서 아니라고 하면 내 수놓는 실력이 나빠 보일까 봐, 나는 얼른 그 말도 인정했다.

"아무렴. 똥이지. 토끼는 똥을 자주 누니까."

떡돌이는 그래도 영 미심쩍은 얼굴이었다.

그러더니 결국 머리 말리는 데 쓴 수건과 수놓은 손수건을 옆에 같이 내려놓으면서 진중한 목소리로 말했다.

"아직 자랑하기엔 이른 실력 같은데, 천 귀인. 짐이 아니라면 이게 토끼인지 거북이인지 구분도 못 했겠어."

그 말을 듣는 순간 나는 머리가 펑 터지는 기분에 입을 쩍 벌렸다. 이 새끼가? 자기 눈에도 거북이 같았네! 그런데 토끼라 한 거야?

내가 입을 닫지 못하고 쳐다보자, 떡돌이는 눈꼬리가 휘어지도록 웃더니, 거북이 머리를 가리키면서 재차 확인 사살을 했다.

"토끼 똥이라고?"

"돌려줘!"

"우리 계란이의 첫 작품은 똥 누는 토끼였나."

"돌려주어! 버릴 거야!"

"이런 명작을 그냥 버리면 쓰나. 이건 짐이 소중히 간직하다가, 내일 조회에 가져가서 대신들에게 보여주고 자랑하마. 우리 천 귀인이 토끼……"

"아 그만하라고!"

수사를 마치고 돌아온 염 귀인이 밤늦도록 생각에 잠겨 있자, 측근 궁녀가 따뜻한 차를 우려 가져오다가 걱정스럽게 물었다.

"소주, 왜 기몽 장군께 소주가 추측한 이야기를 하지 않으신 거예요?"

염 귀인은 멍하니 앉아 있다가 무의식중에 찻주전자를 받았다.

하지만 한 손에 뚜껑을 쥔 채 가만히 있기만 하자 측근 궁녀는 초조하게 "소주?" 하고 다시 불렀다.

"기몽 장군께 비원이란 자에 대해 다 말하는 게 낫지 않았을까요? 그자가 천 귀인을 노리고 있단 것을 알려야 소주의 결백을 증명할 수 있잖아요. 계속 수사청에 불려가시는 것도 좋지 않을 텐데……"

염 귀인은 그제야 한숨을 내쉬었다.

"나라고 기몽 그자가 예뻐서 계속 가고 싶겠니?"

"물론 그렇지요."

"내가 그 이야기를 하게 되면, 경위야 어쨌든 내가 흑합 장군과 천 귀인을 해칠 의뢰를 했단 걸 말해야 되잖아."

"아."

"저주를 이용한 복수를 원한 게 아니라, 좀 더 현실적인 복수를 원했다고 말하면 기몽 장군이 뭐라 하겠어."

"음…… 그러네요."

염 귀인은 결국 밤새도록 잠을 거의 자지 못했으나, 다행히 잠시 깜빡 졸다가 깨어났을 때쯤 자신이 누구를 찾아가야 할지 떠올렸다. 염 귀인은 꾸벅꾸벅 졸다가 눈을 뜨자마자 벌떡 일어나 궁녀에게 명령했다.

"옷을 가져오너라. 혜비께 가야겠다."

"소주, 우선 조금이라도 눈을 붙이시고……."

"아니. 당장 가야겠어. 비원을 소개해주신 분이 혜비이니, 어떤 경위로 그자를 알게 되신 건지 물어봐야겠다."

궁녀는 염 귀인의 재촉에 옷을 꺼내 입는 걸 도와주었지만, 그러면서도 연신 불안해했다.

"혜비께서는 소주와 사이가 좋으신데, 그런 걸 물었다가 괜히 화를 입으면 어쩌지요?"

하지만 염 귀인은 꿈쩍도 하지 않았다.

"비원이 위험한 자란 걸 알면서도 내게 소개해주신 거라면, 그분은 어차피 날 진정으로 대하지 않으시는 거지. 이렇게 될 걸 모르고 소개해주신 거라면, 그분께서도 내게 할 말이 있을 거다."

염 귀인은 혜비가 관리하는 희원궁에서 지내고 있었기에 두 사람의 거처는 그리 멀지 않은 곳에 있었다. 염 귀인은 밤새 잠을 자지 못해 상한 안색을 가리는 대신, 옷과 머리만 단정하게 하고서 혜비를 찾아갔다.

"세상에, 염 귀인. 왜 이렇게 초췌해진 건가."

혜비는 얼음을 띄워 시원한 음식을 먹고 있다가 염 귀인이 찾아오자 얼른 다가와 두 손까지 꼭 잡으며 반갑게 맞아주었다.

"온 김에 같이 식사나 하고 가지. 안 그래도 혼자 먹기 적적했다네."

하지만 그 다정한 태도는 염 귀인이 비원에 대해 넌지시 꺼내자 바로 끝나버렸다.

"혜비마마께 비원에 대해 여쭤고 싶은 게 있어 왔습니다."

혜비는 비원이란 이름이 나오자마자 표정이 굳더니, 자신의 궁녀에게 찻잔을 데워오라며 밖으로 내보냈다. 혜비의 궁녀가 나가자, 염 귀인의 궁녀도 눈치껏 자리를 비켰다. 둘만 남게 되자 혜비는 빙그레 웃으면서 선을 그었다.

"비원이라니. 무슨 말을 하는 건지 모르겠군."

"전에 마마께서 소개해주신 그자 말입니다. 소원을 들어준다는……."

"내가?"

혜비는 눈을 동그랗게 뜨면서 손가락으로 자신을 가리키더니, 말도 안 된다며 손사래를 쳤다.

"내가 그런 사람을 어찌 알겠어. 난 자네가 무슨 말을 하는지도 모르겠군. 꿈이라도 꾼 건가?"

염 귀인의 측근 궁녀가 염려한 것처럼 화를 내진 않았으나, 아예 그런 일은 있지도 않단 것처럼 선을 긋는 태도였다. 혜비가 연달아 그렇게 나오자 눈치 좋은 염 귀인은 바로 알아차렸다. 혜비가 이 일에 얽히고 싶어

하지 않는다는 걸. 본인이 저렇게 나오는데 거짓말을 하지 말라고 같이 언성을 높일 수도 없는지라, 염 귀인은 속으로는 기가 막혀 하면서도 겉으로는 마지못해 웃었다.

"그렇군요. 제가 다른 마마와 착각을 했나 봅니다."

"그럴 수도 있지. 궁전에서 일어나는 일은 비슷비슷해서 가끔 구분이 안 가기도 하니."

"……."

"하지만 조심하는 게 좋겠군, 염 귀인. 자칫 서투른 기억 때문에 다른 사람에게 불똥이 튄다면 괜한 적이 생길 수도 있지 않은가."

"소주가 수사청에 왔다 갔다 하니까 아예 얽히고 싶지 않다 이거겠죠."

염 귀인이 별 소득 없이 혜비의 처소에서 나오자, 측근 궁녀가 목소리를 낮추어 씩씩거렸다. 혜비가 '그 일은 꺼내지 말라'고 나오는 게 아니라, 아예 그런 일은 있지도 않았다며 염 귀인을 미친 사람처럼 취급하자 더욱 화가 난 탓이다.

"되었다. 천 귀인은 폐하께 가장 총애받는 후궁이니, 거기에 안 얽히고 싶단 거겠지. 그럴 수도 있는 일이야."

"그래도요! 애초에 그분이 비원이란 자에 대해 얘기해주지 않았더라면 소주가 그자와 얽힐 일도 없었는데!"

"소개를 해준 건 혜비마마지만 찾아간 건 나야. 됐어."

"……."

염 귀인이 조용히 하란 신호를 보내자 궁녀는 마지못해 입을 다물긴 했으나, 여전히 속상한 눈치였다. 처소로 돌아온 염 귀인이 침상에 편하게 걸터앉아 눈을 반쯤 감자, 궁녀는 더욱 속이 상해서 물었다.

"오늘도 천 귀인께서 수놓는 걸 배우러 오실 텐데. 잠을 못 주무셨으니 내일이나 모레 오시라 전할까요?"

"아니. 나중에 천 귀인이 오면 천 귀인에게 이 이야기를 해야겠어."

"예?"

"……래서 폐하한테 보여줬더니, 폐하가 거북이 머리를 토끼 똥이라고 하잖아요. 폐하는 안목이 진짜로 이상해. 안 그래요?"

한참 염 귀인에게 황제의 짓궂은 안목에 대해 하소연하는 와중이었다. 입과 손을 열심히 움직이다가 옆을 보니 염 귀인의 눈 밑이 파랗게 변해 있었다.

"염 귀인, 왜 갑자기 동태가 됐어요?"

당황해서 묻자 염 귀인은 실뭉치로 나를 툭 치고는 바락바락하며 항의했다.

"누구더러 동태란 거예요? 그러니까 폐하가 토끼 똥이라고 부르지!"

"나한테 부른 거 아닌데요?"

"속으론 천 귀인한테 한 말일 거예요."

"아닌데……."

그런데 뭐지? 구시렁거리면서 바늘에 실을 꿰려 애쓰고 있자니, 날 뚫어져라 보는 시선이 느껴졌다.

고개를 들자 염 귀인이 나를 물끄러미 보고 있었다. 그 시선이 너무 애틋해 보여서 "염 귀인도 원하면 토끼 똥이라 불러요."라고 아량을 베풀어주자, 염 귀인은 아예 실뭉치를 내 쪽으로 던져버렸다.

그러고는 고개를 설레설레 젓더니 알아듣기 힘든 말을 중얼거렸다.

"저런 걸 데리고 내가 뭘 어쩌겠어. 내가 알아서 해봐야지."

"염 귀인께서 무슨 안 좋은 일이 있으셨던 걸까요?"

염 귀인 상태가 좀 이상하던데, 생각하면서 돌아가고 있자니 옆에서 부성도 조심스럽게 물었다. 부성이 보기에도 오늘 염 귀인이 좀 이상해 보였나 보다.

"그렇지? 동태 같았지?"

"네. 잠을 못 주무신 거 같았어요. 어디 아프신가……."

"모르겠어."

그런데 부성과 대화를 나누면서 희원궁을 나와 동영궁 쪽으로 걸어가고 있을 때였다. 설렁설렁 걸어가고 있는데 멀지 않은 곳에서 발소리가 우르르 나면서 누군가 고함을 질러대기 시작했다.

"도둑이야! 도둑이야! 도둑 좀 잡아줘요!"

도둑? 이 한낮에? 무슨 소리인가 싶어 소리 나는 쪽을 보니, 얼굴을 가린 내관 하나가 검은 보따리를 안은 채 엄청난 속도로 뛰어오고 있고, 그 뒤로는 가마와 내관들이 모조리 엎어져 있었다. 가마 부근에는 연한 하늘색 옷을 입은 후궁이 쓰러져 있었는데, 고함을 질러대는 건 그 옆에 선 궁녀였다.

"까악!"

얼굴 가린 내관이 이쪽으로 달려오자 부성도 작게 비명을 지르면서 나를 감싸 옆으로 밀었다.

'경공?'

하지만 내가 발에 힘을 주고 버티자, 부성은 당황해서 고개를 들어 나를 보았다.

나는 경공을 사용하는 내관이 가까이 오기를 기다렸다가 발에 힘을 풀었다. 부성은 그제야 나를 데리고 벽 옆으로 붙었고, 나는 그 틈을 타 바닥의 돌멩이에 미약하게 내공을 실어 그자의 발이 땅에 닿는 순간을 노려 그쪽으로 걷어찼다.

"!"

얼굴 가린 내관은 발목을 가격당해 잠시 주춤했지만, 바로 균형을 잡고는 다시 뛰어가기 시작했다.

아까보다는 속도가 줄긴 했지만 그래도 꽤 빠른 속도로. 하지만 발목 부근에 확실하게 도장을 찍어놨으니, 저자가 '진짜 내관'이라면 찾아내기 쉽겠지. 내관이 아닌데 내관으로 흉내 낸 거라면…… 뭐 어쩔 수 없지만.

어쨌든 이 정도면 내 할 일은 다 했겠지 싶어서, 나는 부성에게 이만 돌아가자고 신호를 보냈다.

"아까 그자가 뭘 떨어트리고 갔어요, 소주."

그런데 돌아가려고 보니 그 내관이 비틀거리다가 품에 든 것의 일부를 떨어트린 모양이었다.

보따리를 가지고 있었는데, 포장이 잘 안 되었던 모양이지?

어쨌든 떨어진 걸 발견했는데 그냥 가버리긴 좀 뭐해서, 나는 부성에게 그것을 챙기라 한 다음 가마 부근에 선 후궁 쪽으로 다가갔다.

그녀는 궁녀의 부축을 받아 몸을 일으키고서 옷에 묻은 흙을 털고 있었다. 가까이 가서 보니 그녀는 촉비였다.

"촉비께 인사드립니다."

나는 얼른 인사한 다음 부성에게 가지고 온 것을 건네주라 눈짓했다.

"네."

부성은 얼른 땅에 떨어졌던 것을 촉비에게 내밀었다.

"아까 도둑이 떨어뜨리고 간 물건입니다, 촉비마마. 이것밖에 줍지 못하였어요."

뭐에 쓰려는 건진 모르겠지만 그건 손바닥만 한 필첩이었다. 촉비의 궁녀는 부성이 내민 필첩을 낚아채듯 가져가 품에 넣었다.

그런데 어째서인가. 촉비가 무서운 눈으로 부성과 나를 번갈아 보기 시작했다. 그 표정은 거의 정파인들이 나를 볼 때와 맞먹어서, 딱 보기에도 불안해 보였다. 왜 저러나 싶어 덩달아 보고 있자니 촉비가 낮은 목소리로 물었다.

"보았느냐?"

"그 내관이요? 얼굴을 가리고 있어서 못 보았습니다."

그 질문에 내가 똘똘하게 대답하자, 촉비는 눈썹을 찌푸리더니 나를 시험하듯 계속 쳐다보았다.

'도둑 잡으러 사람을 안 보내고 여기서 저러고 있다니, 이상한데. 별로 안 중요한 물건인가?'

어쨌든 그 눈빛을 받으면서 같이 눈을 깜빡거리고 있자니, 촉비는 차갑게 코웃음을 치고는 가마를 움직이라고 신호를 보냈다. 이윽고 촉비가 탄 가마가 사라지자, 나는 부성에게 다시 우리 처소로 돌아가자고 팔을 잡아당겼다.

"얼른 가자. 폐하께 오늘은 내가 만든 게 거북이 똥이 아니란 걸 보여드려야겠다. 이번에 수놓은 건 호랑이니까."

부성은 "네, 네." 하고 황급히 중얼거리고서 나를 따라왔다. 하지만 아까의 그 자리에서 조금 거리가 벌어지자, 부성이 아주 작은 목소리로 내게 속삭였다.

"소주, 혹시 모르니까 오늘 시침에 가거든 폐하께 방금 있던 일을 꼭 말

쏠느리는 게 낫겠어요."

"왜?"

난 남 일엔 관심 없는데. 이해가 가지 않아 묻자, 부성은 연신 뒤를 돌아보는가 싶더니 들릴 듯 말 듯 작은 목소리로 속삭였다.

"저, 저, 그 필첩에 뭐가 적혀 있는지 얼핏 보았어요. 지금은 소주께서 내관 이야기를 하셔서 촉비마마가 그냥 지나가셨지만, 나중에 불안해서라도 소주께 해코지를 할지도 몰라요."

그 말을 하는 부성의 얼굴은 파랗게 질려 있었다. 눈 내리는 날 밖에서 밤을 지새우고 들어온 사람처럼.

"왜? 뭐가 적혀 있었는데 그래?"

"죽은 내관이 발견된 우물가?"

"응."

부성의 말처럼, 나는 시침에 불려가자마자 떡돌이에게 이 이야기를 해주고 부성이 본 것까지 전해주었다.

"그걸 적었다고 범인이라 할 수 있을까?"

하지만 떡돌이는 그리 촉비를 의심하는 기색이 아니었다. 우물 이름이야 적을 수도 있지, 하는 태도로.

"꺼림칙하니 거기를 피해 가기 위해 적어둔 걸지도 모르잖아."

"그거야 그렇지. 그런데 부성이 말로는, 거기 말고도 몇 군데 다른 이름이 있었대. 다 내관이나 궁녀 사망 사고 위치였고."

"……."

"부성이가 혹시 모르니 너한테 말해두라 해서 전하는 거야. 네가 볼 때

별거 아니면 그냥 넘어가고."

떡돌이는 잠시 생각에 잠긴 채 아무 말도 하지 않다가, 내가 눈을 감고 잠을 청하자 갑자기 날 향해 돌아누우며 물었다.

"넌 어떻게 생각하는데?"

"뭐가?"

"넌 촉비가 거기에 관련이 있다고 생각하나?"

"솔직하게 말해도 돼?"

"솔직하게 말하면 좋지."

"난 잘 거니까 말 좀 그만 걸었으면 좋겠어."

"……범인이 아닌 것 같단 뜻인가?"

"아니, 정말로 잘 모르겠어. 난 머리 쓰고 그런 거에 약해."

이거면 이거 저거면 저거, 딱 맞아떨어지는 게 좋지. 촉비가 사람을 죽이고서 그 위치를 적어둔 건지, 사람이 죽은 곳을 적어두고 피해 다니는 건지, 아니면 혼자 수사를 하기 위해 이름을 적은 건지, 솔직히 전혀 짐작도 가지 않는걸.

다행히 떡돌이는 내 말에 고개를 끄덕이며 수긍했다.

"난 네 머리가 맑아서 좋다, 계란아."

"칭찬이야?"

"거봐."

"욕이구나."

내가 머리를 들어 올리며 항의하자, 떡돌이는 자기 턱으로 내 정수리를 한 번 약하게 누르고는 두 팔을 들더니 나를 이불째 꽉 끌어안으면서 웃었다.

"거봐라."

천년비가 황제와 아웅다웅하는 그 시각. 염 귀인은 또다시 잠을 이루지 못하고 침상에 앉아만 있었다. 차만 연달아 석 잔을 마셔대자, 측근 궁녀는 너무 걱정이 되어서 다른 궁녀들과 눈짓을 주고받았다.

"소주, 천 귀인에게 비원과 혜비에 대해 말한 다음 만나보라 하실 생각이셨잖아요. 그런데 왜 아무 말도 안 하신 거예요? 말씀드렸으면 지금쯤 편히 주무실 수 있으셨을 텐데요."

"말하려다 보니 천 귀인에게 말해봤자 무슨 소용인가 싶어서. 그 애는 맹하잖니."

"그래도요……"

"게다가 비원 그자가 정말 천 귀인에게 원한이 있는 거라면, 천 귀인 본인이 그를 만나려 하자마자 바로 죽일지도 몰라."

염 귀인의 궁녀는 '무슨 상관이에요' 하고 생각했다. 그녀에게 중요한 건 자신의 주인인 염 귀인이지, 천 귀인이 아니었으니까.

"그렇다고 소주 혼자 이렇게 끙끙 앓으실 거예요? 아무에게도 말하지 않으실 거면 그냥 다 잊어버리시든가, 잊지 않으실 거면 다른 사람에게 털어놓으세요, 소주. 불안해서 그래요."

"뭘 그렇게 불안해해?"

"수사를 받으면 받을수록 얼굴이 수척해지시고…… 요 이틀간 잠을 전혀 안 주무시니 이젠 입술까지 창백해지셨어요. 걱정이 안 될 수가 없어요. 식사도 제대로 못 하시잖아요."

"입맛이 없어서 그래."

염 귀인의 궁녀는 계속 걱정을 거듭했지만, 염 귀인은 결국 그날 밤에도 제대로 자지 못하다가 날이 밝자마자 우 귀인을 찾아갔다.

"염 귀인, 왜 이렇게 혈색이 나빠요?"

우 귀인 역시 염 귀인을 보자마자 놀라서 손을 잡고 물었다. 염 귀인은 괜찮다고 중얼거리고서, 우 귀인을 데리고 방 안에 들어가 혜비와 그녀가 소개해준 비원이란 자에 대해 말한 다음 부탁했다.

"내가 함정에 빠졌을 수도 있단 생각이 들어서 그런데, 우 귀인. 그대가 혜비에게 가서 '소원을 들어주는 사람'에 대한 이야기를 들었다고 말해볼 수 있어요?"

"내가요?"

"우 귀인도 그자를 만나고 싶다 말하면, 혜비께서 그자의 이름과 위치, 만날 시간을 알려줄 거예요. 그자를 만난 다음, 그자가 소원을 들어주는 대가로 뭘 요구하는지 듣고 와서 내게 알려줘요."

염 귀인은 일부러 천 귀인에 대한 이야기는 하지 않았다. 이건 천 귀인을 위한 조사는 아니었으나, 천 귀인에게도 득이 될 조사였기 때문이다.

우 귀인은 천 귀인을 싫어하니, 이 일이 천 귀인에게 도움이 된단 걸 알면 도와주기 싫어할 수도 있었다.

"당연히 도와야지요. 우리는 친구니까요."

우 귀인이 흔쾌히 대답하자, 염 귀인은 몇 번이나 고맙다고 인사했다.

"우리 사이에 뭘요."

"하지만 염 귀인, 이걸 명심해요. 비원이란 자를 만나도 절대로 거래는 하지 말아요. 그냥 뭘 요구하는지만 듣고 와야 돼요."

'아. 떡돌이한테 촉비 물건을 훔쳐 간 내관 발에 상처가 있다는 얘기를 안 했다.'

혹합 장군에게 답서를 보내기 위해서 먹을 갈고 있자니, 문득 어젯밤 하지 못한 이야기가 떠올랐다. 이게 다 떡돌이 때문이다. 떡돌이가 나더러 욕과 칭찬 사이의 애매한 말을 던지고서 놀려대서 그래.

'어쩌지? 말을 해줘야 하나?'

"소주? 팔 아프세요?"

내가 먹을 손에 쥔 채 멍하니 앉아 있자, 옆에서 물을 조금씩 조금씩 부어주던 원웅이 의아한 얼굴로 물었다. 나는 고개를 젓고서 다시 먹 가는 걸 시작했다.

뭐. 말 안 해도 되겠지. 어제 도둑을 봤을 땐 일단 흔적을 남겨야 한단 생각에 돌을 차긴 했지만…… 생각해보니 이건 말해주기도 참 애매하지 않은가. 뭐라고 말해. 도둑이 경공을 펼치면서 달려가기에 나도 내공을 담아 돌을 던져 발에 상처를 입혔다고? 발에 상처가 난 내관을 살피면 도둑이 누구인지 알 수 있을 거라고? 절대 안 되지. 고의로 돌을 찬 게 아니라 실수로 찼다고 해도 역시 이상해. 실수로 돌을 찼는데, 상대 발에 상처가 났는지 아닌지 어떻게 알겠어.

"소주?"

"아냐. 계속 먹 갈자. 물 더 부어 봐."

"이 정도면 충분하지 않을까요? 얼마나 편지를 길게 쓰시려구요……"

"혹합 장군이 멋들어지게 서신을 보냈으니 나도 그에 맞게 보내야지."

"질보다 양을 택하는 거예요?"

"멋진 시 같은 거 뭐 적어 넣을 거 없을까? 의미는 몰라도 돼. 멋져 보이면 돼."

그렇게 한 시진에 걸쳐 온 공을 들인 서신을 쓴 다음, 서신은 원웅을 통해 혹합 장군에게 보내고서 나는 무공 수련을 하기 위해 비밀 연무장으로 걸어갔다. 어젯밤, 떡돌이가 '오늘은 시침에 널 부르지 않을 테니 기다리지 마라'고 했기에 좀 늦은 시간까지 수련을 할 생각이었다. 이제 기초 체력과 근력도 좀 다졌으니 보법 위주로 몸을 익혀야지. 물론 보법이야 눈 감고도 쓸 정도로 내게 익숙한 것이지만, 그래도 이 몸 역시 내가 사용하는 보법에 익숙하게 만들고 싶어.

그렇게 얼마나 오랫동안 수련을 했을까. 주위가 깜깜해져서 움직임을 멈추고 보니, 온몸이 땀으로 흠뻑 젖어 있었다. 안 그래도 서서히 날이 더워지고 있는데, 내공을 사용하지도 않고 몇 시간을 내내 움직여댔으니. 가져온 손수건으로 이마며 목덜미를 닦았지만 그래도 여전히 온몸이 축축해서, 나는 서둘러 연무장을 떠났다.

'얼른 처소로 가서 통에 물 받아놓고 씻어야지.'

그런데 처소를 향해 빠른 걸음으로 가다 보니, 희원궁 쪽에서 우 귀인이 슬며시 빠져나오는 게 보였다. 궁녀 한 명 데리고 있지 않은 채로.

'무슨 일이지?'

나는 청적에 몰래 떡돌이를 만나러 다닐 때도 있었고, 혼자 수련을 할 때도 많다 보니 일부러 궁녀들을 떼어놓고 다닐 때가 많다. 하지만 다른 후궁들은 귀하게 자라서 손가락 끝으로 궁녀와 태감들을 부리는 게 익숙해서인가, 대부분 아랫사람을 꼭 데리고 다닌다. 그런데 지금 우 귀인은 완전히 혼자였다. 게다가 걸어가면서 주위를 두리번거리기까지?

'재밌겠다.'

딱 보아도 수상한 티가 나서, 나는 얼른 기척을 죽이고 은신술을 펼쳐 그 뒤를 쫓았다.

우 귀인은 희원궁 근처에 있는 화화정에 도착해서야 멈추어 서더니, 다시 한번 더 주위를 두리번거렸다. 나는 그곳 정자 위로 올라간 다음 기둥 사이에 몸을 숨기고서 팔을 괸 채 우 귀인을 내려다보았다.

'아무 일도 없는데?'

하지만 우 귀인이 혼자 두리번거리는 걸 제외한다면 아무 일도 일어나지 않았다. 찾아오는 사람도 없고, 우 귀인이 누구를 만나러 가지도 않고. 재미없어져서 그냥 이 자리를 떠날까, 싶을 즈음. 그때서야 다른 누군가가 우 귀인에게로 다가갔다. 모자 달린 검은 피풍의를 눌러 써서 얼굴을 가린 사람이었는데, 딱 보기에도 엄청나게 수상해 보였다. 더욱 호기심이 느껴져서 기둥에 딱 달라붙자, 두 사람의 대화 소리가 들려왔다.

"난 폐하의 총애를 받고 싶어. 가장. 이게 내 소원이다."

이게 우 귀인의 목소리이고…….

"이런. 아무리 저라고 해도 남의 마음을 움직일 수는 없습니다."

이게 방금 나타난 저 얼굴 가린 자 목소리인가? 목소리가 엄청나게 특이한데? 변조한 거 같은데. 보통 사람이 아무리 목소리가 낮아도 이 정도로까지 낮아지진 않지. 그보다 우 귀인. 뭘 하려나 했더니 웬 이상한 작자한테 소원을 비는 거야? 저게 효과가 있을 거라 생각하나?

"그러면…… 촉비와 천 귀인을 무너뜨려줘."

속으로 혀를 차고 있는데, 그다음으로 우 귀인이 빈 소원은 웃어넘기기 좀 그랬다. 날 무너뜨려 달란 소원이었으니까.

"그러지요. 그건 쉽습니다."

게다가 정체 모를 녀석은 그 의뢰를 또 받아들이고? 참 재밌게 노는구나 싶어서 바라보고 있자니, 그 목소리 변조한 자는 우 귀인에게 무언가를 건네며 말했다.

"이것과 종이를 햇볕이 들지 않는 곳에 묻고 절을 세 번 하십시오. 내가 그쪽 의뢰를 들어주는 조건입니다."

목소리 변조한 자는 거기까지 말하고는 바로 자리를 비켰다.

나는 잠시 그자를 따라갈지 여기에 남아서 상황을 지켜볼지 생각하다가, 우 귀인은 반대 방향으로 이동하기에 그녀를 쫓아갔다. 뭘 묻으라 한 건진 모르겠지만, 우 귀인은 한 번에 일을 해치울 셈인지 주위를 두리번거리다가 정자 아래로 와 그늘 부분을 손으로 파기 시작했다. 그러고는 방금 전 그자에게 받은 걸 후다닥 묻고 흙으로 덮은 다음, 정말 당황스러울 정도로 건성건성 절을 세 번 하고 달아났다.

"……."

나는 이번에는 우 귀인도 따라가지 않았다. 대신 우 귀인이 사라지자마자 그 자리로 가 흙을 파고 그녀가 묻은 종이와 '무언가'를 꺼내 들었다.

뭐길래 이 오밤중에 만나서 묻어라 소원을 들어달라 절을 해라 그래?

'천년비진쾌도래……. 천년비? 나?'

그런데 종이를 펼쳐 보니 뜬금없이 거기서 내 이름이 나왔다.

나는 황급히 종이를 옆구리에 끼고서, 그녀가 함께 묻은 물건, 천으로 돌돌 만 것을 펼쳐 내용물을 확인했다.

잘라낸 머리카락이었다.

'염 귀인이 이런 걸 묻었다 파내다 기봉 장군에게 걸리지 않았던가?'

기봉 장군이 '염 귀인이 천년비란 사람을 저주했다'는 걸 전제로 조사하기에, 왜 그러나 했더니. 이것 때문에 그런 거구나. 염 귀인도 아까 그 목소리 변조한 자에게서 이 물건과 머리카락을 받았나?

'의심스러운데.'

게다가 더 신경 쓰이는 건, 염 귀인이 이런 걸 묻었을 때 내가 실제로 쓰러졌더란 것이다.

내 진짜 몸에서. 기봉에게 그 부분을 전해 들었을 때는 그냥 우연의 일치 정도로 여겼는데. 실제로 이걸 보고 나니 좀 수상쩍다. 이것도 아까 그자도 나도.

'이걸 어떻게 하지? 아니, 이걸 묻으면…… 내가 다시 내 몸으로 깨어나는 거야?'

13장

나는 양파 깔 때만 울어

청적에 앉아 대나무로 만든 부채를 홀로 팔락거리고 있을 때였다.

"조용할 땐 조용한 나름대로 괜찮군."

발소리가 가까워지는가 싶더니, 떡돌이가 옆에 앉으면서 평소처럼 떡을 내밀었다. 나는 떡을 받았지만 반갑게 아는 척을 해 주진 못했다. 내가 떡만 우물우물 씹자 떡돌이가 의아한 표정을 지었다.

"왜 그래?"

내가 떡이 마음에 안 들어서 이런다고 생각하나? 떡돌이는 들고 온 떡의 냄새를 맡고서 중얼거렸다.

"안 상했는데."

그러더니 떡을 입에 넣고 우물우물 씹다가 큰 깨달음을 얻은 것처럼 말했다.

"이 떡은 싫어하는 모양이지?"

"넌 눈치라고는 쥐뿔도 없구나."

그 모습이 참 안타까워 보여서 혀를 차자 떡돌이는 눈썹을 찌푸렸다.

"그럼 왜 이렇게 풀이 죽어 있어?"

나는 딱 잘라서 정정해주었다.

"풀이 죽은 게 아니야."

떡돌이는 손을 뻗더니 내 뺨을 아프지 않게 꼬집었다.

"여기가 만두처럼 튀어나왔는데. 풀이 죽은 게 아니라고?"

"그래. 난 뭘 좀 고민하는 거야."

"무슨 고민이지?"

떡돌이는 질문을 하면서도 '보나마나 심각한 고민은 아닐 거야'라는 표정이었다. 자기가 황제이니, 이 세상에서 자기 고민이 가장 크고 어렵다 생각하기라도 하나? 하지만 내 고민도 만만치 않게 컸다.

천년비진쾌도래. 나는 우 귀인이 물었던 그 종이에 대해 생각 중이었다. 어젯밤 종이와 머리카락을 발견한 후, 그걸 도로 파묻긴 뭐해서 나는 일단 그것들을 처소로 들고 돌아왔다.

어떻게 해야겠단 생각도 없었다. 그 탓에 처소로 온 다음에는 달리 둘 장소가 없어서 쩔쩔매다가 천장 지붕 틈에 숨겨놨지. 아무리 궁녀와 태감이 청소를 열심히 해도 지붕 아래까지 청소하진 않을 테니 그쯤에 숨겨두면 괜찮겠지 싶어서. 문제는…… 그 이후였다.

만약 그 종이를 땅에 파묻으면 나는 다시 원래 몸으로 돌아가나? 내가 고민하는 건 이 부분이었다.

"계란아?"

내가 말을 하다 말고 생각에 잠겨 멍해지자 떡돌이가 웃고 넘길 일이 아니다 싶은지 진지하게 불렀다. 떡도 승언이에게 다 건네서 자기는 빈손이었다.

"왜 그러느냐. 말해봐라. 무슨 일인지 알아야 도와주지."

"떡돌아."

"그래."

"넌…… 내가 사라지면 어떨 거 같아?"

바로 '슬프겠지'란 대답이 나올 줄 알았는데. 떡돌이는 쉬이 대답하지

322

않았다. 뭐야. 내가 사라져도 괜찮단 거야? 후궁이야 이미 여럿이고 더 뽑을 수도 있으니 상관없단 거야? 그가 무슨 대답을 하든 상관없어서 물은 건데, 막상 대답이 늦어지자 괜히 화가 나서 나는 그의 허벅지를 찰싹찰싹 내리쳤다.

"내가 사라지면 슬프다고 말해야지!"

하지만 떡돌이는 순순히 허벅지를 내게 맡긴 채 말없이 고민만 했다.

"좀 더 생각해보고."

"그게 생각씩이나 해야 할 일이야? 덜 생각하면 안 슬퍼?"

그게 황당해서 더욱 빠르게 찰싹찰싹 두드려댔지만, 떡돌이는 꿈쩍도 하지 않았다. 얼마나 그러고 있었을까? 그의 다리에서 손을 떼고서 승언이에게 떡을 가져오라 해 먹고 있자니, 떡돌이가 그제야 답을 찾고서 중얼거렸다.

"사라진다는 게 뭘 말하는 거지? 이별? 아니면…… 죽음?"

"어느 쪽이든."

내가 원래 몸으로 돌아간 다음, 이 몸이 어떻게 될지는 나도 모르니까. 예전에는 내가 원래 몸으로 돌아가면 천소여가 깨어날지도 모른다고 생각했는데. 전에 원래 몸으로 돌아갔을 때 아닌 걸 알게 됐지.

떡돌이는 한층 더 표정이 심각해져서 중얼거렸다.

"그러면 알아봐야지."

"뭘?"

"네가 사라진 게 자의일지 타의일지."

"자의면 어떻고 타의면 어떤데?"

자의면 아름다운 작별이 되는 거고 타의면 찾으러 와준단 건가? 떡돌이는 질문에 대답하는 대신 손을 뻗더니 내 머리카락을 들어올렸다. 이윽고 그는 내 머리카락 위에 가볍게 입을 맞추더니 다시 원래 자리에 내려주며 웃었다. 그 태도가 어쩐지 조금 야한 듯해, 괜히 몸 어기저기가 간질간질해졌다. 하지만 그것과 별개로, 그가 대답을 피하는 듯해서 나는 다시 그의 다리를 두드리며 재촉했다.

"대답은?"

떡돌이는 대답 대신 나를 물끄러미 바라보았다. 이윽고 그의 표정에 몹시 의심스러워하는 기색이 떠올랐다.

"혹시 이번에도 답이 정해진 질문이었나?"

"그럴 리가."

하지만 떡돌이는 표정을 펴는 대신 계속 나를 미심쩍게 쳐다보다가 마지못해 말해주었다.

"네가 안 떠나면 좋지?"

"왜 질문형이야. 끝을 내려."

단호하게 요구하자 떡돌이는 바로 내 부탁을 반영해주었다.

"네가 안 떠나면 좋겠지."

"왜 꼭 말을 그렇게 모호하게 해?"

"네가 원하는 대답을 해주기 싫어서."

"!"

눈을 가늘게 뜨고 쩨려보자, 그는 내 콧등 위에 가볍게 입을 맞추더니 곧 웃으면서 달래는 시늉을 했다.

"농이다. 네가 떠나면 싫지. 그러니 그런 말은 하지도 말거라. 불안하지 않으냐."

커다란 책상 위에 놓인 하얀 종이에 비원은 천천히 글씨를 썼다. 그 모습은 느릿하고 여유로웠다. 급한 일이라고는 일절 없어 보일 만큼. 하지만 붓을 내려놓을 때 그의 표정에는 귀찮아하는 기색이 역력했다.

종이 한 장을 꽉 채운 비원은 다시 그것을 구겨서 옆으로 치우고 새 종이를 꺼냈다. 목적이 있기보다는 생각을 정리하기 위한 행동이었다.

'천 귀인이 천년비일지도 모른다고 생각했는데. 아니었나.'

타천천과 편지를 주고받으면서, 천 귀인이 쓰러졌을 때 천년비 영혼이 돌아왔단 걸 알게 된 후. 그는 정말로 천 귀인 몸에 천년비 영혼이 있나 시험하기 위해 위험을 무릅쓰고 우 귀인에게도 염 귀인과 같은 조건을 내밀었다.

'천년비진쾌도래'라 쓰인 종이를 묻을 것.

우 귀인은 그 의뢰를 받아들었다.

하지만 이번에는 천 귀인이 쓰러졌단 이야기가 들리지 않았다.

'우연이었나.'

이번에야말로 찾았으리라 생각했는데…… 잠시 아쉬워하던 비원은 곧 싸늘하게 웃으면서 고개를 저었다.

'아니지. 그런 멍청한 후궁이 풍랑공이 아닌 걸 기뻐해야지.'

비원은 천년비를 흠모했지만 실제로 만나본 적은 없었다.

하지만 그의 머릿속에서 천년비는 강하단 이유로 사람들의 공격을 받으면서도 그걸 다 이겨내는, 고결하고 비극적인 파란 달 같은 영웅이었다. 천 귀인이 쓰러진 시기와 천년비가 깨어난 시기가 너무 교묘해서 잠시 '동일인?' 하고 의심했지만, 두 사람이 동일인일 거란 상상을 하면서 얼마나 애가 탔던가.

'아니라니 다행이다.'

또다시 천년비의 영혼을 찾을 길이 요원해졌으나, 비원은 애써 이 일을 좋은 쪽으로 결론 내리고서 마침내 붓을 내려놓으며 웃었다.

떡돌이가 말은 그렇게 했지만, 내가 없으면 외로워할 것 같아. 그러니까 쉽게 대답을 못 하고 그렇게 말을 비비 꼰 게 아닐까?

저녁 식사를 하면서 생각해보니 분명 그렇다. 떡돌이는 내가 떠난단 생각을 하는 것만으로도 놀라서 무슨 말을 못 했던 거야.

하지만 그 생각을 하자마자, 개원의 모습을 한 사악한 누군가가 옆에 환상처럼 나타나서 웃으며 말했다.

- 아니야.

'아닌가? 하지만 떡돌이는 날 좋아하는데……'

- 떡돌이는 황제잖아.

'두 사람은 같은 사람이고……'

- 황제는 좋아하는 여자가 있어. 너도 알잖아.

그치. 황제는 좋아하는 여자가 따로 있지. 가끔 그가 내게 하는 행동을 보면 자꾸 까먹게 되긴 하지만, 맞아.

황제는 좋아하는 여자가 있어. 그래서 황제는 날 시침에 부르긴 해도 그냥 품고 자기만 하니까. 음. 그러면 황제가 내 질문에 제대로 대답하지 않은 건 달리 할 말이 없어서일까? 그냥 아무 생각이 안 들어서?

"소주?"

멍하니 그 생각을 하고 있자니, 부성이 다가오다가 놀라 물었다.

"소주, 많이 피곤해 보이세요. 괜찮으세요?"

"생각할 게 있어서."

"무엇인데요?"

나는 입을 뻐끔거리다가 얼른 자리에서 일어났다.

"폐하한테 한 번 더 물어보지, 뭐."

"네?"

"확실하게 물어보는 게 좋잖아."

"무슨 말씀이신지……."

천년비 어쩌구 하는 종이를 묻어서 원래 몸으로 돌아가는 문제를 말하는 거다.

하지만 이건 측근 궁녀들에게도 상담할 수 없지. 아직 나는 결정을 내리지 못했다. 원래 몸으로 돌아가는 게 나을까, 안 돌아가고 버틸까.

원래 몸으로 돌아가봤자 날 기다리는 건 '이번엔 확실하게 죽여주지!' 하고 벼르는 개원이. 악적 천년비를 죽여 명성을 높이겠다고 달려들 정파 새끼들. 친구도 연인도 없이 홀로 돌아다니는 세월. 그 정도뿐이니까.

몸은 다시 강해지겠지만 지금의 평화는 사라질 테고, 생활을 도와주는 궁녀들, 멋들어진 서신을 적어 보내주는 친구도, 술병을 들고 찾아와 마시자며 웃는 친구도, 수놓는 걸 틱틱거리며 가르쳐주는 친구도 전부 다 사라질 거다.

날 볼 때마다 떡을 주고, 내게 "계란아." 하고 웃으며 부르는 그 남자까지도. 하지만 내가 몸을 돌려주지 않으면 천소여는 어떻게 될까. 그걸 모르니 계속 여기 있어도 될지 모르겠고…….

"소주?"

"폐하한테 좀 다녀올게."

결국 한 번 더 떡돌이에게 질문을 하기 위해 나는 원웅에게 부탁했다.

"걸칠 옷 좀 가져다줘."

"밤 산책을 가실 건가요?"

"폐하한테 간다니까."

내가 얇은 피풍의를 걸치자 원웅이 동그란 통 안에 등불을 넣은 귀여운 등롱을 들고 함께 나왔고, 우리는 둘이 꼭 붙어서서 황제의 침궁 쪽으로 걸어갔다.

"들여보내줄까요?"

원웅이 걱정스럽게 묻긴 했지만…… 아마 들여보내줄 거야. 안 들여보내주면 또 뭐 어때?

"안 들여보내주면 돌아가면 되지."

그런데 계속 그렇게 걸어가고 있자니, 멀지 않은 곳에서 '딱 딱 딱' 나무 두드리는 소리가 났다. 소리가 나는 쪽에는 등불 여러 개가 동동 떠가고 있고, 그 중앙의 가마에 금색 용포를 입고 옆으로 기대어 앉은 황제가 보였다. 황제는 손받이에 한쪽 팔을 괸 채 눈을 감고 있었고.

"잘됐다. 가서 물어보자."

그런데 마침 잘됐다 싶어서 얼른 그쪽으로 다가가고 있자니, 근처에 가기도 전에 사방을 살피며 걸어가던 오 공공이 나를 알아보고서 먼저 다가와 인사를 올렸다.

"천 귀인 아니십니까. 이 밤중에 여긴 무슨 일로……?"

"폐하께 드릴 말씀이 있어서."

내 말에 오 공공은 "폐하요." 하고 힐긋 가마 쪽을 쳐다보았다.

황제는 여전히 눈을 감은 채 가마에 기대어 있었다.

자나?

"괜찮은가?"

나는 다시 질문하며 오 공공을 보았다.

그런데 오 공공은 좀 멋쩍어하는 표정이었다. 그는 쩔쩔매며 서 있다가 나와 눈이 마주치자 어색하게 웃으면서 달래듯 말했다.

"내일 말씀하시지요. 폐하께선 지금 황후마마께 가는 길이거든요."

"아. 그러면 이 근처에서 기다려도 되나?"

내 질문에 오 공공은 난처한 얼굴로 원웅을 보았다. '네가 나서봐라' 하는 얼굴로. 신호를 받자마자 원웅은 내 팔을 조심스럽게 잡아당겼다.

"돌아가요, 소주. 내일 날이 밝은 후에야 돌아오실 텐데, 밤새 기다릴 수는 없잖아요."

계속 걷고는 있는데 기분이 이상하다.

뭐가 이상한지도 잘 모르겠지만. 어쨌든 그렇게 쭉 걸어가다가, 나는 말도 안 되는 질문을 하고 말았다.

"폐하가 황후마마한테 가서 베개 싸움만 하다 오시진 않겠지?"

원웅은 내 눈치를 살피면서 애써 좋게 말해주었다.

"그러실 수도 있지 않을까요? 황후마마가 베개 싸움을 좋아하실지도 모르니까요."

"폐하는 황후마마가 좋으신가 봐."

"국모시니까요……. 따뜻한 분은 아니시지만, 공정한 분이시고 나서서 다른 후궁들을 괴롭히지도 않으세요."

그렇구나. 나도 다른 후궁들은 안 괴롭힐 수 있는데. 공정하진 않지만.

멍하니 걸어가고 있자니 커다란 바위가 보인다. 내가 그 위에 앉자, 원웅은 괜히 안절부절못하며 내 눈치를 살폈다.

연비가 그랬지. 황제는 먹이라고. 어쩌면 후궁들에겐 그 태도가 맞는 걸지도 모르겠다.

그렇잖아. 황제는 좋아하는 여자가 있는데도 그녀를 지키기 위해 나를 자주 시침에 부르고, 그러면서도 주기적으로 황후를 찾아가. 좋아하는 여자가 있어도 나랑 친해도, 황후이자 국모는 따로 있지. 연비 같은 마음가짐으로 있으면 다른 후궁들을 아군과 경쟁자로 구분해내고 냉정하게 앞길을 도모할 수 있지만, 황제를 연모하면 모두가 연적이 되어버리니 견디기 힘들어질 거야.

나는 걷다 말고서 아까 황제가 이동하던 쪽을 쳐다보았다.

이미 그의 금색 용포는 보이지 않았지만, 그를 둘러싼 등롱 불빛은 여전히 둥둥 떠가는 것처럼 보였다. 어둠 사이에서 둥둥 떠가는 그 불빛은 환상적으로 보여서 꿈 같았다.

'용포를 입은 떡돌이는…… 그저 빛으로만 보이는구나. 제대로 모습을 볼 수가 없어. 하지만 이게 진짜 떡돌이겠지. 황제.'

"소주?"

"난 신경 쓰지 않아."

"네?"

"우리 처소로 돌아가자."

내가 바위에서 벌떡 일어나 앞서 걸어가자, 원웅이 어리둥절하면서도 얼른 옆으로 붙어 등롱을 제대로 들었다.

"원웅. 지금 염 귀인을 찾아가면 이상할까? 마지막으로 보고 싶은데."

"예? 어…… 너무 늦은 시간이니까요. 미리 말을 전하지 않았으니 실례일 거 같아요."

"하긴. 요즘 염 귀인 안색이 많이 안 좋았어."

"네. 그냥 내일 찾아가세요, 소주. 제가 내일 따뜻하게 호단탕을 끓여드릴 테니, 그걸 가져가서 드리면 좋아하실 거예요."

황제는 찻잔을 쥐었다 폈다 들었다 놓았다 반복하면서도, 막상 차를 마시진 않았다. 손 외에 다른 부위는 미동도 없었다. 표정마저도. 황후는 맞은편에서 차를 마시며 그런 황제를 뚫어져라 보다가, 희미하게 웃으며 입을 열었다.

"신경 쓰시는 게 있나 봅니다."

황제가 보자, 황후는 차를 한 모금 마시고서 다시 태연히 물었다.

"사람 일입니까, 나랏일입니까."

황제는 답해주는 대신 부드럽게 웃으면서 찻잔에서 손을 뗐다.

"황후에게 약한 소리를 할 수야 없지. 나 혼자 앓겠소. 염려 마시오."

다정한 목소리였고 배려하는 말투였다. 하지만 황후는 황제가 온화하게 선을 긋고 있단 걸 알아차리고서 의미심장하게 웃었다.

"눈앞에서 그러고 계시니 염려 안 할 수가 있나요."

"억지로라도 웃고 있어야겠군. 황후가 신경 쓰게 할 수야 없지."

그 말을 한 황제가 정말로 화사하게 웃자, 황후는 잠시 주춤하다가 진심으로 감탄했다.

"꽃보다 고우십니다. 폐하께서 그 면사를 거두고 다니면, 보는 사람마다 마음이 혼란스럽겠지요."

황제에 대한 그녀의 마음을 떠나, 월요 황제는 분명 그가 본 어떤 사람보다도 아름다웠다. 아니, 어떤 그림보다도 더욱.

"그래서 배려를 위해 늘 면사를 쓰지 않소."

황제가 농담조로 탁자 위에 놓인 자신의 면사를 가리키자, 황후는 덤덤히 웃으면서 고개를 끄덕였다. 하지만 그 면사 뒤에서, 꼭 저런 형태의 면사를 쓰고 다니는 또다른 남자를 떠올린 황후는 바로 그곳에서 시선을 떼고 중얼거렸다.

"오기 귀찮으시면 제게도 연금을 보내서도 됩니다."

"황후에겐 예의를 다해야지. 그러지 않을 거요."

황후는 다시 웃고서 손으로 찻잔을 들어 입가에 가져갔으나, 찻잔과 손에 얼굴이 가려질 때 습관적으로 지었던 미소는 흐려져 있었다. 황제는 그 변화를 알아차렸으나 모른 척 다른 곳을 보다가 일어서 침상으로 걸어갔다.

"피곤하니 먼저 자겠소. 황후도 얼른 주무시오."

새벽 공기는 서늘하고 조금 축축했고, 여기저기서 새소리가 들려와 생명력을 한껏 느끼게 했다. 황제는 새벽의 이런 분위기가 마음에 들어, 가마와 태감들은 저만치 물려 놓고 오원요만 곁에 두고서 천천히 걸었다.

그러다 어제 천 귀인이 서 있던 곳을 지나가게 되자, 갑자기 멈추어선 그는 천 귀인처럼 어제 자신이 지나간 방향을 바라보았다. 이 모든 행동은 조용히 이루어졌고 황제는 달리 아무 말도 하지 않았으나, 오원요는 그런 황제의 내색을 눈치채고서 물었다.

"폐하. 어제 천 귀인을 보셨던 건지요?"

오원요는 어제 황제가 천 귀인을 못 보고 지나친 줄 알았다. 황제는 내내 가마에서 눈을 감고 있었고, 오원요 역시 사방을 살피며 걷다가 천 귀인을 먼발치에서 발견한 것이기 때문이다. 하지만 오원요는 황제에게 천 귀인이 다녀갔단 이야기를 따로 하지도 않았다. 혹시라도 황제가 황후에게 가던 걸음을 천 귀인에게로 돌릴까 봐. 오원요는 천 귀인을 좋게 보았으나, 황제의 지나친 총애로 내명부의 질서가 깨어지길 바라진 않았다.

"보았다."

"그렇군요. 폐하께서 귀인을 쳐다보지 않으시기에, 신은 폐하께서 귀인을 못 보신 줄 알았습니다."

오원요는 황제가 '어제 천 귀인을 봤으면서 왜 말하지 않았느냐'고 혼을 낼까 봐 괜히 엉덩이를 뒤로 빼며 황제의 눈치를 살폈다. 하지만 황제는 천 귀인이 서 있던 자리를 쳐다만 볼 뿐 오원요에겐 시선도 주지 않았다. 마치 천 귀인이 어젯밤 무엇을 보고 무엇을 생각했나 따라 해보려는 것처럼. 면사 위로 드러난 눈이 깊게 생각에 잠겨 있어서, 오원요는 괜히 송구해졌다.

"짐이 천 귀인에게 말을 걸었더라면 가마를 돌리라 했겠지. 짐은 자제심이 부족하니."

"폐하께서 자제심이 부족하시다니, 그럴 리가요."

"우리 계란이한테 가봐야겠다. 그 늦은 밤에 찾아올 정도면 하고 싶은 말이 있었을 텐데."

생각을 끝낸 건지 황제가 방향을 바꾸어 후궁들이 모여 사는 구역으로 가려 하는데, 오원요가 급히 "폐하."하고 불렀다. 황제가 돌아보자 오원요가 눈으로 그의 금빛 용포를 가리키며 물었다.

"옷을 갈아입고 가시는 게 어떨지요? 어제 차림 그대로 가시면, 어제 일이 생각나 귀인께서 괜히 싱숭생숭하실지도 모릅니다."

오원요의 제안에 황제는 감탄하며 칭찬했다.

"그렇군. 네가 현명하다."

오원요가 뿌듯하게 웃자, 황제는 다시 방향을 가꾸어 가던 길을 계속 걸어갔다.

"가자. 아. 그리고 오원요."

"예, 폐하."

"구름떡을 만들어 오너라. 따뜻하게. 우리 계란이에게 주어야겠다."

옷 색, 모양, 면사 무늬, 심지어 머리 형태까지 어제와 다르게 한 황제는 몇 번이나 거울을 보며 천 귀인이 자신을 보았을 때 밤의 일을 떠올리지 않도록 꾸몄다.

그리고서 천 귀인의 처소로 천천히 걸어가고 있자니, 불그스름하던 하늘이 파랗고 깨끗하게 변해 새로운 하루의 시작을 밝게 알렸다. 우리 계란이를 어찌 달래야 하나. 황제는 속으로 기분 좋은 고민을 하며 동영궁으로 걸어갔다.

그런데 그 근처로 가보니 몹시 소란스러웠다. 늙은 탕 궁의는 제자들의 부축을 받아 무거운 몸을 끌고 뛰고 있었고, 그 곁에서는 한 태감이 발을 동동 구르며 재촉하고 있었다.

"빨리요, 제발 더 빨리요!"

"저건 귀자 아니냐."

황제는 그 태감을 알아보고서 중얼거렸다. 귀자는 천 귀인이 수오부군왕 사건의 목격자가 된 후 암습을 받자, 그가 특별히 붙여준 무공을 익힌 태감이었다. 그런데 천 귀인의 태감이 탕 궁의 앞에서 저러고 있자 불안한 마음이 든 그는 얼른 그쪽으로 다가가며 물었다.

"무슨 일이냐."

황제가 조용히 찾아온 데다 워낙 경황이 없는 상태였으므로, 귀자와 어의는 이제야 황제를 발견하고서 황급히 무릎을 굽혔다. 황제는 일어나라 손짓하며 재차 무슨 일이냐 물었다. 말이 끝나자마자 귀자가 울먹이며 외쳤다.

"폐하. 천 귀인께서, 저희 소주께서 숨을 쉬지 않으십니다!"

"그게 무슨……."

뜬금없는 말에 황제는 의아해 물으려다가, 말을 다 잇지 못하고 황급히 천 귀인의 처소로 달려갔다. 오원요도 얼결에 같이 뛰었고, 귀자도 뛰었고, 탕 궁의도 황제가 앞서 뛰어가자 헉헉거리면서 더욱 열심히 달렸다.

남들보다 훨씬 빠르게 천 귀인의 처소에 도착한 황제는 사립문 안쪽에서 엉엉 우는 소리가 들려오자 놀라 주춤하다가, 황급히 문을 박차고 들어갔다. 그가 처소 안으로 들어서자 궁녀들이 울면서도 무릎을 굽혔다.

"무슨 말이냐. 천 귀인이 숨을 쉬지 않는다니!"

내실까지 한걸음에 간 황제는 침상에 누운 천 귀인을 발견하고서 놀라 "소여야!" 하고 외쳤다. 천 귀인은 미동도 하지 않고 있었고, 곁에서는 부성과 원웅이 목이 들끓는 소리를 내며 흐느끼고 있던 것이다.

"무슨 일이냐! 멀쩡하던 사람이 왜 갑자기 숨을 쉬지 않아?"

그가 천귀인의 곁으로 가며 원웅에게 묻자, 원웅은 끅끅거리면서 떨리는 목소리를 냈다.

"모르겠습니다. 어젯밤 폐하를 뵈러 갈 때만 해도 괜찮으셨는데……."

천 귀인이 밤에 자신을 보러 왔단 소리에 황제의 표정이 얼었으나, 원웅은 우느라 그런 변화를 눈치채지 못하고서 계속 말을 이었다.

"자다 일어나서 한 번 혼자 산책도 하셨고, 아침에 일어나셨을 때도 괜찮으셨습니다. 오늘도 염 귀인께 가서 수를 배우실 거라고……."

"천 귀인. 계란아."

황제는 침상 바로 옆으로 가 천 귀인의 흩어진 머리카락을 쓸다가, 천천히 손을 아래로 내려 그녀의 목에 가만히 손을 짚었다. 정말로 맥이 느껴지지 않자 그는 눈을 질끈 감았다.

탕 궁의는 이제야 도착해 헉헉거리면서 안으로 들어오다가, 황제가 "빨리 진맥하라! 빨리!"하고 외치자 황급히 침상 가까이로 왔다. 원웅은 천 귀인의 손을 조심히 들었고, 어의가 데려온 조수는 얇은 천을 꺼내서 손목 위에 그것을 올려두었다.

"손은 왜 그런 거냐."

가만히 그 모습을 지켜보던 황제가 갑자기 초조하게 끼어들었다.

"네?"

원웅이 고개를 돌리자, 황제는 천 귀인의 손을 낚아채며 으르렁거렸다.

"왜 손이 흙투성이냐 묻고 있다."

"저희도 잘 모르……."

황제가 천천히 눈동자를 돌려 보자, 원웅과 부성은 얼굴이 하얗게 질려서 무릎을 꿇었다. 천 귀인이 바닥에 떨어진 음식을 주워 먹던 걸 떠올린 황제는 더욱 화가 났지만, 상태를 보는 게 우선이라 손을 놓아주고서 궁의에게 다시 지시했다.

"진맥하라."

궁의는 분위기에 짓눌려 손을 덜덜 떨면서, 조수가 천 귀인의 손목에 천을 깔자 그 위에 손가락을 대었다.

황제는 용포 아래로 주먹을 꽉 쥐었다. 어젯밤, 일부러 쳐다보지 않고 지나간 그 순간이 떠올라 심장이 아팠다. 아침에 깨어났다고 하니, 옷을 갈아입겠다며 바로 오지 않은 것까지 떠올라 더욱 미칠 것 같았다. 꽉 쥔 주먹 안쪽에서, 구름떡이 뭉개지며 홀로 고소한 냄새를 풍겼다.

황제는 옆자리에 잠든 것처럼 누워 있는 천귀인의 모습을 바라보다가 낮은 목소리로 지시했다.

"기몽 장군과 어의들을 전부 다 부르라."

오원요가 얼른 "네." 하고 밖으로 나가자, 황제는 다른 이들에게도 모두 물러나란 손짓을 했다. 탕 궁의와 궁녀들, 태감들까지 다 물러나자, 홀로 남은 황제는 천 귀인의 침대 머리맡에 앉아 손을 깍지껴 꽉 쥐었다.

"일어나라. 소여야."

그러나 불러보아도 돌아오는 대답은 없었다.

"일어나라. 일어나."

손을 꼭 쥐고서 속삭이다가 그는 마주 쥔 손을 천천히 들어올려 손등에 입을 맞추고 눈을 감았다.

"너는 이리 가지 마라. 제발……."

얼마 지나지 않아 어의와 기몽 장군이 바로 천 귀인의 처소로 달려왔다. 다들 소식을 듣고 왔기에 참담한 얼굴이었다. 장군과 어의들이 황제의 발치에 무릎을 꿇고 앉았으나, 황제는 여전히 천 귀인의 손을 꼭 쥔채 그들을 쳐다보지도 않고서 지시했다.

"천 귀인이 갑자기 쓰러진 원인을 찾아라."

"네."

황제의 명령이 떨어지자마자 기몽 장군은 서둘러 밖으로 나갔고, 어의들은 황제의 눈치를 보며 가까이 다가왔다. 황제가 일어서서 어의들이 천 귀인을 잘 볼 수 있게 자리를 비켜주자, 어의들은 황제의 시선을 받으며 잔뜩 긴장해 차례로 천 귀인을 진맥하기 시작했다.

어의들이 황제의 서슬 퍼런 눈빛을 받으면서 진맥하는 사이. 기몽 장군은 날카롭게 천 귀인의 처소 근처를 살폈다. 기몽 장군의 부하들 역시 굳은 얼굴로 샅샅이 처소 주위를 살폈고, 태감과 궁녀들에게 탐문을 했다.

그때. 기몽은 얼핏 본 천 귀인의 손에 흙이 묻어 있던 걸 떠올리고, 울먹이고 있는 원옹을 불러다 물었다.

"소저. 천 귀인께서 혹시 화단을 가꾸십니까?"

"아니요. 그런 쪽엔 관심이 없으십니다."

"손에 흙이 묻어 있던데."

"저도 어쩐 일인지 잘……. 새벽에 홀로 산책하러 나가셨는데, 어쩌면 그때 묻은 건지도 모릅니다. 씻고 처음 주무실 때는 분명 손이 깨끗했으니까요."

"산책을 언제 했습니까?"

"축시에서 인시 사이……요."

"범위가 너무 넓습니다."

원웅은 긴장하자 기억이 잘 나지 않아 쩔쩔맸으나, 다행히 근처에서 다른 수사관에게 탐문을 받던 부성이 대신 대답했다.

"인시 초입니다."

"인시 초."

기몽은 그녀를 향해 고맙단 뜻으로 고개를 끄덕이고서 다시 원웅에게 물었다.

"산책을 어느 정도로 오래 했습니까?"

"그리 오래지 않아 돌아오셨어요."

"어디를 산책했는지는 압니까?"

"멀리 가지 않으셨다 했습니다."

천 귀인이 몸소 흙을 팠다면 처소 후원에서는 아닐 거다. 사람들이 계속 있으니. 하지만 멀리 가지 않았다면…….

기몽 장군이 갑자기 조용해지자 원웅이 탐문이 끝난 건가 싶어 눈치를 살폈다. 기몽 장군은 이렇다 저렇다 말하지 않고, 황급히 처소 밖으로 나가 근처를 살피기 시작했다.

천 귀인이 후궁의 몸으로 사람들이 오가는 길에서 흙을 팔 것 같진 않았기에, 그는 일부러 산책로 주위 후미진 곳을 위주로 살펴보았다. 생각한 것보다는 조금 떨어진 곳에서 기몽은 마침내 흙을 새로 덮은 흔적을 발견했다. 그건 평범한 사람의 걸음걸이로는 '잠깐 산책'할 거리가 아니지만, 무공을 익힌 사람이라면 '잠깐 산책'할 만한 거리였다. 천 귀인에게 내공이 없단 걸 확인했으나, 기몽 장군은 여전히 천 귀인이 마차 바퀴를 뚝 떼던 걸 아직 기억하기에 바로 그 자리를 파보았다.

흙을 헤치자 얼마 지나지 않아 안에서 종이와 작고 검은 상자가 나왔다. 깊숙이 숨겨 묻어야겠단 생각이 없었던지 그냥 건성으로 묻은 덕에 수월하게 찾을 수 있었다. 기몽 장군은 종이와 상자를 들고서 굽혔던 몸을 일으켰다. 상자는 옆구리에 끼고서 종이를 펼쳐보자, 일곱 개의 글자가 드러났다.

"천년비. 진쾌도래."

또 그 글자였다. 염 귀인이 묻었다 파냈던 그 글자. 그러면 이번에는 천 귀인이 직접 이걸 파묻은 건가? 기몽 장군은 아까와 반대로, 이번에는 종이를 다시 접어 옆구리에 끼고서 상자를 열어보았다. 거기서 나온 것 역시 머리카락 한 뭉치. 전에 염 귀인 사건 때와 같은 물품이었다.

"전에는 염 귀인이. 이번에는 본인이."

대체 이게 무슨 일일까, 기몽은 생각에 잠긴 채 다시 상자 뚜껑을 덮었다. 그러고서 다시 처소 쪽으로 돌아서는데, 마침 그 방향에서 부하가 황급히 그가 있는 쪽으로 달려와 보고했다.

"장군! 천 귀인께서 살아나셨다 합니다!"

"!"

부하는 기몽 장군이 따라오지 않고 우두커니 서 있자, 초조하게 "장군." 하고 다시 불렀다. 그래도 이동하는 대신, 기몽 장군은 천천히 시선을 내려 자신이 든 종이와 상자를 보았다.

"역시 관련 있는 것 같은데."

"예?"

"아니다. 가자."

누군가 내 손을 꽉 쥐고 있었다. 절대로 놓지 않을 것처럼. 손에서 느껴지는 온기는 뜨거울 정도였고, 주위에서 들려오는 엉엉 우는소리와 코 훌쩍이는 소리, 달그락거리는 소리는 시끄러웠다. 그리고 "왜 일어나지 않는 게냐." 하는 황제의 목소리…… 황제?

나는 천천히 눈을 떴다. 코앞에 황제가 있었다. 침상에 걸터앉아 손을 잡은 채로.

"……떡돌?"

이게 꿈인가 생시인가. 이름을 부르자 이번에는 원웅이 훌쩍이며 속삭였다.

"어떡해요. 우리 소주, 정신이 안 돌아오시나 봐요."

황제에게 떡돌이라 부르니 내가 미쳤나 싶은 눈치였다.

그래. 사람들 앞에서는 떡돌이라 부르면서 반말 안 하기로 했지. 뒤늦게 아차 싶어서 가만히 있으려니, 황제가 "소여야." 하고 이름을 부르면서 내 손을 잡아주었다.

"소여라니, 내가 왜 소여……지."

그 말을 듣자 나는 이제야 제정신이 다 돌아와서 얼른 황제를 "폐하." 하고 부르며 바라보았다. 황제는 내가 자기를 알아보자, 안심한 얼굴로 손을 꽉 잡고 한 손으로 머리 쓸어주며 타박했다.

"이 사고뭉치. 짐에게 화가 날 때마다 왜 자꾸 쓰러지는 게냐."

"폐하에게서…… 냄새가 납니다."

"냄새?"

"떡 냄새요."

"널 주려고 떡을 챙겨 왔는데, 네가 쓰러져 있더라. 짐이 얼마나 놀랐는지 아느냐?"

"전 폐하가 아니니까 모르죠."

"……"

"그냥 푹 자고 일어난 기분입니다. 왜 이런 건지 모르겠지만."

"아프진 않으냐."

"네."

"그러면 되었다. 두 사람이 아픈 것보다 혼자 아픈 게 낫지."

황제가 좋은 말을 해주는 건 알겠는데. 그보다 지금은 혼란스러운 마음이 더 크다.

대체 뭐가 문제였지? 왜 원래 몸으로 돌아가지 않았지? 그 생각을 하는 것만으로도 골치가 아팠다. 그 종이를 묻으려니 꺼림칙하고 싫었지만, 그래도 고민하다가 가까스로 마음을 다잡고서 묻은 건데. 이렇게 바로 깨어나니 허탈했다.

"혹시 제가 기절해 있던 동안에요 폐하. 제가 기억을 다 찾고서 깨어나진 않았나요?"

"기절? 숨이 멎었다. 기절이라니."

진짜 천소여는 이번에도 돌아오지 않은 건가……. 생각하는 사이, 황제는 내 손등을 두드려주었다.

"일단 쉬어라."

그러고서 손을 놓고 일어서는 그를, 나도 모르게 빤히 보았나 보다. 황제는 기몽 장군과 어의들에게 따라 나오라 눈짓하다가, 내 손과 눈짓을 발견하더니 다가와 손을 다시 잡아주었다.

"급한 안건만 해결하고 오겠다. 온종일 옆에 있어주마."

그러고는 달래듯 약속하고서 등을 두어 번 두드린 다음에 나갔다.

"안 그래도 되는데요."

뒤에서 작게 중얼거려보았지만, 그는 이미 나간 후였다. 황제가 나가자 방 안을 꽉 채웠던 어의들과 기몽 장군도 우르르 따라 나갔고, 내가 깨어나길 기다렸던 원웅과 부성은 엉엉 울면서 달려왔다.

황제는 심궁으로 걸어가면서 어의들에게 우선 천 귀인의 몸 상태에 대해 보고받았다.

하지만 놀라울 정도로 별 이상이 없단 소리에 그들은 일단 물리고, 이번에는 기몽 장군을 불러 물었다.

"처소 주위에 수상한 흔적은 없었느냐. 전에는 염 귀인이 천 귀인을 저주해서 벌어진 일이라는 말이 있었지. 이번엔 그 비슷한 게 없었느냐."

"있었습니다."

황제가 오원요에게 눈짓을 보내자, 오원요는 사람들이 더 물러나도록 손을 휘저었다. 주위가 텅 비자 황제가 기몽 장군에게 계속 말해보라 손짓을 했다.

"염 귀인은 전에 '천년비진쾌도래'라고 쓰인 종이와 머리카락을 파내다가 걸렸습니다."

"그런데."

"이번에도 천 귀인 처소 근처에서 종이와 머리카락이 발견되었습니다."

황제는 천천히 걸어가다가 우뚝 멈추어 서서 기몽을 보았다.

"이번에도 염 귀인이 한 짓이란 말이냐?"

"아닙니다. 천 귀인의 손에 묻어 있던 흙을 보아서는……."

"직접 했다?"

"예."

"그러면 천 귀인은 자기가 그 종이를 묻었을 때 죽을 거란 걸……."

황제는 말을 하다가 잠시 목이 막혀서 입을 꽉 닫았다.

자결한 누이가 생각나서. 하지만 그는 곧 호흡을 가다듬고서 무거운 표정으로 중얼거렸다.

"알았단 뜻이냐."

"송구하옵니다. 거기까진 신도 알 수가 없습니다."

"……."

"어쩌면 내용을 알고서 단순히 시험해보고 싶으셨던 걸지도 모르지요."

"목숨을 걸고서?"

"……."

황제는 어젯밤 자신이 천 귀인을 모른 척하고 지나갔던 일이 떠올라 얼른 질문을 이어갔다.

"왜 그 종이를 묻었을 때 천 귀인이 쓰러지는 거지? 그건 알아냈느냐."

"천 귀인께서는 부정하셨지만……."

"만?"

"소신의 생각엔, '천년비'가 천 귀인께서 입궁 전에 사용하신 이름이 아닐까 사려되옵니다."

"가명이라."

"예."

"천 귀인이 아니라면 아니겠지. 입궁 전에 잠시 사용한 이름을 굳이 부정할 필요가……."

필요가 있느냐, 하고 말을 하려다가 황제가 다시 입을 다물었다. 그 이름. 최근에 흑합에게서도 들었단 게 떠오른 것이다.

"'천년비'란 인물들을 소신이 조사해보니, 한 명을 제외하고는 모두 다 행적이 확실했습니다. 그런데 그 행적이 불확실한 한 명이 그리 좋은 평판이 아니었디군요. 그래서 부정하시는 것 같았습니다."

"무림 사적."

황제가 의외로 무림인에 대해 알자, 기몽 장군이 짧게 감탄했다.

"폐하께서도 아시는군요?"

황제는 눈살을 찌푸렸다. 천년비란 자가 무림에서 가장 악한 넷 중 하나란 건 그렇다쳐도, 흑합이 그 이름을 거론했던 건 현재 황제가 주시하는 '사하비단'이란 집단에 연루되어서였다. 그런데 여기서 갑자기 그 이름이 나오자 황당했다.

"저는 천 귀인께서 입궁 전에 이중생활을 하신 게 아닐까, 의심하고 있었습니다. 그런 자제들이 드물지만 있으니까요."

"확실한 거냐."

"확실하진 않습니다. 일단 천 귀인께서 강경하게 부정하시는 데다가, 잠시 행방이 묘연해졌던 천년비 그자가 지금은 공개적인 행보를 보여서요."

"그럼 아니지 않을까."

"물론 아닐 수도 있습니다. 천 귀인께선 내공이 없으신데, 천년비라는 자는 무림에서도 손꼽히는 강자였다니까요. 하지만 그 이름을 물을 때마다 천 귀인께서 쓰러지고, 그 이름을 파낼 때마다 천 귀인께서 깨어나시니…… 자꾸 의심이 갑니다. 동일인은 아니라 해도 최소한 관련은 있는 것 같습니다."

심궁에 다 도착했으나 황제의 표정은 풀리지 않았다. 기몽 장군은 할 말은 거의 다 했기에, 이젠 조용히 황제의 지시를 기다렸다. 한참이 지나서야 황제는 거의 입술을 움직이지도 않고서 명령했다.

"그 천년비란 무림인에 대해 모든 걸 다 조사해 보고하라. 좋아하는 것, 가족 관계, 친구, 행적, 싫어하는 것…… 연인까지 다."

왜 이번에는 원래 몸으로 돌아가지 않았을까.

좌경에 비추어진 내 모습, 정확히는 천소여의 모습을 보고 있자니 이젠 익숙해진 얼굴이 새삼 또 낯설어 보인다.

"황후마마께서 몸이 다 나을 때까지는 문안에 오지 말라 하셨어요."

원웅이 머리를 빗겨줄 때마다 두피에 빗이 닿는 감각은 제대로 느껴지는데도.

"그래."

"황후마마가 무섭긴 하셔도 무리한 요구는 하지 않으시네요."

"그래."

"폐하께서도 오늘은 처소에서 떠나지 말라 하셨어요. 폐하도 여기서 주무시고 가실 거라고…… 소주, 제가 너무 시끄러운가요?"

얼마나 그러고 있었을까. 멍하니 거울만 보고 있었더니, 원웅이 조심스럽게 물었다. 혹시 내가 조용히 있고 싶은데, 자기가 눈치 없이 구는 건가 걱정이 된 모양이었다.

"아니. 괜찮아. 그냥 이것저것 생각 좀 한다고."

"생각이요?"

"내가 어떻게 하다가 다시 살아났을까, 이런 생각."

"소주! 그런 무서운 말씀 마세요!"

원웅은 펄쩍 뛰었지만 정말인걸. 나와 달리 '진짜 천소여 영혼'은 여기도 저기도 안 나타나고 있는 것도 이상하고. 천소여의 영혼은 이미 다른 사람으로 환생이라도 한 걸까? 아니면 이승을 떠나 저승으로 갔나? 그래서 안 오나? 근데 그런 게 있긴 해? 하지만 아무리 생각한다 한들 내가 뭘 어찌 알까. 어디다 물어볼 수 있는 데도 없고.

그렇게 생각에 생각을 거듭하는 사이. 어느새 저녁이 되었고 저녁 식사를 할 때쯤 떡돌이가 찾아왔다. 떡돌이가 안으로 들어왔을 때는 부성이 내 식사 시중을 들기 위해 한 손에는 접시를, 한 손에는 기다란 젓가락을 쥐었던 때였다. 부성이 얼른 뒤로 물러서자 떡돌이는 손도 대지 않은 상을 쳐다보며 물었다.

"아직 안 먹었느냐?"

"네. 이제 먹으려고요. 먹는 동안 거기 계세요."

부성이 물러났으므로 나는 직접 젓가락을 들면서 떡돌이에게 당부했다. 그런데 막 음식을 집으려다 보니, 부성이 내게 소리 없이 눈치를 주지 않는가. 무슨 뜻인지 모르겠어서 그냥 음식을 집었는데, 부성이 또 내게 눈치를 주었다.

"왜?"

역시나 알 길이 없어서, 입에 콩나물무침을 넣으면서 묻자, 부성은 아예 안절부절못하면서 떡돌이의 눈치를 살폈다. 대답은 떡돌이가 맞은편에 앉으면서 대신해주었다.

"짐도 아직 안 먹었다. 같이 먹자."

아. 저거 물어보라고 눈치를 준 거구나.

"당연히 드셨을 줄 알았어요. 부성아, 폐하 먹을 떡 좀 가져와 줘."

내가 머쓱하게 말하자, 부성이 "네." 하고 대답하더니 얼른 처소 밖으로 나간다.

"밥으로 가져와라."

"예, 예, 폐하."

하지만 황제가 뒤에서 재차 지시하자, 부성은 나가던 걸 멈춰서 또 인사를 한 다음 허둥지둥 나갔다. 부성이 나가자 황제는 한숨을 내쉬면서 물었다.

"짐이 매일 떡만 먹고 지내는 줄 아느냐?"

"이름값을 못 하시네요."

"짐의 이름이 아니니까."

그사이, 원웅과 부성은 얼른 밥 한 공기와 다른 반찬을 몇 개 더 가지고 들어와 탁자에 잘 차려놓았다. 그러고서 물러나 서자, 떡돌이가 손짓하며 지시했다.

"다들 나가라. 천 귀인은 짐이 챙기겠으니."

그 지시에 원웅과 부성은 물론, 떡돌이를 따라 들어왔던 태감들까지 나갔다. 그 모습을 가만히 보고 있자니, 떡돌이는 나물 반찬을 직접 덜어서 내 앞접시에 내려놓아주었다.

"자. 먹거라."

"줄 거면 고기 위주로 줬음 좋겠어."

어쨌든 떡돌이가 준 반찬을 집어서 입에 넣자, 입안에서 양념 된 나물이 강렬한 향을 내며 자신의 존재감을 알려왔다.

떡돌이는 내 요구대로 이번엔 고기반찬을 덜어주었고, 나는 그걸 또 집어 먹으면서 생각했다. 천소여 몸으로 들어와서 사실 손꼽히게 좋은 두 가지 중 하나가 이거라고.

안락한 침상과 맛있는 음식들. 이 때문에 원래 몸으로 돌아갈 방법을 알았을 때도 바로 돌아가지 못하고 머뭇거렸던 거기도 하고. 진짜 천소여가 나 때문에 못 돌아올지도 모르고, 딱히 여기서도 날 붙잡아줄 사람은 없고 하니 결국에는 원래 몸으로 돌아가려 했지만.

"저쪽에 있는 고기전 줘."

"계란아."

그런데 떡돌이가 준 전을 입에 넣고 우물우물 씹고 있자니, 그가 잠시 고민하다가 뜬금없는 말을 했다.

"아무에게도 말하지 마라."

"고기 집어서 준 거? 황제가 후궁에게 고기 주면 안 돼?"

"짐은 황후와 동침하지 않는다."

고기 얘기가 아니구나. 전혀 예상하지 못한 고백에, 나는 젓가락질을 멈추고 그를 빤히 쳐다보았다. 눈이 마주치자 황제가 재차 말했다.

"황후와 동침해야만 하는 날이 정해져 있다. 어쩔 수 없이 찾아가긴 하지만 진짜로 동침하진 않아."

내가 젓가락을 내려놓자 떡돌이는 손수건을 꺼내더니 내 입가를 직접 닦아주었다. 나는 그 행동을 가만히 지켜보다가 물었다.

"그걸 왜 나한테 말해줘?"

정말로 이해가 가지 않아서. 비밀이라면서 말해주는 것도 이상하고, 그걸 또 식사 도중에 말하는 것도 이상하잖아. 떡돌이는 아무렇지 않게 대답했다.

"네가 짐이 황후에게 하는 걸 보고는 충격을 받고 기절까지 했으니까."

"아닌데?"

"그럼 뭐 때문에 쓰러졌지?"

"나는…… 그냥 뭐."

할 말은 많지만 들려줄 말이 없어서 내가 우물거리자, 황제는 코웃음을 쳤다.

"거봐라."

그 웃음을 듣는데 자존심이 좀 상했다. 마치 내가 그를 지나치게 연모하기라도 해서, 그가 황후와 동침한 데 충격을 받아 쓰러졌단 듯이 말하잖아? 절대로 그런 게 아닌데! 하지만 떡돌이한테 내 원래 몸이 어쩌구 진짜 천소여가 어쩌구 그런 말은 아예 할 수 없으니 갑갑했다.

떡돌이는 내가 젓가락을 들고 있지 않자, 이번에는 아예 입에 고기반찬을 물려주면서 내 눈치를 가만히 살폈다. 일단 받아먹긴 하자.

하지만 여전히 자존심이 상한다. 황제의 저 말에 기분이 좀 풀리는 것까지도 자존심이 상했다. 아니, 웃겨. 떡돌이가 황후랑 동침했건 말건 나랑 무슨 상관이라고?

"계란아."

"있어봐. 내가 지금 좀 생각을 하고 있어."

"몸이 괜찮아지면…… '진짜 시침'을 들어봐라."

그런데 이건 또 무슨 일이야? 떡돌이가 입에 고기를 넣어 주어서 우물우물 먹다가, 나는 뒤늦게 깜짝 놀라서 벌떡 일어났다. 진짜 시침? 거시기? 하자고?

"왜 갑자기?"

늘 베개로만 사용했으면서!

"네가 살아 있는 동안에 너와 이것저것 재지 않고 사랑하고 싶어서."

그런게 이유란 게 괘씸했다.

"왜 멋대로 남을 시한부 인생으로 만들어?"

내가 황당해서 묻자, 황제는 오히려 자기가 더 질책하듯 말했다.

"툭 하면 기절하고. 사람 심장 떨어지게 하고. 놀라 있으면 다시 깨어나질 않느냐. 제발 좀 그러지 마라."

"이거 이거 이 폐하 말하는 거 좀 봐. 나더러 깨어나지 말란 거야?"

"왜 자꾸 사람 의도를 안 좋은 쪽으로 곡해하지?"

"내가 왜 기절했는데? 떡돌이 네가 말야, 응, 내가 말야, 응?"

떡돌이가 날 무시하고 간 게 속상했다 말하자니 자존심이 상하네. 게다가 아까 이 비슷한 말을 부정했잖아.

내가 말을 잇지 못하고 입만 뻐끔거리자, 떡돌이는 그 기색을 눈치채고서 눈웃음을 지으며 놀려댔다.

"짐이 뭘?"

"……"

"왜 말을 하다 마느냐. 계속 말해보라."

"어쨌든 진짜 시침을 들라 하자니. 지금 좀 혼란스러워."

"싫으면 하지 않아도 된다. 지금까지 시침하지 않은 게 내 선택이었다면, 이젠 네가 선택할 차례란 걸 알려주었을 뿐이니."

"마음의 준비가 필요해."

"어떤 마음의 준비?"

마음의 준비가 뭐가 있겠어. 그냥 마음의 준비지. 잠자리를 하는 건 문제가 아니야. 떡돌이는 잘생겼고, 얼핏 보니 몸도 좋았으니까. 물론 그가 성능이 의심스러운 물건을 가지고 있긴 하지만, 그건 직접 시험해보면 알 일이니 이것도 문제없다.

문제는 나는 무공 수련을 한 다음 개원이에게 복수하러 이곳을 떠날 거란 거지. 복수를 하려면 빨리 수련을 해서 강해져야 하는데. 황제와 동침을 하다가 덜컥 아이라도 생기면? 게다가 그 아이는 고귀한 황족이다. 현재 떡돌이는 아이가 없으니, 내가 딸을 낳든 아들을 낳든 그 애는 무조건 모든 황실 사람들이 금이야 옥이야 하며 기를 테지. ……우리 아버지랑 어머니가 날 버렸는데, 나까지 내 아이를 버릴 수 없으니 나도 그 애를 금이야 옥이야 기를 테고.

그러면 어째. 아이가 다 크려면 이십 년쯤 걸리니, 내 복수는 이십 년 뒤로 밀려나게 된다. 하지만 여기서 또 문제가 있어. 황족들은 혼인을 빨리하잖아. 그럼 이십 년 뒤에는 손주가 생길지도 모른다고. 그러면 손주가 클 때까지 기다리느라 복수가 또 이십 년이 밀릴지도 몰라. 그러면 총 사십 년이 밀리잖아. 그 애도 황족일 테니 빨리 혼인할 테고, 그러면 증손주가……!

세상에! 내가 입을 쩍 벌리자, 떡돌이가 미간을 찌푸렸다.

"무슨 생각을 하는지 모르겠지만 네가 아주 이상한 생각을 하고 있단 건 알겠군."

"있어봐."

나는 손을 내밀어서 그가 좀 조용히 하게 만든 다음, 다시 머리를 팽팽 굴렸다.

안 돼. 육십 년이나 복수를 미루면 개원이는 호호할아버지가 될 거야. 그때쯤 되면 그는 내 존재도 잊어버리고 있을 텐데. 그건 복수가 아니야. 그가 날 기억하고 있을 때, 그가 한 짓을 조목조목 짚어주면서 복수해야 한다고!

"계란아."

황제가 내 이름을 부르더니, 두 손으로 내 뺨을 감쌌다.

"혼자 머리 굴리지 말고 제발 말 좀 해봐라. 제발. 지금 무슨 생각을 하는 거지?"

눈이 마주쳤다. 그의 눈이 방금 전 거시기 얘기를 한 사람치고 몹시 진지하고 서글퍼 보여서 나는 덩달아 굳고 말았다. 떡돌이는 호수처럼 아련하고 그윽한 눈으로 나를 응시하며 진지하게 물었다.

"혹시 또 짐을 놔두고 기절할 생각을 하는 게냐."

"아니야."

"그러면? 시침을 강요하는 게 아니니 말을 해봐라. 왜 이렇게 갑자기 얼굴이 하얗게 된 건지."

"나는 그냥…… 그냥 호호할아버지를 죽이고 싶지 않아서 그래."

"?"

내가 나지막하게 속삭이자, 아련하게 날 바라보던 떡돌이가 내 뺨에서 손을 내리더니 팔짱을 끼고서 눈살을 찌푸렸다. 그 상태로 그는 잠시 고민하다가 물었다.

"우리가 동침하는 게 노인과 무슨 상관이 있는 거지?"

"내 증손주 말이야!"

"……역시 모르겠는데."

자세히 설명하고 싶지만 자세히 설명할 수 없는 말이라, 나는 '아휴 아휴' 소리만 내며 손을 저었다.

하지만 역시 설명할 길이 막막한지라, 나는 어쩔 수 없이 떡돌이가 수긍할 만한 말을 둘러댔다.

"지금까지 비밀로 했는데, 사실 나는 함부로 동침할 수 없는 그…… 어떤 비밀이 있어."

"비밀?"

"그래. 아주 대단한 비밀."

내 말에 떡돌이는 혼란스러워하던 걸 멈추더니, 상체를 내 쪽으로 숙이면서 흥미롭단 듯이 내 눈을 바라보았다.

"그 비밀이 무엇인데? 궁금하군. 동침과 관련 있는 비밀인가?"

"음. 응."

"말해봐라. 뭔지나 듣자."

"그게…… 나는 말이지."

"그래."

"나는 그, 뭐야, 사실……."

그런데 아무 말이나 되는 대로 하려는 순간이었다. 갑자기 오원요가 밖에서 "폐하! 폐하!"하고 불러댔다. 그 소리에 황제는 귀를 들이밀던 걸 멈추고서 "무슨 일이냐." 하고 큰 소리로 밖을 향해 외쳤다.

잠시 뒤, 오원요가 안으로 들어오더니 황망한 얼굴로 외쳤다.

"폐하! 염 귀인께서 죽었다 합니다!"

"나중에 이야기하지."

황제는 내 어깨를 두드리고서 황급히 몸을 일으켜 밖으로 나갔다.

나는 덩달아 일어나 그 뒤를 따라갔다.

"너는 왜 오는 게냐?"

"친해요."

그리고 안 친하더라도, 다른 후궁이 죽었다는데 여기서 '잘 다녀와요' 하고 손 흔드는 게 더 이상하잖아? 어쨌든 나는 치렁한 치마를 끌어안다시피 위로 올렸고, 우리 두 사람은 동영궁을 지나 희원궁으로, 염 귀인의 처소로 황급히 달려갔다.

이미 그곳에는 사람들이 우글우글 모여 있었다. 같이 희원궁에 사는 우 귀인은 염 귀인의 침상 옆에 붙어서 흐느껴 울고 있었는데, 온 얼굴이 다 빨개져 있었고.

"무슨 일이냐."

황제가 안으로 들어가자 사람들은 급히 물러났으나, 우 귀인은 정신없이 우느라 황제가 왔는데도 물러나지 못했다. 그걸 본 오 공공이 나서서 무어라 하려 했으나, 황제는 우 귀인이 너무 슬퍼하자 고개를 저어 그냥 두라고 말렸다. 오 공공이 물러서자, 황제는 이번에는 우 귀인의 곁에서 같이 울고 있는 염 귀인의 측근 궁녀에게 물었다.

"어떻게 된 일이냐."

염 귀인의 궁녀는 고개를 저으면서 머리를 조아렸다.

"모르겠습니다, 그게……."

하지만 그 대답이 신통치 않자, 황제는 목소리가 갑자기 확 낮아져서 으르렁거렸다.

"모른다? 이 사람도 저 사람도 어째 아는 게 없구나. 제 주인늘이 픽픽 죽어가는데 다들 아무것도 모른다고?"

그 말에 염 귀인의 궁녀는 사색이 되어서 무릎을 꿇었다.

"죽여주십시오!"

"어의는?"

황제는 그 모습을 무시하고서 어의를 찾으며 고개를 돌렸다.

"여기 있습니다."

그러자 사람들 틈에서 탕 궁의가 나와 인사를 올렸는데, 그는 이미 진 맥을 마친 분위기였다.

"어찌 된 일이냐. 갑자기 왜 쓰러진 건가."

거기에 대고 황제가 궁녀를 질책했을 때와 같은 질문을 던지자, 탕 궁 의는 무슨 대답이라도 해야겠단 생각인지 딱딱한 목소리로 대답했다.

"소신이 기별을 받아 왔을 때는 이미 쓰러지신 후였습니다, 폐하."

염 귀인은 겉으로 보기에는 잠든 것처럼 보였다. 나는 그들이 대화를 나누는 틈에 염 귀인에게로 슬며시 손을 뻗어보았다. 우 귀인이 내 손을 물어뜯을 것처럼 내려치는 바람에 건드리지 못했지만.

"기몽을 불러와 수사하라 지시하라."

그사이 황제는 오 공공에게 이렇게 지시했다. 내가 쓰러졌을 때 기몽 장군이 수색을 하고, 그 후에 내가 깨어났지. 이번에도 그럴 수도 있다고 여기는가 보다. 염 귀인의 측근 궁녀도 제발 그러기를 바라는 듯 몸을 연 신 들썩이며 흐느꼈다.

잠시 뒤 불러온 기몽 장군은 두 후궁이 연이어 쓰러지자 당혹스러운 표정이지만, 황제의 명령에 따라 일단 수사를 시작했다.

하지만 이번에는 나 때와 다르게 염 귀인은 깨어나지 않았다.

아침이 되었는데도.

"나중에 다시 오마."

황제는 밤을 새우면서 내내 곁을 지켰으나, 조례를 봐야 하기 때문에 진시가 되자 결국 오원요를 데리고 처소를 떠났다. 대신 황제가 나가자 이번에는 황후가 찾아왔다. 황후는 어두운 얼굴로 곧장 침상에 누운 염 귀인에게 다가갔지만, 이때 염 귀인은 이미 죽은 사람의 낯빛이었다.

"어쩌다가……."

평소 늘 덤덤한 황후지만, 갑자기 후궁이 죽자 충격이긴 한지 내색하지 않으려 하면서도 입술이 잘게 떨렸다.

우 귀인은 밤새 울다가 혼절까지 두 번 한 탓에, 이제는 너무 지쳐서 제대로 소리도 내지 못했고 황후가 왔는데도 제대로 인사조차 하지 못했다. 하지만 황후는 융통성이 있는 사람인지, 군이 허우적거리는 우 귀인을 불러 무어라 하는 대신 염 귀인의 궁녀에게 물었다.

"염 귀인이 어디 아프기라도 했느냐? 왜 갑자기 이렇게 된 거지? 본궁이 알기로 염 귀인은 늘 건강했지 않느냐."

"네. 평소엔 건강하셨지요. 하지만 며칠 내내 계속 몸이 좋지 않으셨습니다. 입맛이 없다며 통 식사도 못 하시고…… 며칠 동안 잠도 주무시지 못하셨습니다."

"병이 있었느냐?"

"아닙니다. 그저……."

염 귀인의 궁녀가 말을 하다 말고 입을 다물자, 황후가 재촉했다.

"이상한 점이 있다면 속히 다 말하라."

"아닙니다."

"말하라."

황후가 엄한 목소리를 내자, 시들시들해 침상에 기대어 있던 우 귀인이 갑자기 버럭버럭 소리를 질렀다.

"말해! 말하라고!"

궁녀는 놀라 쾅 소리가 날 정도로 무릎을 꿇었다.

"쵀, 최근 고민이 있으셔서, 그냥 그 생각을 하느라 못 주무신 겁니다."

"고민이라니?"

황후가 재차 묻자 궁녀는 난처한 얼굴로 눈을 이리저리 굴렸다.

"경을 쳐야 제대로 말할까."

황후가 이번에는 좀 오싹하게 말하자, 궁녀는 그제야 눈 굴리던 걸 멈추었으나 뜬금없이 내 쪽을 힐긋 보았다. 나는 왜? 의아해서 같이 쳐다보자, 궁녀는 갑자기 주먹으로 제 치맛자락을 쥐더니 이를 악물고 외쳤다.

"천, 천 귀인 때문입니다."

뭐? 황후가 내 쪽을 미간을 찌푸리고 본다.

뭐야 나 아니야. 나는 고개를 저었으나, 우 귀인은 궁녀의 말을 바로 믿는지 미친 사람처럼 날 향해 외쳤다.

"천 귀인! 또 당신 때문이야!"

그러고는 내게 달려와 멱살을 잡으려 하기에, 놀아줄 기분이 나지 않아 내공을 살짝 담아 손의 혈도를 짚어버렸다.

"아악!"

우 귀인이 고통스러워하며 제 손을 잡고 옆으로 쓰러지자, 안 그래도 일련의 사건들로 그녀를 못마땅하게 보는 황후는 더 참아주지 못하고서 버럭 소리를 질렀다.

"제발 넌 좀 물러나 있어라!"

우 귀인이 꾀병을 부린다고 여기는 모양이었다. 우 귀인은 억울한 얼굴로 물러났지만 나를 계속 쏘아보았다.

하지만 지금은 우 귀인이 문제가 아니었다. 저 궁녀 말이야. 대체 무슨 말을 한 거지? 나 때문에 염 귀인이 고민했다니?

"내가 수를 배우러 와서 그래?"

귀찮았나? 이거 외엔 짚이는 게 없어서 내가 묻자, 궁녀는 고개를 황급히 숙이면서 희미하게 웅얼거렸다.

"아닙니다."

"제대로 이야기하라."

황후가 우 귀인 쪽에서 시선을 돌리며 묻자, 궁녀는 고개를 들지 않은 채 중얼중얼 대답했다.

"소주께서는 천 귀인을 음해했단 누명을 샀고, 그 일로 아직까지도 수사청을 오가며 수사를 받았습니다. 이 일 때문에 계속 힘들어하셨고, 그게 쌓이셨다가……."

"중첩된 거구나."

"예."

궁녀는 그대로 고개를 조아렸다.

하지만…… 믿기 힘들었다. 염 귀인이 수사를 받는 게 힘들어서 제대로 잠을 못 자고, 그것 때문에 죽었다고? 그게 말이 돼? 염 귀인이 최근에 좀 피곤한 기색이긴 했지만, 화통하고 농담도 잘했는데?

그러고 있자니 황후가 내 쪽을 보며 사람들이 다 들릴 만한 목소리로 말했다.

"그게 천 귀인의 탓은 아니지."

하지만 궁녀의 마음도 이해가 간다는 듯 이번에는 궁녀 쪽을 보며 덧붙였다.

"네 입장에선 천 귀인이 원망스러울 만하지만."

아니, 저 궁녀 입장에서 봐도 나는 이해가 안 가는데? 하지만 우 귀인은 궁녀의 말을 이미 신봉하는 듯, 나를 거의 가문의 원수를 보는 눈으로 매섭게 노려보고 있었다.

그걸 무시하고서 염 귀인 쪽을 쳐다보았지만…… 마음이 착잡하다. 염 귀임은 궁궐에 와서 생긴 몇 안 되는 친구 중 하나였는데. 이런 식으로 허망하게 가버리다니. 물론 저 궁녀의 말처럼, 염 귀인이 나 때문에 고민하다가 죽었단 헛소리는 믿지 않지만. 그래도 친구가 죽었는데 기분이 좋을 리가 없었다.

우 귀인이 다시 염 귀인을 끌어안고 울기 시작하자 염 귀인 처소의 궁녀와 태감들이 같이 흐느꼈고, 나는 그 모습을 멍하니 바라보았다.

어의 열 명이 모여서 염 귀인을 진맥했고, 그녀가 사망했다는 걸 확인한 다음에는 자신들의 이름을 적어 서명까지 했다. 그녀는 공식적으로 완전히 사망한 것이다.

시체를 다루는 태감들이 그녀의 시신을 들것에 옮기고 그 위에 깨끗하고 하얀 천을 덮는 것까지 보고 있자니, 황후가 그만들 물러가란 지시를 내렸다.

나는 부성의 부축을 받아 내 처소로 걸어갔지만 내 처소로 돌아가는 길은 이상하게 평소보다 길었다. 발아래로 계속 새로운 길이 나타나고 나타나는 것처럼. 그렇게 하염없이 걸어가고 있자니 뒤에서 훌쩍이며 따라오던 부성이 물었다.

"소주는…… 슬프지 않으세요?"

"슬퍼."

"그런데도 안 우시네요."

그렇게 말하는 부성은 너무 울어서 눈가가 팅팅 부어 있었다.

"너는 많이 우네."

"전…… 전 모르겠어요. 처음엔 염 귀인이 싫었지만, 소주와 친해진 후로는 좋은 분이라 생각했으니까요."

"나도 염 귀인이 좋아."

부성은 '그런데 어떻게 눈물 한 방울 안 흘리세요?' 하는 눈으로 나를 보았다.

"나는 양파 깔 때만 울어."

그래서 설명을 해주었지만, 그녀는 '그게 말인가' 싶은 표정이었다.

"진짜야."

나는 어깨를 으쓱하고서 앞으로 계속 걸어갔으나, 부성은 내가 이해가 되지 않는지 뒤에서 바로 따라오지 않았다. 상관없는 문제라, 나는 계속 홀로 걸어가면서 천천히 호흡을 가다듬었다.

난 울지 않아. 난 울지 않아. 난 양파 깔 때만 우는 사람이니까. 난 울지 않아. 절대로.

한 번 울기 시작하면 눈물은 걷잡을 수 없이 많아진다. 울어대면 앞이 보이지 않고, 앞이 보이지 않으면 그 상황을 벗어날 수가 없다. 그러니 나는 울지 않을 거다. 아주 오래전에 다짐한 것처럼. 물론 여기는 그때 같은 적진이 아니지만…… 어쨌든 앞으로 친구는 만들지 말아야겠어. 익숙해져서 눈물은 안 흘릴 수 있는데, 눈 안쪽이 너무 뜨겁고 괴롭잖아.

"사람들이 천 귀인이 저승에서 도망 나오는 바람에 저승사자가 염 귀인을 대신 데려갔다고 수군거립니다."

오원요의 보고에 월요 황제는 면사를 옆에 두고 눈두덩이를 누르다가 헛웃음을 터트렸다.

"그런 헛소리들을."

"연달아 두 귀인의 숨이 멎었는데, 한 분은 다시 살아났지만 한 분은 돌아가셨으니까요."

"……."

황제는 무겁게 한숨을 내쉬었다. 그는 어쩔 수 없이 맞이한 후궁들에게 애정을 보내진 않았으나, 어쨌든 그 후궁들은 명목상 그의 부인들이었다. 그중 하나가 이유도 없이 급사하였는데 기분이 좋을 리가 없었다.

황제는 이번에는 천 귀인을 자주 살피는 그림자 초한에게 물었다.

"천 귀인은 상태가 어떠하냐. 친했다던데."

"우 귀인은 식음을 전폐하고 제정신이 아닙니다만…… 천 귀인께선 평소처럼 생활하십니다. 잘 드시고 잘 주무시고 산책도 잘 다니시고요."

"그나마 다행이군."

"하지만 그 때문에 사람들이 좀 안 좋게 보고 있습니다, 폐하."

"안 좋게 보다니?"

"친한 후궁이 죽었는데 눈물 한 방울 흘리지 않으니, 비정하다고 여기는 이들이 많은 것 같았습니다."

그 말에 황제는 일전에 천 귀인이 당당하게 한 말을 떠올리고서 쓰게 웃었다.

"진짜로 양파 깔 때만 우나 보다, 내 계란이는."

"예?"

염 귀인의 죽음으로 궁궐 전체의 분위기가 우중충하게 변한 이때, 비원은 뒷짐을 지고서 난각 앞에 선 채 생각에 잠겨 있었다.

"염 귀인이 죽었다……."

사람들은 염 귀인이 무리한 수사로 마음고생을 하다가 제대로 자지 못해 급사했다 말하지만, 비원은 염 귀인이 죽은 진짜 이유를 알고 있었다.

혼령을 다루는 건 몹시 위험한 데다 후유증이 컸다. 비원이 자신이 직접 주술을 쓰지 않고, 굳이 다른 이들에게 시키는 것도 그 위험성 때문이었다. 즉, 염 귀인이 죽은 건 주술이 제대로 작용했다는 뜻.

"하면 정말 천 귀인의 몸에 천년비의 영혼이 있는 건가."

비원의 눈이 가느스름해졌다.

"확률은 7할."

아직 여러모로 변수가 있지만, 이 정도면 정체를 의심할 만하다.

"한 번 더 확인해보면 좋을 텐데."

비원은 혀를 찼다. 소원을 빌고 싶어 하는 이들은 넘쳐나니, 누구에게든 또 종이와 머리카락을 묻게 하면 되기는 한다. 문제는, 그랬다가 또 이유 없이 죽는 사람이 나오면 의심을 사게 될 거란 점이었다. 그 사냥개 같은 기몽이 지금도 코를 킁킁거리면서 사방을 돌아다니고 있지 않은가.

"우 귀인까지 죽는다면 확률이 9할로 올라갈 텐데."

비원의 표정이 애매하게 변했다.

우 귀인까지 제대로 죽어서 천년비의 영혼이 천 귀인 안에 있단 걸 확인하고 싶은 마음이 반. 제발 천 귀인이 천년비가 아니길 바라는 마음이 반. 혼란스러웠다.

염 귀인이 죽었을 때는 하루하루가 너무 길어진 느낌이었는데. 이제는 시간도 다시 원래대로 빠르게 흐르고, 날씨는 더욱 무더워졌다. 가만히 앉아 있기만 해도 땀이 흘러 견디기 어려울 지경이라, 요즘 후궁들은 낮에는 처소에 들어박히고 밤에는 평상에 나와 더위를 식힌다.

하지만 때로는 원치 않아도 낮에 이동해야 할 일도 있는 법이어서, 나는 무거운 발걸음을 이끌고 꾸역꾸역 황제를 찾아갔다.

"죄송합니다, 천 귀인. 폐하께서 오늘은 아무도 들이지 말라 신신당부하셨습니다."

그런데 어실 앞으로 가서 오 공공을 찾아가니, 내가 '폐하 안에 계시는가?' 하고 묻기도 전에 그가 먼저 이렇게 말했다.

"아무도? 나도?"

손가락으로 나를 가리키자, 오 공공은 멋쩍게 웃었다.

"천 귀인을 콕 집어서 말씀하진 않으셨사오나, 아무도 들이지 말라 하셨으니…… 오늘은 그냥 가시는 게 낫지 않을까요?"

"그런가."

"예. 이럴 땐 사람이 곁에 오는 걸 아주 싫어하셔서……."

오 공공이 슬쩍 어실 밖 기둥 쪽을 눈짓했다.

"승언이도 내보내셨습니다. 이런 날엔 밖에 나오는 것조차 싫어하시지요."

그렇구나. 그래서 황후가 나더러 떡돌이를 찾아가보라 했구나. 직접 가면 될 텐데, 뜬금없이 나를 콕 집어서 보내기에 무슨 일인가 했지.

"송구합니다, 천 귀인."

내가 우두커니 서 있자 오 공공이 다시 내게 사과했다.

나는 잠시 고민했다.

황제가 사람을 만나기 싫어한다니 이대로 가야 하나. 아니면 그래도 황제를 만나겠다고 해야 하나. 보통 일이면 그냥 갈 텐데, 황후가 꼭 전하라 한 이야기가 있어서…….

"천 귀인?"

"황후마마께서 급히 전하라 한 일이어서."

"그렇군요."

오 공공은 미안하다는 듯 웃었지만, 정말로 어쩔 수 없단 태도여서 나는 곰곰이 생각하다가 좋은 꾀를 내었다.

"그러면 오 공공. 폐하께서 직접 나오시게 할 수 있으니 나를 좀 도와주시겠소?"

"그런 거라면…… 어찌하실 생각이신지요?"

"승언이 도움을 좀 받고 싶은데."

오 공공이 어리둥절해하면서도 승언이에게 이리 오란 눈짓을 하자 기둥 뒤에 몸을 감추고 있던 승언이 얼른 곁으로 다가왔다. 영 미심쩍단 얼굴로 나를 쳐다보면서.

"승언아, 저쪽 봐봐."

하지만 내가 손가락으로 심궁 어딘가를 가리키며 부탁하자 순순히 시키는 대로 하기는 했다. 그리고 그가 고개를 돌리는 순간.

"하압!"

나는 승언이의 목 뒤를 꽉 내리쳐서 빠르게 기절시켰다. 승언이 털썩 쓰러지자, 가만히 서 있던 오 공공이 한 박자 늦게 "승언아!" 하고 기겁해서 외쳤다.

"아니, 천 귀인, 이게 대체……."

그리고 오 공공이 날 보면서 무어라 하기도 전에, 내 예상대로 떡돌이가 문을 박차고 황급히 나왔다.

"무슨 일이냐?"

"승언이가 더워서 쓰러졌어."

내가 승언이를 가리키며 말하자, 오 공공은 눈을 부릅뜨고서 나를 쳐다보았다. 입만 뻐끔거릴 뿐 진실을 토해내진 못했지만.

363

나중에 내가 가면 세내로 말하겠시만…… 뭐, 그 성노는 상관없어. 사람 목덜미를 쳐서 기절시키는 건 무공을 몰라도 가능하잖아. 물론 그런 사람을 본 적은 없지만, 일단 내 생각엔 그렇다. 그리고 내 생각이니 아마 맞을 거야.

"이런."

황제는 혀를 차더니, 오 공공 옆에 있는 젊은 태감에게 지시했다.

"승언이를 근처 방에 옮기고 황보염을 데려와 치료하라 이르라."

"예, 폐하."

황보염이란 어의는 그림자들 얼굴을 아나 보다. 딱 집어서 그 사람을 데려오라고 하는 걸 보니. 어쨌든 젊은 태감이 사라지자, 황제는 이번에는 나를 보더니 물었다.

"우리 계란이는 무슨 일로 왔느냐? 아니, 일단 안으로 들어와라. 너도 더위 먹겠다."

나와 오 공공이 따라 들어가자, 황제는 책상에 앉았고 오 공공은 내가 앉을 여분의 의자를 가져다가 곁에 놓아주었다.

나는 거기에 앉으면서 별일 아니라고 그를 안심시켜주었다.

"황후마마가 전하라 한 일이 있어서. 내 생각에는 급한 일은 아니야."

그러자 황제는 정말로 지금은 누구를 만나기가 싫은지, 바로 미간을 약간 찌푸렸다 펴면서 말했다.

"그러면 나중에 얘기하자, 계란아. 지금은 골치 아픈 일이 있으니."

"많이 바빠?"

"중요한 결정을 앞두고 있다 보니 여러모로 고민하고 싶다."

"알았어."

그럼 그러지 뭐. 괜찮다. 황후에게는 '폐하를 뵈었지만 폐하가 말하지 말라 했다'고 전하면 되지.

어쨌든 이 안까지 들어오긴 했으니, 황후도 내가 자기 심부름을 건성으로 처리했다고 여기진 못할 거야.

그런데 내가 막 밖으로 나가려 할 때였다.

"잠시."

황제가 뒤에서 다시 불렀다. 돌아보니, 그가 피로한 얼굴로 관자놀이를 누르며 말했다.

"그냥 온 김에 말하고 가거라."

"그럴까?"

그러면 그러자 싶어서, 나는 황후가 한 말을 그대로 전해주었다.

"온 귀인이 회임한 것 같대."

그리고 황제는 내 말이 끝나자마자 눈이 커다래져서 손을 도로 내리고 벌떡 일어났다.

"뭐?"

오원요 역시 눈이 커다래져서 입을 벌리고 나를 쳐다보았다.

"급한 일이잖느냐!"

"그래? 열 달이나 임신하니까 그 안에만 말하면 되지 않나? 급한가?"

오원요는 내 말에 '그걸 말이라고 하냐'는 시선을 보냈고, 나는 얼른 입을 다물었다.

아니구나. 하지만 난 부모님 없이 혼자 자랐다고. 형제자매는 물론이고 친구 중에도 임신한 사람이 없는걸. 이런 쪽으론 문외한일 수밖에 없다.

"확실한 게냐?"

"몰라. 황후마마께서 탕 궁의를 부르는 것까지 보고 왔으니까."

거기까지 말하고 나니 갑자기 화가 치솟아서, 나는 황제를 째려보다가 확 몸을 돌려 나가버렸다.

천 귀인이 나가자 오원요가 초조하게 황제를 보았다.

"정말일까요, 폐하?"

월요 황제는 눈살을 찌푸렸다.

"연금은 아이를 가지지 못하는 몸이다."

"하면 다른 사내의……?"

"만약 회임을 했다면 그렇겠지."

안 그래도 머리가 아팠는데, 황제는 더욱 골치가 아파졌다. 그가 직접 후궁들과 시침을 하지 않는단 건 극비 중의 극비로, 아는 이들 숫자가 손가락에 꼽을 만큼 적었다. 태후 역시 가짜 황제가 있단 건 알았으나, 가짜 황제가 시침을 대신 드는 건 모르고 있을 정도였다.

이런 상황이니 온 귀인의 회임이 진짜라 한들, 월요 황제는 그 아이가 자신의 아이가 아니라고 밝히기 어려웠다. 상대가 이런 상황을 알고서 계책을 세운 건 아니겠지만.

"입궁한 지 오래되지 않은 온 귀인이 직접 나서서 이런 일을 꾸미진 않았을 거다. 아마 온씨 가문에서 황후가 오랫동안 회임하지 못하고 있으니 이런 쪽으로 미리 대비를 해서 들여보낸 거겠지."

"삼 주 전쯤에 새로 입궁한 후궁 중에서 온 귀인이 처음이자 마지막으로 시침을 들었었죠. 날짜까지 정확하게 맞추다니. 분명 누군가 옆에서 같이 계산을 해주었을 겁니다."

회임 이야기에 더욱 골치가 아파진 황제는 책상 앞으로 걸어가 앉으며 손짓했다.

"회임이 진짜인지 아닌지부터 확인하도록 하지. 다녀와라, 오원요."

"예, 폐하."

황후와 손만 잡고 잔다더니, 이 거짓말쟁이. 아니…… 아니네. 황후랑은 손만 잡고 잔 게 맞네. 온 귀인과 손을 안 잡고 잤을 뿐이지.

황제에게 이 이야기를 전하러 갔을 땐 별생각이 없었는데. 전한 다음 돌아오고 있자니 너무 화가 난다. 그놈은 하여튼 맨날 입만 동동 떴지. 꽃 건네면서 연모한다고 하더니, 나는 자기를 연모하지 말라 하고. 황후랑 자기는 손만 잡고 잔다면서 내게 관심을 집중하는 척하더니, 다른 후궁들이랑은 배도 맞대고 자고. 이쯤 되니 알 게 뭐야 싶다. 다른 후궁들에게도 그런 식으로 구는지 내가 어찌 알아?

내가 씩씩거리면서 발치의 돌을 뻥 걷어차자, 원웅과 부성이 내 눈치를 슬금슬금 살피다가 위로하는 말을 했다.

"절대로 회임이 아닐 테니 안심하세요, 소주."

"소주께서도 곧 회임하실 수 있을 거예요."

"온 귀인이 회임해도 폐하는 소주를 가장 총애하시니 염려 마세요……."

다들 속도 모르고 하는 말이었다. 나랑 황제는 손만 잡고, 아니, 이불을 사이에 두고 잔다고! 물론…… 황제는 언제든 '진짜' 시침을 하고 싶다면 말하라 했지만.

또다시 홧김에 돌을 확 걷어찼는데, 돌이 너무 빠르게 멀리 날아가버려서 나는 얼른 다른 쪽을 보며 괜히 머리를 단장하는 시늉을 했다. 염 귀인 죽고 나서 무공 수련에만 몰입했더니…….

'어? 잠시만.'

그런데 멍하니 걷고 있자니, 지금까지 내가 놓치고 있던 게 떠올랐다.

원래 몸으로 돌아갈 수 있단 사실에 놀라고, 갑작스러운 염 귀인의 사망에 더 놀라서 잊어버렸는데…… 난 찾아야 할 사람이 있잖아?

염 귀인, 우 귀인과 거래한 사람!

그 사람이 준 종이와 머리카락을 묻으니 내 영혼이 이 몸에서 나가려 했지. 한 번은 반쪽짜리 성공이긴 했지만, 어쨌든 둘 다 효과가 있었는데. 그게 다 우연일 리는 없다. 그 사람은 분명 내 영혼이 천소여 몸에 들어온 비밀을 알고 있을 거야.

그 사람을 찾아야 한다.

"젠장."

"소주…… 마음껏 욕하세요."

"이럴 땐 욕해서도 돼요. 폐하를 욕해서도 저희가 모른 척할게요."

"아니, 그게 아니라. 우 귀인 말이야."

염 귀인은 죽었으니, 그 수상한 사람을 찾으려면 우 귀인에게 물어볼 수밖에 없는데.

염 귀인이 죽은 후로 나를 늘 먼발치서 무섭게 노려보는 우 귀인이…… 과연 물어본다고 대답을 해줄까?

우 귀인 건에 대해 곰곰이 생각하면서 청천궁으로 돌아가 보니, 온 귀인은 침상에 누워 손목을 내밀고 있었다.

"어떤가?"

그 모습을 황후가 머리맡에 선 채 초조하게 바라보았다. 주위에 둘러선 다른 후궁들도 다들 긴장해서 탕 궁의의 입만 쳐다보았다. 탕 궁의는 신중하게 맥을 짚다가, 마침내 얼굴이 환해지더니 손을 떼고서 황후를 향해 밝게 보고했다.

"회임하셨습니다, 황후마마. 온 귀인께서 폐하의 첫 번째 아이를 가지셨습니다!"

그 말이 끝나자마자 후궁들 사이에서 작게 웅성거리는 소리가 났다.

탕 궁의는 활짝 웃으면서 황후를 보았다.

"경사로군요!"

이어서 탕 궁의는 침상에 누운 온 귀인에게도 함빡 웃으면서 인사했다.

"축하드립니다, 귀인!"

"고맙소."

그의 말이 끝나자마자 온 귀인의 표정이 하얀 눈처럼 밝아졌다. 그녀는 자신의 배 위에 두 손을 얹더니 볼만 빨개져서 황후를 쳐다보았다. 칭찬이라도 바라듯.

하지만 황후는 별말을 하지 않았다. 오히려 어두운 얼굴일 뿐. 아니, 여기서 활짝 웃고 있는 건 탕 궁의와 온 귀인뿐이었다. 그건 얼마 있지 않아 온 오 공공 역시 마찬가지여서, 분위기는 순식간에 이상해졌다.

마음에도 없는 축하를 건네고 다같이 흩어지자마자 원웅이 목소리를 낮추어 소곤소곤 물었다.

"다른 사람들이야 그렇다 쳐도, 오 공공은 표정이 왜 그랬던 걸까요?"

부성도 괜히 주위를 두리번두리번 살피더니 입 근처에 손을 가져다 대고서 수군거렸다.

"제가 보기에도요. 나중엔 기뻐하는 척했지만, 처음엔 좀 떨떠름한 표정이었습니다."

이어서 두 사람은 나를 힐긋거리더니 곧 뿌듯하게 웃으면서 내게 아부하기 시작했다.

"다른 사람은 몰라도 오 공공이 그런 이유는 뻔하지요."

"그럼요. 폐하께서는 소주가 가장 먼저 회임하길 바라셨던 거예요."

"그런데 뜬금없이 온 귀인이 회임해버리니까 당혹스러우셨겠죠."

"오 공공은 폐하와 자주 붙어 다니니 이런 속내를 알 거잖아요?"

이게 날 위로하는 말인지 본인들을 위로하는 말인지는 잘 모르겠지만.

게다가 저 말들이 다 진실이라 해도 무슨 소용이겠어? 나는 회임할 일이 없고 온 귀인은 시침 한 번에 바로 회임해버린 게 진실인데.

나도 회임을 할 수는 있다. 하지만 그러려면 복수를 육십 년은 못 하게 될지도 모른단 걸 각오해야 하는데. 글쎄. 떡돌이가 내게 그만한 가치가 있을까? 그건 아직 잘 모르겠어.

두 궁녀와 걸음을 맞추어 앞으로 나갈 때마다 들려오는 흙 소리에서 물기가 느껴진다. 잠깐 비가 왔던 걸까?

나는 걷던 걸 멈추고서 고개를 위로 들었다. 하늘이 시커멨다. 금방이라도 폭우가 쏟아질 것처럼. 이런 날에는…… 은신술이 딱 제격이지.

"원웅아."

"네, 소주."

"검은색 무복을 구해다 줄래? 그 뭐야, 말 타고 공 치던 거. 뭐였지?"

"마상 격구요."

"그래, 그거 할 때 입으려고. 바지로 구해다 줘."

"네."

"최대한 빨리. 그리고 부성아."

"네, 소주."

"우 귀인한테 다녀오자."

"네?"

이 상황에서 갑자기 우 귀인은 왜요? 두 사람이 동시에 비슷한 표정을 짓고서 나를 쳐다보았다. 왜긴 왜겠어.

온 귀인이 확실하게 회임했단 소식을 듣자 황제는 어쩔 수 없이 몸을 일으켜 청천궁으로 향했다. 그는 온 귀인이 가진 아이가 자신의 아이가 아니란 걸 확신했지만, 그걸 아는 이는 극소수였다. 진실을 밝힐 수도 없는 상황이다 보니 몹시 골머리가 아팠다. 머리 위에서 들려오는 우르릉거리는 천둥소리가 지금 딱 그의 속내와 비슷했다.

"아이가 무사히 태어나면 어쩌실 건지요, 폐하?"

"고민하는 중이다. 온 귀인에겐 아이가 죽었다 하고서 다른 가문에 입양을 보낼지. 키우긴 하되 적당한 때 계승권만 박탈할지."

"태어나자마자 다른 곳으로 보내는 게 가장 깔끔하지 않겠습니까?"

잠시 생각하던 황제는 "아이 성별을 보고 정하지."라고 대답하다가 어딘가를 보더니 눈썹을 찌푸렸다. 오 공공이 그 방향을 보니 천 귀인이 길 가운데에 우두커니 선 채 하늘을 슬프게 바라보고 있었다. 그러다가 천천히 고개를 내려 자기 궁녀들을 번갈아 보더니, 무어라고 말을 했다. 대체 어떤 말을 한 건지 궁녀들이 다들 놀란 표정을 짓자, 오 공공은 황제의 눈치를 살폈다.

황제가 천 귀인을 못 본 척하고 황후에게 갔던 날. 천 귀인이 죽을 뻔한 고비를 넘기면서 두 사람 사이는 기적적으로 이전과 엇비슷하게 다시 맞춰졌다. 그런데 다시 이런 일이 생기자 옆에서 보기에 괜히 송구스러웠다. 차라리 온 귀인의 아이가 진짜 황제의 아이라면 모르겠으나, 그게 아니란 걸 알다 보니 더욱 그랬다.

"천 귀인이 또 짐 때문에 상처를 받겠구나."

하지만 이건 황제로서도 어쩔 수 없는 영역이기도 했다. 다른 후궁과 황후와의 시침은 그가 피하고 있었으나, 자신과의 시침은 천 귀인이 피하고 있는 거니까.

"폐하, 천 귀인께 가보시겠습니까? 폐하께서 위로해주시면 한결 안심하실 겁니다."

오원요의 제안에 황제는 잠시 고민하다가 고개를 저었다.

"되었다. 이 상황에서 뭐라 하겠느냐. 저 성격에 지금은 짐의 얼굴만 봐도 흥분해서 화를 낼 텐데."

황제는 검은 하늘을 천 귀인처럼 한 번 올려다보고 중얼중얼 덧붙였다.

"이따 좀 어두워지면…… 그때 찾아가지."

희원궁에는 아직 염 귀인의 흔적이 짙게 남아 있었다. 우 귀인을 만나기 위해 어쩔 수 없이 희원궁에 오긴 했으나, 아직 비어 있는 염 귀인의 방을 지나가자 저절로 심장이 섬뜩해졌다.

당장이라도 열린 문 너머로 그녀가 고개를 내밀고서 "나도 나지만 천 귀인도 진짜 수를 못 놓네요."라고 웃음을 터트릴 것만 같아서. 죽은 사람 보는 게 한두 번이 아니었기에 몹시 낯선 감정이었다.

하지만 이걸 표현하면 부성이 또 감당하지 못 하고 울어대겠지. 나는 염 귀인의 처소 근처를 말없이 지나가 우 귀인의 처소까지 멈추지 않고 걸어갔다.

날씨가 무덥기 때문인지 우 귀인은 처소 앞마당 평상에 앉아 있었는데, 궁녀의 부채질을 받다가 나를 발견하자마자 인상을 무섭게 구기고서 일어났다.

"무슨 낯짝으로 여기 왔죠?"

몹시 더워하는 것과 달리 우 귀인은 격식대로 차려입고 있었는데, 아까 온 귀인의 회임 소식에 우 귀인도 왔기 때문에 그렇다.

"염치가 있으면 희원궁에 발도 들이지 말아야 할 텐데?"

우 귀인은 물론 우 귀인의 궁녀와 태감들도 괜히 내게 적대적인 태도를 보였지만, 전혀 위협으로 여겨지지 않았기에 나는 우 귀인의 근처로 다가가 물었다.

"물어볼 게 있어서 왔어요, 우 귀인."

"방금 내가 염치가 있으면 발도 들이지 말라 한 거 못 들었어요?"

"혹시 최근에 이상한 사람을 만난 적이 있나요?"

"천 귀인. 내 말 무시해요?"

"아주 수상하고 목소리가 특이한 사람이요. 그런 적 있나요?"

"!"

우 귀인은 버럭 고함을 지르려다가 잠시 멈칫했다. 그녀의 옆에 선 궁녀는 눈동자를 떨다가 얼른 시선을 떨구었다.

우 귀인은 입을 뻐끔거리다가 발칵 화를 냈다.

"그게 무슨 소리예요? 이상한 헛소리하지 말아요!"

"그래요? 이상하네, 분명 우 귀인을 봤다고 그랬는데……."

내가 고개를 기웃거리다가 몸을 돌리자 우 귀인은 황급히 손을 뻗어 내 팔을 붙잡았다. 돌아보자 그녀가 당혹스러운 표정을 하고 있었다.

"그게 무슨 말이에요? 누가 날 보다니?"

대답 대신 나는 그녀의 손에서 내 팔을 힘주어 빼냈다. 우 귀인은 놓치지 않으려 했지만 소용없었다.

"천 귀인. 무슨 말이냐니까?"

"대낮에 대뜸 손잡고 그러지 마세요. 부끄러워요."

"천 귀인!"

"내 할 말은 다 끝났으니까 이만 가볼게요. 안녕."

손을 흔들고서 몸을 돌리자, 몇 걸음 지나지 않아 우 귀인이 저주 비슷한 걸 마구 퍼붓는 소리가 들려왔다. 욕인지 저주인지 애매한 소리를.

"왜 저렇게 혼자 흥분하신 거예요? 무서운 말을 막 하시고."

그게 이상한지 부성은 치를 떨며 중얼거렸지만 나는 모른 척 어깨만 으쓱했다.

동영궁 안으로 들어설 즈음부터 하늘에서 비가 내리기 시작하더니, 내가 처소에 다 도착했을 때는 빗줄기가 굵어졌다.

"세상에. 흠뻑 다 젖으셨어요, 소주!"

원웅은 검은 무복을 구하고서 처소에 먼저 도착해 있다가, 나와 부성이 쫄딱 비에 젖어 들어가자 커다란 수건을 들고 달려왔다. 그녀가 마른 수건으로 목덜미와 머리카락을 닦아주는 동안 나는 게걸음으로 이동해 탁자 위에 원웅이 가져다놓은 무복을 살폈다. 내가 말한 대로 검은 무복이었다.

"무늬가 너무 화려한 거 아냐?"

위에 이상한 장식이 너무 많이 달리기도 했고.

"마상 격구 할 때 입으실 거 아니에요? 가장 돋보이려면 이런 건 입으셔야지요."

하지만 아무리 내 궁녀에게라 해도 '이건 마상 격구용이 아니라 은신술을 써서 돌아다닐 때 입을 옷이다'라고 말할 수는 없었다. 영 탐탁지 않았지만 대충 검은색인 데 만족하기로 하고서 나는 건성으로 원웅을 칭찬해 주었다.

"마음에 안 들지만 가져오느라 수고했어."

어쨌든 무복이 있으면 됐다. 나는 요란한 검은 무복을 두 손에 들고서 창가로 다가가 고개를 내밀었다. 하늘은 아직 검었고 비는 세차게 내렸다. 쉬이 그칠 비가 아니었다.

'이 정도면 충분해.'

아까 내가 우 귀인을 찾아간 건, 그녀가 내게 순순히 정보를 줄 거란 기대를 해서는 아니었다. 그래서 일부러 그녀가 자극받을 말을 뱉어 들쑤신 거고. 제대로 찔러놓았으니, 아마 우 귀인은 자신이 수상한 사람과 만나는 걸 보았단 그 목격자를 알아내기 위해 행동할 거야.

'나는 그 뒤를 따라다니자.'

황제는 천 귀인을 위로하기 위해 업무를 몰아서 보자마자 동영궁으로 향했다. 그런데 '계란이가 분노해서 무슨 말을 해댈지 모르는데, 이를 어쩌나' 고민하면서 걸어가고 있자니 천 귀인의 처소에서 누군가 쑥 뛰어 나가는 게 보였다.

검은 무복 차림에 얼굴을 가린 차림새. 분명 수상한 자였다. 게다가 바로 옆에 있는 오원요는 알아채지도 못할 정도로 은신술이 뛰어났다. 황제가 눈짓하자 기척을 죽이고 따라오던 승언이 얼른 그 침입자를 쫓아 달려갔다. 두 사람이 한 장소를 빠르게 오갔는데도 이곳은 비 내리는 소리만 고요히 울릴 뿐, 아주 조용하고 한적했다.

"폐하? 왜 그러시는지요?"

황제가 갑자기 멈춰서자 오원요가 의아해 불렀다.

"아니다. 가자."

승언이 사라지는 걸 본 황제는 고개를 젓고서 발걸음을 더 빠르게 해 천 귀인의 처소 사립문을 얼른 열고 들어갔다. 피 냄새도 없고 비명 소리도 없던 걸 보아 도둑이나 밀정 쪽에 가까워 보이나, 혹시 모르지 않는가. 천 귀인은 갑자기 기절하는 일도 잦고.

"천 귀인은?"

"피곤하시다며 일찍 잠자리에 드셨습니다, 폐하."

고개를 끄덕인 황제는 천 귀인의 궁녀에게 문을 닫고 나가라 하고서,

뒷짐을 지고 천 귀인의 침상으로 바삐 걸어갔다.

"계란아."

천 귀인을 부르자마자 황제는 얼른 이불을 걷어보았다. 하지만 곧 그는 놀라서 이불을 도로 내렸다. 천 귀인이 없었다. 이불 밖으로 볼록 튀어나와 있는 건 베개였다.

황제는 사람을 부르려다가 멈추고서 눈살을 찌푸렸다. 천 귀인의 처소에서 은밀히 빠져나가던 누군가가 떠올라서.

황제의 명령을 받은 승언은 기척을 감춘 채 빠르게 습격자를 쫓아갔다. 얼마나 그렇게 뛰었을까. 동영궁 돌담을 넘을 즈음, 습격자가 힐긋 뒤를 돌아보는가 싶더니 속력을 더 빠르게 올렸다.

'어딜!'

승언 역시 속력을 한층 더 높이면서 벽을 연달아 세 번 딛고서 높은 담장을 눈 깜짝할 사이 넘었다. 하지만 담을 넘자마자 바로 쏟아진 공격에 그는 제대로 착지하지 못하고 황급히 몸을 비틀어야 했다.

원래 목표한 자리를 벗어나 바닥을 딛자마자 상대의 공격이 다시 연거푸 쏟아졌다. 내내 도망치는 것 같던 습격자가 먼저 담을 넘어가서는 숨어서 공격을 대기하고 있던 거였다. 습격자도 몸이 날랬지만 승언 역시 황제를 늘 따라다니는 그림자 호위답게 보통 실력이 아니었다.

두 사람이 움직일 때마다 사방에서 물이 튀었으나, 빗소리가 거센 데다 저녁인데도 벌써 밤처럼 어두워 아무도 눈치채지 못했다. 연달아 몇 합을 주고받았지만 싸움에 승패가 나지 않았다. 그러다 습격자가 나무와 담을 딛고서 높이 뛰어오르는 순간.

위에서 공격하다니, 멍청하다.

코웃음을 치며 상대의 공격을 역으로 돌려줄 준비를 하던 승언은 깜짝 놀랐다. 습격자가 높이 뛰자 어딘가의 등불을 받아 습격자의 옷에 박힌 은박과 금박이 번쩍 찬란하게 빛이 난 것이다.

'무슨 저런 요란한 옷을!'

차갑게 달려들던 승언은 그 눈부신 빛에 순간 당황해서 조금 비틀하고 말았다. 이것까지 상대의 전략인지 아닌지는 모르겠으나, 승언이 재빨리 균형을 다시 잡으며 이어 달렸을 땐 이미 상대는 사라진 후였다. 먼저 공격을 시도하긴 했지만 승언의 발을 묶을 생각이었을 뿐, 헤칠 마음은 없던 모양이었다.

승언은 지붕 위에 올라 주위를 둘러보았으나 거센 빗줄기 탓에 상대의 기척도 흔적도 보이지 않자 어쩔 수 없이 내려왔다.

승언이 사람들의 시선을 피해 황제에게 돌아가자, 황제는 천 귀인의 침상에 걸터앉아 차를 마시면서 물었다.

"생각보다 빨리 왔군. 습격자는. 어디로 갔지?"

승언은 황급히 황제의 발치로 다가가 부복했다.

"송구하옵니다, 폐하. 놓쳤습니다."

황제가 대답 없이 차만 홀짝이자, 승언은 슬그머니 눈치를 살피다가 재차 설명을 이었다.

"잠깐 대치했는데, 방심해서 놓치고 말았습니다."

습격자 주제에 요란한 옷을 입었던 상대를 떠올리자 승언은 좀 억울해졌으나, 어쨌든 거기에 놀라 방심한 것도 그의 실책이었다. 황제는 찻잔을 옆의 다탁에 내려놓았다.

"방심해서 놓쳤다?"

"……송구합니다."

"너보다 강하더냐."

"저보다 강한진 모르겠사오나 강한 사람은 맞았습니다."

황제가 일어나라 손짓하자 승언은 얼른 부복을 풀고 몸을 일으켰다.

텅 빈 침상을 발견한 건 그때였다.

승언은 눈썹을 치켜올렸다. 저 뒤쪽에 눕거나 앉아 있어야 할 천 귀인이 보이지 않았다. 몰래 여기에 들어올 때 보기로는, 분명 외출한 것 같지도 않았는데. 그러면 천 귀인이 어디로 간 거지? 목욕하러 갔나? 의아하게 생각하는 승언의 귀로, 황제의 덤덤한 목소리가 들려왔다.

"그럼 질문을 바꿔서. 그 습격자가…… 혹시 천 귀인 같으냐."

승언은 놀라서 눈을 커다랗게 떴다. 습격자가 천 귀인 같으냐니? 승언은 당연히 아니라고 대답하려다가, 빛 한 점을 받아 요란하게 반짝거리던 습격자의 의상을 떠올리고 입을 다물었다. 그 예상치 못한 점은 확실히 천 귀인 같기도 한데…….

"사하비단의 천년비가 마교에 방문한다고?"

가짜 천년비를 한 번 더 확인하고자 여기저기 돌아다니기를 몇 개월.

드디어 개원은 그녀를 한 번 더 만날 만한 장소를 찾아냈다. 마교.

가짜 천년비가 중소 혹도 방파들을 돌아다닌단 얘기는 있었으나, 그녀가 방문하는 방파들은 대부분 명성 없는 곳들이라 천년비가 다녀가기 전에는 관련된 소문이 나지 않았다. 하지만 이번 방문지로 택한 마교는 혹도 단체 중에서도 가장 명성이 드높은 곳이었고, 여러 번 정파와의 싸움을 계속하면서도 여전한 위상을 유지하는 위험한 곳이었다. 그래서일까. 아직 방문하기도 전인데, 벌써 천년비와 마교의 만남에 대한 소문이 쉬쉬

하며 흘러가고 있었다.

"사실이긴 하나? 대체 어디서 나온 얘기야?"

"모르지. 하지만 천년비나 마교나 자기들이 헛소문에 연루되는 걸 두고 본 이들은 아니지 않은가."

"천년비와 사하비단은 대체 흑도 방파들을 오가며 무슨 얘기를 하는 건지 궁금하군."

"그러니까. 하지만 다녀간 문파들에게 물어도 대답을 안 해주니 알 길이 있나. 궁금해서 견딜 수가 있어야지."

"흑도끼리 손을 잡아서 이번에야말로 무림을 손에 넣자, 이런 거겠지. 마교 쪽 놈들 원하는 거야 늘 고정된 거 아니던가."

"거기에 천년비가 포함되니까 그러는 거지!"

"천년비도 무림인들에게 원한이 깊지 않나. 독불장군은 그만두고 손을 잡을지도 모르지!"

사람들의 수군대는 목소리가 사방에서 들려왔다. 개원은 얼굴의 반을 가리는 흑립을 쓰고서 차를 마시다가, 반 정도가 남자 자리에서 일어서서 찻값을 치르고 곧장 자신의 집으로 걸어갔다.

방 안으로 들어온 개원은 어떻게 해야 마교에 다녀올 수 있을지를 고민했다. 마교는 정파 영웅인 그와는 천적 같은 곳이었다. 그가 천년비가 보고 싶어서 방문했다고 하면, 들여보내주긴 할 것이다. 감옥 어딘가로. 그때, 생각을 정리하기 전. 방문이 발칵 열리더니 그의 동생이 들어왔다.

"형님!"

동생은 다급한 얼굴이어서, 개원은 흑립을 벗으면서 의아해 쳐다보았다. 동생 운호는 황급히 앞으로 다가오더니 개원의 멱살이라도 잡을 기세로 물었다.

"마교에 숨어 들어가려는 거지?"

운호 역시 천년비와 마교에 대한 소문을 듣고 달려온 듯했다. 개원은 흑립에 달린 끈을 돌돌 말아 옆에 두면서 웃는 듯 마는 듯 희미하게 입꼬리를 올렸다.

"나도 아직 마음을 안 정했는데. 네가 어찌 이리 빨리 알았지?"

"동생이니까!"

"그러면 내가 마음을 안 바꿀 거란 것도 알겠구나."

개원은 동생의 팔을 툭 두드리고서 거추장스럽게 묶어놓은 옷의 매듭도 풀었다. 운호는 장난칠 기운이 아닌지 이를 세우며 외쳤다.

"천년비를 보려고 그래? 그 여자 자결했어. 형이 자기 시체를 볼 걸 알면서도 보란 듯이 죽었잖아!"

"안다. 천년비는 죽었지. 사하비단과 다니는 건 가짜일 거고."

"그런데 왜 보러 가겠단 건데! 가짜인 거 안다며!"

운호가 버럭 언성을 높이면서 형을 붙잡자, 개원은 당연하다는 투로 대답했다.

"사칭범을 죽일 거다. 천년비의 이름을 아무도 더럽히지 못하게."

그 목소리는 나지막하지만 힘이 들어가 있었다.

개원의 현재 감정이 그대로 드러날 만큼. 운호는 기가 막혀서 형의 팔을 쥔 손에 힘이 꽉 들어갔다.

"형에게 상처만 주고 죽은 여자 뭐가 어디가 예쁘다고!"

"누군가 민신을 사칭하면 너도 가만히 있지 못할 텐데?"

"민신은 그 악적과 달라! 비교도 하지 마, 형!"

"민신은…… 좋은 여자지."

고개를 끄덕여 수긍한 개원은 잠시 희미하게 웃었다. 하지만 곧 서늘하게 운호를 보더니 진짜로 화가 난 눈빛으로 말했다.

"천년비도 좋은 여자다. 민신만큼. 아무도 보려 하지 않았을 뿐."

그 표정을 본 운호는 팔을 쥔 손에 힘을 뺐다. 운호의 팔이 아래로 뚝 떨어지자, 개원은 벗은 겉옷을 의자에 걸고 서랍을 열어 무언가를 찾기 시작했다. 운호는 그 모습을 안타깝게 쳐다보다가, 얼른 앞으로 가 시선을 맞추고서 말의 방향을 바꿔보았다.

"그럼 형, 시시라도 보고 가."

시시 이야기에 개원은 손을 멈추고서 돌아보았다. 아까와 달리 화난 얼굴이 아니었다.

"시시는 입궁했다 들었는데?"

"곧 생일이잖아. 생일엔 가족들이 보러 갈 수 있대."

운호는 어떻게든 이걸로 시간을 번 다음 그사이에 형을 말릴 생각이었다. 개원은 동생의 그 속내를 뻔히 다 알았으나, 사촌 동생인 시시의 생일이라고 하니 신경이 쓰이긴 했다.

시시가 평범하게 사가에서 지낼 때라면 한 번이나 두 번쯤은 바빠서 못 챙길 수도 있겠지만, 지금 시시는 후궁으로 들어가지 않았던가. 후궁이 되면 얼굴을 보는 게 자유롭지 않다. 이 기회를 놓치면 다음 기회가 또 언제 올지도 몰랐다. 내년 생일 시기에 하필 황후나 황제, 태후의 미움을 산다면 가족들을 부르지 못할 수도 있고.

운호는 형이 흔들리는 걸 눈치채고서 얼른 설명을 더해갔다.

"시시 가문이 좋은 가문이지만, 다른 후궁들 가문에 비할 바는 아니잖아. 우리 가문 힘이 약해서 시시가 잘 적응하는지 모르겠어."

"그런 거라면 내가 가봐야 소용이 없을 텐데."

"그래도 가족이 한번 가는 거랑 아닌 거랑 전혀 다르지. 게다가 황궁 높은 분들 중에도 무림에 관심 있는 사람들이 있대. 형은 무림에서 손꼽히는 영웅이니, 가면 누군가는 관심을 보일 거야. 시시에게 도움이 될지도 몰라. 응?"

'승언이는 시력이 약하구나.'

승언이가 돌아가는 걸 보고 있자니, 나중에 좀 골치 아파지겠구나 싶어서 저절로 한숨이 나왔다. 얼핏 지나가면서 보니 황제가 내 처소에 오고 있던데. 하지만 어쩔 수 없었다. 황제가 내 처소를 보고 있는데 도로 그 안에 기어들어 갈 수는 없었는걸!

'젠장. 오늘은 온 귀인이 회임했으니 분명 그 사람한테 갈 줄 알았지.'

어쨌든 지금 들어가나 나중에 들어가나 황제의 눈치를 보며 거짓말을 해야 하는 상황은 같은지라, 나는 그냥 가던 길을 마저 갔다. 우 귀인의 처소로.

희원궁 안으로 들어가 염 귀인의 지붕 위에 올라가 우 귀인 처소를 빤히 보기를 얼마쯤 되었을까. 오늘은 염 귀인이 이동하지 않으려나, 하는 생각이 들 즈음. 드디어 그녀가 처소 밖으로 나왔다. 옆에는 궁녀가 우산을 받쳐 들고 있었다.

그 상태로 사립문을 빠져나온 염 귀인은 허리를 당당하게 펴고서 걸어갔다. 이상한 곳에 가는 게 아니니 아무것도 신경 쓰이지 않는다는 태도로. 하지만 잘 걸어가다가도 연신 주위를 둘러보는 태도에서 그녀의 솔직한 마음이 드러났다.

어둠과 비를 틈타 따라간 지 얼마 되지 않아 그녀의 목적지가 드러났다. 혜비의 처소였다.

'혜비? 왜 혜비에게 이렇게 은밀히 가지? 이 일에 혜비가 관련이 있나?'

이렇게 어둑어둑한 데다 비가 세차게 내리는 날은 남의 집 지붕에 납작 달라붙어 있기 딱 좋은 날이다. 어두운 데다 흑색 옷을 입고 있으니 잘 보이지 않기도 하거니와, 사람들도 죄다 우산을 쓰고 다녀서 지붕 위는 쳐다보지 않기 때문이다.

나는 혜비의 처소 주위를 멀찍이 떨어져 살피다가, 인적이 드문 쪽을 통해 가까이 접근한 다음 창문 아래에 납작 달라붙었다.

"우 귀인, 이 시간에 무슨 일인가?"

혜비는 붓글씨를 쓰고 있다가 우 귀인의 뜻하지 않은 방문에 의아해 물었다. 우 귀인은 쓰고 온 우산을 궁녀에게 들려주고서 인사를 올렸다.

"혹시 제가 방해가 되었을까요?"

"그럴 리가."

혜비는 방긋 웃고서 붓을 내려놓고 우 귀인의 손을 잡아 의자에 앉히며 물었다.

"갑작스러운 온 귀인의 회임 소식 때문에 나도 좀 심란하던 차였네."

"최근에 시침을 든 건 황후마마와 천 귀인, 온 귀인뿐이니까요."

우 귀인이 점잖게 하는 말에 혜비는 미묘하게 웃었다.

"같은 후궁이지만 온 귀인은 입궁한 지 얼마 되지 않아 좀 낯설지. 그런데 가장 먼저 회임을 하니 영 기분이 이상해. 차라리 황후마마나 천 귀인이 회임을 했다면 기분이 더 나았을 텐데."

혜비의 궁녀가 뚜껑 달린 찻잔을 가져와 우 귀인의 앞에 내려놓고 물러났다. 우 귀인이 찻잔을 들어 올려 뚜껑을 열자 안에서 뜨끈하게 김이 올라왔다. 거센 비를 뚫고 오느라 식었던 손이 도자기 찻잔의 온기로 따뜻해지자, 우 귀인은 잠시 고민했다.

지금부터 혜비에게 하려는 이야기. 과연 정말로 해도 좋을까?

혜비는 그런 기색을 눈치채고서 웃으며 물었다.

"무슨 말을 하고 싶어서 그리 눈치를 보니."

혜비는 눈치가 빨랐다.

우 귀인은 혜비가 이미 자신이 목적 없이 방문한 게 아니란 걸 알고 있자, 찻잔을 무릎 위에 얹고서 조심스럽게 입을 열었다.

"전에 제게 소개해주신 그자 말입니다, 마마."

"그자?"

"소원을 들어주는……."

우 귀인이 말을 다 잇기도 전에 혜비가 벌떡 일어서더니 아까 붓글씨를 쓰던 탁자 앞으로 다가갔다. 우 귀인은 덩달아 같이 일어섰다.

"그자는 왜?"

"누군가 제가 수상한 사람과 만나는 걸 봤다는데. 인상착의가 꼭 그자 같아서요."

혜비는 붓에 먹물을 묻히다 말고서 눈살을 찌푸리더니, 우 귀인을 쳐다보며 말했다.

"정말인가."

"네."

"그런데 여길 왔다고? 누군가 자넬 의심하면 행동을 더욱 조심하고 아무 데도 가지 말았어야지!"

혜비가 꾸짖자 우 귀인은 얼른 두 손을 모았다.

"죄송합니다, 혜비마마. 하지만 너무 무서워서요. 그자… 혜비마마께서 알려주신 그자가 정말 믿을 만한 자인지 확인하고 싶어서……."

염 귀인이 살아 있었다면 염 귀인에게 물으면 됐겠지만, 염 귀인은 이미 사망했으니 물어볼 사람이라곤 비원을 소개해준 혜비뿐이었다.

혜비는 불쾌한 듯했으나 우 귀인이 고개를 내리고서 제대로 들지도 못하자, 한숨을 내쉬고서 다시 붓을 내려놓았다.

"한 번 더 만날 수 있게 주선해주지. 하지만 이게 마지막이야. 두 번 다시는 이 일로 나를 찾지 말게. 다음에 만날 방도는 그자와 직접 맞추든가 마음대로 하고."

약속 시간과 날짜 등을 다 듣자마자 나는 얼른 그 자리를 빠져나와 희원궁 밖으로 나갔다.

생각보다 알찬 수확이었다. 염 귀인과 우 귀인뿐만 아니라 혜비 역시 그 수상한 사람과 관련이 있단 걸 알았고, 혜비가 우 귀인보다 좀 더 수상한 인물과 가깝단 것도 알았고, 우 귀인이 그 수상한 자와 언제 만날지도 알게 되었으니까.

우 귀인에 대한 건 내일이 되어 봐야 알 수 있으니 그렇다 치고. 이제 어쩐다. 황제가 내 처소에 딱 붙어서 지키고 있을 텐데. 나한테 검은 무복 차림으로 어딜 다녀왔냐고 물으면 뭐라고 하지?

"소주? 어디 다녀오신 거예요?"

"세상에, 소주! 쫄딱 다 젖으셨어요!"

사실은 내 비밀 훈련 장소에 옷을 좀 가져다뒀지. 은신술을 조금씩 사용하게 된 후부터 만약을 대비해서. 하지만 옷이야 갈아입으면 그만이라 하더라도, 자겠다고 한 내가 밖에서 들어오는 것까진 숨길 수가 없는지라 바로 소란이 일어났다.

그 상태로 방 안으로 들어가자 떡돌이가 홀로 차를 마시다가 나를 보며 눈을 가느스름하게 떴다. 꾸벅 인사를 했지만 그는 대답하지 않았다. 궁녀들이 달려와서 내 머리카락이며 손을 수건으로 닦아주는 동안에도 떡돌이는 내 침상에 앉은 채 팔짱을 끼고 나를 쳐다보기만 했다.

면시 때문에 표정이 보이진 않지만, 웃고 있는 건 확실히 아냐. 눈꼬리가 점점 올라가고 있잖아. 삐진 게 분명해. 심상치 않은 분위기는 승언이도 느꼈는지, 그가 기둥 뒤에 몸을 숨기고서 초조하게 바스락거리는 게 느껴진다.

그런데 내 홀딱 젖은 옷을 갈아입어야 할 때 조금 문제가 생겼다. 궁녀들이 황제의 눈치를 보다가 나를 데리고 다른 방으로 가려는데, 내내 아는 척도 하지 않던 황제가 갑자기 이렇게 말을 건 것이다.

"나가보아라. 천 귀인 옷은 짐이 갈아입혀줄 테니."

그 소리에 원웅과 부성은 입을 쩍 벌리더니 자기들끼리 묘한 눈짓을 주고받으며 나갔다. 반면 나는 황제가 또 뭔 짓을 하려는가 싶어서 허리에 손을 올리고 그를 쳐다보았다. 그 상태로 뚫어져라 보고 있으려니 떡돌이는 내 앞에 조금 건성건성하는 태도로 다가와 자기 얼굴을 가린 면사를 벗었다. 그가 허리를 숙이자 우리의 눈높이가 비슷해졌다. 시선을 피하지 않고서 떡돌이는 빙그레 웃었다.

"우리 계란이는 대체 어디에 다녀왔을까."

나는 눈 하나 깜짝하지 않고서 대답했다.

"어디 다녀오긴. 잠시 산책 좀 하고 왔지."

"이 비 오는 날에?"

"암. 나는 비 오는 날을 좋아하거든."

"궁녀들에겐 잘 거라 말하고서?"

"암. 난 혼자 다니는 걸 좋아하거든."

내가 당당하게 대답하자 떡돌이는 좀 헷갈리는지 미간을 찌푸리고서 뒤로 물러나 내 모습을 살폈다. 하지만 그가 아무리 살펴도 내 옷은 멀쩡한 후궁 복장이니 이상할 부분이라고는 전혀 없었다. 나는 그 앞에서 한 바퀴를 빙그르르 돌기까지 한 다음, 아직도 축축한 머리카락을 수건으로 문지르면서 다른 한 손으로는 원웅이 놓고 간 침의를 들어 올렸다.

"누군가 네 방에서 나가는 걸 봤는데, 계란아."

"그래? 누구지?"

"그러니까. 그 사람이 누구길래, 방 안에 들어와 보니 네가 없던 걸까."

"나는 원래부터 산책 나가서 방에 없었잖아. 내가 자리를 비운 사이에 누가 다녀갔는지는 나도 몰라."

"……."

"그런 간단한 걸 모르다니. 떡돌이는 나만 보면 정신을 못 차리네."

내 변명은 내가 생각해도 참으로 그럴듯하게 들려서, 떡돌이조차 내 말을 의심하지 못하고 혹하는 기색을 보였다. 떡돌이는 유심히 나를 살폈으나 내가 눈도 깜짝하지 않자 결국 완전히 넘어가 수긍했다.

"하긴. 네가 없을 때 일어난 일을 네게 물으면 안 되지."

"지금 이해하는 척하면 무슨 소용이겠어."

떡돌이는 대답 대신, 빙그레 웃고서 내 침의 끄트머리를 쭈욱 잡아당겼다. 왜 저래? 나도 얼결에 같이 침의 끄트머리를 잡았다. 그러자 졸지에 옷 한 벌을 두고 나와 떡돌이가 잡아당기는 모양새가 되었다. 우리 둘 다 이 옷을 노리는 것처럼. 그게 의아해서 쳐다보니, 떡돌이는 떡돌이대로 날 의아하게 쳐다보고 있었다.

그것도 잠시. 그는 눈썹을 들어 올렸다. 당연히 내가 이 침의를 자기에게 줄 거라 생각했단 것처럼. 왜 그걸 당연하다 여긴 건진 모르겠지만. 그래도 놓지 않고 침의를 잡아당기자, 이윽고 그의 입술 끝이 비틀리듯 올라가는가 싶더니 도발적인 목소리가 나왔다.

"이렇게 필사적으로 잡다니. 짐에게 주기 쑥스러운가 보군."

"네 거 입으면 되잖아. 난 여름용 침의가 두 벌뿐인데 왜 내 걸 노려?"

내가 항의하자마자 기겁해서 바로 침의를 놓아버렸지만.

이윽고 그는 내가 침의를 소중히 안고 경계하듯 쳐다보자, 자기 관자놀이를 누르며 항의했다.

"짐이 입으려는 게 아니라 네가 옷 갈아입는 걸 도우려던 거다. 넌 어째서 항상 생각이 이상한 방향으로 튀는 거냐."

"돕긴 뭘 도와. 나한테 손이 없어 발이 없어?"

"부끄러움은 없구나. 눈치도 없고."

고개를 설레설레 젓은 황제는 곧 침상으로 걸어가더니 그 위에 털썩 앉았다. 이상한 사람이야. 어쨌든 황제가 변명을 끝내고 내 침의를 포기하자, 승언이 얼른 다가와 그에게 부채질을 해주었다.

그사이 나는 옷을 갈아입기 위해 얼른 손을 움직였다. 비에 흠뻑 젖어 자꾸 다리에 달라붙는 치마는 무척이나 불편했다. 하지만 내가 홀랑 치마를 아래로 내리자마자 황제는 또 기행을 벌였다.

"젠장. 계란아!"

비명을 지르더니 갑자기 승언이를 패대기친 것이다.

놀라서 쳐다보자, 그는 입을 뻐끔거리더니 쓰러진 승언의 눈을 가리고서 주위를 두리번거렸다. 뭘 하나 싶어서 보고 있자니, 그는 승언을 번쩍 들어 올린 다음 그를 근처에 있는 커다란 병풍 뒤로 굴려 넣었다.

"왜 승언이를 괴롭혀?"

하도 이상해 묻자, 황제는 '그걸 모르겠어?' 하는 시선으로 쳐다보더니 자신은 다시 침상으로 걸어가며 손을 저었다.

"너 때문 아니냐. 너를 저기 넣을 수 없으니 승언이를 넣은 거다. 제발 아무 데서나 홀랑홀랑 벗고 좀 그러지 마라, 응?"

"온 귀인이 회임해서 내가 지금 기분이 별로 좋지 않아. 나한테 그런 식으로 말하지 마."

"계란아."

"진짜야. 온 귀인이 회임했단 이야기를 듣고 내가 얼마나 속이 상했는지 알아? 잠시 까먹었는데 이제 생각났네."

"계란아."

"변명하려고? 무슨 변명을 하려고? 온 귀인 애가 네 애가 아니기라도 하단 거야?"

"계란아."

사람이 항의하는데 대답은 하지 않고 자꾸 '계란이 계란이' 하며 불러 대서 쳐다보자, 떡돌이는 한숨을 내쉬고서 자기 눈가를 가리며 중얼거렸다.

"옷부터 마저 입고 따져라."

"난 괜찮아. 개의치 않아."

"짐이 신경이 쓰인다!"

다음 날. 황제는 침상에 베개를 끌어안고서 비몽사몽 누워 있는 천 귀인의 이마에 가볍게 입을 맞춘 다음 얼굴에 미역처럼 흩어진 머리카락을 하나로 모아 뒤로 넘겨주었다.

"떡돌아……."

반쯤 눈을 뜨고 부르기에 눈꺼풀에도 입을 맞추자 안 그래도 처진 눈썹이 더 아래로 내려간다. 황제는 천 귀인의 축 처진 눈썹을 웃으면서 바라보다가, 면사를 착용하기 전 그 눈가에도 입을 맞춘 다음 밖으로 나갔다. 얼굴을 가려 제대로 표정을 볼 수 없으나, 황제는 기분이 몹시 좋아 보였다. 사람들은 온 귀인이 회임한 일로 골이 난 천 귀인을 황제가 잘 달래고 돌아가는 거라 확신했다.

그 기색을 살피며 승언은 황제가 어제저녁 아무도 몰래 천 귀인이 자리를 비우고, 그 사이에 복면인이 다녀간 일에 대해서는 그냥 넘어가시려나, 생각했다. 하지만 예상과 달리, 침궁으로 걸어가자마자 황제는 다른 그림자를 불러 바로 지시했다.

"어젯밤 천 귀인의 처소에서 누군가 은밀히 빠져나가 동영궁 담을 넘어 승언이와 싸웠다. 비가 내려 흔적이 많이 지워졌겠지만 최대한 족적을 살펴 그자가 어디로 갔는지 확인해보라."

몇 시진이 지나자 황제가 지시를 내린 그림자가 다가오는 기척이 났다. 황제는 고개를 들지 않고 상소문에 시선을 고정한 채 물었다.

"살폈느냐."

"예."

"어떠했지?"

"제대로 은신술을 익힌 자였습니다. 흔적이 아예 남아 있지 않습니다."

황제는 들고 있던 상소문을 내려놓으며 작게 중얼거렸다.

"천년비."

전에 기봉 장군이 한 추측이 떠올라서. 그 이름이 천 귀인이 입궁하기 전 사용한 이름일 수도 있다 했던가. 황제는 톡톡 책상을 두드렸다. 천년비. 천소여. 은신술. 저주. 입가에서 단어 몇 개가 줄지어 맴돌다가 안개처럼 흩어졌다.

'어제는 어떻게 잘 넘어갔지만 앞으로는 더 조심해야겠어.'

비밀 장소에 가져다둘 새 의복을 챙기면서, 이제는 황제가 언제 내 처소로 올지 모른다는 전제를 하고 움직이기로 결심했다. 온 귀인이 회임한 날에 바로 날 찾아올 줄 내가 짐작이나 했겠어? 하지만 황후와 손만 잡고 잔다 말하자마자 온 귀인이 회임한 게 밝혀졌는데도 저렇게 뻔뻔하다니.

'황제가 되려면 원래 좀 뻔뻔해야 하나?'

새 의복을 숨겨두기 위해 비밀 장소에 가긴 했으나, 평소처럼 거기에서 수련을 하진 않았다. 대신 바로 내 처소로 돌아와서 평상에 앉아 부채질만 했다.

어젯밤, 혜비가 우 귀인과 그 수상한 자의 만남을 다시 주선해주겠다고 했지. 그 시간이 될 때까지 여기서 버티려는 것이다. 날이 더우니까.

사실 어제 숨어서 그 이야기를 들었을 때는 '차라리 나도 혜비에게 소원을 들어주는 어쩌구 하며 접근해볼까?' 하는 생각이 잠시 들기도 했지.

하지만 생각해보니 그건 절대 안 될 일이었다. 그 수상한 자는 자꾸 내 이름이 써진 종이를 묻으라 내밀잖아? 그자가 내가 천 귀인이라는 걸 알고서 그러는지, 아니면 모르고 행동했는데 우연히 그렇게 된 건지는 모르겠으나 조심해서 나쁠 건 없지.

"……."

얼마나 그러고 있었을까. 드디어 우 귀인의 약속 시각인 술시 초를 알리는 종이 울렸다.

한여름의 술시 초는 날만 맑으면 하늘이 파래서 아직 한낮처럼 주위를 볼 수 있었다. 시간이 지나면 빠르게 어두워지겠지만.

나는 몸을 일으키고서 산책을 좀 하겠다며 얼른 처소 밖으로 나갔다.

"소주, 어디 가세요?"

"산책. 혼자 다녀올 테니 다들 여기 있어."

우 귀인이 궁녀를 데리고서 찾아간 약속 장소는 이전과는 다른 곳이었다. 우 귀인은 약속 장소에 도착하자 담장 앞에 서서 연신 초조하게 사방을 살폈고, 나는 그 담장을 내려다볼 수 있는 커다란 나무에 자리를 잡았다. 바로 지척에 있는 나무는 아니고, 건너 나무에. 너무 가까운 게 아넌가 싶기도 하지만 오늘은 지난번과 목적이 다르니 위험도 조금은 감수해야 한다.

그곳에서 얼마나 기다렸을까. 약속 시각이 넘은 게 분명한데도 아무도 나타나지 않자 우 귀인은 초조하게 주위를 두리번거리다 자신의 궁녀에게 물었다.

"혜비가 제대로 전한 게 맞겠지?"

신경질이 섞인 불안한 목소리에 궁녀는 얼른 그렇다고 맞장구를 쳤다.

"그럼요. 혜비가 이런 일로 거짓말을 하진 않을 겁니다."

왜, 할 수도 있지. 어쨌든 지금은 믿는 수밖에 없는지라, 우 귀인은 입술을 짓씹으면서 연신 손가락에 낀 반지를 살폈다. 다행히 혜비가 제대로 전하긴 한 모양이었다.

'이제 오네.'

나는 우 귀인보다 한발 먼저 약속 상대를 알아차렸다. 하지만 약속 상대는 지난번과 달리 담을 사이에 둔 곳에 나타났다. 우 귀인 가까이 다가가긴 했지만, 최대한 가까이 붙어도 사이에 담이 있어서 얼굴을 볼 수 없는 곳에. 이유는 딱 보는 것만으로도 알 수 있었다. 저자, 지난번과 달리 관리의 복장을 하고 있었으니.

'관리로 위장을 한 거야, 진짜 관리야?'

의아해하는 사이. 걸어가던 그가 갑자기 내 쪽을 볼 듯 말 듯 고개를 드는 바람에 나는 인기척을 더 죽이고서 머리를 숙였다. 그 자세로 얼기설기 얽힌 나뭇가지를 바라보고 있자니 수상한 사람이 내는 특이한 목소리가 들려왔다.

"절 찾으셨다고요, 귀인."

"왜 거기에 있지?"

이어 우 귀인이 내는 놀란 목소리.

나는 다시 고개를 슬그머니 들었다. 아까보다 머리 위치를 낮추고서 보자, 담벼락을 사이에 두고 선 수상한 사람과 우 귀인이 보였다. 우 귀인은 수상한 사람이 가까이 오지 않자 당황스러운지 사방을 두리번거렸다.

"저는 이 벽 너머에 있습니다."

"나도 안다."

"계속 두리번거리시길래."

수상한 사람의 말에 우 귀인은 그 자리에 딱 얼어붙었다. 가까이 붙어서 있지도 않은 상대가 벽 건너편에 있는 그녀의 움직임을 꿰뚫고 있자 겁이 난 눈치였다. 하지만 우 귀인이 혼란스러워하는 것도 잠시였다. 그녀는 오래 지나지 않아 주위 살피기를 멈추더니 바로 본론을 이야기했다.

"어디부터 들었는지 모르니 다 얘기하지. 천 귀인이 날 찾아왔다."

"예. 들었습니다."

"천 귀인은 꼭 뭔가를 아는 것처럼 말했어. 내가 이상한 사람과 만나는 걸 본 사람이 있다더라. 혹시 네가 뭔가 흔적을 남겨서 그런 건 아니냐."

우 귀인의 추궁에 수상한 사람은 대번에 대답했다.

"이런 행동이야말로 흔적이 되는 겁니다."

그 대답이 기분이 나쁜지 우 귀인의 표정이 일그러졌다.

"자네를 만났을 때 외엔 난 아무 행동도 한 적이 없는데."

"이번에도 절 만나러 오지 않으셨습니까. 귀인께선 제가 의뢰를 완수했는지 아닌지만 지켜보시면 됩니다."

수상한 자의 대답에 우 귀인은 팔짱을 끼고서 벽이 그자이기라도 한 것처럼 노려보았다.

"그쪽이 의뢰를 완수했는지, 촉비나 천 귀인이 제풀에 사고를 쳐 몰락하는지 어떻게 알지?"

"임무를 마치면 그 자리에 나비 모양 비녀를 꽂아두겠습니다. 이거면

냈습니까?"

"……."

"이젠 절 더 찾지 마시지요. 서로에게 좋지 않으니."

대화는 길지 않았고 이번에는 오가는 물건도 없었다. 말을 마치자마자 수상한 자는 자기가 온 방향으로 가버렸다. 우 귀인은 담벼락에 귀를 대고서 그자가 멀어지는 소리를 들었다.

"소주?"

이 상황이 두려운지, 우 귀인의 궁녀는 그런 주인에게 겁먹은 얼굴로 졸라댔다.

"그만 돌아가시지요. 또 누가 볼까 무섭습니다."

발소리가 더 들리지 않게 된 건가. 우 귀인은 고개를 끄덕이고서 수상한 자와 정반대 방향으로 걸어갔다.

멀어지는 두 사람을 번갈아 보다가, 나는 이번에는 수상한 사람 쪽을 따라갔다. 나무에서 담벼락을 한 번에 건너뛴 다음 치맛자락을 위로 잡아 올리고서 속력을 빠르게 냈다. 후궁 복장으로 뛰다 보니 무복을 입었을 때만큼 다리가 편하진 않았다. 담벼락이나 지붕 위에 올라가도 눈에 잘 띌 테고. 그래도 나름대로 장점이 있긴 하다.

"천 귀인께 인사드립니다."

사람이 지나가면 그냥 멈춰 서기만 해도 위장이 되거든. 웃으면서 지나가는 궁녀에게 고개를 끄덕이다가, 사람들이 지나가자마자 나는 다시 속도를 내어 뛰었고 마침내 그자를 발견했다. 그자는 얼굴에 쓰고 있던 복면을 한 손으로 벗으면서 다리를 지나가고 있었다.

'진짜 관리인가?'

다리 쪽에는 바짝 추적할 만한 곳이 없어서 나는 근처의 나무 뒤에 몸을 숨기고 상대의 얼굴을 확인하려 들었다. 하지만 뒷모습만 보일 뿐 얼굴은 보이지 않았다. 머리 모양은 잘 보이지만 관리들 머리 모양이야 거기서 거기고.

그런데 다리를 건너가던 그 수상쩍은 인물은 다리 한가운데에서 갑자기 우뚝 멈추어 서더니 더 나아가지 않았다. 물고기 밥이라도 주려는 건가? 왜 저러는가 유심히 보고 있자니 그자가 뒷짐을 지고서 슬쩍 고개를 옆으로 돌렸다. 아직 얼굴이 제대로 보이진 않지만 빙그레 올라간 입꼬리는 확인할 수 있었다.

'왜 웃지?'

이상하다 생각하는 순간. 그자가 건방진 목소리로 내게 말을 걸었다.

"그만 나오지."

상대가 나를 발견했고 주위에는 아무도 없단 걸 확인하자마자 나는 치마를 슬쩍 들춰 종아리에 묶어두었던 단도를 꺼내 쥐었다. 지체 없이 뛰어나가자 뒷짐을 지고 다리에 서 있던 자가 내 쪽을 향해 고개를 돌리며 손을 뻗었다. 아는 얼굴이었다. 바로 생각나진 않았지만.

하지만 지금은 놈과 손을 섞는 게 더 중요하기에 나는 이자가 누구였는지를 떠올리는 대신 공격하고 피하고 막고 방어하는 데 더 집중했다.

원래의 몸이었더라면 손쉽게 상대할 정도이지만, 지금의 상태로는 그렇게 쉽게 제압할 실력자가 아니다 보니 신중해야 했다.

그러다 누군가 지나가는 인기척이 나는 순간. 우리는 무기를 감추며 서로 흩어져 다른 방향을 향해 섰다. 다른 방향으로 다리를 지나가다 우연히 스쳐 간 사람들처럼. 어쨌든 잠깐 생긴 여유 덕에 이자가 누구인지 떠올랐다.

'그 한림원 학사다. 똑똑한 사람.'

젠장, 똑똑한데 강하기까지 하다고? 믿을 수 없다! 분노가 솟아나자 아까보다 좀 더 감각이 예리해진다. 나는 온 신경을 사방으로 집중했다. 둘디 정체를 감추는 처지인지라 잠시 생긴 이 틈. 인기척을 내던 사람이 떠나가면 저 학사와 나는 동시에 서로를 공격하겠지. 누가 먼저 공격을 할지에 따라 싸움의 승패가 갈릴지도 몰랐다.

주먹을 쥐었다 펴기를 반복하며 다리 너머 잉어를 구경하는 척하기를 잠시. 인기척을 내던 사람이 지나가자마자, 나는 다리 난간을 박차고 호수를 향해 뛰었다. 내가 바로 자기에게 뛰어들 거라 여겼던 학사는 헛손질을 하다가 놀라 내 쪽을 보았으나, 그땐 이미 내가 던진 단도가 그의 어깨를 향해 날아가고 있었다.

관리복을 입고 복면을 착용한 다음 우 귀인을 만나야 했으니 당연하겠지만, 이자가 오간 길은 사람이 많이 오가는 길은 아니었다. 그 덕분에 나는 기절한 학사를 비교적 수월하게 근처의 빈 궁으로 끌고 올 수 있었다. 궁궐에서 좋은 건 빈 궁은 빈 궁 티가 난다는 거야. 관리가 잘 안 되어 있는 게 딱 보이거든.

빈 궁에서도 안쪽에 있는 방까지 학사를 끌고 간 다음, 나는 문을 단단히 닫고서 학사를 먼지투성이 침상에 던졌다. 떨어져 있던 올가미 모양 밧줄을 주워 팔을 단단히 묶은 뒤 점혈까지 하고서 깨우자, 학사는 눈을 번쩍 뜨더니 나를 뚫어져라 쳐다보았다. 그제야 학사의 이름이 기억났다.

"비원."

내가 이름을 부르자 학사는 입꼬리를 올리더니 손을 묶인 채 들어 올려 나를 가리켰다.

"천 귀인."

목소리 변조를 푼 건지, 아까 우 귀인을 대할 때의 그 괴이한 목소리가 아니라 전에 들었던 듣기 좋은 저음이었다. 나는 녀석의 코앞으로 다가간 다음 단도를 꺼내 눈앞에 들이밀고서 물었다.

"왜 염 귀인과 우 귀인에게 이상한 종이를 주고 묻게 했지?"

"천년비진쾌도래. 이거 말입니까."

"그래."

대답을 기다리며 나는 방 안을 한 번 살폈다. 전에 태감 시체가 떠오른 우물도. 상황에 따라 이자를 죽여 입을 막아야 할 가능성도 생각은 해야 하니까. 그런데 미친놈인가. 비원은 앞으로 죽을지 살지도 모를 상황인데, 눈앞에 칼이 들이밀어 졌는데도 낄낄 웃어댔다. 왜 저러나 싶어 보고 있자니 그가 웃으면서 중얼거렸다.

"무술을 오래 익히지 않았는데도 움직임이 예리하고. 내공이 깊지 않은데도 무공의 고수를 제압하고. 멍청한데도 전투에선 지형지물을 응용하는 방식이 뛰어나고. 경험은 노련한데 수련의 흔적이 없다. 참 말이 안 되지 않습니까?"

뭐라는 거야? 눈살을 찌푸리는데 그가 돌연 정색하더니 굳은 목소리로 물었다.

"이게 말이 되는 상황은 딱 하나뿐입니다. 천 귀인, 천년비이십니까?"

"아니."

나는 바로 부정했지만, 비원은 믿지 않았다.

"이렇게 약한 몸으로 이렇게 강한데. 아니라고요?"

그러고는 이번에는 갑자기 고개를 저으며 내 말을 한 번 더 부정했다.

"아니, 그래요. 차라리 아니길 바랍니다. 천년비는 제 우상입니다. 당신처럼 멍청하기로 이름 높은 후궁일 리가 없죠. 제기랄, 절대 아닌 거야! 아니라고 해줘요!"

감히 후궁에게 대놓고 멍청하다고 해도 되나? 내가 알기로는 아니다. 하긴. 서로 무술을 드러내 겨룬 마당에 저런 말이 뭐 대수이련마는…….

'에라, 한 대 맞아라!'

좀 괘씸하기에 힘을 실어 놈의 뒤통수를 내려치자, '빡' 하는 소리가 나며 비원이 그대로 기절했다.

나는 녀석을 옆으로 굴려놓고서 팔짱을 끼고 한자리를 빙빙 맴돌았다. 심란했다. 우상? 내가 우상이라고? 아니, 이게 중요한 게 아니지. 이놈은 대체 무슨 수로 내가 천년비라고 확신하는 거지? 난 이자가 내 이름을 자꾸 파묻고 다니라 했다기에 내 적인 줄 알았는데. 적이 아니었나? 누가 천년비인지 확인하려고 이름을 그리 파묻고 다녔나?

'죽여야 하나 살려야 하나.'

녀석의 훤히 드러난 목덜미를 노려보면서 초조하게 주먹을 쥐었다 펴길 반복했다. 죽이는 건 어렵지 않지. 하지만 이놈이 누구인지 아직도 모르겠는걸. 게다가 아는 게 좀 있어 보이는데, 이대로 죽이긴 아까워. 절대로 이자가 나한테 우상이라 불러서 마음이 약해진 건 아니다.

마음을 바꾸자마자 나는 녀석을 점혈해 다시 깨웠다. 비원은 머리를 들어 올리다가 나를 발견하자 목에 힘을 빼고 드러누웠다.

"야."

나는 그자의 다리를 툭 걷어차서 내 쪽을 보게 한 다음 다시 물었다.

"천년비는 왜 찾는데?"

비원은 내 쪽으로 고개를 돌리긴 했으나 그 외에는 아예 몸에 힘도 주지 않고서 대답했다.

"그쪽이 천년비가 아니라면 알려줄 수 없습니다."

그 단호한 태도에 나는 잠시 고민에 빠졌다.

'저렇게까지 나오는데, 내가 천년비가 맞다고 하고 사정을 캐낼까? 아닌가? 그래도 찝찝하니 아니라고 발뺌할까?'

결정하는 데는 그리 오랜 시간이 걸리지 않았다.

어차피 내가 무술을 하는 것까지 봤으니, 여차하면 이놈을 죽여 입을 막아야 할 수도 있어.

그럴 거라면 내가 천년비란 걸 밝히고 계속 캐묻는 게 낫지.

"내가 천년비다."

"거짓말!"

하지만 내가 긍정하자마자 이 새끼가 또 말을 바꾸었다.

'이거 지금 어쩌자는 거야? 나랑 장난하나?'

내가 도끼눈을 뜨고 쳐다보자 비원은 오만상을 하더니 나를 노려보면서 외쳤다.

"천년비 님은 바람처럼 자유롭고, 자유로우면서도 강인하고, 돌풍처럼 휘몰아치는 분이란 말입니다! 당신처럼 멍청—"

한 자 한 자를 입에서 꼼꼼하게도 뱉어내는데, 듣고 있자니 기분이 나빠져서 나는 다시 녀석을 내리쳐 기절시켰다. 녀석이 축 늘어진 걸 보자 이럴 때가 아니란 생각이 들었지만, 이미 녀석은 기절한 후였다. 결국 한숨을 내쉬고서 다시 녀석을 깨우려는데 웬걸. 또 다른 인기척이 가까워지지 않는가.

나는 얼른 비원을 챙겨서 커다란 병풍 뒤로 몸을 숨겼다. 거기에서 숨을 죽이고 병풍에 난 구멍으로 슬쩍 쳐다보니, 잠시 뒤. 웬 태감들이 얼굴을 천으로 덮어 가린 태감을 위아래로 잡고 끌고 왔다.

이게 무슨 일이래? 왜 태감이 태감을 끌고 와? 이상해서 쳐다보고 있자니, 이번에는 기절했던 비원이 정신을 차리려 한다. 그가 깨어나는 걸 알아차리자마자 나는 녀석의 아혈을 눌러 입을 열 수 없게 했다. 녀석은 반항하려 했으나 병풍 건너에서 나는 소리를 듣자 입을 다물었다. 내가 눈짓으로 다른 사람이 있으니 조용히 하란 신호를 보내자, 그는 마지못해 고개를 끄덕이며 아혈을 풀어달라 손짓했다. 응, 싫어. 네가 무슨 짓을 할 줄 알고?

나는 그의 손짓을 무시하고서 병풍 너머 상황에 다시 집중했다. 그쪽에선 더욱 놀라운 일이 벌어지고 있었다.

'세상에.'

태감들 다음으로 들어온 사람이 놀랍게도 후궁인 촉비였던 것이다. 촉비는 여기에 왜 온 거지? 더욱 호기심이 들어 유심히 보고 있으려니, 비원도 자리에서 일어나 내 옆에 나란히 앉아 병풍 너머를 살폈다.

끌려온 태감은 마구 버둥거리고 있었는데, 끌고 온 태감이 얼굴에 강제로 씌워둔 복면을 벗기자 두려워하며 주위를 마구 살폈다. 그러다가 촉비를 보더니, 무릎을 꿇고서 흐느끼기 시작했다.

"용서해주십시오, 마마. 용서해주십시오!"

그러나 촉비는 용서는커녕 냉정하게 그자를 발로 퍽 차더니, 아예 머리에 발을 올리고서 차갑게 물었다.

"훔쳐 간 물건은 어디에 있지?"

'훔쳐 간 물건?'

"저는 모르는 일입니다, 마마. 저는 마마의 물건을 단 하나도 훔치지 않았습니다, 마마. 정말입니다. 오해가 있습니다."

태감은 두 손을 모으고서 싹싹 빌었지만 촉비는 믿지 않았다. 오히려 뒤로 물러서더니 다른 태감들에게 그 태감을 눈짓으로 가리켰다. 신호를 받자마자 태감 둘이 끌고 온 태감을 마구 때리기 시작했고, 끌려온 태감은 자기가 아니라고 빌면서 온몸을 웅크렸다. 태감은 가엾게 울어댔으나 촉비는 눈 하나 깜짝하지 않았다. 팔짱을 끼고서 그 광경을 초조하게 지켜보기만 할 뿐.

훔쳐 간 물건…… 촉비…… 태감…… 아. 혹시 전에 그 일 때문인가? 촉비의 물건을 어떤 태감이 훔쳐서 달아난 적이 있지. 그러다 필첩을 떨어뜨린 걸 내가 촉비에게 주워줬어. 부성의 말에 따르면, 그 안에는 죽은 태감들의 이름이 적혀 있었다고. 필첩 외에도 다른 물건들이 있었나 본데? 절대로 잃어버려서는 안 될 물건이.

얼마나 시간이 지났을까. 끝까지 아니라고 부정하던 태감이 어디를 잘 못 맞았는지 갑자기 악 하는 소리를 내며 기절했다. 촉비는 그때까지도 말없이 서 있다가 기절한 태감을 살피더니 눈살을 찌푸리며 혀를 찼다.

"이자도 아니군."

그녀는 깊게 한숨을 내쉬면서 쓰러진 태감을 쓰레기처럼 쳐다보았으나, 별도리가 없다 싶은지 단호하게 지시를 내렸다.

"잘 처리해라."

그리고는 성큼성큼 밖으로 나가자, 남겨진 태감 둘이 쓰러진 태감을 양옆에서 부축하려는 듯 그쪽으로 다가갔다. 하지만 혼자 나가버렸던 촉비는 얼마 지나지 않아 다시 안으로 들어와 태감들에게 물었다.

"전에 여기에 밧줄이 떨어져 있었던 거 같은데."

촉비가 말을 하자마자 나와 비원은 동시에 그의 팔을 묶은 밧줄로 시선을 돌렸다. 젠장. 촉비가 전에도 여기에 왔었구나! 그걸 깨닫는 순간. 갑자기 비원이 나를 확 밀쳤다. 병풍 밖으로. 하지만 균형을 잡고서 나는 녀석을 바로 역으로 밀쳤고, 비원은 병풍 밖으로 튕겨 나갔다. 촉비와 태감들은 갑작스러운 밧줄의 부재에 긴장했다가, 비원이 툭 나타나자 놀라서 펄쩍 뛰었다.

"잡아!"

촉비는 버럭 외쳤고, 태감 둘은 비원에게 달려들었다. 하지만 학자이면서도 무술이 고강한 비원은 그 둘에게 당하지 않았다. 몇 합을 주고받지도 않아 태감 둘이 바닥을 구르자, 촉비는 뒤로 주춤 물러났다. 후궁이기 때문인지 비원은 촉비를 건드리진 않았으나, 우두커니 서서 악역처럼 그녀를 쳐다보았다. 팔이 묶여 있어서 하나도 안 무서워 보였지만. 후궁에게 할 태도는 아니었으나, 이런 와중이기에 촉비는 그를 꾸짖지는 못했다. 비원은 나지막하게 웃었다.

"제가 촉비마마의 약점을 하나 가지게 된 모양입니다."

"태감 하나가 내 물건을 훔쳐 갔다. 그 태감을 찾는 과정에서 벌어진 일이니, 약점이라 할 수 없다."

"그런 일은 수사방에 맡기셔야지 직접 처리하실 게 아닙니다."

촉비는 그래도 태연한 척 말했으나 비원이 넘어가지 않자, 이를 갈면서도 자신이 데려온 두 태감을 깨워 데리고 나갔다.

그들의 인기척이 완전히 멀어지자 비원은 이번에는 병풍 뒤쪽, 내가 있는 곳을 향해 시선을 보냈다.

"먼저 날 떠민 건 너다."

그 시선에는 원망도 서려 있는 듯해서 나는 얼른 변명하면서 병풍 뒤에서 나갔다. 비원도 자기가 먼저 날 밀치려 했단 걸 인정하긴 하는지, 항의하는 대신 아까 촉비가 오기 전에 하던 말을 재차 반복했다.

"당신이 천년비란 걸 여전히 믿기 힘듭니다."

그러면서 혼자 알아듣기 힘든 말을 작게 중얼중얼하더니, 내게 이렇게 물었다.

"천년비의 몸이 어디에 있는지 아십니까?"

거기에 내가 "타천천?"이라고 되묻자, 비원은 아예 두 손으로 제 머리를 감싸 쥐고 괴로워했다. 너무 빠르게 중얼거려서 뭐라 하는지 잘 들리지 않지만, '단주께서 몸을 가지고 있단 걸 알다니, 진짜 풍랑공인가. 저런 멍청한 사람이 풍랑공이라고?' 이렇게 중얼거리는 듯했다. 그게 괘씸해서 빤히 쳐다보고 있으려니, 비원은 한참 만에야 머리에서 손을 떼고서 일어나 설명해주었다.

"저희 단주께서 죽은 천년비 님을 발견했고 되살리려 했습니다. 하지만 술법이 불완전해서 실패했지요."

"술법?"

"그래서 일단 몸부터 부활시킨 다음 영혼을 찾고 있었습니다."

하지만 그 설명이란 것도 좀 상식적이지 않고 이상했다. 영혼을 되살리려 하다니? 몸을 부활시키다니? 너무 터무니없었다. 하지만 믿지 않기에는, 분명 내가 정신을 잃고 진짜 내 몸에서 잠시 깨어났을 때. 그 몸에 심장이 없긴 했어. 강시? 그럼 내 몸은 강시가 된 건가? 하지만 강시는 영혼이 없잖아?

비원이 너무 건성으로 설명해서 이해가 가지 않는다. 하지만 그는 더 구체적으로는 설명하기 힘든지 말을 하다 말고서 인상을 찡그렸다.

"여기에서 설명하긴 어렵군요. 어쨌든 나중에 다시 뵙지요."

갑자기 몰아닥친 진실 때문에 혼란스러웠으나, 이런 이유로 문안에 빠질 수는 없다. 게다가 오늘은 황제가 같이 나온다고 해서 더 그랬다.

다음 날, 나는 평소처럼 원웅과 부성이 도와주는 대로 의복을 차려입고서 대중궁으로 가 떡돌이와 황후에게 문안 인사를 올렸다. 하지만 자꾸 어제 일이 떠올라서, 후궁들끼리 담소를 나누는 내내 한마디도 하지 못하고 혼자 멍하니 있기만 했다.

그러다가 정신을 차려보니 웬걸. 우리가 문안하는 곳 중앙에 평소에는 못 보던, 아니, 아까 들어왔을 때만 해도 없던 길쭉한 탁자가 놓여 있지 않은가. 게다가 그 탁자 위에는 각양각색의 찻잔들이 있었고, 후궁들은 재밌어하며 그 앞에 서 있었다.

"천 귀인, 왜 우두커니 앉아만 있으세요?"

이게 뭔가, 싶어서 멍하니 있자니 개시시가 내게도 이리 오라고 해서 나는 어정쩡하게 그 후궁들 틈에 셨였다. 내가 다가가자 개시시는 밝은 얼굴로 물었다.

"이런 거 참 재미있지 않아요?"

"뭐 하는 거예요?"

하지만 나는 앞 이야기를 전혀 못 들었기에, '이런 거'가 뭔지 알 수 없어서 개시시에게 살짝 물었다. 개시시는 눈을 동그랗게 뜨더니, 내가 딴 생각을 하고 있었단 걸 알아차린 듯 작게 속삭여 알려주었다.

"여기 놓인 차 중 하나를 짚은 다음, 향을 맡고서 차 이름을 알아맞히고 자기 자리에 가져가는 거예요."

뭐야? 누가 그런 이상한 짓을 해? 음식도 아니고 차향이라니? 누가 차향을 맡고 차 이름을 알아맞혀?

"그런 걸 왜 해요?"

"재밌잖아요. 게다가……."

말을 마친 개시시가 황제를 힐긋 눈짓으로 가리키는 걸 보니, 황제 앞에서 차에 대한 지식을 뽐내는 시간인가 보다. 떡돌이는 차 이름보다 떡 이름 맞추기를 더 좋아할 텐데. 하지만 사실상 황제는 핑계고, 후궁들은 그냥 놀이처럼 이걸 재미있어하는 눈치였다. 심지어 다들 이름도 딱딱 얼마나 잘 맞추는지. 보고 있자니 박수가 쳐질 지경이었다.

하지만 줄이 점점 줄어들면서 내 차례가 가까워지자, 이걸 신기하게 바라볼 때가 아니란 생각이 들었다.

젠장. 나도 해야 하는 거잖아? 그사이 줄은 또 짧아지고 있었고, 어느새 내 앞에 남은 후궁들은 마음에 드는 찻잔 무늬를 짚어 뚜껑을 열고 냄새를 맡은 다음 이렇게 이야기했다.

"콩차네요. 저는 이걸로 하겠습니다."

"저는 이 통통차로 마시겠습니다."

"이 퐁차가 좋네요."

뭐지. 차 이름이 왜 다 저따위저따위지? 하지만 저따위 이름들이 다 맞는지, 황후의 측근 궁녀는 그때마다 웃으면서 "참으로 영민하십니다. 맞아요." 이런 말을 반복했다.

그러고 있자니 결국 내 차례까지 왔고, 사람들 시선이 내게로 향했다.

더불어 떡돌이의 시선도. 나도 하나 고르라는 눈치인데…… 뭐 고르고 말고 할 거 없이 내 차례에는 이미 찻잔은 딱 하나 남아 있었다.

나는 슬쩍 떡돌이를 보았다. 떡돌이가 날 구해주지 않을까, 하는 마음으로. 하지만 떡돌이는 웃고만 있을 뿐 아무 말도 하지 않았다.

어쩔 수 없이 나는 찻잔을 가져다가 뚜껑을 열고 향을 맡았다. 제발 내가 유일하게 아는 녹차가 나오길 바라면서.

"……."

젠장. 아니구나. 모르는 차야. 하지만 참으로 다행히도, 차 냄새를 맡는 순간 머리가 웬일로 비상하게 돌아가기 시작했고, 나는 차 이름에서 법칙을 찾아냈다. 내 앞에 차가 뭐였지?

콩차.

통통차.

퐁차.

그렇다면 다음 순서는!

"훙훙치네요. 향이 참 좋아요."

나는 우아하게 웃으면서 찻잔을 들고 황후를 향해 웃어 보였다. 하지만 내 말이 끝나자마자 후궁들은 마구 웃어대기 시작했고, 곁에 서 있던 개시시는 얼굴이 빨개졌다.

어째서? 의아해서 둘러보자 후궁들은 더욱 크게 웃어댔다. 어리둥절해 있자니 개시시가 내게 살짝 알려주었다.

"그건 백호화차예요, 귀인."

"콩, 통통, 퐁, 다음은 홍홍이어야 하잖아요?"

"……무슨 생각을 한 건지 알겠지만 아니에요."

나는 찻잔을 들고 내 자리로 돌아가면서 힐긋 떡돌이를 보았다. 좀 적당할 때 끊어주지, 싶어서.

하지만 떡돌이는 나를 보고 있지 않았다. 그는 밝게 웃어대는 황후만 쳐다보고 있었다. 눈도 떼지 않고.

내가 망신을 당하고 있는데 떡돌이는 황후만 쳐다보다니. 털레털레 방으로 돌아오는데, 기분이 그리 좋진 않았다.

"소주, 괜찮으세요? 기분이 나빠 보이세요."

이 기분은 얼굴에도 금세 드러났는지, 대중궁에서 멀어지자마자 원웅은 걱정스럽게 물었다.

"차 이름 맞히기를 했는데 못 맞혔어. 다른 후궁들이 마구 웃어댔어."

못 할 얘기는 아닌지라 솔직하게 털어놓자, 원웅은 오만상을 지었다.

"다들 너무해요! 이름 좀 모를 수도 있지! 소주는 기억을 잃었잖아요."

"그치."

"너무 기분 나빠하지 마세요, 소주. 폐하가 소주를 가장 총애하니까 괜히 그런 거로 트집 잡고 재밌어하는 거예요."

원웅의 말은 그럴듯하게 들렸지만 나는 고개를 저었다.

"그건 아니야."

"소주는 너무 너그러우세요. 비웃음을 당했는데도 다른 후궁들을 편드시는 거예요?"

"아니, 날 비웃은 후궁들은 죄다 못됐지. 난 날 비웃은 사람을 편들어주고, 그런 거 안 해."

원웅은 내 말이 잘 이해가 가지 않는 눈치였다.

"후궁들 얘기가 아니시라면 무슨 말씀을 하시는 거예요?"

"폐하 말이야."

"폐하가 왜요?"

"날 가장 총애하는 게 아니라고."

내가 설명을 했는데도 원웅은 이해하는 얼굴이 아니었다. 오히려 더욱 헷갈려하는 얼굴.

"폐하는 소주를 가장 좋아하시잖아요?"

게다가 한 번 더 같은 말을 하기에, 나는 고개를 젓고서 딱 잘라 말해 주었다.

"황후마마한테서 시선을 못 떼던데 뭘. 황후마마가 웃으니까 넋을 잃고 쳐다보더라. 가장 좋아하는 사람을 대하려면 그 정도는 되어야지."

절대로 황제를 의식해서는 아니지만, 그래도 후궁으로 지내고 있으니 그에 걸맞은 노력이 필요한 것 같다. 이런 생각을 하자마자 나는 궁녀들에게 구할 수 있는 모든 종류의 차를 구해오라 한 다음 방 안 가득 늘어놓고 죄다 향을 맡고 마셔댔다.

'타천천 그 변태가 나를 부활시켰다고 했지. 그러면 내 몸은 지금 강시 상태인 건가? 그런데 단순히 강시로 있는 게 아니잖아. 가짜 내가 여기저기 잘 돌아다니고 있다 들었는데. 그럼 내 몸 안엔 다른 사람의 영혼이 들어와 있는 게 맞나?'

하지만 다 거기서 거기인 차향을 계속 맡고 있자니, 나중에는 차에 관한 생각은 나지 않고 비원이 한 말만 떠올라 집중하기가 쉽지 않았다. 심지어 다음 날 아침이 되자 어젯밤에 내내 외우고 외운 차 이름의 대다수가 떠오르지 않았다.

그렇지만 이대로 나 혼자 멍청이가 되고 싶진 않아서, 결국 나는 꾀를 부리기로 하고 부성에게 네 종류의 차를 준비해달라고 한 다음 청적으로 갔다. 그러고서 바위 위에 찻잔 네 개를 내려놓고 기다리고 있자니, 얼마 지나지 않아 늘 한가한 떡돌이가 나타났다. 떡돌이는 나를 보고 웃으면서 다가오다가 바위에 놓인 찻잔을 보고 눈살부터 찌푸렸다.

"내 자리에 왜 애들이 앉아 있지?"

설명하는 대신 나는 찻잔을 손가락으로 가리키며 요구했다.

"내가 저 차 이름을 하나씩 다 알아맞혀볼게. 내가 잘 맞히나 봐줘."

하지만 떡돌이는 내가 설명을 했는데도 영 떨떠름한 얼굴이었다.

"그런 걸 굳이 왜?"

심지어 이렇게 묻기에, 아주 조금 부끄럽지만 어제 일을 끄집어냈다.

"어제 일을 만회하고 싶거든. 나는 하루 사이에 달라진 천 귀인이 됐어. 이제 나는 도사야 도사. 차 도사."

"……."

떡돌이는 잠시 시름에 잠긴 얼굴로 찻잔 네 개를 내려다보았으나, 내가 당당하게 가슴을 펴고 위엄 넘치는 자세를 보여주자, 내 위압감에 눌려서 그러겠다고 대답했다.

"먼저 차향을 맡은 다음 나한테 줘. 그러면 내가 이름을 맞힐게. 일부러 찻잔 모양을 다 똑같이 해뒀어."

"그러지. 이걸 왜 해야 하는지는 아직 모르겠지만."

떡돌이는 구시렁거리면서도 두 번째에 놓인 찻잔을 짚더니 냄새를 한번 맡은 다음 내게 내밀었다. 나는 우아한 자세로 찻잔을 받은 다음 눈을 감고 냄새를 맡았다.

"뭐 같아?"

내가 대가의 모습으로 향을 음미하고 있자, 떡돌이가 덩달아 긴장이되는지 조심스럽게 물었다.

"이 향은…… 갈대 향이 나."

"이게?"

"이건…… 홍롱차다!"

떡돌이는 잠시 생각하는 것 같더니, 이번에는 네 번째에 놓인 찻잔을가져다 자기가 냄새를 맡고서 내게 내밀었다.

"이건?"

"녹차."

"이건?"

"……수월화차."

내가 거침없이 대답하자 떡돌이는 눈을 휘둥그렇게 뜨며 중얼거렸다.

"굉장한데? 그럼 이것도 알겠어?"

대가는 겸손해야 한다. 함부로 막 자랑하고 그러는 거 아니다. 나는 하루 사이에 이토록 차에 정통해진 스스로가 자랑스러웠지만, 무뚝뚝한 표정으로 마지막 찻잔을 받아 향을 맡은 다음 덤덤하게 말했다.

"우롱차로군."

그리고서 찻잔을 승언이에게 준 다음 떡돌이에게 "어때?" 하고 묻자, 떡돌이는 엄지를 척 내밀었다.

"우리 계란이는 참으로 엉뚝하구나."

그 칭찬에 기분이 좋아져서 더 이상 겸손을 떨지 못하고 '히히' 웃자, 떡돌이는 잘한다 잘한다 칭찬하며 연한 녹색 천으로 싸 온 떡을 내밀었다.

"이건 상이지? 내가 다 맞혀서 주는 상?"

"그럼! 우리 계란이가 영리하니까 주는 상이지."

나는 활짝 웃고서 떡을 하나 먹은 다음 그에게 어제 이 성과를 내기 위해 내가 얼마나 큰 노력을 기울였는지를 자랑했다. 떡돌이는 '아이구 아이구' 맞장구를 치면서 내 등을 두드려주었는데, 그 태도를 보자 어제 무시받은 기분이 약간이나마 가라앉았다. 승언이도 내가 하루 사이에 영민해진 게 신기한지, 괜히 찻잔 뚜껑을 열어서 자기도 냄새를 맡아보고 고개를 갸웃거렸다. 자기는 냄새를 맡아봐도 모르겠다 이거지. 나처럼 하루 사이에 차 박사가 되기가 이리 힘들다 이거지. 흐뭇해져서 떡돌이를 보고 배시시 웃자, 떡돌이는 다시 입에 떡을 물려주었다.

"계란아. 그거 아느냐?"

"뭐가?"

"난 네가 정말 좋다. 네가 이러면 정말 좋아."

하지만 나는 아주 세심한 고수이기에, 떡돌이가 저 말을 하자마자 좋았던 기분이 금세 싹 가라앉았다. 대신 어제 떡돌이가 나를 내내 무시하고 황후만 보던 게 떠올라 조금 화가 났다. 절대로 많이 나진 않았다. 나는 대인의 풍모를 지니고 있기에 아주 조금 났다.

"우리 계란이가 왜 갑자기 만두가 됐을까. 또 무슨 생각을 하는 거냐."

"내가 좋다는 말 믿지 않아."

"또 왜. 또 뭘 생각하는 건데. 승언이?"

여기저기 차 뚜껑을 열어 냄새를 맡아보던 승언이가 깜짝 놀라 이쪽을 보았다. 나는 승언이에게 네 얘기 아니라고 손을 저어 보인 다음, 팔짱을 끼고 아무것도 아니란 투로 어제 일을 꺼냈다.

"어제는 완전히 홀린 눈으로 황후마마만 쳐다봤잖아. 그런 눈으로 황후마마만 보고 나는 무시하고. 그래놓고서 내가 좋다고?"

"내 말이 믿기 어려우냐?"

"그래. 넌 날 좋아하는 게 아니라 내가 너무 똑똑해서 잠시 감탄하는 거 같아."

410

떡돌이는 내 말에 눈썹을 치켜올리더니 아주 모호한 미소를 지었다.

화를 내는 건 아니지만 그래도 불만을 말하는데, 저렇게 웃다니.

그 표정을 보자 왠지 괘씸해져서, 나는 어제 떡돌이의 행각을 한 번 더 또박또박 짚어주었다.

"어제 말이야, 너는 온몸과 온 시선으로 티를 냈어. 황후마마가 좋다고. 다른 후궁들도 문안 마치고 나가면서 그랬어. 폐하가 아무리 날 예뻐해봐야 나는 첩일 뿐이래. 아내인 황후마마를 따라가진 못한다더라."

"……."

"그러니까 나한테 막 빈말하면서 좋아한다 안 그래도 돼. 앞으론 내 지식에 감탄하면 그냥 '넌 참 지혜롭구나!' 이 말만 하라고."

주는 떡은 죄다 잘 먹은 천 귀인이 갑자기 토라져서 가버리자, 아무 말도 하지 않고서 상황을 지켜보던 오원요가 황제에게 궁금해서 물었다.

"천 귀인께서 죄다 틀린 답을 말씀하셨는데 왜 다 맞다 해주셨는지요?"

황제는 심드렁하게 대답했다.

"어제 일로 애가 기가 죽었지 않느냐. 안 그래도 염 귀인은 죽고 온 귀인은 회임을 해서 좀 시무룩해 있는데. 굳이 정답이다 오답이다 따질 필요 있느냐."

승언은 그 말에 감탄하고서, 내내 '이게 우롱차라고? 이게?'라고 생각하던 찻잔을 내려놓으며 황제를 칭송했다.

"참으로 배려심이 깊으십니다, 폐하."

하지만 오원요는 여전히 걱정스러운 얼굴로 물었다.

"그래도 잘못된 건 잘못되었다 알려드리는 게 낫지 않을까요? 그러다 다음에 또 이런 일이 있으면 또 망신당할 텐데요."

승언은 오원요의 말도 그렇다 여겨서 덩달아 걱정스러워졌으나, 황제는 이번에도 태연히 대답했다.

"황후와 연금에게 앞으로 '차 이름 맞히기' 같은 거 하지 말라 전하라."

이번에는 오원요도 진심으로 감탄했다.

"과연. 그편이 더 빠르겠군요. 참으로 영민하십니다."

하지만 오원요까지 자기 논리로 납득시킨 후에도 황제는 영 표정이 이상했다. 기분이 나빠 보이지도 좋아 보이지도 않는 표정. 무언가를 곰곰이 생각하는 얼굴이었다.

얼마나 그러고 있었을까. 저 멀리서 태감들이 반 시진이 지난 걸 알리는 나무 치는 소리를 낼 때쯤에야, 황제는 팔짱을 풀면서 지시했다.

"연금에게 하나 더 전하라. 마음을 품는 건 자유이나 드러내는 건 자유가 아니라고."

자랑스럽게 처소로 돌아왔으나 평상에 앉아 시원한 냉수를 한 잔 마시고 나니 기분이 다시 가라앉았다. 떡돌이가 황후에게 눈도 못 떼던 게 새삼 눈에 생생하게 떠올라서.

"그래, 황후마마는 눈썹이 안 처졌다 이거지. 눈썹이 올라가서 아주 새침하게 고우시다 이거지."

"네?"

"내 눈썹도 원래는 안 처졌다고. 그리고 처진 눈썹이 어때서. 그윽해 보이고 좋잖아?"

"소주?"

"너한테 하는 얘기 아니야."

내가 손을 젓자, 원웅이 빈 그릇을 챙겨 가면서 고개를 기웃거리다가 슬쩍 알려주었다.

"소주, 소주는 태어나셨을 때부터 눈썹이 처졌어요."

그러나 내가 눈썹을 최대한도로 치켜뜨고서 쳐다보자, 원웅은 얼른 입을 다물고서 부엌으로 뛰어갔다.

원웅이 보이지 않게 되자 나는 다시 떡돌이 생각을 하면서 냉수로 차가워진 속을 분노로 덥혔다. 그런데 곰곰이 생각하다 보니, 좀 이상한 생각이 들었다. 황제가 어제 황후한테 푹 빠져서 쳐다보긴 했는데. 그 태도가 평소랑 많이 다르긴 했어. 황제가…… 나 말고 진짜 좋아하는 여자가 있는 건 맞는데. 그게 황후는 아닌 눈치였잖아. 그런데 왜 어제는 황후 옆모습에서 그리 시선을 못 뗐지?

'그러고 보니 황제는 둘일지도 모르잖아. 혹시 어제 황제와 오늘 떡돌이는 다른 사람이었나?'

그럼 황후를 사랑하는 황제가 있고, 떡 먹기 좋아하는 황제가 따로 있나? 황후를 사랑하는 황제가 온 귀인이랑 시침한 황제이고…….

'헷갈리네.'

얼마나 그러고 있었을까. 아무리 고민해도 답이 나오지 않기에 결국 평상에서 내려섰더니, 내 모습을 내내 빤히 바라보던 부성이 두 손을 맞잡으며 외쳤다.

"소주. 소주는 진심으로 폐하를 좋아하시네요!"

"뭐?"

절대로 동의할 수 없는 말에 내가 질색했지만, 부성은 진심으로 그렇게 여기는 투였다. 눈을 얼마나 반짝거리던지, 내가 절대로 아니라고 부정해도 믿지 않았다. 결국 설득하기도 지쳐서, '어차피 후궁인데 남들이 저렇게 착각하는 게 무슨 대수야?'라고 여길 즈음이었다.

슬슬 방에 들어가려는데 개시시의 궁녀가 오더니 내게 인사를 올리고서 뜻밖의 말을 했다.

"천 귀인께 인사드립니다. 혹시 잠시 시간이 괜찮으실지요?"

"시간이 되긴 하는데. 왜 그러느냐?"

"오늘이 사실 저희 소주의 생일이랍니다. 저희 소주께서 괜찮다면 함께 있어달라고 천 귀인을 모셔 오라 하셨어요."

개원이 사촌 생일이 오늘이라고? 몰랐다. 귀인 생일은 떠들썩하게 챙기지 않는구나. 아니, 그래도 그렇지 생일인데 당일에 말하면 어떡해. 선물 하나 준비하지 못했는데.

"선물이 없는데."

곤란해서 중얼거리자 개시시의 궁녀는 방긋 웃으면서 재차 권했다.

"부담가지실까 봐 일부러 지금 얘기하신걸요. 그저 와주시기만 하면 좋다고 전하라 하셨습니다."

"개 답응은 뭘 좋아하지?"

또래 친구들끼리는 생일에 보통 뭘 해주나? 열심히 고민해보았지만 통 알 수가 없어서, 개시시의 궁녀를 따라가다가 그냥 대놓고 물어보았다.

내 질문에 궁녀는 잠시 생각해보더니 활짝 웃으면서 대답했다.

"혹시 나중에라도 선물하고 싶으신 건가요? 답응께선 형산이범의 시를 좋아하세요."

그게 뭔데……라고 물어보면 내가 무식해 보이겠지. 나는 적당히 고개를 끄덕이면서 속으로만 잘 기억해두었다. 형산이범. 형산이범. 형산에 호랑이가 두 마리라고 기억해두자. 그러면 외우기 쉬울 거야.

"음, 나도 그거 좋아해. 그거. 그 뭐야. 용맹하거든."

그리고서 호랑이처럼, 하고 덧붙이려는데 궁녀가 웃음을 터뜨렸다.

"재미있는 해석이네요. 형산이범은 늘 꽃을 노래하잖아요. 하지만 용맹한 꽃도 운치 있게 들려요."

호랑이 소리는 안 하길 잘했구나. 내가 운치는 없어도 눈치는 있었네.

"난 그 뭐야, 늘 독창적이고 새로운 해석을 중시해. 시 말이야."

"귀인께서는 참으로 영민하시군요."

"암. 그렇지."

뒷짐을 지고 고개를 끄덕이다가, 더 말을 섞으면 내 좁은 식견이 들통 날 것 같아서 나는 진중한 척 입을 다물어버렸다.

다행히 개시시의 궁녀는 더 말을 걸지 않았고, 우리는 서둘러 개시시 의 처소로 걸어갔다.

"안으로 바로 들어가시면 됩니다."

나는 고개를 끄덕이고서 열려 있는 문 안쪽으로 들어갔다.

그러나 동그란 탁자에 앉아 있는 예상치 못한 사람을 보는 순간.

가볍게 나아가던 발이 갑자기 돌덩이처럼 무거워졌다.

'개원이가 왜 여기에 있어?'

14장

당한 건 그대로 갚아줘

한림원 학자들이 다 같이 모여 있는 서가 안에서는 말린 종이와 굳은 먹물의 향이 났다. 그곳의 학자들은 모두 같은 옷을 입고 비슷한 행동을 했으나, 아무리 똑같이 행동해도 눈에 띄는 사람들은 어디에나 있는 법이었다. 지금은 비원이 그랬다.

학자들은 구석 자리를 차지하고 앉아 고고하게 서책을 읽는 비원의 모습을 오가면서 연신 힐긋거렸다.

수많은 학자들 틈에서도 어딘가 비밀스럽고 신비로운 느낌을 주는 비원은 가만히 있어도 눈길을 사로잡는 편이었다.

그러다 일정한 간격으로 책을 넘기던 비원이 갑자기 책을 탕 덮어버리고 눈을 감자, 몰래 곁눈질하던 학자들은 덩달아 움찔했다. 책이 많이 어렵나? 학자들은 비원이 무슨 책을 보기에 저러나, 생각하면서 괜히 눈에 힘을 주어 책 제목을 확인하려 애썼다. 하지만 비원은 내용 때문에 서책을 덮은 게 아니었다. 그가 책을 덮은 건 천 귀인 때문이었다.

'멍청한 천 귀인이 천년비 님이라고.'

아직도 이 생각에서 빠져나오지 못한 탓이었다. 비원은 눈을 질끈 감았다. 그는 여전히 천 귀인이 천년비라는 충격에서 허우적거렸다. 그럴 수도 있지, 애써 이해해보려고 해도 철두철미한 그의 이성은 이해를 거부했다. 비원은 저도 모르게 값비싼 고급 종이를 손안에서 마구 구겼다.

'그러면 이제 어떻게 되는 거지? 만약 내가 천년비 님을 오해한 거고…… 천년비 님이 원래 저렇게 멍청한 게 맞는다면 이제 어떻게 되지? 천년비 님의 저런 모습이 대업에 도움이 되긴 하나?'

어쨌든 본인이 천년비가 맞는다고 인정을 했고, 정황상 맞는 것 같기도 하다. 우 귀인이 아직까지 멀쩡히 살아 있는 게 이상하긴 하지만, 우 귀인이 제대로 그의 부탁을 완수하지 않았으면서 거짓말을 한 거라면 이 모든 일이 가능해졌다. 제대로 효과를 발휘하기 전에 누군가 우 귀인이 묻은 종이를 파냈을 가능성도 있고.

한숨을 내쉰 비원은 서책을 챙겨 자리에서 일어났다.

'내가 싫다고 숨길 일은 아니지. 단주님께 서신을 써야겠군.'

게다가 그가 해야 할 건 그뿐만이 아니었다.

촉비. 우 귀인은 천 귀인과 촉비의 몰락을 의뢰했다. 천 귀인이 진짜 천년비라면, 우 귀인의 소원은 가만히 있어도 이루어지게 된다. 천년비의 영혼이 다시 자신의 몸을 찾아가면 천 귀인은 죽어버릴 테니까.

반면 촉비는 그가 직접 나서야 했다. 우 귀인이 그의 의뢰를 진짜로 완수했는지 아닌지 애매한 상황이다 보니, 사실 이 부분을 따지고 들자면 들 수도 있을 것이다. 하지만 그는 천 귀인과 다투다가, 촉비가 수상한 행동을 하는 걸 정통으로 목격하고 말았다.

당시에는 그나 촉비나 둘 다 꺼리는 구석이 있기에 적당히 눈치싸움을 하다가 헤어졌지만, 촉비도 슬슬 정신을 차렸을 터. 그의 입을 막기 위해서 무언가 행동을 할 게 분명했다. 폐궁에 태감을 끌고 와 때리면서 심문하고, 범인이 아니란 걸 알았는데도 죽여 입을 막으라 할 정도면 촉비는 비원 자신만큼이나 다른 사람을 이용하는 데 거리낌 없는 사람일 터. 촉비가 나서기 전에 그가 먼저 나서서 촉비를 쳐내야 했다.

나는 이러지도 저러지도 못하고 서 있었다. 반면 상에 앉아 있던 개시시는 나를 보자마자 일어서더니 반갑게 인사를 올리고서, 탁자에 앉은 개원에게 밝게 말했다.

"천 귀인이셔. 인사해, 원 오라버니."

쟤가 왜 원 오라버니냐, 개 오라비라고 해라. 나는 속으로 욕을 뱉었다.

이런 데서 원수인 개원이를 만날 줄은 정말 상상조차 하지 못했다. 절대로 개원이와 만날 일 없는 곳이 있다면 황궁 안이라고 생각했는데.

아니, 그런데 정말 개원이가 왜 여기에 있어?

우두커니 서 있으려니 개원이가 천천히 몸을 일으켰다. 오랜만에 만나는데도 그의 움직임은 여전히 잔잔한 가을바람 같아서, 내 마음은 또 거기에 우스스 흔들리고 말았다.

"귀인께 인사드립니다."

개원이를 만나면 내 천수비로 바로 처버려야지, 늘 다짐했는데. 하필 이런 상황에서는 무공조차 펼칠 수 없다. 나는 주먹을 꽉 쥐고서 가까스로 고개만 끄덕였다. 거센 분노 탓에 평이하게 호흡하기조차 힘들 정도였다. 반면 개시시는 나와 개원이 서로를 향해 시큰둥한 반응을 보이자 민망했는지, 일부러 나와 개원의 사이로 다가와 상냥하게 말했다.

"원 오라버니는 무림에서 아주 고강한 영웅이에요, 귀인. 제가 전에 말씀드린 적이 있죠?"

"……."

"오라버니, 이분은 천 귀인이셔. 왜, 날 많이 도와주신다고 한 분. 폐하께서 가장 총애하는 분이시다?"

개시시는 나와 개원 사이를 오가며 밝게 말했지만 나는 도무지 거기에 제대로 반응할 수기 없었다.

지금 내가 할 수 있는 반응은 분노뿐인데, 귀하게 자란 명문대갓집 아가씨가 처음 보는 무림 영웅에게 화를 내는 건 이상하잖아?

개원이도 개원이 나름대로 후궁들에겐 관심이 없는지 그저 무뚝뚝한 표정이긴 매한가지였다. 무림에 있을 때는 영웅이라 칭송을 받아서 그런가, 그래도 내내 온화한 표정으로 다니던 놈이. 지금은 아주 죽을상이네.

개시시는 자신이 계속 서로를 소개해도 나와 개원이 제대로 반응하지 않자, 더욱 초조해지는지 괜히 입술을 물어뜯었다. 그러다 내게 가장 상석을 권하고는 자기 궁녀에게 밝은 목소리로 물었다.

"준비한 청초육사와 수정차를 가져다줘."

"네, 소주."

궁녀가 나가자 개시시는 나와 개원 사이를 번갈아 바라보면서 따뜻하게 웃었다. 반응해주는 사람이 없어서 미소를 거두고 머쓱해했지만.

미리 요리를 준비해둔 덕에 개시시의 궁녀는 얼마 지나지 않아 바로 알록달록한 음식이 담긴 커다란 접시와 덜어 먹을 접시들, 연한 녹색의 잔에 따른 맑은 수정차를 가지고 왔다.

"귀인, 이리로 오세요."

나는 개시시의 안내를 받아 상에서 탁자 앞으로 자리를 옮겼다. 개원은 내가 다가가자 일어났다가 내가 자리에 앉자 같이 앉는 둥 나름대로 예의를 차리려는 시도는 보였으나, 여전히 내 쪽으로는 거의 눈길조차 주지 않았다.

나랑 다닐 때는 매일 웃고 있더니. 그건 날 방심시키기 위한 가짜 표정이었나 봐. 지금 이 딱딱한 표정이 평소 모습이겠지? 무림에서 웃고 다니는 건 정파 도련님 같은 분위기를 선호해서 일거야. 확실해.

그걸 생각하자 몹시 가소로운 마음이 들었으나, 그와 말도 섞기 싫어서 나는 무표정을 유지했다.

개시시는 재차 나와 개원을 번갈아 보다가 직접 찻잔을 들어 내게 건네주면서 따뜻하게 말했다.

"제대로 말하지 않고 불러 놀랐지요? 미안해요, 귀인. 예전에 귀인께서 무림에 관심이 많다고 말했던 게 기억나서요."

"……괜찮아요."

"생일에는 가족들을 궁으로 초대할 수 있다지만, 사람 일은 모르니까요. 내년에는 초대하기 어려울 수도 있고 해서, 꼭 귀인께 보여드리고 싶었어요."

그녀는 여전히 이 이상하고 미묘한 분위기를 풀고 싶어 하는 눈치였다. 소용없을 텐데도.

"고마워요."

마음에도 없는 소리를 내뱉고서 나는 젓가락을 들었다. 기분은 좋지 않지만 그래도 왔으니 적당히 먹는 시늉은 해야겠지. 먹는 시늉을 하다가 체한 것 같다 둘러대고 자리를 비키면 자연스러울 거야.

내가 젓가락을 들자, 개시시의 궁녀는 얼른 다른 커다란 숟가락으로 갖가지 야채와 고기를 덜어 내 앞에 놓인 빈 접시에 놓아주었다.

나는 젓가락을 꼼지락 움직이면서 몹시 배고픈 척 음식을 입으로 가져가는 데 열중했다.

그러면서도 눈길은 앞으로 갔는데, 그리 좋은 현상은 아니었다. 앞에는 개원이 있었으니까. 하지만 개원이도 젓가락을 깨작거리는 데 몰두해 있어서, 맞은편에 앉은 나는커녕 생일을 맞이한 사촌조차 제대로 챙기지 못하는 눈치였다.

그냥 이렇게 적당히 식사하다가 서로 헤어지면 참 좋을 텐데. 그 기색을 알아차린 개시시는 내게 실례라 생각했는지, 수정차를 한 모금 마시고서 자연스럽게 개원의 팔을 집고 흔들있다.

"오라버니, 얘기해 봐. 뭐 재밌는 얘기 없어? 멋진 무림 고수들 이야기 많잖아. 응?"

그래, 많잖아. 수많은 무림인들이 네 뒤를 쫓아다니는데 많겠지. 나랑 사귀면서 잠시 평판이 떨어졌지만 날 죽인 후로 도로 올라갔을 거 아니야. 나는 익은 가지 조각을 후후 불면서 열기를 식히는 척 개원이를 살폈다. 속으로는 마구 빈정거리면서.

그러나 개원이는 정말로 할 만한 이야기가 생각나지 않는지, 그저 웃으며 개시시를 짓궂은 막냇동생 대하듯 달래기만 했다.

"미리 언질이라도 해주었더라면 준비라도 하지. 갑자기 그렇게 말하면 곤란하잖니."

"보고 겪은 일이나 소문을 얘기해달라는 건데, 그런 것도 준비해야 해? 준비해서 하는 이야기라면 굳이 오라버니에게 들을 필요가 없잖아."

"귀인께선 내 이야기에 그리 흥미 없어 보이시는데."

"오라버니가 아무 말도 안 하니 흥미가 없으신 거지."

그 말이 끝나자마자 개원이가 내 쪽을 힐긋 쳐다보았다. 눈이 마주치자마자 나는 놈에게 얼결에 젓가락을 던질 뻔했다.

하지만 그럴 수는 없으니까 아예 손에서 힘을 뺐다. 당연히 젓가락은 바닥으로 떨어졌고 '딱 딱' 바닥에 부딪히는 소리를 냈다.

그 소리를 듣고서야 나는 당황해서 얼른 허리를 숙였다. 하지만 거의 동시에 개원이도 허리를 숙이는 바람에, 우리는 탁자 아래에서 허리를 숙이고 마주 보는 꼴이 되고 말았다. 심지어 같은 젓가락을 향해 손을 뻗는 바람에 손등이 부딪칠 뻔했다.

"내 거다."

그것조차 화가 나서, 나는 필요 이상으로 차갑게 말하고 젓가락을 휙 낚아채듯 집고서 다시 허리를 폈다. 그러고서 보니 개시시의 궁녀가 몹시 당혹스러운 얼굴로 나를 보고 있었다.

'아. 내가 직접 허리 굽혀서 젓가락을 주우면 안 되나 보다.'

뒤늦게 이 사실이 떠올랐지만 이미 알아서 주운 후였기에 나는 헛기침을 하다가 화제를 돌려버렸다.

"무림 얘기. 할 거 있으면 해보아라."

나까지 이렇게 이야기하자 어쩔 수 없는지, 개원이는 곤란한 미소를 띠고서 입을 열었다.

"그러면…… 무림에서 손꼽히게 강한 고수 중 하나인 천년비에 대해 이야기해드릴까요?"

하지 마. 욕하려는 거잖아? 나는 발끈해서 거절하려 했으나, 개시시가 먼저 나서서 개원이의 팔목을 잡았다.

"천 귀인께선 천년비를 좋게 보셔. 그러니 다른 얘기로 해, 오라버니."

내가 전에 한 말을 기억하고 있는 듯했다.

나는 고개를 끄덕여서 개시시의 말에 동의했다.

그래, 내 욕 하려거든 그 얘기는 꺼내지도 마. 특히 너는!

그런데 어째서일까? 개시시가 그 말을 하자마자 내내 나를 냉담하게 쳐다보던 개원이 처음으로 희미한 미소를 띠고 나를 바라보았다. 왜 웃는 거지? 나는 그 갑작스러운 미소에 경계심을 품었다.

개원이는 웃는 얼굴로 내가 죽기 전까지 날 속였다. 그의 미소는 억만금과도 바꾸지 않을 만큼 아름다웠으나, 내게는 좋지 못한 기억으로 남아 있었다. 그런데 그 꺼림칙한 미소를 내 칭찬을 듣고서 띠고 있으니 더 신경이 쓰일 수밖에.

"귀인께선 안목이 좋으시군요."

게다가 이런 말까지?

"왜 그렇게 생각하지?"

미심쩍어하며 묻자 개원이는 입술 끝을 부드럽게 올리며 대답했다.

"천년비는 세간에서 떠들어대던 것보다 훨씬 좋은 사람이었거든요."

"잘 아는 사이인 것처럼 말하는군."

"제 정인입니다."

잠시 머뭇거리던 개원은 자신이 한 말을 조금 정정했다.

"정인이었죠."

개시시는 한숨을 작게 내쉬고 괜히 그릇 끄트머리만 만지작거렸다. 자기가 원했던 대화는 이런 게 아니란 얼굴로.

하지만 나는 개원에게서 내 이야기를 더 들어보고 싶었다. 이놈이 무슨 이유로 날 죽여놓고 저렇게 말해대는지 어디 좀 들어보고 싶었다.

"답응에게 들어서 그건 안다. 하지만 헤어졌다 들었는데?"

실제로 개시시가 쓴 표현은 '헤어졌다'보다 더 과격한 표현이었지만. 어쨌든 돌려서 '헤어진 거 아는데 왜 아직도 사귀는 척이야?'라는 뜻을 담아 묻자, 개원은 순순히 그것까지 인정했다.

"헤어졌다고 해서 그 사람이 갑자기 나쁜 사람이 되진 않습니다, 귀인."

"천년비를 참 좋게도 말하는군."

그럼 죽이지 말지 그랬어.

속으로 빈정거리는데, 개시시가 못 말리겠단 투로 내게 알려주었다.

"원 오라버니가 저래요, 귀인. 다 큰 사람이, 저렇게 고강하고 대단한 사람이 순진하다니까? 뭐 나쁘게 말하는 사람이 없어. 우리 오라버니한텐 나쁜 사람이 없나 봐요."

"답응."

"아, 알았어 알았어. 또 그 말 하려는 거지? 사람들은 다 장점이 있다고? 믿어 믿어. 악적에게서까지 장점을 찾아내는 오라버니가 하는 말인데 믿어야지."

"답응."

"하지만 세상엔 천 귀인처럼 좋은 사람도 있지만 온 귀인처럼 못돼먹은 사람도 있다고, 오라버니. 그 여잔 날 처음 봤을 때부터 괴롭혔어. 그런 사람한테도 장점이 있다곤 생각이 안 들어."

개시시가 툴툴거리고 개원이 누이를 위로하는 사이. 나는 혼란스러운 기분이 가라앉았다. 개원이 왜 뜬금없이 나를 좋게 말해주나 깨달아서.

'나에 대해 좋게 말해줄수록 자기가 아량이 넓은 대인으로 보이니 그런 거구나.'

개원이 날 칭찬하면 칭찬할수록 사람들은 개시시처럼 반응하겠지. 자기 적까지 저렇게 좋게 포장해주다니, 개원은 정말 영웅 같은 사람이라고. 생각해보니 나와 사귈 때도 그는 늘 저랬다. 자신의 적들에 대해서도 되도록 나쁜 말을 하지 않으려고 했다. 아예 화를 안 내는 맹탕은 아니었다. 남에 관해 나쁜 말을 뒤에서 수군거리기를 싫어했을 뿐.

그런데 참 이상하지? 개원이 저렇게 나오니, 오히려 나는 그의 말을 전부 다 반대하고 싶어졌다. 저놈의 눈앞에서 저놈이 하는 말을 죄다 반박하고 싶은 욕구와, 그래도 내 욕은 하고 싶지 않다는 자기방어 사이에서 얼마나 갈등했는지 모른다.

그러다 개시시를 달랜 개원이 나를 향해 빙그레 웃는 순간. 심장과 콩팥이 뒤틀리는 기분이 들면서 몹시 불쾌해졌다.

그가 너무 미웠다. 어떻게 해서든 그에게 상처를 주고 싶었다. 나 스스로 나에 대해 나쁘게 말하더라도 괜찮을 만큼. 내가 잠시 날 나쁘게 말한다고 해서 그 말이 사실이 되는 건 아니니까.

"난 천년비가 좋은 사람이라 좋아하는 게 아니라 나쁜 사람이라 좋아하는 건데. 아무리 그래도 그렇지 정파 영웅이란 사람이 사파 악적을 칭송하다니. 그대는 안목이 없나 보군?"

반응은 좋았다. 내가 자기 술수에 넘어가 그의 인성을 칭송하지 않자, 개원은 표정이 대번에 굳었다.

"오라버니."

개시시가 그의 팔을 잡고서 경고하는 목소리를 낼 만큼 뚜렷하게.

"천년비에 대해선 좋은 말을 들어본 적이 없어. 많은 사람들이 한목소리를 낼 때는 그만한 이유가 있겠지. 안 그런가."

그걸 보자 비틀렸던 마음이 그제야 조금 풀려서 웃음이 흘러나왔다.

내가 실실 웃으면서 조롱하자 힘이 들어간 개원의 손가락이 하얗게 변했다. 놀라울 정도로 뚜렷하게.

"본 적도 없으면서 귀인께선 왜 함부로 남을 평가하십니까."

"전해 들었으면 됐지 꼭 사람을 봐야 아나?"

"열 길 물속은 알아도 한 길 사람 속은 모른다 했습니다. 곁에 있는 사람에 대해서도 알기 어려운데, 귀인께서는 본 적도 없는 사람을 함부로 판단하시는군요. 이렇게 경솔하시니, 답응께선 이런 분에게 배울 게 있나 모르겠군요."

"오라버니!"

개시시가 개원의 팔을 꽉 잡았으나, 개원은 눈도 깜빡하지 않고서 나를 경멸에 가득 차 바라보았다.

내가 자기 속내를 꿰뚫은 게 싫다 이거지. 여기서 더 뭐라고 하면 그가 얼마나 더 기분 상해할지 모르겠다.

그러나 이미 개원이는 충분히 기분이 상해 식식거리고 있었다. 이 정도면 됐겠지. 충분히 기분 상한 듯하니 이 정도면 내 입으로 내 흉을 더 볼 필요는 없을 거다. 화가 났단 핑계를 대고서 슬슬 돌아갈 수도 있고.

판단을 내리자마자 나는 얼른 몸을 일으켰다.

"여기에 더 있어 봐야 의견이 좁아지진 않겠군. 나는 그만 가지. 생일 축하해요, 답응."

천 귀인이 나가자마자 개시시는 개원을 타박했다.

"오라버니, 미쳤어? 왜 귀인께 말을 함부로 해?"

개시시의 목소리는 평소보다 훨씬 날카로워서, 그녀가 천 귀인을 얼마나 편드는지 쉬이 짐작이 갔다.

"내가 틀린 말을 했느냐."

그래도 개원은 물러서지 않았다. 난생처음 보는 사람에게서 죽은 천년비를 흉보는 소리가 나오는데 건디기가 힘들었다.

"게다가 말을 함부로 한 건 그 귀인이다."

"여기서 날 편들어주는 건 천 귀인뿐인데. 이젠 천 귀인도 나를 싫어하게 생겼어."

개원은 천 귀인에게 여전히 화가 났으나, 사이좋은 사촌 동생, 그것도 이제 입궁하게 되어 언제 만날지 모르는 사촌 동생이 외톨이로 지내는 건 싫었다. 이런 일로 싸우고 싶지도 않았고.

"알았다."

결국 개원은 마지못해 한 발 뒤로 물러섰다.

"내 찾아가서 사과하마. 나간 지 오래되지 않았으니 내 속도라면 가서 잡을 수 있어. 이러면 되겠어?"

"폐하의 후궁이 만나고 싶다고 그냥 툭툭 만나지는 줄 알아? 입궁 허락서에는 내 생일을 축하하기 위해 날 보러 오는 거라 써놓고서. 뒤에서 천 귀인을 만나다가 걸리면 얼마나 위험한데."

개원은 난처해졌다.

그럼 이러지도 말고 저러지도 말고 어쩌란 말인가.

"내년에 올 수 있을지 없을지도 모르는데, 그러면 내가 어떻게 할까."

개시시는 잠시 생각하다가 요구했다.

"서신을 써줘. 아주 예의 바르게."

- ≪고수, 후궁으로 깨어나다≫ 3권에서 계속

고수, 후궁으로 깨어나다 2

초판 1쇄 인쇄 2023년 10월 16일
초판 1쇄 발행 2023년 11월 1일

지은이 코양희
펴낸이 김선식

경영총괄 김은영
제품개발 신효정, 윤세미
웹소설1팀 최수아, 김현미, 심미리, 여인우, 장기호
웹소설2팀 윤보라, 이연수, 주소영, 주은영
웹툰팀 이주연, 김호애, 변지호, 안은주, 임지은, 채수아
IP제품팀 윤세미, 신효정, 정예현, 정지혜
디지털마케팅팀 김국현, 김희정, 신혜인, 이소영
디자인팀 김선민, 김그린
해외사업파트 최하은
저작권팀 한승빈, 윤제희, 이슬
재무관리팀 하미선, 김재경, 윤이경, 이보람, 임혜정
제작관리팀 이소현, 김소영, 김진경, 박예찬, 이지우, 최완규
인사총무팀 강미숙, 김혜진, 지석배, 황종원
물류관리팀 김형기, 김선진, 양문현, 이민운, 전태연, 전태환, 최창우, 한유현
외부스태프 gnoey(디자인)

펴낸곳 다산북스 **출판등록** 2005년 12월 23일 제313-2005-00277호
주소 경기도 파주시 회동길 490
전화 02-704-1724 **팩스** 02-703-2219 **이메일** dasanbooks@dasanbooks.com
홈페이지 www.dasan.group **블로그** blog.naver.com/dasan_books
종이 아이피피 **출력·인쇄** 한영문화사 **코팅 및 후가공** 평창피앤지 **제본** 한영문화사

ISBN 979-11-306-4584-1(04810)
ISBN 979-11-306-4582-7(SET)

다산북스(DASANBOOKS)는 독자 여러분의 책에 관한 아이디어와 원고 투고를 기쁜 마음으로 기다리고 있습니다.
책 출간을 원하는 아이디어가 있으신 분은 다산북스 홈페이지 '원고투고'란으로 간단한 개요와 취지, 연락처 등을 보내주세요. 머뭇거리지
말고 문을 두드리세요.